LES PERMISSIONS DE MAI

Jean Anglade

LES PERMISSIONS DE MAI

Roman

Production Jeannine Balland
Romans Terres de France

PRESSES DE LA CITÉ

ISBN 978-2-258-07106-3

Ne fît-on que des épingles, il faut être enthousiaste de son métier pour y exceller.

DIDEROT
fils d'un coutelier

Ma ora ti ringrazio dell'ironia
che hai messo sul mio labbro,
mite corne la tua. Quel sorriso
m'ha salvato da pianti e da dolori.

Salvatore QUASIMODO
(Lettre à sa mère)

1937

Il y eut entre Charlotte Pitelet et sa demi-sœur Gilberte cette histoire de confiture, qu'elles furent longues à se pardonner. Un soir, au dessert, on servit de la confiture de pêches. Pêches de septembre, fruits tardifs d'un lopin ensoleillé sur les pentes des Salomons qu'Auguste appelait pompeusement « ma vigne », sans doute à cause de trois rangs de merlot amoureusement soufrés et sulfatés, ils fournissaient, les années favorables, un panier ou deux de grappes dédaignées par les merles. Confiture maison, cuite par les soins de Francine.

— Oh ! Regardez ! s'écria soudain la petite, ravie de prendre en faute son aînée. Gilberte mange la confiture avec une fourchette ! C'est dégoûtant !

Auguste, lui, trempait des mouillettes dans la sienne. Il détourna les yeux, peu compétent en matière de convenances.

— Prends une petite cuiller, voyons ! ordonna madame Pitelet. Est-ce qu'à l'EPS on t'apprend à manger la confiture avec une fourchette ?

Gilberte allait s'expliquer, mais Charlotte renchérit :

— C'est pour en manger davantage !

Alors, abandonnant la confiture interrompue, Gilberte se leva, courroucée, et se retira dans ses appartements.

Charlotte éprouvait pour sa sœur admiration et envie. Plus âgée de neuf ans, l'aînée jouissait de mille sortes d'avantages encore interdits à la cadette : elle prenait seule le train et vivait au chef-lieu, loin des chaînes familiales, pensionnaire dans une école pour grandes filles, auréolée déjà de son prochain brevet supérieur. Elle y brillait spécialement dans les matières littéraires, écrivait des acrostiches, avait des amies dont elle recevait des cartes postales. A moins que ce ne fussent des amis qui féminisaient leur prénom. Elle était petite mais jolie comme sa mère Antoinette, portait des talons hauts et des chapeaux montants pour se grandir. Même sa condition d'orpheline de mère la rendait intéressante, toujours enveloppée de regards tendres par la parenté et le voisinage, de chuchotements émus, pauvre enfant, pauvre petite, oh, bonnegent ! La seconde madame Pitelet s'offensait de cette pitié, nul ne pouvait lui reprocher la moindre défaillance à ses devoirs de mère adoptive, Gilberte n'avait jamais manqué de nourriture, de soins, de beaux vêtements, de bons exemples. C'est plutôt Charlotte qui se trouvait sacrifiée : à elle d'achever les chaussures demi-usées, les jupes, robes, tabliers de seconde main, cependant que l'aînée se pavanait toujours dans du neuf.

Tout cela explique la querelle des confitures. Quelques semaines après cet incident, Gilberte surprit sa jeune sœur le nez dans un bocal, en train de se gorger clandestinement de marmelade.

— Chipeuse et gourmande ! fit-elle avec dédain. Mais je ne te dénoncerai pas : tu serais trop contente d'avoir de moi mauvaise opinion, de pouvoir me traiter de moucharde !

L'autre resta un moment interdite. Puis elle répliqua, le poing brandi :

— D'accord, je l'ai chipée. Mais du moins, moi, je la mange avec une cuiller !

Et une grande, encore !

La seule vengeance de Gilberte fut de mettre sa demi-sœur en acrostiche.

Elle glissa le huitain sous la porte qui séparait leurs deux chambres :

CHerchez qui a mangé la confiture
Avec une cuiller d'argent doré.
Regardez par le trou de la serrure,
La réponse aussitôt vous la saurez.
Oh ! que le bocal fut petit, ma mère !
Tu devrais bien les choisir plus profonds.
Trois petits tours les langues font, font,
font,
Et les absents vont se faire lanlaire.

Charlotte ne doutait pas qu'un jour sa sœur ne publiât ses œuvres complètes qui, par ce poème abominable, la saliraient devant la postérité. Elle en pleura toute la nuit.

Les saisons passaient, à chacune Gilberte devenait un peu plus demoiselle, tandis que Charlotte demeurait enfant. A l'école, son esprit restait fermé comme un bourgeon tardif. *Trop sec,* écrivait l'institutrice en marge de ses brèves compositions françaises. La feuille blanche qu'elle devait remplir lui inspirait une sorte de vertige. Gilberte avait reçu tous les dons qui brillent, l'imagination, la sensibilité, la facilité verbale ; il ne restait à sa suivante que la terne mémoire, elle y entassait avec fureur l'histoire, la géographie, les règles orthographiques. Elle se regardait dans les glaces et s'y trouvait bête, comme si cela se voyait. « Tu as le nez bête, le menton bête, les joues bêtes, faisait-elle en se tirant la langue. Jamais tu ne deviendras institutrice. » Car, naturellement, elle ambitionnait de suivre les traces de sa sœur. Auguste d'ailleurs l'y encourageait :

— Si vous étiez des garçons, je vous associerais à ma fabrique. Mais il ne convient pas à des femmes de diriger des hommes. Surtout des couteliers. Alors, pensez plutôt à l'enseignement. Ou aux finances. A la rigueur aux PTT.

Toujours la loi salique.

Elles grandirent ainsi côte à côte, se tolérant.

Gilberte un jour annonça que dans ce village de La Garandie, à mille mètres d'altitude entre monts Dore et monts Dôme, elle avait trouvé un candidat à sa main. Un *éleveur*, précisa-t-elle, héritier d'une grosse ferme et d'un important troupeau de vaches rouges.

— Je l'ai accepté, en le jouant à pile ou face.

A pile ou face ! Le comble de la désinvolture.

— Et si la pièce était tombée de l'autre côté, tu aurais renvoyé ce garçon ?

— Naturellement.

— Alors, tu ne l'aimes pas.

— Il existe des mariages sans amour. J'en connais. Mais Alexis insistait tellement ! Ce mariage semblait lui faire si grand plaisir ! Et moi, je ne pouvais plus supporter la solitude. C'est un garçon tout simple, mais dont je ferai ce que je voudrai.

Gilberte pouvait tout se permettre. « Ah ! ce n'est pas moi, ruminait Charlotte, qui refuserais un parti à la légère ! Mais personne ne me demandera jamais. Je resterai vieille fille, je partagerai ma vie entre un géranium et un chat noir. »

Les Pitelet de Thiers montèrent faire la connaissance des Grattadeix de La Garandie. Les accordailles furent facilitées par le fait qu'Auguste et le père d'Alexis découvrirent qu'ils avaient servi tous deux dans les chasseurs alpins, l'un à Modane, l'autre à Briançon, et s'étaient trouvés sur les mêmes champs de bataille, ils évoquèrent le Linge, la Somme et tout ce qui s'ensuit. Joseph Grattadeix avait eu l'incroyable chance de passer quasi sans dommage à travers une rafale de mitrailleuse : une balle lui avait creusé la nuque légèrement, tandis que l'autre lui emportait la pointe du nez.

— Ça tombait bien, expliquait-il en riant. Moi, je le trouvais un peu long. De cette manière, elles m'ont rectifié le portrait.

Il faisait tâter de l'index les deux sillons. On poussa là-dessus des oh et des ah.

Sur le chapitre des accordailles, Auguste s'expliqua clairement :

— Ma fille est majeure, elle peut donc épouser qui il lui plaît. Mais je ne lui donnerai pas un sou de dot si elle ne se marie pas avec un garçon travailleur, qui ait un bon métier entre les mains.

— Lui ? se récrièrent les Grattadeix. Il sait tout faire de ses doigts ! Suffit qu'il veuille.

— Tant mieux. Seulement, est-ce qu'il voudra ?

— Oh ! fit modestement l'intéressé, dans un ménage, y a tellement de bricoles à faire ! Quand la femme travaille à côté, faut bien que quelqu'un s'occupe du bois à casser, de la cuisine, du jardin, je sais pas, des fusibles qui sautent, des chaises à rempailler...

— Les fusibles ne sautent pas à chaque instant. Les chaises, ça n'occupe pas une vie. Est-ce que par hasard vous choisiriez en guise de profession d'être seulement le *mari de l'institutrice* ?

Gilberte écoutait cette discussion avec peu d'intérêt. Alexis était le seul garçon présentable de la paroisse, il avait les yeux bleus, les épaules larges, de jolies moustaches, les lèvres chaudes, les mains fines pour un paysan, si nous ne nous accordons pas, on divorcera, voilà tout. Et puis je ne finirai pas mes jours à La Garandie, tôt ou tard je serai nommée en ville, à Thiers, à Issoire, à Clermont, il y trouvera bien un emploi, que diable !

— Je suis cordonnier ! s'écria soudain Alexis, se frappant le front comme si ce détail lui était sorti de la mémoire.

— Parfaitement ! confirma Joseph-au-nez-raccourci. A Belfort, pendant son temps, il a appris ce métier, c'est lui qui réparait les godillots.

Le visage d'Auguste s'épanouit :

— Eh bien voilà ! Que ne le disiez-vous plus tôt ? Cordonnier, c'est honorable ! Presque autant que coutelier !

On entra dans les détails. Alexis aurait sa petite échoppe dans le village, avec une enseigne, peut-être une botte en zinc. Comme il n'existait aucune cordonnerie avant Murols, on lui apporterait des souliers à réparer de quatre lieues à la ronde. Souriant, le futur gendre approuvait de la tête. Joseph s'engagea à payer de sa poche le banc, le pied, le billot, tous les outils nécessaires. La noce se ferait à Thiers, au pays de la fiancée.

Chez les Pitelet, existait l'usage d'une certaine cagnotte alimentée par des économies, des pourcentages, des bénéfices inattendus. Ce casuel devait être partagé entre les filles au jour de leur mariage, pour couvrir leurs frais de parure. Alors, Francine fit une proposition surprenante :

— Que Gilberte utilise toute la somme.

— *Toute ?* s'étonna Auguste.

— Il ne sera pas dit que je n'aurai fait mon devoir qu'à moitié envers la pauvre orpheline.

— Tu es vraiment une femme de devoir.

— J'ai de l'affection pour cette petite, quoi qu'on en pense. Même si je ne parle pas de mon amitié, si je ne fais pas de tintamarre.

— Ce n'est pas la vache qui branle le mieux la queue qui donne le plus de lait.

— Je n'ai rien à me reprocher.

— Certainement. Mais... Charlotte ?

— Elle a neuf ans de moins que sa sœur. Ça représente bien des cotisations, avant le jour de ses noces. Et dorénavant, elle n'aura pas à partager.

Gilberte eut donc un mariage auquel rien ne manquait. Cela se fit en février, au temps du carnaval, sous un ciel bleu inespéré. Le repas eut lieu dans une auberge de campagne, à Courty, sur les rives de la Dore. Carrefour ferroviaire dû aux barons de Barante : ils l'avaient obtenu pour desservir leur château. Les invités y affluèrent donc par voie ferrée. Ceux qui descendaient des monts Dore avaient dû partir la veille, prendre l'autobus jusqu'à Clermont, le train jusqu'à Thiers, dormir chez les parents de la promise. Auguste emprunta des matelas à ses ouvriers, les disposa dans sa fabrique, parmi les couteaux. En même temps, il présenta ses excuses à son personnel :

— J'aurais voulu vous inviter tous au mariage de ma fille. Mais ça ferait trop de monde de notre côté. Y aurait pas équilibre. Vous comprenez ? Alors, je vous inviterai à part, dans quelques jours.

Ils donnèrent leur accord :

— Fais que, fais que.

Chacun reçut une gratification exceptionnelle et une boîte de dragées.

Après les cérémonies à la mairie et à l'église, la noce au complet monta dans le train qui la déposa près du Moulin Bleu. Le photographe était là, avec sa boîte, son voile noir, son trépied. Comme le marié dépassait de la tête son épouse, l'homme aux images s'efforça de corriger cette différence de taille en les faisant asseoir.

— T'en fais pas, Alexis, l'encouragea un oncle descendu de là-haut. Au lit, vous serez de la même taille.

Ce fut la première paillardise, que suivirent beaucoup d'autres.

Ils eurent trois jours pour faire à Paris leur voyage de noces, voir la tour Eiffel, l'Arc de triomphe, le musée Grévin, la Samaritaine et revenir. Gilberte se retrouva dans son école de montagne, étourdie par tant d'événements, à la fois inchangée et différente, avec au doigt le premier anneau d'une chaîne, des enfants qui se trompaient en lui parlant, l'appelaient encore *m'zelle*, se reprenaient l'un l'autre, faut dire *m'dame*. Et surtout chaque soir dans son lit étroit la compagnie de ce particulier qui la coinçait contre le mur. Il ne lui procura pas les joies sensuelles qu'elle avait espérées. Elle garda de leurs premiers contacts le seul souvenir de son poids, des étouffements qu'il lui infligeait par inertie, par maladresse, par égoïsme. Après chacune de ses prestations, il plongeait à la verticale dans le sommeil, sans un mot, sans un balbutiement de reconnaissance ni de tendresse, tandis que sur l'autre bord, caressant de la main la pierre rude et froide, elle pleurait en silence. Mais quelle idée avait-elle eue d'épouser ce rustre ?

Parfois, au milieu de la nuit, il l'arrachait à son assoupissement par des plaintes épouvantables :

— Ouille ! Ouille !... Ou-yaya ! Ou-yaya !

— Qu'est-ce qui se passe ?

— Une crampe... dans le mollet... Excuse-moi, je suis sujet à des crampes... Ou-yaya ! Ou-yaya !

Il se tordait, s'empoignait la jambe comme un lutteur l'adversaire, cherchant à se maîtriser, à se renverser. Elle allumait la lampe de chevet, assistait avec stupeur à ce pancrace. A la fin, il retombait épuisé, couvert de sueur.

Deux semaines plus tard eut lieu la réception promise aux ouvriers d'Auguste, dans la salle de classe de La Garandie, débarrassée de ses meubles. *Nous serons seize en tout*, avait-il écrit de Thiers, *plus vous deux. J'apporterai la boisson.* Il frète une camionnette. Tandis que lui-même, sa femme et sa seconde fille prennent place sur le siège avant, le personnel s'empile sous la bâche. Il y a là Tonine et sa sœur Mariette, Galoche, Floflo, Vise-en-l'Air, Pulhe-Moune, Zizin, Ipelhà et toute l'équipe, jusqu'à Mange-Salé. Celui-ci est un soiffard dans la bonne tradition des émouleurs, qui se donne régulièrement cette excuse : « C'est pas ma faute si j'ai soif : hier, j'ai mangé salé. » Ce monde en grands affûtiaux débarque vers onze heures dans le village, le ventre creux et les dents longues. Francine met pied à terre, s'avance vers l'école et trouve Gilberte assise, mélancolique, devant sa porte, les mains sur les genoux. Elle s'ébahit :

— Tu ne nous attendais pas ?

Et Gilberte, sombrement :

— Mais si, je vous attendais.

— Tu ne t'occupes pas de tes fourneaux ? Tout est déjà cuit ?

— Il y a un canard au four.

— Un canard ?

— Oui, un canard.

— Un canard pour dix-huit personnes ?

— Avec des légumes.

— Quels légumes ?

— Des petits pois en conserve. J'en ai trois boîtes. Quatre boîtes. Je ne sais plus. Ils mangeront ce qu'il y aura.

— Et ton mari, où est-il ?

— Par là derrière... au jardin.

Alors se dresse la Francine des grands jours. Celle qu'on vit une fois éteindre un commencement d'incendie dans la fabrique de la rue de Châteldon en répandant sur les flammes des bassinées de sable humide. Une autre, affronter le brigadier de gendarmerie en pantoufles qui lui rapportait par l'oreille sa fille Charlotte et demandait :

— C'est à vous, ça ?

— Je crois bien.

— Savez-vous que cette petite diablesse m'est entrée dedans sur sa trottinette, alors que je prenais le frais, assis devant la gendarmerie ? On ne peut pas dire qu'elle ait le respect de la maréchaussée !

Et elle, les yeux tournés vers le bas :

— Il me semble, monsieur, qu'il s'agit plutôt de maré-déchaussée !

Cette Francine-là prend donc l'affaire en main. Elle s'élance vers la camionnette, arrête le flot des affamés :

— Auguste, emmène tout ce monde au bistrot. Pas forcément au plus proche. Et ne revenez pas avant une heure trente de l'après-midi !

Pitelet comprend la situation et rembarque ses invités. Ils descendent à Aydat, admirent le joli lac où flottent des barques de pêcheurs, question poisson ça vaut sûrement pas la Dore, affirme Floflo qui s'y connaît en eaux courantes et immobiles. On jette des cailloux dessus pour jouer aux ricochets. Ça prend une petite heure. Après quoi, on se dirige vers le premier café.

A La Garandie, Francine écume les fermes. Elle trouve deux oies, exige qu'on les plume, qu'on les rôtisse pour une heure et demie, c'est à prendre ou à laisser. Pour elle, on dépend des saucissons, un jambon, on coupe les tranches nécessaires, on les couche sur des feuilles de chou, seul emballage disponible.

Et les légumes ?... Une odeur parvient à ses narines, elle la suit, arrive à des pommes de terre en train de bouillir dans une chaudière.

— Je suis preneuse ! dit-elle.

— Comment ? Vous voulez servir à vos invités des patates à cochons ?

— Oui, en purée. Avec du beurre, du lait, du jus de volaille. Ils n'y verront que du feu.

Elle choisit les plus belles, en emporte un plein panier. La voici de retour à l'école, avec ses pommes brûlantes, ses salaisons, trois douzaines d'œufs.

— Peux-tu me trouver un tablier ?

Mais Francine est un peu forte, elle n'entre pas dans les blouses de Gilberte.

— Ecoute, dit-elle. Prête-moi une vieille chemise de ton homme.

— Vous voulez enfiler une chemise d'Alexis ?

— Par-dessus ma robe. Je suis certaine qu'elle m'ira.

A merveille, en effet, qu'elle lui va, avec ses deux pans inégaux, le court devant, le long derrière, et la langue pendante à hauteur du nombril. C'est très seyant.

— Vous êtes à peindre, dit Gilberte.

— Tu me peindras une autre fois. En attendant, aide-moi à peler ces patates. Et n'oublie pas ton canard, ne le laisse pas brûler.

Un moment, Gilberte redevient la petite fille de naguère, celle qui obéissait aux commandements, défense de t'asseoir, tu froisserais ta robe, tiens-toi droite, apporte-moi ci, défais-moi ça, silence, une fille bien élevée ne parle pas à table. Amère douceur de ne rien vouloir, de suivre un chemin tracé par d'autres, même si l'on rêve en secret d'escampette, si l'on se dit un jour personne ne te commandera et peut-être c'est toi qui commanderas à d'autres. Minorité, passivité, sécurité. Francine, elle, semble-t-il, n'a jamais été mineure, elle lance ses ordres, rapide, efficace, péremptoire :

— Le presse-purée... Le sel... Le beurre... Le lait... La cuiller de bois...

Alexis revient, voyant sa belle-mère en *flaquepan* il éprouve le besoin de se tenir les côtes, mais elle l'interrompt :

— Allez plutôt chercher du bois, vous rirez après.

Il file vers le bûcher, il n'a pas encore commencé sa cordonnerie, il faut qu'il paye en docilité le pain qu'il mange.

Et ça continue :

— Mettez le couvert, l'un ou l'autre. Les fourchettes à gauche, les couteaux à droite, les petites cuillers devant.

Elle a la tête à tout, au four et au moulin, à la cuisine et à la salle de classe.

— Va voir si les oies sont cuites.

Gilberte s'élance, revient essoufflée, elles le seront dans vingt minutes, juste le temps de manger les hors-d'œuvre.

Vers treize heures quinze, les couteliers arrivent, la crête un peu rouge, ils s'installent sur les chaises et les bancs, contemplent avec surprise le tableau noir, la carte de France, les dessins des élèves épinglés aux murs. Ils retrouvent les réflexes de leurs jours d'école, baissent la voix, serrent les fesses. Francine va et vient parmi eux, la seule ici que rien n'intimide. A treize heures trente, les cochonnailles paraissent, conformément au programme.

Le printemps vint en catimini, entre deux giboulées de neige, personne ne le remarqua. Les chanteurs des rues firent néanmoins de bonnes affaires. En pays coutelier, ils vendaient spécialement une chansonnette et une complainte. La première était celle de l'Exposition universelle : décrétée en 36, elle se préparait fébrilement sur les rives de la Seine, les syndicats avaient décidé qu'ils travailleraient sans interruption, dimanches compris, afin de rattraper le temps perdu au cours des joyeuses grèves de l'année précédente et de respecter la date d'inauguration prévue pour le 1er mai.

On chantait donc en attendant :

Viens, ma chérie, veux-tu que nous allions
A l'ex, à l'ex, à l'exposition ?
Paraît qu'on voit des choses à sensation,
A l'ex, à l'ex, à l'exposition...

La complainte, imprimée sur papier bleu, se vendait cinquante centimes et se chantait sur l'air de *C'est une chanson dans la nuit.* Le texte, à grand renfort de majuscules, d'italiques et en plusieurs couplets, racontait :

L'EFFROYABLE CRIME DE THIERS
Dans sa boutique en flammes une ÉPICIÈRE
est découverte sauvagement ASSASSINÉE
à coups de couteau

Gens de l'Auvergne, venez autour de nous
Pour entendre l'histoire
D'un crime affreux commis dans la nuit noire
Dans la ville de Thiers.
Dans ce pays de travail et d'honneur
Un assassin sauvage,
Ivre de sang, a fait un vrai carnage
Et semé la terreur...

Madame veuve Berger, âgée de quarante-deux ans, tenait au fond de la rue Rouget-de-l'Isle une épicerie-buvette. Or une nuit, la boutique flambe, les pompiers accourent, éteignent le feu, découvrent parmi les charbons le cadavre de la propriétaire. Le médecin légiste constate qu'il y a eu meurtre. On trouve même l'arme assassine que la presse décrit ainsi : *couteau à découper genre yatagan, lame en acier inoxydable, mitre française montée sur virole, manche cuisine en ébène corbin, longueur totale 19 cm, usiné par la Société générale de coutellerie et orfèvrerie.* La pauvre madame Berger en a reçu plusieurs coups dans l'estomac. Avant même qu'on ait besoin d'enquêter chez les détaillants, une voisine de la défunte, qui gagne sa vie petitement comme jardinière, le reconnaît :

— Mais... ce couteau nous appartient ! Quelqu'un nous l'aura volé !

On l'interroge : où était-il ? qui a bien pu le prendre ? On questionne de même son fils, Raymond, âgé de dix-huit ans, également ouvrier jardinier à ses heures. Il a d'ailleurs été remarqué parmi les badauds aux alentours du commissariat, venu aux nouvelles. Les policiers fouillent sa chambre. Et qu'y dénichent-ils ? Une lettre de menace prête à être expédiée : *Monsieur, si vous voulez pas que votre maison brule un de ces quatres matins, rassembler la somme de mille francs que vous aurai a nous remettre suivant instructions qui vous seront adresser ultérieurement. La Main Noire.* Les enquêteurs cuisinent Raymond qui reconnaît avoir envoyé plusieurs messages de cette sorte, histoire de rire, mais en fait ils ne lui ont rien rapporté, car ensuite il n'osait se présenter pour toucher la rançon. Cela n'a rien à voir avec le meurtre. Il avait d'ailleurs trop d'amitié pour la veuve. Mais le couteau est là qui parle, qui parle.

— Explique-nous comment il a pu se transporter dans l'épicerie, alors que la veille ta mère s'en est servie pour découper un lapin...

A la fin, Raymond capitule : c'est bien lui qui a fait le coup. Bénéfice : cent trente-cinq francs. Le crime ne paie pas.

Voilà donc l'*assassin sauvage* arrêté. Cela repose le problème de la prison. Thiers a perdu la sienne. Trop coûteuse, paraît-il, vu le petit effectif des malfaiteurs qui y résidaient. Moins nombreux que le personnel. Pour raison d'économie, on les transfère désormais à Riom, chef-lieu judiciaire du département. La maison d'arrêt de la rue des Groslières, avec ses portes à toute épreuve et ses barreaux puissants, est une cage sans oiseaux. Il est quand même triste que la capitale de la coutellerie française ne soit pas en mesure de produire un nombre de malfaiteurs suffisant et doive confier à d'autres la garde de son gibier de potence.

Les Thiernois ont cependant été toujours fort attachés à leur prison.

A preuve la curieuse enquête qui se déroula il y a une trentaine d'années sur l'initiative d'une feuille locale. Lui fournissant une liste de dix établissements publics, celle-ci demandait à la population de les classer, selon elle, par rang d'utilité. Le résultat de ce sondage fut le suivant :

1 – la *prison*, avec 35 % des voix ;
2 – l'*hôpital*, avec 24 % des voix ;
3 – la *mairie*, avec 16 % des voix ;
4 – la *gare*, avec 12 % des voix ;
5 – l'*école*, avec 7 % des voix ;
6 – l'*église*, avec 6 % des voix.

Il se trouva donc trois Thiernois et demi sur dix pour affirmer que la prison était l'établissement le plus utile de la commune. C'était l'époque des grandes grèves de 1907. Clemenceau le Tueur, le premier flic de France, envoyait ses dragons contre les ouvriers en grève, emprisonnait leurs chefs à tour de bras. Voter à trente-cinq pour cent en faveur de la prison était une manière ironique de l'applaudir, de dire : « Nous aussi, un jour, peut-être... à moins que l'*hôpital* ne nous en préserve... » A Thiers, il se trouvait que la prison et l'hôpital résidaient dans la même rue, voisinage significatif, chaque ouvrier pouvant proclamer : dans cette rue, j'ai deux maisons à moi. On considéra que la *mairie* avait aussi son utilité, impossible de naître, de se marier, de mourir sans son intervention, ajoutez-y le secours aux chômeurs, les distributions de bons de repas aux indigents, ça méritait un seize pour cent. Peu de gens avaient l'occasion de prendre le train, excepté les monteurs qui descendaient de Chabreloche, de Celles par le « train des besaces » chaque lundi ; mais le train apportait aussi l'acier, le charbon, la corne indispensables à l'industrie coutelière ; on vota donc un petit douze pour cent à la *gare*, principalement à la gare des marchandises. En revanche, la plupart des ouvriers du couteau ne voyaient pas clairement à cette époque l'utilité de savoir lire et écrire, un livre ne tombait pas plus souvent dans leur foyer qu'un boulet de canon, le français officiel leur rappelait de mauvais souvenirs, c'était la langue de l'armée, des affiches blanches, du tambour de ville et de ses règlements, du catéchisme et de ses interdictions ; eux, ils pensaient, chantaient, juraient, aimaient en patois ; quant à l'église, beaucoup n'y entraient qu'à leur corps défendant, trop jeunes pour protester, ou les pieds devant, sans voix au chapitre. L'*école* et l'*église* ne valaient pas plus qu'un six ou un sept pour cent.

Raymond s'en fut donc attaché à deux gendarmes jusqu'à Riom, en attendant de comparaître devant les juges.

A propos de procès, il s'en tenait à Moscou de bien curieux. On y fusillait comme des étourneaux les généraux de l'Armée rouge, ceux qui l'avaient construite, qui hier encore en étaient la gloire et le soutien. Dans la même journée, huit avaient été jugés, condamnés et passés à la casserole, notamment l'illustre maréchal Toukhatchevski, adjoint de Vorochilov ; il venait justement de représenter son pays à Londres au couronnement de George V ; Staline choisissait curieusement ses ambassadeurs. Le plus extraordinaire est qu'à leur procès ces hauts dignitaires avouaient sans retenue. Chez nous, n'importe quel accusé sain de corps et d'esprit nie jusqu'au dernier moment, il aurait avalé le renard et la queue lui sortirait par la bouche qu'il jurerait que ce n'est pas vrai, le jardinier Raymond lui-même s'était défendu bec et ongles. Eux, au contraire, de proclamer : oui, c'est vrai, nous sommes des traîtres infâmes, nous avons noué des relations criminelles avec l'Allemagne, nous cherchions à vendre notre patrie, nous méritons cent fois la mort. Pouvait-on, dans ces conditions, décemment la leur refuser ?

Quelques jours plus tard, un communiste barbu se disant trotskiste vint au cinéma Variétés expliquer que les procès de Moscou étaient truqués, que les condamnés avaient avoué sous l'effet de tortures morales ou physiques, qu'ils étaient victimes des ambitions personnelles de Staline. Il n'alla pas plus loin dans sa démonstration, les communistes locaux couvrirent sa voix de leurs huées et de leurs injures, il dut fuir en se protégeant la tête. Les Thiernois apprirent de la sorte qu'il existait deux sortes de communistes, comme deux sortes de champignons : les vrais et les faux. Les bons et les mauvais. Les honnêtes et les truqueurs. Les staliniens et les trotskistes. Les barbus et les moustachus. Ce qui compliquait les choses, c'est qu'on rencontrait des staliniens honnêtes et des truqueurs barbus. C'était à y perdre son patois.

Mais ces exécutions moscovites n'étaient que de la gnognote auprès des immenses massacres qui se perpétraient au-delà des Pyrénées. Avec l'appui de l'Allemagne nazie, de l'Italie fasciste, du Vatican opusdéiste, les troupes de celui que les Thiernois appelaient le *Gaudillo* progressaient sur tous les fronts. La légion Condor bombardait les villes encore républicaines, le général Millán Astray, ami personnel de Franco, lançait à ses troupes la devise : *A bas l'intelligence ! Vive la mort !* A la suite de quoi, tant de cadavres jonchaient l'Espagne qu'ils fuyaient d'eux-mêmes cette terre maudite, naviguaient loin d'elle au hasard, la mer en rejetait sur les côtes françaises, certains étaient remontés jusqu'aux rives vendéennes.

Pendant que l'Allemagne aiguisait ainsi ses armes et le moral de ses troupes, la France débordait de pacifisme, de fraternité, de chansons tendres. Les familles ouvrières faisaient des économies pour acheter un *tandem*, à deux ou à trois places assises. Le mot, paraît-il, signifie « enfin ». Enfin le véhicule de leurs rêves ! Jojo et Jeannette, tournant leurs quatre pédales, s'en allaient à la découverte du monde. C'est-à-dire des moutons frisés champenois, des pommiers de

Normandie, des betteraves picardes, des vignes angevines. Ils apprenaient en même temps la botanique, la zoologie, la géographie. Les plus vaillants poussaient jusqu'aux Alpes. « Ah, les Alpes ! s'écriait Jojo. Ma femme s'en faisait une montagne ! On les a quand même avalées ! » D'autres préféraient la mer et constataient avec émerveillement qu'elle est encore plus grande que sur les cartes postales. On manquait de mot pour désigner ces hommes et ces femmes en vadrouille ; on les appela les « congés payés ».

La France était une agnelle entourée de loups, gardée par des bergers indignes. D'une ignorance, d'une incapacité crasses. Ils étaient de deux sortes. Ceux qui clamaient : « Nos armes sont si puissantes que nous ne craignons aucun agresseur ! » Et ceux qui affirmaient : « Nous n'avons pas besoin d'armes, nous ne voulons entrer en guerre contre personne ! Désarmons unilatéralement ! Et devant une telle bonne volonté, aucun de nos voisins n'aura l'audace de lever la main sur nous ! Nous serons protégés par notre innocence ! » Le film de Jean Renoir, *La Grande Illusion* – dont le titre aurait dû cependant mettre en garde les foules –, contribuait au contraire à les endormir : un roman d'amour sembla possible entre la France et l'Allemagne, comme entre Jean Gabin et Dita Parlo ; plus jamais il n'y aurait une autre 14-18. Nos députés n'étaient pas les moins aveugles : ils votèrent à Paris une loi qui interdisait *à tous pays* l'envoi d'armes et de volontaires en Espagne. On imagine l'accueil que Hitler et Mussolini réservèrent à cette interdiction.

L'Exposition universelle cherchait à faire oublier ces malheurs et ces menaces. Elle fut ouverte le 24 mai, avec plus de trois semaines de retard, parce que les ouvriers du bâtiment avaient en définitive refusé d'obéir aux consignes syndicales, on ne va pas travailler le samedi et le dimanche alors qu'on s'est tant battu pour les quarante heures. Le président de la

République, Albert Lebrun, l'inaugura en marchant dans le plâtre et les gravats. Il s'arrêta longuement devant le stand de la coutellerie thiernoise, reçu par le maire Antonin Chastel en personne. Il lui serra la main, évoqua sa visite de 1934 dans la capitale de tout ce qui coupe, le fabuleux couteau qu'il avait reçu de son prédécesseur.

— Est-ce qu'il a besoin d'aiguiser, monsieur le président ? questionna l'ancien émouleur.

— Ma foi, je pense qu'il a conservé son fil. Vous savez, ma femme ne s'en sert pas tous les jours pour éplucher les légumes ! fit en riant l'ancien polytechnicien.

— Pour sûr, il est pas ce qu'y a de plus pratique, question épluchage. Tenez, monsieur le président, pour vos légumes, prenez plutôt ceci.

Et il lui fourra dans les mains un épluche-pommes de terre inoxydable.

— Non, non ! C'est trop !

— Ah ! vous avez bien accepté un couteau de mon rival Cotillon ! Vous pouvez pas me refuser cette bricole, ça me vexerait ! D'abord, c'est uniquement pour votre dame. A vous, je réserve autre chose.

Devant les yeux présidentiels ébahis, il ouvrit les huit pièces d'un magnifique article à côtes de corne, lame, canif, scie, poinçon, tire-bouchon, tournevis-décapsuleur, ouvre-boîtes, flamme à saigner, fit claquer la lame principale, referma le couteau-panoplie et le lui glissa dans une poche, disant :

— Un cadeau de la ville de Thiers.

— Vous êtes trop aimable.

— Entre nous, c'est un peu lourd pour la poche du veston, ça la déforme. Gardez-le plutôt dans celle du pantalon, retenu par une chaînette à la ceinture.

— Je suivrai votre conseil.

Après quoi, on montra au président des photographies de la ville et de ses ateliers. Avant qu'il ne s'éloignât,

Tonin trouva le biais de lui glisser dans une autre poche une troisième pièce de coutellerie, un coupe-papier dans son écrin :

— Pour ouvrir vos enveloppes. Car vous devez en recevoir, du courrier !

Albert Lebrun dut battre en retraite, les poches toutes déformées.

Malgré ses défauts, l'Exposition remporta un beau succès, elle dura six mois et reçut plus de trente et un millions de visiteurs payants, presque autant de gratuits, ce qui n'était pas mal pour une entreprise menée par le *Front crapulaire*, comme disaient ses ennemis.

Thiers eut aussi les festivités qu'il s'était promises : elles honorèrent le comédien Montdory, le plus illustre acteur de son temps, qui eut entre autres mérites celui de découvrir et lancer Pierre Corneille. La ville ne soupçonnait pas qu'elle avait donné le jour à un si grand homme, tout le monde le lui avait caché, y compris le dictionnaire Larousse qui faisait naître Montdory à Orléans, elle n'était pas si riche de célébrités qu'elle pût se permettre d'en abandonner aux autres. Le berceau exact de sa famille fut révélé au grand public par Elie Cotier, un ancien maître d'école devenu journaliste au *Moniteur*, le quotidien de Pierre Laval. Originaires du village des Giliberts, paroisse d'Escoutoux – ce qui explique son nom, *Dosgilberts* –, les ancêtres du futur acteur s'installèrent au XVIe siècle à Thiers même, y exerçant la fabrication et le commerce de la coutellerie. Et c'est là que naquit en 1594 le petit Guillaume. Il devait dès l'âge de quinze ans quitter l'Auvergne pour aller étudier le droit à Paris chez un procureur, ami de son père. En fait, il dévia vers le théâtre, choisit le pseudonyme de *Montdory*, empruntant ses syllabes aux faux noms de ses confrères, *Rozidor, Floridor, Montluysant, Montfleury, Rozimont.* Se souvenant peut-être aussi qu'à cette époque le Mont-Dore était la plus haute montagne auvergnate. Il fonda avec Le Noir la troupe du « Marais » qui s'en allait passer l'été à Rouen. D'où la rencontre avec Corneille. Montdory accepta de jouer le rôle d'Eraste dans la comédie *Mélite ou les Fausses Lettres*, créée à Paris en 1630, impasse Beaubourg. L'obscurité de l'auteur était telle qu'on préféra ne pas imprimer son nom sur l'affiche. Le succès fut néanmoins surprenant, il assura à la fois l'avenir de la compagnie et celui de l'écrivain en les faisant connaître à la cour. Par la suite, le comédien thiernois monte encore *Clitandre, La Veuve ou le Traître puni*, qui valent à Corneille jusqu'aux louanges de ses rivaux :

Le soleil s'est levé, retirez-vous, étoiles ! (Scudéry)

Richelieu s'intéresse au jeune poète si bien défendu par celui que Mairet appelle le *Roscius auvergnac*. Et il lui propose d'écrire avec quatre de ses collègues une pièce dont il fournit le sujet et qu'il signera de son nom : *La Comédie des Tuileries* ; elle est représentée par Montdory et les siens devant toute la cour.

A la fin de l'année 1636, alors que les envahisseurs espagnols reculaient, battus à Corbie et à Saint-Jean-de-Losne, on chanta le *Te Deum* dans toutes les églises de France. Louis XIII en personne alla rendre grâce à Notre-Dame-de-Paris. Dans cette atmosphère héroïque, la troupe du Marais joua *Le Cid* : avec sa taille bien prise, ses mollets ronds, ses jolies moustaches, sa voix puissante, Montdory était un Rodrigue encore très présentable, à quarante-trois ans. Ce fut le triomphe que l'on sait. Tout Paris pour Rodrigue eut les yeux de Chimène. Le Roscius auvergnac devint le plus recherché des Parisiens. Il fréquentait notamment chez ses compatriotes les Pascal, qui tenaient un salon littéraire et scientifique.

Peu après, il eut l'occasion de rendre un fameux service à Etienne Pascal. Ce digne magistrat, compromis dans une assemblée où des propos outrageants avaient été tenus contre Richelieu, craignant d'être embastillé, s'était réfugié en Auvergne. Il laissait ses enfants Blaise et Jacqueline à la garde de leur sœur aînée Gilberte. Le théâtre fournit un terrain de réconciliation. Sur la suggestion de Montdory et instruite par ses soins, la petite Jacqueline, âgée de treize ans, apprit un rôle dans *L'Amour tyrannique* de Scudéry et joua la pièce devant le cardinal. Ce même jour, le comédien auvergnat plaida près de lui la cause d'Etienne pendant quatre heures, l'entretint avantageusement de sa vertu, de sa science et de ses autres qualités.

Pour finir, la petite Pascal, qui était jolie comme un cœur, récita un compliment composé de sa main :

Ne vous étonnez point, incomparable Armand,
Si j'ai mal contenté vos yeux et vos oreilles.
Mon esprit, agité de frayeurs sans pareilles,
Interdit à mon corps et voix et mouvement.
Mais pour me rendre ici capable de vous plaire,
Rappelez de l'exil mon misérable père.
C'est le bien que j'attends d'une insigne bonté.
Sauvez cet innocent d'un péril manifeste.
Ainsi, vous me rendrez l'entière liberté
De l'esprit et du corps, de la voix et du geste.

Le ministre souriant écouta cette supplique. Dès le lendemain, Jacqueline en écrivait à son père : *Il m'embrassoit et me baisoit, et pendant que je disois mes vers, il me tenoit toujours entre ses bras et me baisoit à tout moment avec une grande satisfaction, et puis, quand je les eus dits, il me dit : « Allez, je vous accorde tout ce que vous me demanderez, écrivez à votre père qu'il revienne en toute seureté.... » Je m'en ressens extrêmement obligée à monsieur de*

Montdory qui a pris un soin estrange. Je vous prie de prendre la peine de lui escrire par le premier ordinaire pour le remercier, car il le mérite bien.

L'illustre acteur mourut discrètement vers 1653, on ne sait où.

Bien que la coutellerie eût occupé dans sa vie peu de place – il lui dut néanmoins ses études de droit à Paris, payées avec les écus paternels – Thiers tint à lui offrir une grandiose célébration. Elle coïncidait avec le tricentenaire du *Cid* et eut pour maître d'œuvre Elie Cotier, soutenu par la Société d'études locales, protectrice des Arts, des Sciences et des Lettres. Le ministre de l'Education nationale Jean Zay vint inaugurer un bas-relief en pierre jaune du Poitou : il représentait assez gauchement le comédien en hauts-de-chausses à crevés, récitant Corneille, dont le profil surgissait du fond comme un mirage. On le scella au bas de la place Belfort, regardant le poids public, en sorte que les passants voyaient moins sa figure que son derrière.

La matinée fut consacrée aux défilés et aux concerts. Comme à l'accoutumée, la Société philharmonique du docteur Berger et les Prévoyants de l'avenir de l'assureur Durognon se disputèrent le kiosque de la place Duchasseint, dont ils voulaient jouir en même temps. Il fallut les départager par tirage au sort.

A midi, se tint au marché couvert un banquet de quatre cents assiettes, présidé par Jean Zay. De sa voix rauque, le maire prit la parole pour exprimer sa joie, son honneur et sa haute considération. Il lut ensuite, ses besicles sur le nez, achoppant aux mots difficiles, la biographie de Guillaume Dosgilberts, alias Montdory. C'est alors qu'il prononça l'historique bourde que des générations de Thiernois devaient se répéter, qu'ils se transmettront tant que le soleil se lèvera derrière Margeride et que des meules tourneront sur ces rives coutelières :

— Ce fut, mes chers compatriotes, le plus grand acteur de son siècle. Voltaire regrettera de n'avoir pas un interprète de son envergure pour jouer ses tragédies. Et pourtant, Voltaire fut servi par Molé, par Lekain, protégés de Marie-Antoinette et de Louis...

Tonin eut une hésitation, surpris que quelqu'un pût porter un nom aussi bizarre :

— Louis... Louis... répéta-t-il.

Puis vaillamment il franchit l'obstacle :

— ... Louis Ixe-Vé-Un...

D'abord, les gens se regardèrent avec stupeur, n'en croyant pas leurs oreilles, la perle était d'une trop belle eau. Mais non : Chastel poursuivait gravement son discours. Alors, tous les officiels, ministre, sous-préfet, principal du collège, administrateurs de la Caisse d'épargne, capitaine de gendarmerie, se jetèrent sur leur serviette, firent semblant de s'essuyer la bouche pour pouvoir rire à couvert, tandis que la salle, moins précautionneuse, se convulsait d'hilarité. Le maire se troubla :

— Qu'est-ce que j'ai dit ?

— Mais non, le rassura le secrétaire, ce n'est pas vous. C'est quelqu'un d'autre.

— Ah ! bon.

Et il reprit sa lecture trébuchante. Elle le conduisit jusqu'aux toasts. Il leva son verre à la santé du ministre, du sous-préfet, d'Elie Cotier, et pour finir à celle de la Société d'études locales :

— Je bois-t-aux Arts ! Je bois-t-aux Sciences ! Et je bois-t-aux Lettres !

En soirée, au Champ de Foire, sous les projecteurs, fut donnée une représentation du *Cid*. Le rôle de Rodrigue était tenu par Robert Vidalin de la Comédie-Française, originaire de Saint-Amant-Tallende, aussi auvergnat que Montdory lui-même. Bien que la pièce fût un peu compliquée, le public démêla qu'il s'agissait d'une histoire d'amour mal emmanchée, parce que les familles des deux jeunes gens n'avaient pas les mêmes idées politiques, ce qui amenait le futur gendre à zigouiller son futur beau-père. Mauvais commencement pour un ménage. Mais à la fin tout s'arrange : une guerre éclate, Robert y remporte de grandes victoires. Si bien que le roi fait celui qui n'a rien vu sur la question du beau-père, et autorise Vidalin à épouser quand même sa promise.

En fait, peu de gens résistèrent jusqu'au dénouement. Il y eut d'abord un entracte au cours duquel le recteur de l'académie de Clermont, monsieur Boussagol, expliqua de façon interminable que *Le Cid* de Corneille n'était pas tellement de Corneille, mais plutôt d'un certain auteur espagnol, mais de Corneille tout de même. Les Thiernois commencèrent à s'ennuyer, ils n'étaient pas venus entendre ce Boussagol, d'autant moins que soufflait un petit vent hérissé comme un porc-épic. Ils tinrent bon un moment puis, peu soucieux de savoir comment Robert Vidalin se tirerait d'affaire, s'en allèrent tout gelés de froid.

1938

Nouvelles de la famille.

Beaucoup d'événements s'étaient produits en quelques années chez les Pitelet-Dubourdieu, alliés et descendants de Pitelet le Gros.

Depuis qu'Alfred Laïkié, commerçant libanais, était venu de Dakar, par une inspiration céleste et miraculeuse, pour demander la main de Léontine, celle-ci avait renoncé à perdre du poids. Au printemps de 1931, toujours chaperonnée par sa sœur Jeanne, elle fit le voyage du Sénégal afin d'examiner de ses yeux si les Comptoirs Laïkié correspondaient bien aux cartes postales d'Alfred. Par les soins pudiques du fiancé, les deux demoiselles furent installées chez les sœurs blanches du couvent des Oiseaux. Elles revinrent enthousiastes :

— Les Comptoirs Laïkié, dit Léontine, sont les plus importants de Dakar. On y trouve absolument de tout, vêtements, chaussures, chapeaux, articles ménagers, outillage. Coutellerie, naturellement, nous sommes bien placés pour le savoir. Il n'est pas un habitant qui ne soit client de la maison. La ville possède un grand port, des palmiers, de belles résidences européennes. Ah ! L'œuvre de la France est là-bas admirable, avec des écoles, un hôpital, un institut Pasteur, le palais du gouverneur, des hôtels, des cinémas. Notre civilisation est visible partout.

— Nous avons même, ajouta la cadette, assisté à une exécution capitale tout à fait correcte.

— Une exécution capitale ? s'écria la mère, un peu effrayée.

— Oui. Sur une place publique, devant la prison.

— De qui ?

— D'un Noir, pardi. Il avait mangé son père.

— Quelle horreur ! En entier ?

— Oh ! en plusieurs fois ! L'anthropophagie fait partie des vieilles plaies que nous combattons. C'était donc une exécution civilisatrice. A la guillotine. Le bourreau et ses aides, recrutés sur place, étaient revêtus de blouses blanches, on aurait dit des infirmiers. Et ils ont produit en effet un travail impeccable. Le condamné n'a pas souffert.

— Et vous voulez aller vivre dans un pays d'anthropophages ?

— Oh ! Le condamné venait du fin fond de la brousse. C'était peut-être le dernier de son espèce.

Le mariage d'Alfred Laïkié et de Léontine eut lieu après la Toussaint. Pressée par le célibat, espérant dénicher en Afrique l'âme sœur, blanche ou noire, qu'elle ne découvrait pas en France, et invitée par Alfred et Léontine, Jeanne la Musicienne s'embarqua à son tour avec son violon au début de 32. Leur mère Julie les rejoignit quelques mois plus tard après avoir signé chez maître Guimoyat en faveur de ses trois enfants une donation-partage de ses biens immobiliers, s'en réservant seulement l'usufruit sous forme d'une rente viagère. Armand, le troisième descendant de Pitelet le Gros, resta donc seul à exploiter la fabrique, n'espérant rien de son fils unique Paul, qui refusait de s'intéresser à la coutellerie et ne montrait de goût que pour la cuisine.

Aux Comptoirs Laïkié, madame veuve Pitelet assuma bientôt un rôle de surintendante. Tandis que le gendre demeurait dans son bureau, absorbé par ses comptes, elle errait en permanence d'un endroit à l'autre, de la réserve aux magasins, de la quincaillerie aux articles de pêche. Les employés noirs redoutaient l'apparition de sa silhouette maigre qu'achevait un chignon dans lequel ils croyaient, comme dans la couronne d'un roi, voir un emblème d'autorité. Elle avait dû, pour le loger, se faire confectionner un casque colonial de forme particulière. Par souci d'hygiène, par conscience de sa mission civilisatrice, elle se montrait chatouilleuse à l'extrême sur la propreté du personnel. Elle exigeait des blouses grises mais impeccables aux articles de bazar, des blouses « blanches comme le lait » au rayon des comestibles. Ses employés l'appelaient, par un calembour dont ils n'avaient sans doute pas conscience, *ma'am Pitit-Lait.* Chaque matin, à l'ouverture des bureaux, elle faisait aligner son monde, les mains ouvertes et tendues. Elle se penchait sur ces paumes étrangement roses ou à peine teintées de bistre, formant avec le dos brun le même contraste que certaines feuilles bicolores. Quand elle tombait sur des traces suspectes, elle demandait d'un air de dégoût :

— Qu'est-ce que c'est que ça, Diallo ?

— C'est ma couleu'naturè'e, ma'am Pitit-Lait.

— Tu me l'as déjà servie la semaine dernière, celle-là ! Tais-toi, malheureux ! File au robinet ! Tu devrais rougir !

Il essayait de rougir sans succès. La rougeur des Noirs est tout interne.

A chacun son empire. Léontine régnait sur la belle demeure à colonnes, à fronton, à balcons, à vérandas, établie à Hann, au-dessus de la mer, derrière un village de pauvres pêcheurs. Et aussi sur une escouade de servantes et serviteurs, femmes de chambre, cuisinier, aide-cuisinier, jardiniers, tous gens sobres qui vivaient de peu, mangeaient de peu, s'habillaient de peu, se logeaient de peu dans leurs propres cases, descendant chaque matin du village où ils habitaient, une heure de marche qui n'usait guère leurs semelles puisqu'ils venaient sur leurs immenses pieds nus à plante grise. Seules les femmes, indispensables de jour comme de nuit, recevaient hébergement dans la villa.

Quant à Jeanne la Musicienne, après avoir végété un certain nombre d'années, elle fit la connaissance d'un pharmacien indigène, ancien élève de la faculté de Lyon, établi à Saint-Louis. Elle lui joua la *Romance en fa* de Beethoven et le *Clair de lune* de Werther. Aucun pharmacien sénégalais n'a jamais résisté à la *Romance en fa :* monsieur Karim Samba demanda sa main.

— Je dois vous di', précisa-t-il honnêtement, que je suis de confession musulmane, que je pou'ais pa'conséquent avoi'plusieu'épouses, selon la loi du P'ophète. Toutefois, je suis aussi de cultu'e f'ançaise et d'idées modè'nes, et je me'efuse à ent'eteni'un ha'em. Chaque fois que je me'ema'ie, je divo'ce donc de la p'écédente. Si vous acceptez ma demande, vous se'ez la seule femme de ma maison.

— Vous vous remariez souvent ?

— Ce se'a la t'oisième fois.

Jeanne refusa de prêter l'oreille aux amis intimes de son prétendant qui lui disaient :

— Ka'im vous a demandée en ma'iage ? Avec lui, le ma'iage, y a bon Banania ! Mais c'est le divo'ce qui est'edoutable !

— Que voulez-vous dire ?

— Vous savez comment il divo'ce, Ka'im ? Un peu à la maniè'de ce pè'sonnage de vos contes populai'es, Ba'be-Bleue. Il emmène sa femme à l'intérieu', au bo'd d'un lac plein de c'ocodiles. Et il la fait manger pa'les c'ocodiles. Alo's, on vous met en ga'de : quand vous au'ez cessé de lui plai'e, méfiez-vous des p'omenades au bo'd des lacs !

Tout cela accompagné d'éclats de rire où brillaient quatre douzaines de dents éblouissantes, si sonores qu'ils auraient dispersé les nuages. Elle commençait à s'habituer aux plaisanteries africaines. Bref, les choses allèrent pour le mieux. Elle dit oui. Et Jeanne la Musicienne devint en 1938 Jeanne la Pharmacienne. C'est une situation qui mérite bien qu'on prenne quelques risques.

Julie Pitelet recevait de Thiers, en même temps que les échéances de sa pension, des nouvelles réconfortantes. Les couverts le Cygne n'avaient jamais été tant demandés. On abandonnait de plus en plus le nickelage au profit du chromage et de l'acier inoxydable ; mais Armand Pitelet réalisait ses meilleurs bénéfices dans les couverts de maillechort argenté ; les grands magasins de Paris les lui commandaient par mille douzaines à la fois ; il les livrait avec le poinçon de garantie, gravés au chiffre du vendeur, *Samaritaine, Louvre, BHV*. D'année en année, la maison augmentait son chiffre d'affaires. Seule ombre à ce bonheur : l'éloignement de son fils Paul. Cette année 38, âgé de dix-neuf ans, il se trouvait en stage, au Savoy, un grand hôtel de Londres, pour perfectionner son anglais et apprendre la recette du gigot bouilli. *Il faut absolument, chère mère,* écrivait Armand, *que je te raconte l'histoire de la duchesse de Salisbury. Un dimanche, elle téléphone pour retenir une table et trois couverts. Comme c'est une grande dame de là-bas, parente du roi en personne, on lui réserve une pièce particulière. A l'heure dite, elle arrive. Et sais-tu qui sont ses invités ? Deux chiens qu'elle tire au bout d'une laisse. Mais on connaît ses fantaisies, personne ne s'étonne. Elle s'assoit, les deux toutous en face d'elle avec une serviette au menton comme deux chrétiens. On lui présente la carte, presque toute rédigée dans notre langue, le français est le langage de la cuisine comme l'italien celui de la musique. Elle lit :* Omelette à la française.

— Qu'y a-t-il dedans ? qu'elle demande.

— Nous avons en ce moment, dit le maître d'hôtel, un jeune cuisinier français. Je vais l'envoyer à Votre Grâce : il le lui précisera lui-même.

On appelle Paul. Le voici qui explique le contenu de l'omelette à la française, jambon, fromage, pointes d'asperges et je ne sais quoi, une affaire très compliquée que jamais personne ne mange en France.

— Bien, répond la duchesse. Préparez-m'en une. Ensuite, si elle me convient, vous en ferez deux autres toutes pareilles, car nous avons l'habitude, mes amis et moi, d'avoir le même menu.

Ses amis, je te le rappelle, c'étaient les cabots.

— D'accord, Votre Grâce, dit mon garçon.

Il va lui préparer une omelette dans le dû, digne de la cousine d'un roi. Après quoi, il revient, la lui présente.

— Attendez ! fait la duchesse.

De sa fourchette, elle découpe un bout d'omelette, le goûte, et déclare :

— C'est trop cuit ! Je connais mes amis : ils aiment l'omelette onctueuse. Remportez ça. Préparez-m'en une seconde.

Paul s'exécute. Il retourne aux cuisines, mijote une autre omelette, la rapporte toute en bave :

— J'espère qu'elle sera du goût de Votre Grâce.

— Bouhêêêêêêêê ! fait cette grande dame. Comment voulez-vous que nous mangions une chose aussi répugnante ? Préparez-m'en une troisième, je vous prie.

Imagine la situation, ses deux omelettes refusées, Paul commençait à se sentir les oreilles en feu. N'importe. Il obéit, revient une fois encore avec une omelette juste à point :

— Voici, Votre Grâce.

Elle ne lui permet pas même de la poser sur la table, la goûte de nouveau avec le bout de sa fourchette de Sheffield :

— Trop salée ! Beaucoup trop salée ! Qu'est-ce que c'est que ce cuisinier français ? Si la quatrième est aussi ratée que les précédentes, nous quittons les lieux !

Il ne lui en laisse pas le temps. Comme il tient encore le plat sur la main droite, il l'écarte doucement et lui colle l'omelette en pleine poire.

Un moment après, le directeur du Savoy fait appeler Paul dans son bureau :

— Je comprends votre réaction, lui dit-il. A votre place, j'en aurais sans doute fait autant. Mais je suis à la mienne. Et je ne peux vous garder davantage dans notre maison, après cette offense que vous avez faite à la duchesse de Salisbury et, à travers elle, à toute la famille royale. Il y a quatre siècles, on vous aurait tranché le cou à la hache. Nous serons moins durs. Votre stage au Savoy est terminé. Mais je vous aiderai à trouver un autre hôtel londonien pour vous recevoir, avec ma personnelle recommandation.

Voici comment Paul est passé du Savoy au Claridge. Ce garçon-là est promis à une brillante carrière, à condition qu'il ne reçoive pas trop de duchesses.

Dans une autre cuisine, maître Raymond Gautier-Pitelet ne se débrouillait pas mal non plus. De 1930 à 1937, divers présidents du Conseil avaient exploité ses diverses incompétences pour faire de lui un prudent sous-secrétaire d'Etat, tantôt à la Marine marchande, tantôt au Commerce, tantôt à l'Agriculture, et même un ministre des Colonies : son ministère n'avait duré que quatre matins ; mais il avait suffi à lui conférer le droit perpétuel d'être appelé « monsieur le ministre ». Il n'aspirait pas à devenir lui-même chef de gouvernement, trouvant plus confortable d'exercer *sous* Tardieu, *sous* Herriot, *sous* Laval, *sous* Chautemps.

Au cours du mois d'août, il ne manquait point de passer quelques jours à Salvagnac, au-dessus de Vic-sur-Cère, dans le château de Joseph Rigal son beau-père. Là se rassemblaient avec leur famille les Rigal de l'été, ferrailleurs, restaurateurs, bougnats, limonadiers, tous gens prospères de mine, de fortune et de descendance. Parfois se joignait à eux, en invité d'honneur, le dernier lauréat du *Rigal*, « seul prix littéraire au monde fondé par un analphabète », comme le définissait l'empereur de la ferraille.

— Eh bien ! monsieur le ministre, interpellait-il son gendre, qu'attendez-vous pour me donner des petits-enfants ? Les Rigal ont toujours été prolifiques. Il n'y a aucune raison pour que votre femme échappe à la règle.

Huit années stériles s'écoulèrent en effet. Jeannette et Raymond erraient mélancoliquement dans le parc, se tenant par la main, s'asseyaient sur leur banc de pierre à l'ombre d'un marronnier, dérangés de temps en temps par un Rigalichon ou une Rigalichonne qui leur filaient dans les jambes.

« Il est quand même triste, songeait-il, que me soit refusée la paternité alors que n'importe quel goujat se reproduit abondamment, que n'importe quel chien corniaud remplit la paroisse de sa progéniture. » Mais à voix haute, il exprimait des consolations :

— Si nous n'avons pas d'enfants, nous aurons au moins beaucoup de neveux.

Il racontait des drames familiaux auxquels il se trouvait mêlé dans sa profession juridique, des histoires de fils indignes, mieux vaut ne pas avoir de descendance qu'en avoir de cette sorte. Puis tous deux se taisaient et regardaient ensemble le sable rouge des allées. Alors, dans ce silence, il leur arrivait de percevoir un froissement de feuilles derrière eux, ils se retournaient.

— C'est curieux, disait Jeannette. Il me semble que quelqu'un nous surveille. Qu'on nous espionne.

De même, plus d'une fois dans la maison ils crurent voir au détour d'un corridor disparaître une ombre furtive, il y a des fantômes dans ce château, bougonnait-il. Des fantômes qui perdaient leurs peignes : il en ramassa un en celluloïd dont personne ne reconnut la propriété.

— A propos de stérilité, dit un soir Joseph Rigal, connaissez-vous l'histoire de la reine Anne d'Autriche qui, depuis des années, attendait vainement de donner un héritier à son époux ? Des circonstances l'amenèrent dans notre région. A Vic-sur-Cère – qui s'appelait alors Vic-en-Carladès –, elle but des eaux minérales, et neuf mois plus tard donna naissance au futur Louis XIV. Voilà ce que raconte du moins le syndicat d'initiative.

Sans tarder, on appliqua la recette, Jeannette but abondamment de ces eaux miraculeuses. L'année d'après n'amena aucun événement. Ni la suivante. Elle s'obstina. La troisième enfin, elle eut le bonheur de constater que Vic la favorisait du même miracle qu'Anne d'Autriche : la naissance aurait lieu au printemps de 1938. Depuis lors, elle crut fermement aux eaux de Vic, de même que certains croient au pouvoir qu'ont les chats d'amener la pluie : le lendemain il ne pleut pas, ni le surlendemain, ni de toute la semaine ; mais un jour il pleut.

La grossesse se déroula heureusement jusqu'au cinquième mois. Or à cette date – l'hiver métropolitain avait été précoce et rigoureux – l'ex-ministre des Colonies accepta une invitation d'un grand seigneur de Marrakech. Au nom de l'indéfectible attachement du Maroc à la France, de l'idéal chrétien défendu par la foi musulmane sur les champs de bataille, Gautier-Pitelet l'avait décoré du ruban rouge et le féodal tenait à lui témoigner sa reconnaissance : *Venez*, lui écrivait-il, *cher et puissant ami, cueillir aux arbres de mes orangeraies les fruits d'or des Hespérides. Et il y aura une surprise.*

Ils furent magnifiquement reçus dans le palais du Sarrasin qui leur rappela l'Alhambra de Grenade, visité au cours de leur voyage de noces, mais vulgarisé ensuite, à leur grand dépit, par une chanson pour chevaux de bois :

Les jolis soirs dans les jardins de l'Alhambra,
tagada, tagada, tagada,
Les soirs très lourds dans le parfum des mimosas,
tagada, tagada, tagada...

Marbres, jets d'eau, arabesques, moucharabiehs, serviteurs noirs – ou esclaves ? –, brûleurs d'encens, repas à croupetons sur des tapis, jardins qu'irriguaient en permanence douze chameaux aveugles tournant autour de leur noria comme les douze mois de l'année sur l'axe du temps. La surprise fut le ruban orange clair du Ouissam alaouite, obtenu du sultan par l'intervention du féodal.

Ils revinrent comblés, gavés, éblouis, et retrouvèrent sans plaisir les brumes parisiennes. Trois jours après ce retour, Jeannette s'alita, consumée par la fièvre. Un premier médecin prescrivit à tout hasard de la quinine, mais suggéra de consulter un de ses collègues spécialiste des maladies coloniales. Celui-ci, appelé vers deux heures du matin, ordonna un transfert immédiat à l'hôpital Cochin. Raymond véhicula lui-même sa femme délirante, roulée dans des couvertures. Les plus grands professeurs furent appelés à son chevet, y compris son compatriote Henri Mondor, ami des Rigal, deux ou trois fois académicien. Ces sommités mirandoliennes donnèrent cependant leur langue au chat. Peu de temps après son hospitalisation, le feu qui brûlait madame Gautier-Pitelet s'éteignit soudain, et elle s'endormit pour jamais, âgée de trente et un ans, victime d'un mal inexpliqué rapporté d'Afrique qui, peut-être, n'était rien d'autre que le colonialisme. Avec elle mourut aussi l'enfant du miracle.

Frappé de ce double deuil, l'avocat montre une force d'âme merveilleuse. Il obtient la faveur de pouvoir emporter au milieu de la nuit la dépouille encore tiède : il la prend dans ses bras, serrée contre sa poitrine, comme au soir où, revenant d'Espagne, il fit franchir à sa bien-aimée le seuil de leur appartement :

— Que ce logis soit le tien pour toujours, avec tout ce qu'il renferme.

Il l'installe sur le siège arrière de sa voiture, la tête appuyée au dossier, les yeux clos, lui parlant doucement, nous rentrons chez nous, n'aie point de souci, je ne te confierai à personne. Il arrange ses cheveux autour de son visage, l'enveloppe d'une couverture jusqu'aux épaules, puis il roule, à petite vitesse. Intrigués par sa lenteur, deux agents cyclistes l'arrêtent :

— Vos papiers.

Il exhibe sa carte tricolore, met un doigt sur sa bouche :

— Ne parlez pas trop fort, je vous prie. Ne réveillez pas ma femme.

— Excusez-nous, monsieur le député, chuchotent les deux hirondelles, la main à la visière.

Aidé de sa vieille bonne en larmes, il étend Jeannette sur leur lit, après l'avoir vêtue de sa plus belle robe. Le lendemain, les Rigal arrivèrent, suffoquant de douleur et d'indignation :

— Vous ne pouviez pas nous prévenir plus tôt, pour qu'au moins on la revoie vivante une dernière fois ?

— Pas eu le temps... Tout a été si rapide... Si rapide.

Ils inondèrent ce visage de marbre blanc. Jamais l'énorme ferrailleur n'était aussi ridicule que lorsqu'il pleurait, ce qui lui arrivait souvent, chaque fois qu'il évoquait les vaches paternelles... quand j'étais petit berger, du côté d'Ytrac... Mais là son gros visage ruisselait de partout, il pleurait des yeux, du nez, de la bouche, des oreilles. « Ma beauté... ma beauté... » gémissait madame Rigal. De temps en temps, ils se tournaient vers leur gendre d'un air réprobateur parce qu'il ne se mouillait point comme eux et demeurait impassible, se contentant de tirailler sa moustache.

Quand ils eurent un peu cuvé leur peine :

— Et maintenant ? questionna le beau-père. Où allons-nous l'ensevelir ? Je propose Vic-sur-Cère, dans le caveau de famille que j'ai fait construire, elle en sera la première occupante.

Raymond vit en pensée le somptueux mausolée en granit poli, les lettres en creux dorées à la véritable feuille d'or : *FAMILLE RIGAL-PAULET*, les ornements funéraires, croix, urne, crêpes, couronne, la signature de l'architecte et celle du sculpteur.

— Comment ? dit-il. Vous ne savez pas ?

— Qu'y a-t-il à savoir ?

— Les désirs de Jeannette : je veux que mon corps aille à la science.

— Fantaisie de gamine ! Vous ne comptez pas prendre ça au sérieux ! Nous n'allons pas la perdre deux fois !

— Je l'entends encore dire très sérieusement : à la science. Elle a dû d'ailleurs consigner ce désir dans son testament.

— Qu'est-ce que vous nous chantez ? Elle a rédigé un testament ? A son âge ?

— Qu'importe l'âge !... Je suis bien placé pour savoir...

Madame Rigal fouilla parmi les papiers, d'une main tremblante ; elle ne découvrit ni journal intime ni secrets honteux, mais dénicha une enveloppe portant la suscription : *Ceci est mon testament*. La défunte faisait don de ses bijoux à sa sœur cadette Madelon, de ses vêtements à sa mère, et à la médecine de son corps, *la seule chose qui m'appartienne en propre, puisque jamais je n'ai exercé aucune activité professionnelle, ce fut un des regrets de ma vie d'avoir toujours mangé mon pain dans la main d'un autre, ce qui, croyait-il, lui donnait des droits.*

— Des droits ? s'étonna le père. De quoi parle-t-elle ?

— Ne cherchons pas, dit le veuf. Respectons seulement ses volontés.

— La médecine ! Pour ce qu'elle lui a été utile, la médecine !

Il fallut bien, cependant, se résigner. On informa les services compétents :

— Laissez-la-nous du moins, recommanda Rigal, jusqu'à la limite du possible.

A la lueur vacillante des cierges, ils s'établirent autour d'elle, assis, debout, à genoux. Renonçant à manger, à parler, à dormir. Baisant ses mains froides, sa robe, ses cheveux. L'attitude de la jeune sœur fut étrange : on la vit passer des sanglots à une sorte de rire nerveux qui inquiéta fort sa famille, on craignit que l'excès du chagrin ne dérangeât le cerveau de la pauvrette.

Raymond imaginait le sort à venir de ce corps bien-aimé, l'abominable boucherie, les regards impies des étudiants ; mais en définitive cela n'était pas plus répugnant que le pourrissement traditionnel. Que deviendraient ensuite ses débris ? Crémation ou sépulture anonyme ?

Le soir du troisième jour, un fourgon s'arrêta devant la porte. Deux hommes en blouse grise, aux mains puissantes, entrèrent, portant un coffre métallique oblong, à couvercle articulé, mi-malle, mi-cercueil. Ils y couchèrent la jeune morte, sur un fond garni de copeaux.

— Doucement ! gémit la mère.

Puis on les entendit descendre en ahanant l'escalier un peu étroit. A un certain coude, ils durent pour pouvoir tourner mettre leur coffre debout.

On débarrassa la chambre des iris, des chandelles ; on ouvrit les fenêtres pour dissiper les odeurs. Chaque Rigal repartit vers son commerce. Raymond se retrouva seul dans son appartement de célibataire, d'avocat stagiaire, comme si ses douze années de vie à deux n'avaient été rien d'autre qu'un long rêve. En une semaine, Jeannette était rentrée de Marrakech, la bouche pleine de l'accueil marocain, il n'y a que les féodaux pour savoir recevoir, mais portant dans ses moelles le germe mystérieux ; avait souffert ; était morte ; s'était envolée. Plus personne devant lui désormais, près de lui, derrière lui. Pas d'enterrement à suivre, de condoléances à recevoir, de mains à secouer, pas de cloches, pas de latin. Pas de tombe où se rendre chaque jour, de fleurs à entretenir, de longues stations méditatives. Sa femme avait disparu comme disparaissent en mer les aviateurs, les pêcheurs de morue. « Comment peut-on, se demandait-il éberlué, s'évanouir d'une manière aussi complète ? »

Il allait et venait d'une pièce à l'autre, cherchant des témoignages : un coussin qu'elle avait brodé de ses mains, des tableaux, des meubles qu'elle avait choisis, et surtout son écriture en mille endroits : anciennes lettres, listes de commissions, agendas, annotations en marge de ses livres. « Mais non, je n'ai point rêvé. Je n'ai pas aimé un fantôme. »

Il était de ceux dont les chagrins restent secs, comme il est des orages sans pluie. Après dix jours de veille, il retrouva enfin le sommeil et dormit treize heures de suite. Un matin, la vieille bonne lui apporta une excuse, en même temps que son café au lait :

— Que voulez-vous, mon pauvre Monsieur ! Même si vous versiez un double décalitre de larmes, ça ne ferait pas revenir la pauvre Madame ! De toute façon, là où elle est, elle est plus heureuse que nous !

Là où elle était !... Mais où était-elle ?

A Montargis, monsieur Vincent Pitelet, inspecteur de l'enseignement primaire retraité, père légitime de Gautier-Pitelet, dit naguère Pitelet le Fin, dernier fils survivant de Tchoucossa et de mémé Hortense, souffrait de diabète. Son mal s'aggravant de jour en jour malgré traitements et régimes, il terminait ses jours dans une demi-cécité qui lui permettait encore de bêcher maladroitement son jardin, de se risquer même dans la Venise du Gâtinais sous la sauvegarde de sa canne blanche, lui laissait la perception de la lumière et de l'ombre, mais lui interdisait la lecture. Un jour, se promettait-il, je me mettrai au braille. Mais il n'en faisait rien, à quoi bon, il avait tout lu, tout appris, beaucoup retenu. Parfois, sa femme Jérômette lui lisait à voix haute quelque livre récent, avec dans la voix cette légère musique italienne dont elle ne s'était jamais débarrassée. D'autres fois, elle lui décrivait le temps, les personnes, les choses inaccessibles à ses mains.

— Quel bonheur de voir maintenant le monde uniquement par tes yeux ! Tes yeux de violettes qui ne peuvent pâlir.

Sa cécité lui apportait une plus grande joie encore : pour lui seul, Jérômette cessait de vieillir. Il en vint même à oublier sa dernière apparence pour lui rendre celle de leur jeunesse, quand ils se rencontraient clandestinement dans la campagne alpine, leurs bicyclettes embrassées sous les coudraies, leurs cœurs affolés d'amour et de révolte, je hais mes chaînes, soupirait-elle, faisons comme si elles n'existaient pas. Que d'eaux vives avaient couru depuis lors parmi les potagers innombrables, sous ce ciel que toujours la bise nettoyait ! Que de rides étaient venues sur leurs deux fronts ! Ils restaient à présent de longues heures sur leur terrasse, les genoux sous une couverture, elle assise tout près de lui, lisant et remuant les pages.

— Le soleil va se coucher, annonçait-elle.

Il se tournait vers l'occident, recevait dans ses prunelles opaques un peu de la rougeur du ciel, disait :

— Je le vois bien.

Il se plaisait à employer ostensiblement ces expressions dont il n'avait plus l'usage légitime : *je vois que... quand je regarde... tu m'as l'air...* Mais il avait appris des gestes nouveaux : à tremper l'index dans son verre pour pouvoir dire « assez ! » si on lui versait à boire ; à retenir plus longtemps les mains qu'il serrait ; à calculer selon la hauteur de leur tête l'âge des enfants : « Comme tu as grandi ! » Il n'abusait pas de son privilège, il n'allait pas comme ce Joachim d'Estaing, évêque de Clermont, jusqu'à saluer toutes les dames « plus que paternellement ; et mesurant avec sa main leur visage il se rendait compte de ce qu'elles étaient et ne se trompait point sur le jugement de leur beauté, ayant son discernement aux mains comme les autres l'ont aux yeux, et connaissant comme bon pasteur toutes les brebis[1] ».

La place véritable de ses mains à lui était le visage de sa compagne, où elles retrouvaient le front vaste et carré, le nez un peu fort, les deux grains de beauté qu'il appelait son *alpha* et son *oméga*, le parcourant sans se lasser, tu es mon braille véritable, le seul livre que mes doigts acceptent de lire.

En cette année 1938, cependant, il est bien difficile de se sentir heureux : à cause de la guerre d'Espagne, à cause des ambitions forcenées d'Adolf Hitler. En mars, il a pénétré en Autriche comme dans du beurre et atteint Vienne sans coup férir, l'Anschluss est accompli. Que le feu de Dieu le brûle ! Pour rire et sourire encore, il faut être aussi doué que les couteliers de Thiers, habitués depuis des siècles à prendre le meilleur des choses et à cracher sur le pire. Même au prix de quelque tricherie. Exemple : les assurances sociales. Bonne chose, en principe, les assurances sociales : elles vous protègent de tous risques, accidents, grossesses, vieillesse, enterrement. L'ennui, c'est ces deux pour cent que doivent verser aussi bien les patrons que les ouvriers, et qui s'ajoutent aux deux

1. E. Fléchier : *Mémoires sur les grands jours d'Auvergne.*

pour cent de l'Etat. D'accord pour sa contribution à lui, l'Etat est riche ; mais l'ouvrier est pauvre, et le patron écoule mal sa marchandise. Alors, de connivence, employés et employeurs esquivent la cotisation. Il arrive qu'un inspecteur tombe à l'improviste dans l'atelier pour vérifier la comptabilité et l'état du personnel. Aussitôt, les ouvriers irréguliers disparaissent ; restent seuls ceux qui ont accepté le risque de cotiser. Et si l'inspecteur interroge un irrégulier :

— Non, non, répond celui-ci. Moi, je fais pas partie de la maison. Je suis seulement en visite.

— Mais... vos mains noires ?

— Ben, vous savez, le savon coûte cher.

La comédie est si parfaite que l'inspecteur s'en retourne bredouille.

Même histoire pour la loi des quarante heures, qui est une loi magnifique ; mais il se trouve que la plupart des petits artisans, estampeurs, cacheurs de manches, émouleurs, polisseurs reçoivent de l'ouvrage seulement pour vingt-quatre heures hebdomadaires. Antonin Chastel a écrit une lettre désespérée au nouveau président du Conseil, Edouard Daladier, dit le Taureau du Vaucluse, grand amateur de Pernod, décidé à mieux faire que son prédécesseur, Léon Blum, buveur d'eau minérale. Tonin l'a supplié de lui obtenir des commandes de l'Etat. Ancien ministre de la Guerre dans les gouvernements précédents, Daladier se flatte d'avoir muni nos soldats du meilleur armement européen ; mais il doit bien rester dans les fourniments quelque ustensile qui manque encore. Le Taureau du Vaucluse réfléchit et répond : *D'accord, j'ai besoin de cent mille coupe-coupe pour nos Sénégalais, mais, avant de commencer la fabrication, attendez que je confirme.* Les Sénégalais sont le fer de lance de l'armée française, ils l'ont prouvé à Douaumont, au Chemin des Dames et autres lieux. Thiers les voit brandir cent mille coupe-coupe thiernois, contre lesquels les forces hitlériennes n'oseront jamais se jeter. En attendant la confirmation, les ouvriers couteliers se curent les ongles les jours pairs et se les salissent les impairs. Quarante heures de travail par semaine ! Un rêve ! Et cependant, une soixantaine de chômeurs seulement reçoivent un secours de la caisse municipale, y compris les irréductibles qui n'ont jamais rien pelé de leur vie. En fait, des centaines devraient venir y tendre la main. Pourquoi cette différence ? Elle tient à deux causes. Primo, à l'organisation du travail dans la coutellerie, à son émiettement. Les ateliers sont solidaires les uns des autres comme les maillons d'une chaîne. Il s'ensuit qu'au lieu de renvoyer du personnel, les patrons préfèrent réduire les heures et répartir le chômage entre tous : il devient ainsi moins insupportable. Secundo, cela tient à la philosophie : en 1938, être chômeur, c'est comme être vérolé. On ne l'avoue pas, on se soigne en secret. Les filles vont faire l'été la saison à Vichy, Châtelguyon, Néris-les-Bains comme plongeuses, serveuses, femmes de chambre. Les hommes cherchent à s'employer dans le bâtiment, le jardinage, l'agriculture, le braconnage ; ils prêtent leurs bras, leurs jambes, leur échine à qui les veut, leur figure aux jeux de massacre le jour de la foire du Pré.

Chômeurs ou non, l'ouverture de la pêche apporte aux Thiernois une merveilleuse consolation. La Société nationale des chemins de fer, récemment créée au lieu et place du vieux PLM, leur offre un train spécial qui, par Courty, dessert les rives de la Dore. Ils vont pêcher le goujon, le barbeau, le poisson-chat, le brochet, le gardon et le hotu : celui-ci découvert depuis peu comme ennemi mortel des autres poissons d'eau douce. Et puisqu'il s'agit d'un nuisible, ils ont demandé l'autorisation de le pêcher en toute saison. « On vous voit venir, a répondu le conseil général. La réponse est négative. » Il leur faut donc se contenter grosso modo (ils disent : *au grossi-modo*) des périodes et jours réglementaires. Le dimanche soir, le train des pêcheurs est bondé quand tous ces messieurs dames regagnent leur domicile avec le produit de leur pêche, l'attirail, les bouteilles vides, l'exubérance.

La locomotive peine à grimper la côte au-dessus de Barante et halète en mesure :

— *Valentine, m'aimes-tu ?*
— *Ah ! voui ! Ah ! voui !*
— *Valentine, m'aimes-tu ?*
— *Ah ! voui ! Ah ! voui !*

Le convoi s'écarte vers le nord, suivant la courbe de niveau, puis revient sur ses pas négocier deux courbes redoutables que compliquent deux tunnels : entre eux, le village des Garniers, peuplé de vignerons, de monteurs de couteaux et d'une garde-barrière. La rampe accentue son gradient. Soudain, le mécanicien lance un coup de sifflet, coupe la vapeur ; la loco s'arrête ; un employé de la SNCF se transporte au milieu du convoi, décroche les wagons, crie aux personnes qui restent :

— On emmène les voitures de tête ! On revient vous chercher dans un moment ! Gardez le moral !

Les pêcheurs ont l'habitude de cette panne, ils gardent le moral, ils ne sont pas abandonnés dans un désert. La première moitié repart lentement, au revoir, au revoir ! Alors, les Garneyrauds accourent vers les voyageurs en détresse, leur apportant de quoi survivre, saucisson, fromages de chèvre, *boussets* de deux litres, bonbonnes de cinq, et quarts militaires pour la répartition, culottés de violet comme des évêques. En échange, les pêcheurs puisent dans leurs paniers, poisson contre gamay, chacun y trouve son compte, la fraternisation est totale. Quand la locomotive émerge en marche arrière du second tunnel, on regrette de devoir repartir si vite, on se quitte les larmes aux yeux.

Antonin Chastel se dit qu'un bon moyen de combattre le marasme coutelier eût été de doter la commune d'un aérodrome : un site s'y prêtait admirablement, dans ce commencement de la Limagne que baignent Durolle et Dore. Clermont et Issoire avaient bien le leur ; pourquoi pas Thiers ? Selon ses directives, le secrétaire de mairie mit noir sur blanc cette idée, l'expédia à la préfecture. Comme la réponse tardait, Tonin prit la décision d'aller lui-même exposer son projet au représentant du gouvernement.

Il part avec sa serviette, et les poches pleines de couteaux. Il pénètre dans le sévère édifice de lave noire, se présente au gardien :

— Je suis, explique-t-il, le maire de Thiers, et je voudrais parler au préfet.

L'autre décroche son téléphone, tourne une manivelle, s'informe, puis répond :

— Monsieur le préfet est en conférence. Il ne peut vous recevoir et s'en excuse.

— C'est pas là votre dernier mot, insiste Tonin.

En même temps, il glisse dans la main de l'homme un laguiole à ressort guilloché.

— Bon... alors... fait le téléphoniste ébloui, montez au second étage. Frappez à la porte où qu'y a *Monsieur le Secrétaire* ; et tâchez de vous arranger.

Il monte, il frappe fort et net, une jeune femme vient ouvrir :

— Je suis le maire de Thiers. Je veux voir le préfet.

— Monsieur le préfet est en conférence. Et monsieur le secrétaire aussi.

— Elle dure jusqu'à quand, leur conférence ?

— Personne n'en sait rien, monsieur.

— C'est bon. Je vais attendre. Vous me donnerez bien une chaise ?

Et il tire de sa poche un canif à côtes de nacre.

— Tenez, ma belle, c'est pour vous.

— Pour moi ?

— Y a dedans une lime et des petits ciseaux avec quoi vous pourrez vous faire vos jolis ongles.

Comment refuser ? Elle sourit, remercie, lui apporte une chaise, prenez patience. De la patience, il en a à revendre. Le voici installé fermement, sa serviette sur les genoux, les deux mains sur sa serviette, les orteils bien en place dans ses souliers à tige. Il regarde le va-et-vient des bureaucrates, des quémandeurs, il hume le parfum des gracieuses secrétaires du secrétaire, imagine la montagne de secrets accumulés dans ces armoires, contemple au mur le portrait d'Albert Lebrun qu'il a eu l'honneur de recevoir personnellement en 34 dans sa bonne ville et de revoir à Paris.

Le temps passe. Les secrétaires se sont habituées à sa présence immobile, elles le contournent sans plus le remarquer, il est devenu un meuble au même titre que le porte-parapluie. Les autres solliciteurs, rebutés, ont vidé les lieux, tout le monde n'a pas sa tête de mule.

Afin qu'on ne l'oublie pas tout à fait, de temps en temps il tousse, se mouche, ou questionne :

— Cette conférence, où qu'elle en est ?

— Elle dure toujours. On ne peut rien dire d'autre. Vous feriez mieux de revenir demain.

— Non, non, j'attendrai. Vous occupez pas de moi.

— A cinq heures, on doit fermer le bureau.

— Faites que.

Elles rient :

— Faites que ! On ne va pas tout de même vous encager !

— Ça me gêne en rien, mais que je voye le préfet.

Cinq heures sonnent, il demeure vissé à son siège.

— Monsieur, il vous faut partir.

— N'y comptez pas. Pas avant la fin de cette sacrée conférence.

— Savez-vous que je vais être obligée d'appeler un agent de police ?

— Ma belle, je représente dix-huit mille travailleurs de la coutellerie, sans compter leurs familles ! N'espérez pas me foutre à la porte comme un simple particulier qu'a perdu son portefeuille !

Elles finissent par le prendre au sérieux, envoient un message, il y a ici un individu moustachu qui prétend être le maire de Thiers et refuse de déloger avant d'avoir rencontré monsieur le préfet. Malheur ! se dit le préfet ; il s'agit de Tonin ! Il accorde l'audience.

— Je suis heureux, monsieur le préfet, dit l'ancien Ventre jaune, de vous revoir. Vous êtes un fameux conférencier ! Mais vous accepterez bien ce petit souvenir de l'industrie thiernoise !

Et il lui présente dans son écrin un couteau de chasse dont le manche est fait d'un pied de cerf.

— C'est trop, monsieur Chastel !

— Marchez que, marchez que.

— Quelle admirable pièce ! Je ne sais comment vous remercier !

— Ne me remerciez pas.

Le haut fonctionnaire se fouille, tire un porte-monnaie de sa poche, y cherche une pièce de cinq centimes, la tend au donateur en souriant :

— Je connais les usages : voici un sou, pour ne pas couper notre amitié.

— C'est moi qui vous remercie.

Après quoi, Tonin expose l'objet de sa visite, parle de l'aérodrome projeté, indispensable pour combattre le chômage de la coutellerie.

— J'ai bien étudié votre dossier. Il est pour le moment entre les mains des services techniques.

— Est-ce que je peux savoir leur point de vue ?

— On vous le communiquera par écrit.

— Alors, j'aurai fait mon voyage pour des nèfles ?

— Les nèfles, il faut leur donner le temps de mûrir, monsieur Chastel.

— Faites un petit effort, monsieur le préfet, je vous en prie. Prenez votre téléphone, et appelez la personne responsable.

— Vous êtes terrible !

En soupirant, il s'exécute quand même, appelez-moi la base aérienne d'Aulnat, le commandant de Montignac... Allô ! C'est vous, commandant ?... La conversation semble sérieuse et compliquée, l'altitude, le relief, les courants aériens, naturellement, je comprends, envoyez-moi votre rapport.

— Il y a un petit inconvénient, dit le préfet en raccrochant. Dans la zone que vous proposez, les aviateurs d'Aulnat ont constaté une turbulence quasi permanente.

— Une... turbulence ? Quel genre de turbulence ?

— Autrement dit, si vous préférez, il y a des trous d'air. C'est très gênant pour atterrir.

— Des trous d'air ? Et alors ? On peut sûrement arranger ça !

— Je ne vois pas comment.

— S'il y a des trous d'air, on les bouchera, voilà tout.

Quarante ans après cette rencontre, à l'heure où j'écris ces lignes, malgré les efforts de ses maires successifs, Thiers se trouve encore dépourvu d'aérodrome. Les trous d'air n'ont toujours pas été bouchés. Aucun service n'a voulu l'entreprendre, ni les Ponts et Chaussées, ni les Eaux et Forêts, ni la Météorologie nationale. On ne stigmatisera jamais trop l'incurie de l'administration française.

Gilberte s'aperçut qu'elle était enceinte. La vie supplémentaire qu'elle portait en elle ne lui fut d'abord connue que par le calendrier, elle demeurait autrement imperceptible, mais occupait son esprit. Chaque nuit, elle rêvait de l'enfant à venir. Contrairement à ses père et mère, elle le vit blond, duveteux, pareil à un caneton à peine éclos ; elle le tenait dans son poing, palpitant, remuant ses ailerons, cherchant déjà à s'échapper avant que la plume ne lui fût venue. Très vite, il grandissait, il lui sortait du poing, non, ce n'était pas un canard, mais un petit homme, ses cheveux clairs devenaient foncés, il la considérait d'un air hostile, disant : Je sais que tu ne m'as pas voulu, pourquoi ne m'as-tu laissé où j'étais ? D'autres fois, elle rêvait de lui adulte, facteur à bicyclette, courant les campagnes avec son sac de cuir dans l'échine. Ou encore cantonnier, fendant les cailloux avec une massette. Ou planteur de poteaux télégraphiques avec aux pieds des pinces de homard. Mais toujours cet air de reproche, et elle avait honte pour lui de ces professions honorables mais sans prestige. Bref : son futur fils et elle ne s'aimaient pas. Alexis, lui, considérait sa femme avec une satisfaction orgueilleuse. Malgré leurs écarts d'instruction, il avait accompli en elle les desseins de la nature, il se l'était attachée par un lien plus indissoluble que les bénédictions officielles : il était le mâle qui l'avait fécondée. Les mois passaient, mais les choses ne s'arrangeaient guère. Elle souffrait de nausées. Sa belle-mère Grattadeix lui apporta le remède, dans un flacon :

— Qu'est-ce que c'est ?

— De l'eau de fleur d'oranger. Quand vous vient l'envie de rendre, vous en prenez quelques gouttes sur un sucre. C'est comme ça que j'ai fait les miens ; à l'eau de fleur d'oranger. Six que j'ai mis au monde, en comptant les deux qui me sont morts de diarrhée verte.

Elle n'avait rien contre les coups de pied de l'enfant qui la réveillaient en sursaut. Pour la contrarier, il naquit au début de juillet, au moment des plus fortes chaleurs. Enfin, il fallut cesser de l'appeler *il* : ce fut une fille. Elle ne serait ni planteuse de poteaux, ni vraisemblablement facteur des PTT.

La délivrance eut lieu à La Garandie même, peu de femmes alors quittaient leur domicile pour aller accoucher en clinique. La nouvelle venue fut prénommée Elise. Elle avait du moins la blondeur prévue, avec un regard laiteux qui ne voyait rien. Quand elle fut couchée dans son berceau près du lit parental, Gilberte se pencha sur cet être informe qui bougeait et bêlait avec une voix de chevreau. Elle murmura c'est ma fille, c'est notre fille, sans éprouver le moindre frémissement d'entrailles. La mère Grattadeix lui apprit, avec ses mains aux ongles noirs, les gestes élémentaires du maternage.

L'amour vint à Gilberte avec le lait. Le sentiment ne fut d'abord qu'une gratitude pour ses seins soulagés. Il se commua peu à peu en plaisir, en une volupté extrême qui avait ses sources jusque dans les cellules les plus éloignées de son corps. Elle fut enfin consciente d'être indispensable à quelqu'un : alambic qui transformait la nourriture quotidienne en une sève dont chaque goutte entretenait cette minuscule vie. A peine repue, Elise se rendormait, la bouche encore mouillée, les lèvres agitées de succions involontaires. Tiédeur contre tiédeur, chair contre chair, palpitations contre palpitations. L'enfant lui enseignait la douceur et la patience qu'elle n'avait guère reçues en partage et le bonheur de vivre pour autrui.

Auguste écrivit : *Venez passer quelques semaines chez nous avant que n'éclate une autre guerre. Comme on dit ici, je sens dans mes culottes qu'elle approche.* Ayant avalé l'Autriche, les nazis s'en prenaient maintenant à la Tchécoslovaquie sous prétexte qu'il y vivait une minorité d'Allemands établis dans les Sudètes, montagnes du pourtour septentrional où avait été précisément construite une ligne fortifiée. Dans ses vociférations, Hitler accusait les Tchèques de persécuter ses frères de race et affirmait sa volonté inébranlable d'aller à leur secours ; en même temps, il proclamait son désir de vivre en paix avec ses autres voisins et de respecter le reste de la Tchécoslovaquie. Les gouvernements anglais et français, engagés depuis 1935 sur le chemin de croix des capitulations, poursuivaient leur ascension vers le calvaire. Pour impressionner l'Allemagne, ils affichaient une entente apparemment cordiale que vinrent illustrer le roi George V et la reine Elizabeth en voyage à Paris. La capitale les reçut avec l'enthousiasme qu'exigeaient les circonstances, même les seize mille clochards y allèrent de leur cadeau : une terre cuite exécutée par un artiste domicilié sous le Pont-Neuf, représentant la corporation tout entière sous la forme d'un couple guenilleux.

Gilberte accepta donc l'invite paternelle.

— C'est embêtant, fit Alexis. J'ai promis à mes parents de les aider pour les fenaisons. En août, y aura la coupe des bois. Et en septembre, la chasse. Je peux pas venir. Amusez-vous bien. Restez le temps que vous voudrez.

Quoique l'état conjugal lui convînt parfaitement et qu'il y eût pris assurance et embonpoint, il était heureux de rester seul un été, de retrouver ses anciennes habitudes de célibataire, les vadrouilles à bicyclette de foire en marché, de village en village aux jours de fête communale, les parties de quilles ou de belote. De son côté, il ne déplaisait pas non plus à Gilberte de s'éloigner provisoirement de cet homme qu'elle avait pris à pile ou face, introduit dans sa maison sans véritable amour, afin d'échapper à sa solitude, parce qu'elle avait peur dans le noir, parce qu'elle avait besoin de quelqu'un pour casser son bois. Il s'était mis sans entrain à la cordonnerie, juste assez pour sentir la poix, le cuir, la vieille godasse. Mais certaines personnes de la région qui avaient affaire avec lui l'appelaient *l'écolier*, traduisant littéralement leur patois *iscouley* qui signifie « maître d'école ».

« Je voudrais voir l'écolier », demandaient-ils à Gilberte.

Ainsi, en devenant mari de l'institutrice, il se trouvait promu instituteur par la voix du peuple, de la même façon que la boulangère est femme du boulanger, la pharmacienne épouse du pharmacien. Mais ceux qui le connaissaient mieux l'appelaient toujours *l'Alexis*. Ou plus familièrement *le Sisse*. Ils le complimentaient et l'enviaient d'avoir su se placer si richement.

A Thiers, malgré la conjoncture, Gilberte passa un été heureux, errant parmi ces maisons décrépites, ces rues montantes, ces escaliers qui la tutoyaient, ces ânes et ces chevaux déjà anachroniques mais seuls capables, croyait-on, de s'accrocher aux pentes escarpées. Auguste Pitelet employait dans sa fabrique vingt-quatre travailleurs ou travailleuses ; mais le plus travailleur de tous restait lui-même, toujours en train de monter ou de descendre les étages de sa maison (trois d'un côté et six de l'autre). Francine officiait à mi-hauteur, s'occupant des multiplications et des additions. Deux voyageurs parcouraient l'Europe pour répandre les rasoirs, les couverts marqués de l'Hirondelle ; mais Auguste se réservait le soin de visiter une fois l'an ses acheteurs principaux à Paris, Bruxelles et Genève. Il songea de même à voir un grand magasin de Milan ; mais au franchissement des Alpes, des pierres tombèrent par deux fois de la montagne devant le nez de sa voiture Hotchkiss, justifiant l'avertissement *Caduta sassi ;* il renonça dès lors à aller plus loin, disant je ne peux avoir confiance en un pays où l'on est si mal accueilli ; il revint profondément antifasciste. Malgré ses goûts personnels, les goûts de la clientèle lui imposaient l'abandon progressif des couteaux de table en acier ordinaire et coupant au profit de l'inoxydable qui ne coupait rien ; les manches eux-mêmes renonçaient à la corne, remplacée de plus en plus par le métal. L'Hirondelle devait suivre le mouvement.

Parfois, Gilberte emmenait avec elle la petite Elise dans son landau, elles allaient s'installer sur les pentes de l'ancien puy Guillaume, où la chapelle Saint-Roch leur fournissait son ombre. De cette éminence, elles considéraient la gorge au fond de laquelle écumait et grondait le torrent coutelier, les rouets aux vitres de papier huilé où son père, son grand-père, ses aïeux Ventres jaunes jusqu'à la septième génération s'étaient couchés sur la planche. Elles avaient sous les yeux la pente pierreuse où les Pitelet avaient enfoncé leurs racines. Comme à dix ans, Gilberte regrettait de n'être pas née garçon, d'avoir dû renoncer à un patronyme chargé d'honneur, couronné de médailles, de présidences, pour le nom ridicule des Grattadeix.

D'autres fois, elle sortait seule entre deux tétées ; chose facile, le biberon la relayant trois fois par jour. En souliers plats, elle retrouvait les chemins de son enfance, grimpait jusqu'au bois des Bergerettes où elle avait chanté et dansé des rondes avec ses compagnes de douze ans, encadrées par les surveillantes de l'EPS, et qui était leur bois Chesnu. Elle alla jusqu'à Montguerlhe humer sur les ruines du château fort l'odeur du passé lointain. Elle revint par Celles, empruntant le « train des besaces », rempli de monteurs de couteaux qui allaient « tourner les lames », rapporter l'ouvrage fait en échange d'ouvrage à faire. Pendant ses absences, Francine s'occupait de la petite avec son efficacité habituelle. Comme elle devait en même temps poursuivre sa besogne dans la fabrique, elle emportait l'enfant rue de Châteldon. Une pièce du haut avait été aménagée à toutes fins utiles, on y trouvait un fourneau à gaz, de la vaisselle, une table, des chaises, un divan pour dormir. Elle y installa l'ancien berceau de sa fille Charlotte et y coucha la nourrissonne. Elle remit même en service la corde qui servait à le balancer : celle-ci traversait le plancher par un trou ; traversait entièrement la pièce inférieure où les plieuses logeaient les couverts dans leurs écrins ; traversait un second plancher ; aboutissait enfin, terminée par un anneau, dans le bureau de madame Pitelet. Mode d'emploi : s'il arrivait à l'enfant de se réveiller et de pleurer, les plieuses alertaient la grand-mère en agitant le cordon ; celle-ci empoignait le signal d'alarme, mettait à travers les étages le berceau en mouvement, Elise se rendormait bien vite. Grâce à cet ingénieux système, Francine pouvait être alternativement grand-mère et facturière.

A propos de trous, Thiers avait aussi le Trou du Rat. Il s'agissait de la *pède* de Saint-Jean, souvenir d'une ancienne poterne autrefois percée dans l'enceinte médiévale, aujourd'hui située en pleine ville, de même que la *pède* du Tribunal (dite encore le Trou de madame Hormey) et celle du coin des Hasards. On devait passer sous la première pour rendre visite à l'abbé Joseph Brugerette qui signait *le Rat* ses articles dans le *Journal de Thiers*. Il avait publié également une étude fort sérieuse sur le comte de Montlosier, deux ou trois romans locaux et une dissertation couronnée par l'Académie française, *Le Prêtre et son rôle dans le monde moderne*. C'était le maître à bien penser au milieu d'une population plutôt mécréante. Un peu pythonisse aussi. On allait le trouver pour se faire expliquer la conjoncture.

— Cet Adolf Hitler, lui demandait-on en août 38, qui c'est-y, au juste ? Qu'est-ce qu'il veut ?

— Hitler ? C'est la noix dans le mur.

— Quel mur ? Quelle noix ?

— Il y avait une fois une grande et vieille maison où vivaient plusieurs familles qui ne s'entendaient pas très bien entre elles. Dans la façade courait une fissure ; mais elle s'y trouvait depuis si longtemps que personne ne s'en souciait, la maison n'en souffrait pas. Or un jour, apportée par quelque corneille ou poussée par le vent, une noix tomba du ciel dans la fente. Aussitôt, elle y germa, produisit une plantule qui se mit à pousser de la tige et des racines, devint un arbrisseau. Les habitants s'en aperçurent, mais ne purent se mettre d'accord sur la nécessité ou non de l'arracher. « Il ne me gêne pas, disait l'un. Je le trouve même plutôt joli sur la muraille grise. – Pour moi, disait l'autre, si je me casse le cou à vouloir grimper jusque là-haut, qui donc me le raccommodera ? » Bref : chacun se donna de bonnes raisons pour ne pas intervenir. Le noyer grandit donc sans encombre, devint un arbre moyen, puis un arbre puissant. Ses racines s'enfoncèrent partout en profondeur, firent craquer les murs, et la maison s'écroula.

En septembre, tout le monde se dit ça y est, on va s'occuper du noyer. Dès les premiers jours, les militaires en permission furent rappelés à leur corps par télégramme. Ensuite parurent les affiches blanches de la mobilisation ; oubliées depuis 14, elles n'avaient pas changé, on les reconnut sans peine avec leurs petits drapeaux croisés. Un million de réservistes prirent le train sans tambour ni trompette, sans fleurs ni feuillages, sans cris à Berlin, tous avec des têtes d'enterrement. Une fois dans les casernes, ils constatèrent qu'ils ne disposeraient que d'une paire de godillots pour deux, d'un casque pour trois, d'un fusil pour quatre. Ils réapprirent laborieusement à enrouler leurs bandes molletières et retrouvèrent les gestes qui expriment les marques extérieures du respect, indispensables à une redistribution des valeurs, la hiérarchie civile n'étant pas la même que la militaire : tel gros commerçant de la rue du Bourg se trouvait soldat de deuxième pompe au 92, tel manœuvre plâtrier y endossait les galons de sergent.

De l'autre côté du Rhin, Hitler vociféra un discours à tout casser par lequel il annonçait l'entrée imminente de ses troupes en Tchécoslovaquie. On sait comment à Munich Edouard Daladier et Neville Chamberlain sauvèrent provisoirement la paix, au prix du déshonneur. Qui dira jamais si les forces franco-anglaises auraient en 38-39 reçu plus belle ou moins belle correction qu'un an plus tard ? Ou si au contraire, avec l'appui soviétique et celui des fortifications tchèques, elles n'auraient pas obligé Hitler à rendre gorge ?

Quel dommage qu'avant de s'envoler pour Munich le Taureau du Vaucluse ne fût pas venu consulter notre Rat dans son trou ! L'horloge de la mairie exprima du moins son opposition en tombant en panne le jour même où les forces nazies franchirent la frontière tchèque. Aucun horloger local ne s'avéra capable d'effectuer la réparation, il fallut démonter le mécanisme et l'expédier à Besançon ; la cité coutelière resta deux mois sans heure officielle. Tandis qu'à Paris Léon Blum parlait du « honteux soulagement » de la France, que Daladier se trouvait plébiscité dès son atterrissage au Bourget par la foule en délire, des conseillers municipaux thiernois tinrent à lui expédier une adresse de félicitations « pour son courage et son œuvre de paix ». La majorité refusa de s'y associer, en sorte qu'elle ne comporta que dix signatures : *Borie, Constans, Cotillon, Cotte, Croze, Doupeux, Dubost, Mailler, Prulhière, Sauzedde-Berthon.*

Daladier expliquera plus tard que, s'il avait baissé culottes devant Hitler, c'est parce qu'il s'était rendu compte, après ses entretiens avec Chamberlain, que l'Angleterre et la France n'étaient pas suffisamment armées. Il décida donc de faire l'impossible pour que notre retard fût rattrapé : confirmant la commande des cent mille coupe-coupe, ordonnant à nos usines de fabriquer deux cents avions par mois au lieu des vingt qui en sortaient sous son prédécesseur ; avant deux ans, on arriverait ainsi à posséder une flotte aérienne de deux mille unités. Nota bene : pendant ce temps, les Allemands en produisaient un millier chaque mois. Afin de mener à bien cette politique de réarmement tardif, il demanda et obtint du Parlement les pleins pouvoirs, augmenta les impôts, abrogea provisoirement la loi des quarante heures, réduisit le nombre des fonctionnaires. « Réarmement mes bottes ! répliquèrent les syndicats. Nous entendons préserver les conquêtes sociales de 36 ! » Et ils déclenchèrent une série de grèves et de violentes manifestations. Le ministre de l'Intérieur, comme toujours, fit donner les gaz lacrymogènes. Mais en même temps, ce radical-socialiste ordonnait à ses services techniques de chercher des procédés plus humanitaires pour calmer les tumultes. Après étude, les spécialistes proposèrent de remplacer les grenades lacrymogènes par des vapeurs hilarantes. On les essaya à Nantes, à Paris, à Saint-Etienne, où l'on assista au prodigieux spectacle de manifestants pliés en deux par un rire artificiel, allant parfois jusqu'à se rouler par terre et se mordre les chaussures dans les excès de leur hilarité.

— Non, non ! répliqua le ministre. Réprimer les désordres par la rigolade, ça ne fait pas sérieux ! Ça n'inspire pas le respect de l'autorité ! Ça risque même d'attirer des manifestants supplémentaires !

Aussi en revint-on aux méthodes éprouvées, à la bonne vieille matraque, aux gaz qui font pleurer.

Daladier racontera encore que, tandis qu'il traversait Paris au milieu des applaudissements du populaire, il ne pouvait s'empêcher de grommeler dans sa barbe : « Oh ! Les cons ! Les cons ! » Oubliant que le plus con de tous n'était autre que lui-même qui venait de reculer pour mieux sauter ; qui, en qualité de ministre de la Guerre, n'avait armé la France que de vantardises. Un vent de connerie soufflait sur la population française, de l'extrême droite à l'extrême gauche en passant par le milieu. Sur Gamelin, Weygand, Pétain demeurés accrochés aux conceptions stratégiques de 1918. Sur le Quai d'Orsay où, depuis des années, nos diplomates n'osaient faire pipi sans demander la permission de l'Angleterre. Sur les syndiqués qui refusaient farouchement tout effort non prévu dans leur rôlet de Matignon. Sur les intellectuels, pacifistes, idéalistes, froussards à tout crin, obsédés de l'antibolchevisme : la connerie de Sébastien Faure qui préconisait le désarmement unilatéral de la France – « Hitler n'oserait pas nous attaquer ! » – rejoignait la connerie de Robert Brasillach, admirateur extatique de l'homme fasciste, appuyé sur sa race et sur sa nation, fier de *son corps vigoureux, de son esprit lucide, méprisant les biens épais de ce monde ; le jeune fasciste qui chante, qui marche, qui travaille, qui rêve, qui est tout d'abord un être joyeux.* Léon Blum, si clairvoyant en face de Munich, avait été un beau con en face de l'Espagne républicaine qu'il avait refusé d'aider, excepté par quelques envois clandestins et dérisoires. Les cons incurables et congénitaux de la réaction, choisissant Hitler contre Thorez, étaient prêts à soutenir le national-socialisme, la plus abominable tyrannie qui ait jamais sévi sous le soleil, dont l'horreur même la condamnait à une disparition rapide, entraînant avec elle ses cons de partisans de la première heure. Quant aux communistes, leur connerie devait attendre un an pour éclater splendidement, lorsque *L'Humanité* titrerait, le 25 août 1939 : *LE PACTE GERMANO-RUSSE SAUVERA LA PAIX DU MONDE.* Sauf exception miraculeuse, la France de 1938 était un pays de cons.

Après cet arrangement de cons, les mobilisés de septembre rendirent leur tiers de casque et retournèrent à leurs patates, à leurs vendanges, à leurs porte-plumes, contents, compréhensifs et consonants : « Vingt dieux ! Nous venons de l'échapper belle ! » Les usines thiernoises se mirent à forger les coupe-coupe de la victoire.

1939-1940

Raymond Gautier-Pitelet continuait de fréquenter sa belle-famille, tant à Paris que dans le Cantal, nul n'était mieux placé que les Rigal pour évoquer la chère disparue.

— Parlez-moi d'elle. Comment était-elle dans son enfance ? Que disait-elle ? Que faisait-elle ?

A Salvagnac, cela devint un jeu de vacances, on sortait des photographies, on dénichait d'anciens jouets, un lapin en peluche, un attelage de bœufs rouges, une poupée échevelée ; on tirait des vêtements de leur placard, des cahiers remplis d'une écriture appliquée. Les témoins commentaient ces reliques en s'essuyant les yeux. Les photos montraient une fillette extraordinairement vivante, presque toujours saisie en plein éclat de rire, sur un rocher l'année de Banyuls, tenant le diable en bois par le cou l'année de Jersey, remplissant un flacon au jet du Manneken-Pis l'année de Bruxelles… qui eût cru… qui eût dit…

La personne qui se prêtait le mieux à ces exhumations était Madelon, sœur cadette de la défunte, devenue à présent une belle fille de vingt-six ans qui avait refusé plusieurs partis avantageux sans fournir d'explication satisfaisante, ce garçon ne me plaît pas, cet autre est trop jeune, je ne suis pas mûre pour le mariage.

— Madelon s'en va de la tête ! se désolait madame Rigal. A son âge, moi, j'avais déjà deux moutards. Nous lui avons présenté un champion de tennis, le fils d'un conseiller général, personne ne lui convient. Attends encore quelques années, ma belle ! Attends d'être entièrement mûre !

Mais l'autre secouait le front, obstinée comme une vraie Rigal.

— La plus Rigal du lot ! disait avec fierté l'énorme ferrailleur

— Point par le tour de taille, grâce à Dieu ! corrigeait sa femme.

La demoiselle s'asseyait donc près de son beau-frère, éparpillait sur la table les photographies comme un jeu de cartes, ils se penchaient :

— La voici à l'époque où elle portait des chaussettes et des sandales blanches. Et mon père à côté. Vous ne l'aviez pas reconnu, n'est-ce pas ? Sa rondeur commençait à peine… Et ici, Jeannette à dos de mulet, sur la bête d'un voisin *petassaïre*, raccommodeur de tous objets en métal ou en céramique. Celui qui a fait construire depuis cette magnifique résidence au Bruget, avec des lauzes et des tourelles, et cette enseigne Le Petassaïre du Bruget. Pour embêter le monde, affirme-t-il, car il ne l'habite presque jamais. Pour étaler sa réussite, uniquement. Il n'est pas le seul Cantalien de cette espèce. Suivez mon regard…

Installé pour dire et entendre des choses tristes, le veuf inconsolable se sentait très vite chassé de sa mélancolie. Avec étonnement ; il levait alors les yeux des vieilles images sur sa jeune belle-sœur, plus belle que sœur, mate de peau, blanche de dents, noire de prunelles et de cheveux comme le sont tant d'Auvergnates du Haut Pays, cousines lointaines des Espagnoles, descendantes de la race ibère qui occupa ces lieux il y a huit ou dix mille ans ; lorsqu'elle fut repoussée par l'invasion celte au-delà des Pyrénées, il en resta des lambeaux accrochés aux montagnes, comme font les nuées en fuite aux cimes du puy Mary, du Griou, du Chavaroche. Treize ans de suite, Raymond avait rencontré Madeleine sans la voir réellement. Et voici qu'il la découvrait. Qu'il pensait à elle plus souvent que n'eût voulu son récent deuil. C'est qu'il trouvait en elle quelque chose aussi de la morte, ses longs cils, le timbre de sa voix, au téléphone naguère il n'arrivait jamais à distinguer l'une de l'autre, les deux sœurs s'en amusaient follement. Il se mit à calculer la différence d'âge entre Madelon et lui, dix-sept années, s'examina dans les glaces, vit son front dépouillé, rougit de ses méditations.

Elle ne l'évitait point. Il semblait au contraire qu'elle se plût à le frôler, à lui imposer sa tiédeur, son parfum. Et il y prenait un plaisir croissant. Une fois seul dans la chambre où il avait dormi jadis près de Jeannette, il enfouissait son visage dans l'oreiller inemployé, rongé par d'épouvantables remords.

A la Toussaint, les Rigal ne manquaient pas de retourner en Auvergne fleurir les tombes familiales. Eux aussi éprouvaient un terrible sentiment de vide à la pensée de leur fille aînée dont aucun cimetière connu ne recueillait les cendres. « Elle n'a d'autre tombe que notre cœur », disait madame Rigal, se demandant avec un malaise si cette jolie pensée était d'elle-même ou si elle la citait inconsciemment. Aussi ajoutait-elle quelquefois par précaution : « Comme dit le poète. »

Quant au ferrailleur, il avait remarqué les avantages financiers que présentait cette sorte de sépulture :

— Il n'en coûte pas un centime aux survivants. Au fond, moi aussi je pourrais faire don de mon corps à la science. Mes héritiers trouveraient dans l'entreprise l'emploi de l'argent ainsi économisé. Quant au caveau des Rigal-Paulet, il ne sera pas grand de trop pour recevoir toute notre descendance. Si je renonce à ma place, vu mon volume, je ferai deux heureux.

— Laisse-moi rire ! le rabrouait sa femme. En quoi, je me le demande, ton corps peut-il intéresser la science ? Que veux-tu qu'elle fasse de tes poumons asthmatiques, de ton ventre pourri ?

— Justement ! Justement !

Cette Toussaint-là, ils invitèrent Raymond à se joindre à eux, nous ferons un peu de feu dans la cheminée, nous mangerons des châtaignes et des *bourriols.* C'est ainsi que, dans la grande salle commune un peu paysanne, Madeleine et lui se retrouvèrent un soir seuls et attablés devant les éternelles photos, tandis que dans la pièce voisine la belle-mère préparait ses crêpes, le reste de la famille disséminé dans la vaste demeure. Quelques jours plus tôt, parlant de ses petits-enfants, madame Rigal avait fait cette réflexion :

« Quand je les surveille sans les voir, je n'aime pas leur silence. Car dans ce cas je suis certaine qu'ils sont en train de faire du mal. De dévisser les robinets, de repeindre une porte en rouge. Alors, je les oblige à me parler. »

Eux tripotaient les reliques, les commentant à mi-voix pour bien prouver qu'ils ne faisaient aucun mal. Soudain, la jeune fille dégagea un espace vide sur la table, posa un index, se mit à tracer des lettres invisibles, avec de longues suspensions entre les mots : *Je... vous... aime.* Avant la dernière syllabe, il posa une main sur le doigt qui écrivait. Geste ambigu qui pouvait signifier : « Il ne faut pas. » Mais aussi : « Je le savais. » Ou encore : « Moi aussi. » En même temps, un silence à n'en plus finir les enveloppa, dans lequel chacun entendait le halètement de l'autre.

— Qu'est-ce que vous faites donc ? demanda madame Rigal, de son fourneau.

Madeleine toussa ; puis elle dit :

— Je tousse.

— Ah ! bien ! fit sa mère, rassurée.

Il faudra bien en venir aux explications. La chose se fera dans le couloir du wagon qui les ramènera d'Aurillac à Paris. Tous deux debout contre la vitre, sous prétexte de se dégourdir les jambes, leurs quatre mains alignées sur la barre de cuivre. Chacun se baissant ou s'élevant pour chuchoter dans l'oreille de l'autre. La campagne défilera, emmitouflée de brumes, sans qu'ils en voient un arbre, une vache, un cantonnier. Et leur dialogue à quatre mains s'établira à peu près de la façon suivante :

— Oui, je vous aime, je vous aime, je vous aime. Il y a treize ans que je vous aime. Depuis le matin où vous êtes entré chez nous. Mais alors vous n'aviez d'yeux que pour ma sœur.

— Naturellement ! Tu sautais encore à la corde !

— La passion peut habiter un cœur d'enfant aussi bien qu'un cœur de femme. En voyant Jeannette dans vos bras, j'étouffais de jalousie. J'aurais voulu... Mais j'ai honte de ces pensées maintenant qu'elle est morte, et je lui en demande pardon. Chaque fois que je vous savais ensemble, je vous espionnais, je me cachais dans l'ombre des couloirs, dans les feuillages du jardin.

— Le fantôme ! C'était donc toi !

— Je cherchais à déranger vos tête-à-tête. Je vous envoyais aussi des messages.

— Quels messages ?

— Des fleurs que je cueillais pour vous seul ; des primevères qui disent : « Vous êtes mon premier amour » ; des œillets de poète : « Je suis votre esclave. »

— Je n'ai pas compris, étant peu doué pour les langues étrangères.

— D'autres fois, je plaçais une fleur isolée, une rose, une pivoine à des endroits où vous deviez vous asseoir.

— Je croyais qu'elles venaient de Jeannette.

— Et n'avez-vous pas remarqué non plus la manière dont... ?

— Eh bien ! Parle !

— Dont je vous embrassais ? Quand vous débarquiez, vous gratifiiez la parenté de trois baisers distraits, à l'auvergnate. Mais moi, par une fausse maladresse, je m'efforçais d'en recevoir au moins un sur la bouche. Vos lèvres sentaient le cachou.

— Tu essayais de me faire commettre l'adultère !

— Je l'aurais accepté, si vous aviez voulu ! J'aurais accepté n'importe quoi ! De fuir en votre compagnie au bout du monde ! A cause de vous, je haïssais ma sœur !

Il aura un soupir :

— Nous l'avons échappé belle ! Heureusement que la pauvrette ne s'est doutée de rien !

Et une terreur :

— Tu me jures que tu ne l'as pas empoisonnée, au moins ?

— Vous êtes fou ? Je l'aimais quand même. La haine et l'amour se marient souvent ensemble. Je l'admirais, plus belle, plus fine, plus racée que moi. Faite pour un grand destin. Elle vous méritait bien, vous savez !

Ils observeront une minute de silence. Les poteaux télégraphiques défileront. Devant eux, sous sa crinière de fumée, la locomotive se ruera en hennissant sur les voies givrées. Madame Rigal poussera la porte à coulisse :

— Vous n'avez pas froid ? Vous ne voulez pas vous asseoir un moment ?

— Non, non, nous sommes bien. Nous causons de choses importantes.

— Ah ! bien !

La moindre explication lui suffit. Elle retournera à son tricot. Raymond demandera :

— Et à présent ? Qu'allons-nous faire ?

— Est-ce que vous ne m'aimez pas ?

— Même si je t'aimais, à quoi cela t'avancerait-il ?

— Ne croyez-vous pas que je saurais vous consoler ?

— As-tu examiné notre différence d'âge ? Sais-tu que je pourrais quasiment être ton père ?

— N'allons-nous pas cesser de nous parler sous la forme interrogative ?

— Pascal dit...

— Je me moque de ce que dit Pascal. Vos pensées à vous, voilà ce que je veux connaître.

A l'arrêt d'Eygurande, Raymond n'aura encore rien avoué. Aux approches de Bourges, quand ils verront se profiler au loin les tours inachevées de la cathédrale Saint-Etienne, Madelon rappellera qu'elle a déjà refusé une demi-douzaine de partis, dont un champion de tennis et le fils d'un conseiller général ; s'il ne veut d'elle en aucune façon, elle restera vieille fille, elle se fera chaisière à Aubervilliers. A Orléans, elle confirmera qu'elle n'exige point le sacrement de mariage ni aucune sorte de garantie. A Etampes, il capitulera, révélant que depuis des semaines elle lui fait perdre le dormir et le manger. Quand le convoi approchera de Paris, les boggies tressautant sur les aiguillages, il présentera sa demande en bonne et due forme :

— Mademoiselle Rigal Madeleine ici présente...

— Mon prénom officiel est Solange, rectifiera-t-elle. Je ne l'aimais pas. J'ai choisi et imposé le second à ma famille.

— Mademoiselle Rigal Solange ici présente, acceptez-vous d'être ma femme ?...

L'étonnement des Rigal ne sera pas très bien simulé :

— Oh ! la petite cachottière ! Voici donc l'explication de ce célibat prolongé ! Mais dis-moi, mon enfant, si ta sœur était restée parmi nous... ?

— Mon célibat se serait prolongé davantage encore. Je me l'étais juré à l'âge de quatorze ans.

— Eh bien ! Vous pouvez dire, cher Raymond, que c'est un amour qui vient de loin !

Au fond, malgré l'étrangeté de la situation, Joseph Rigal se réjouira que maître Gautier-Pitelet devienne son gendre bis, parce qu'il apprécie ses qualités humaines et politiques, et parce que cette nouvelle alliance simplifiera considérablement les problèmes d'héritage.

Les noces se feront à Aubervilliers au printemps de 39.

Ce printemps-là ne demandait qu'à ressembler aux autres, avec ses giboulées de mars, sa floraison d'avril, ses cerises de mai. Néanmoins, la conjoncture contraignait les gens à penser à des choses inhabituelles, il fallait beaucoup d'optimisme ou beaucoup d'amour pour oser se marier au printemps de 1939. Dès janvier, les Thiernois sentirent dans leurs culottes l'approche d'une nouvelle guerre. Un signe ne trompait pas : on commençait de mobiliser les quadrupèdes. En septembre 38, Daladier s'était contenté de rappeler un million d'hommes sous les drapeaux pour impressionner Hitler. Les chevaux, les mules, les mulets étaient restés dans leurs foyers. Les Allemands, qui nous connaissent bien, en avaient déduit que tout ce remuement de réservistes n'était qu'une mobilisation bidon. Mais au début de l'année suivante, tout ce qui pouvait tirer un fourgon, un canon, une ambulance, une cuisine roulante dut se faire inscrire. On n'oublia pas non plus les pigeons voyageurs, en souvenir du fort de Vaux. Le Führer en conclut que nos préparatifs devenaient sérieux. Il se hâta d'avancer les pions sur sa frontière méridionale en occupant la Tchécoslovaquie tout entière. Les Anglo-Français, qui n'avaient pas terminé leur dispositif, restèrent sans réplique. Mussolini en profita pour enjamber l'Adriatique et envahir l'Albanie.

En Espagne, les rebelles franquistes achèvent de mettre en pièces les forces républicaines : en février, ils entrent à Barcelone ; en mars, Madrid capitule après un siège de mille jours. Les combattants vaincus marchent vers la France, terre du droit et de la liberté. On voit descendre des cols enneigés un troupeau d'hommes, de femmes, d'enfants, éclopés, sanglants, guenilleux, faméliques, traînant des fusils sans munitions. Ils n'oublieront jamais l'accueil que leur réservent nos gardes mobiles :

— Vous l'avez prise, la pile, sales communistes ! Ordures d'anarchistes !

On les interne dans des camps de concentration, avec ce qu'il faut de baraques, de barbelés, de miradors, de sentinelles sénégalaises. Comme la frontière est une passoire, beaucoup cependant échappent à l'internement, prennent le train, descendent au hasard dans des villes inconnues. A Thiers, il en arrive plusieurs dizaines, on les loge dans les salles disponibles de l'hôpital. La municipalité organise en leur faveur une collecte d'argent et de vêtements. A mesure que passent les semaines, ils se mêlent à la population. On a toujours connu ici et apprécié les Espagnols, vendeurs de glaces et d'oublies, d'oranges et d'olives, ouvriers du bâtiment. On se serre donc pour leur faire un peu de place.

Ayant essayé ses armes sur le dos des Espagnols, Adolf s'en prend à la Pologne, à Dantzig, au couloir imaginé par le traité de Versailles pour affaiblir l'Allemagne en la coupant en deux. La Prusse-Orientale réclame son rattachement au *Vaterland*, tandis que les minorités restées dans le couloir jurent qu'elles ne peuvent plus supporter les courants d'air. Les pacifistes français proclament que nous n'avons pas plus le droit de mourir pour Dantzig que nous ne l'avons fait pour Prague.

A l'autre bout du monde, les Etats-Unis pourraient empêcher la guerre en déclarant nettement qu'ils n'abandonneront jamais leurs alliés franco-anglais. Mais les USA ne sont pas disposés du tout à lancer une telle proclamation : trop de sang américain, trop d'argent américain ont été versés en 17-18 pour secourir l'Angleterre et la France. On ne leur refera plus le coup de La Fayette. Un des plus ardents défenseurs de l'isolationnisme est Charles Lindbergh, le gentil, le timide Charles au menton fendu. Bien la peine de lui avoir collé la Légion d'honneur ! Alors, le président Roosevelt se contente de débiter aux dictateurs bellicistes un sermon en trois points. En France, le Parlement prend des mesures de salut public. Il vote une taxe de un pour cent sur les ventes. Le 1er Mai ne sera pas chômé : pour une fois, la fête du Travail se célébrera en travaillant. Les ouvriers des arsenaux devront rester à leur poste soixante heures par semaine.

Arrive le 14 Juillet, occasion d'exhiber notre force devant les observateurs hitlériens. Elle se déploie magnifiquement le long des Champs-Elysées, il ne lui manque pas un bouton de guêtre. Dans le ciel grondent nos bombardiers Potez 63 et Léo 45, nos chasseurs Dewoitine 520, Morane 406 et Curtiss P. 36 achetés aux Américains. Le pavé pète le feu sous nos chars Renault, avec leur canon court qui a l'air d'un cigare entre les dents. Le peuple se casse les mains à applaudir, il lui tient à cœur de gueuler aussi fort que les foules de Nuremberg, il confond la guerre et le sport, il croit que les compétitions se gagnent sur les gradins plus que sur le terrain, que la victoire récompense immanquablement les plus braillards. Après quoi, il va s'asseoir aux terrasses et commande des demis de bière pour ne pas se déshydrater. Dans le métro, un encaisseur s'évanouit, terrassé par l'émotion et la chaleur ; quand il revient à lui, il s'aperçoit que sa sacoche a fait de même, les voleurs ont profité du 14 Juillet pour le détrousser.

Des négociateurs franco-anglais vont à Moscou étudier le meilleur moyen de secourir la Pologne menacée sans que l'armée soviétique ait besoin de traverser son territoire, ce qui ne semble pas simple. Car le colonel Beck, ministre des Affaires étrangères polonais, s'y refuse absolument : « Avec les Allemands, nous risquons de perdre notre liberté ; avec les Russes, notre âme. » Mais depuis Munich, Staline a compris que Daladier, Chamberlain ne sont pas des alliés sérieux. Alors, nos diplomates et les siens, au lieu de se pencher sur des cartes, jouent à cligne-musette dans un salon du Kremlin : le commissaire du peuple Molotov se cache derrière les paravents, sous les tables, dans les placards, tandis que ses homologues capitalistes s'efforcent de le découvrir à ses souliers qui dépassent, à son ombre, au reflet de ses lorgnons :

— Ah ! ah ! camarade commissaire ! Tu es vu ! Tu es pris !

Les Franco-Anglais aimeraient bien une guerre germano-russe dans laquelle nazisme et bolchevisme s'entre-tueraient, tandis qu'eux-mêmes se contenteraient d'exciter les combattants. De leur côté, les Soviétiques trouveraient un plaisir extrême à voir la France, l'Angleterre, la Pologne, qui leur ont fait tant de mal après 1917, en découdre avec l'Allemagne. Alors, dans cette assemblée de tricheurs et de *peillerauds*, c'est à qui bernera le mieux ses partenaires. Depuis des mois, Molotov mène des pourparlers secrets avec les nazis. L'URSS aspire légitimement à récupérer les territoires qui lui ont été arrachés par les traités de 1921. Il n'est pas question que Chamberlain, Daladier ni Beck les lui offrent. Hitler, si. Son intérêt immédiat commande qu'elle accepte les dons que lui présente cette main, pour sanglante et traîtresse qu'elle soit : Finlande, Lituanie, Lettonie, Estonie, Pologne orientale, Bessarabie. De plus, ses frontières se trouveront repoussées de cent kilomètres vers l'ouest, ce qui lui permettra de voir venir, dans le cas probable où le donateur d'aujourd'hui deviendrait demain un agresseur. Le temps et l'espace ainsi gagnés seront employés à renforcer l'armement de la Patrie prolétarienne. Le raisonnement de Staline est exactement le même que celui de Chamberlain-Daladier à Munich. Staline aussi est un con. Lui aussi sacrifie la peau des autres en croyant sauver la sienne : dix millions de Soviétiques payeront sa connerie. Les communistes français avouent n'y rien comprendre. Mais ils ont la foi chevillée au corps. Quand le Taureau du Vaucluse les mobilise de nouveau, après avoir interdit leur opinion et emprisonné leurs dirigeants, presque tous s'en vont vers leur caserne, tête basse. Il n'est pas facile de croire communiste en cette fin d'août 1939.

Au milieu de la confusion des esprits, les troupes hitlériennes entrent en Pologne par l'ouest, les staliniennes par l'est. La presse bourgeoise applaudit bruyamment l'interdiction en France de la presse et du parti communistes. Elle rappelle que Karl Marx s'était réjoui en 1870 en apprenant les victoires des Prussiens : *Les Français ont besoin d'être rossés !*

Septembre, le plus beau mois de l'année, le plus riche de fruits et de douceurs, septembre du miel, de la laine, du meilleur lait, des premières vendanges, septembre de la foire du Pré : septembre 39 n'est plus que celui de la destruction et de la mort. Le député de Thiers, Ernest Laroche, annonce qu'il vient de contracter un engagement pour la durée des hostilités et rejoint ses fils déjà sous les drapeaux. Très peu de parlementaires suivront son exemple : la plupart considèrent que leur devoir est de siéger au Palais-Bourbon, non de faire le coup de feu, *de minimis non curant consules.*

Le Rat se mobilise également. Trop âgé pour participer aux festivités de 14, il ne l'est pas trop en 39 pour reprendre sa plume de polémiste et d'avocat de la bonne cause. Dans le numéro du 10 septembre, le *Journal de Thiers* publie son premier feuilleton intitulé *Je reviens.* Le moral des civils et des mobilisés grimpe aussitôt merveilleusement. De toute manière, personne ne doute de la victoire, ni le *Journal de Thiers*, ni *La Montagne*, ni *Le Petit Parisien*, ni *Le Temps*, ni *Paris-Soir.* Certaines feuilles commencent même à examiner les clauses du futur traité de paix imposé à l'Allemagne : dans *La Croix*, Pierre L'Hermite suppute qu'après avoir été coupée en deux à Versailles, elle devra l'être en six à l'avenir, on ressuscitera les anciens royaumes de Prusse, de Bavière, de Saxe, de Wurtemberg, on l'occupera militairement jusqu'à Berlin pendant un siècle, on lui interdira d'avoir une infanterie, une aviation, une marine, de fabriquer des armes autres que le parapluie, les chasseurs ne pourront se servir que d'un arc ou d'une arbalète.

En attendant ces heureuses dispositions, les premiers effets de la guerre frappent les civils. Afin de contrecarrer les raids aériens ennemis, l'éclairage nocturne des villes est supprimé, les vitres peintes en bleu et zébrées de papier gommé ; dans les greniers, une couche de sable épaisse d'au moins un centimètre doit être répandue sur les planchers pour étouffer les incendies, et chaque famille est tenue d'avoir en réserve deux seaux d'eau. Par mesure d'économie, l'heure d'été est prolongée jusqu'au 18 novembre, et la Chambre des députés élue en 1936 prolongée jusqu'à 1942.

En octobre, un nouvel afflux de réfugiés s'abat sur la cité coutelière, ils arrivent d'Alsace et de Lorraine où ils vivaient en avant de la ligne Maginot. Le marché couvert, qui a connu dans le passé tant de fêtes et de banquets, devient le restaurant de ces pauvres diables. Au milieu de ses fourneaux officie un certain Vial, surnommé Perchine, parce qu'il a passé une grande partie de sa vie en Amérique au service du général Pershing. Il doit nourrir cinq cents personnes. Mais le budget de la commune n'y suffit point, alors le maire Antonin Chastel se transforme en moine mendiant. Chaque jour, il va frapper aux portes des bouchers, charcutiers, épiciers, boulangers, marchands de légumes ; il obtient une aune de boudin par-ci, un mètre de saucisse par-là, dix kilos de pot-au-feu, une brouettée de pommes de terre, une fournée de pain bis. Quand les commerçants de la ville se fatiguent, il bat villages et bourgs de l'arrondissement, s'adresse aux producteurs, prêche comme un vrai capucin :

— Ce sont des Français chassés de leur pays. Méfiez-vous qu'il vous en arrive pas autant un de ces quatre matins ! Dans ce cas, vous seriez bien contents, pas vrai, que quelqu'un vous offre une bouchée de pain !

Et frère Tonin obtient ce qu'il demande.

Au bout de quelques semaines, il arrive aux réfugiés de l'Est la même chose qu'à ceux d'Espagne : ils se dispersent dans la région, la terre auvergnate les absorbe comme une pluie bénéfique, les mêle à ses sources nourricières. La population thiernoise a besoin de temps en temps de ces apports étrangers, car d'elle-même elle ne suffit pas à sa propre survie, le coutelier se reproduit peu ; la coutelière est trop encombrée par les grossesses dans son travail d'émouleuse ou de polisseuse ; les idées anarchistes et pacifistes retiennent les couples de procréer de futurs soldats ; chez les patrons, l'on n'aime pas non plus la progéniture nombreuse qui oblige au partage des entreprises ; il y a enfin tous ces taudis historiques du XVe et du XVIe qui fourmillent de puces, de souris, de microbes et conviennent mal aux enfants. Thiers est sans doute la seule ville industrielle de France qui depuis deux siècles n'ait pas connu d'accroissement démographique, dix-huit mille habitants semblent lui suffire pour l'éternité. Et voilà maintenant qu'en plus il va falloir aller mourir sur le front.

Malgré les efforts du gouvernement pour prolonger l'été par décret, les jours raccourcirent, les nuits allongèrent. On ne se hasardait plus sans nécessité absolue dans les rues noires comme le putois, les non-mobilisés passaient leurs veilles à écouter la radio nationale, étrangère, et même ennemie, afin de savoir ce que Paris ne disait pas. Sur les ondes allemandes discourait le traître de Stuttgart, un drôle de citoyen français qui œuvrait à démoraliser ses compatriotes, à nous dégoûter de nos alliés : *Les Anglaises n'ont pas de poitrine ; les Anglais ont celles des Français*. Il publiait ainsi des informations minutieuses sur ce qui se passait chez nous pour prouver qu'il disposait d'un extraordinaire réseau d'espionnage. Un soir, les Bitords eurent la stupeur de l'entendre s'exprimer dans ces termes :

— Je m'adresse à vous, monsieur Chastel, maire de la ville de Thiers dans le Puy-de-Dôme. Tonin pour vos compatriotes. Vous devez être bien satisfait, n'est-ce pas, d'avoir reçu récemment une commande de deux cent mille couteaux de poche pour l'armée française ! Parbleu ! Voilà qui arrange les affaires de votre petite industrie ridicule qui a toujours cherché – sans succès d'ailleurs – à concurrencer sur les marchés mondiaux les produits de Solingen. Ne vous pressez pas trop, cher Tonin, de fabriquer votre camelote, c'est là un conseil d'ami, non d'ennemi. Car d'ici peu elle risque de faire partie de notre butin de guerre : nous la trouverons dans la poche de vos soldats quand ils seront tous nos prisonniers. Et, comme on dit en Auvergne, il n'y a pas de petit profit, n'est-ce pas ?

On vit en conséquence des espions partout. Mêlés par exemple aux soi-disant réfugiés de l'Est. Ils écoutaient les conversations dans les cafés, prenaient note des prix et des quantités, rôdaient sur les marchés aux légumes, autour des usines, de la gare, de la mairie.

Pour répondre à la propagande du docteur Goebbels, patron du traître de Stuttgart, le gouvernement français créa lui aussi un ministère du bourrage de crâne, qu'il appela « haut-commissariat à l'Information ». Il fut confié à l'écrivain Jean Giraudoux, ce doux rêveur qui avait voulu nous faire croire que la guerre de Troie n'aurait pas lieu. Mal choisi pour donner la réplique au diable boiteux de Berlin, il répugnait à employer le mensonge qui est le pain quotidien de toutes les propagandes. La preuve : il choisit comme « directeur de la presse » un honnête avocat d'origine thiernoise : maître Raymond Gautier-Pitelet.

Il va de soi que la guerre se faisait aussi en chansons. Les forces britanniques débarquaient sur notre sol aux accents de :

Nous irons pendre not' linge
Sur la ligne Siegfried…

Chez nous, Maurice Chevalier chantait :

Et tout ça, ça fait
D'excellents Français,
D'excellents Français
Qui marchent au pas...

Son compère Georgius se moquait de Hitler :

Un gars qui connaît la peinture,
Principal'ment le rouge sang...

Tous nos amuseurs se rendaient sur le front pour distraire l'armée française à peu près immobile, en train de taper une belote perpétuelle.

De temps en temps, nos corps francs faisaient quand même une incursion en territoire ennemi, en présence des « actualités Pathé-Gaumont ».

Les grands couturiers eux-mêmes se mobilisaient, ils annonçaient qu'au printemps 40 les robes céderaient la place aux pantalons ; que les chapeaux ressembleraient à des calots, les écharpes à des fourragères, les sacs à des musettes ; que les teintes préférées iraient du kaki au bleu RAF. Dieu que la guerre serait jolie !

Une seule note de tristesse : le 24 décembre au soir, il n'y eut pas de messes de minuit, le petit Jésus appliqua la consigne des ténèbres.

Comme il arrive à chaque guerre, la mobilisation fit pourtant maintes heureuses : Gilberte était du nombre. En épousant Alexis, elle avait espéré prendre un homme docile, bon chien de garde, bon jardinier, bon cordonnier, ayant ses utilités de jour et de nuit. S'il apparut à peu près tel dans les débuts, il révéla très vite sa véritable nature de paresseux et de gourmand. L'échoppe et le jardin lui fournissaient une raison d'affirmer hautement, au cours de leurs disputes : « Je n'ai pas besoin de toi pour gagner mon pain ! » En fait, le peu qu'il tirait de ses ressemelages suffisait à peine à couvrir ses frais de buvette, de pêche et de chasse.

Conscient de son infériorité de savoir, il avait accepté, le jour de leurs accordailles, par une adroite humilité, de devenir le premier élève de Gilberte :

— Quand vous aurez le temps de vous occuper de moi... On apprend à tout âge, comme répétait mon grand-père du Klondike, celui qui a rapporté le collier en dents de baleine.

Il se soumit sans réticence à ces cours postscolaires. Un peu pour chercher à la rejoindre, un peu pour tirer d'elle cet autre avantage, exploitant sa bourse, son corps, son esprit. Elle lui enseigna l'orthographe et l'almanach, l'histoire de France et l'économie politique. Après la foire aux bestiaux, dans les cafés, devant un public de péquenots éberlués de lui entendre tant de raisonnement, il se mit à discourir, parlant de l'Office du blé, des futures coopératives, des bouleversements prévus par le Front populaire pour révolutionner les campagnes. Sur ces altitudes auvergnates, on en était encore à couper l'herbe à la faux, tandis qu'Alexis préconisait déjà les tracteurs et les faucheuses communautaires.

— Ta coopérative, répliquaient les autres, ici, ça marchera jamais. Tout le monde voudra se servir des machines en même temps. On se bouffera le nez. Et pis, les tracteurs, ça suce de l'essence. Nos vaches, elles, nous coûtent rien à nourrir.

— Faudra changer vos habitudes.

En attendant, il n'arrivait pas à changer les siennes. Il avait besoin de dix heures de sommeil et chaque nuit, au cours de ses premières semaines d'existence, la petite Elise le réveillait par des pleurs interminables.

Il s'en plaignait.

— Quand on ne peut supporter sa propre enfant, répliquait Gilberte, on ne la met pas au monde.

— Si tu crois que je l'ai faite exprès !

Oh ! que si ! Mais il affirmait le contraire. Ainsi, la nouvelle venue qui aurait dû les rapprocher les éloignait davantage, comme il arrive ordinairement dans les ménages peu unis. Parfois, il empoignait ses cliques et ses claques et s'en allait dormir dans le bûcher, sur des sacs de jute.

Les jours d'école, plutôt que de la lui confier ou de l'abandonner à sa belle-mère, Gilberte emportait le berceau dans sa classe, à la grande joie de ses élèves, garçons et filles, qui aimaient mieux se pencher sur elle que sur l'étude du subjonctif, ils n'avaient que faire d'étudier le subjonctif, ils l'employaient d'instinct et corrigeaient les incompréhensibles fantaisies de la conjugaison officielle, disant *faut que je voye, que je soye, que je m'assoye.* L'institutrice trouvait dix volontaires quand il s'agissait de bercer Elise ou de fredonner pour l'endormir une berceuse montdorienne :

Saro tus eù
Mo petyetouno
Ne ten pu ren
O veyre por aneù
Ten ma lou fiò
Que mitouno, que mitouno
Juco demà
Saro tus eù
Mo petyetouno[1].

1. Ferme tes yeux / Ma petitoune. / N'y a plus rien / A voir pour aujourd'hui. / N'y a que le feu / Qui mitonne qui mitonne / Jusqu'à demain / Ferme tes yeux / Ma petitoune.

« Mon Dieu ! se disait Gilberte dans ces moments-là. Si le chef arrivait ! » Le chef, c'est-à-dire l'inspecteur, monsieur Guyot.

Et il arriva. A bicyclette. Ce n'était pas un champion cycliste, il installait sa bécane sur l'impériale de l'autobus, débarquait avec elle au col de la Ventouse, achevait le parcours sur le plateau en pédalant. Il l'appuya au portail de l'entrée, déficela sa serviette retenue au porte-bagages, peigna ses cheveux et sa barbe avec coquetterie, traversa la cour sous son chapeau melon. Ces préparatifs permirent à Gilberte de prendre les dispositions nécessaires. La plupart des pédagogues tiennent en réserve, à l'usage de leur inspecteur, une leçon longuement préparée, répétée, peaufinée, avec questions et réponses, incidents de parcours, désignation des intervenants. L'inspecteur n'y voit – ou feint de n'y voir – que du feu. C'est un peu comme la vaisselle en porcelaine de Limoges que l'on sert aux invités de marque, le reste du temps elle ne sort jamais, on mange dans la faïence commune. Après le départ du chef, maître et élèves font des gorges chaudes de sa naïveté ; les jeunes acteurs sont récompensés de leur complicité par une pluie de bonnes notes ou une amnistie des punitions. L'inspecteur notera dans son rapport : *Monsieur Untel ou madame Unetelle prépare ses leçons avec un soin extrême et obtient des résultats dignes d'éloges. Toutefois*... Il y a toujours un *toutefois*, sinon à quoi servirait le corps des inspecteurs de l'enseignement ?

Monsieur Guyot entra donc dans la classe unique de Gilberte, où tout déjà l'attendait : les élèves alertés qui d'un élan unanime se levèrent lorsqu'il parut, comme à la messe les fidèles quand le prêtre passe à droite pour lire l'Evangile ; l'institutrice tout sourire et tout respect ; le tableau noir traversé de ce titre :

Leçon de choses :
comment langer un bébé.

Pour des besoins cette fois purement pédagogiques, Elise fut tirée de son sommeil par Emilie Lassolas, la doyenne des filles. Elle avait maintenant le réveil gracieux et se prêta volontiers à la démonstration. Dans le cercle des jeunes spectateurs (mais monsieur Guyot, un peu en arrière, penchait lui-même sa barbe sur la « chose »), elle fut couchée sur le bureau de la maîtresse, débarrassée de ses langes souillés au milieu des rires et des attendrissements, débarbouillée de pied en cap, l'un présentant la cuvette, le second l'éponge, le troisième le drapeau sec. Quand le bébé eut regagné son berceau dans des enveloppages frais, un résumé des observations fut écrit au tableau accompagné d'illustrations, les élèves recopièrent le tout sur le cahier du jour.

Pour la bonne règle, suivirent une leçon de calcul et les récitations de fin de journée.

— Il n'est pas mauvais, reconnut l'inspecteur lors du tête-à-tête qui suivit, que les garçons apprennent un peu en classe leurs futures tâches de pères de famille. Le partage des besognes domestiques en fonction du sexe, si traditionnel qu'il soit, sera complètement périmé, j'en suis sûr, dans les années à venir. Les guerres contribuent toujours à l'égalité des sexes. Puisqu'elles obligent les femmes à accomplir des travaux d'homme, pourquoi, la paix revenue, n'inciteraient-elles point les hommes à partager un peu les besognes féminines ?

Monsieur Guyot professait des opinions sociales fort audacieuses pour son temps. Alexis Grattadeix, lui, tenait pour la tradition : aux femelles la cuisine, le linge, le soin des gosses, les travaux de patience ; aux mâles les travaux nobles, ceux qui exigent du muscle, le grand air, les assemblées de foire. Il condescendait néanmoins, de très mauvais gré, à s'en aller quérir l'eau du ménage à la fontaine ; il s'y trouvait mêlé aux femmes de La Garandie qui lui demandaient avec malice :

— Alors comme ça, Sisse, tu veux abreuver ton bétail ?

Il en rougissait jusqu'aux cheveux. La chose eût été différente s'il était venu porteur de deux seilles : faut bien servir à l'étable les bêtes qui, pour telle ou telle raison, ne peuvent marcher jusqu'à l'abreuvoir. Mais les récipients dont il usait – deux brocs de fer à couvercle – disaient trop clairement sa servitude.

En septembre 38, il avait eu la chance d'échapper au premier rappel sous les drapeaux. Un an plus tard, il dut partir comme les autres. Quand il fut prêt, ses deux musettes dans le dos, il regarda Gilberte avec quelque embarras :

— Eh bien, fit-il, j'espère que je reviendrai.

— Sûrement. Tu as toujours eu de la chance.

— Au revoir, donc. Pas la peine de descendre. J'aime mieux m'en aller sans accompagnement.

— Comme tu voudras. Au revoir. Ecris-nous souvent.

Ils s'embrassèrent. Elle se tint derrière la fenêtre, l'enfant dans les bras, pour lui faire des signes ; mais il ne tourna pas la tête. Il s'en alla durement, frappant le sol de ses godillots de chasseur.

Elle commença une vie nouvelle, se tirant d'affaire toute seule, recourant le moins possible à sa belle-famille, acceptant tout au plus l'aide de ses élèves. L'absence des pères mettait de l'initiative dans la caboche des enfants, ils cassaient le bois, allumaient le poêle, bêchaient le jardin, balayaient la classe, cueillaient des mûres pour la confiture. Les leçons de choses étaient là pour couvrir toutes ces activités. Elise grandissait au milieu de ces dix-huit frères et sœurs. « Je suis une fille mère ! » se disait Gilberte avec ravissement.

De Belfort, Alexis envoyait de courtes lettres rassurantes. On l'employait de nouveau à la cordonnerie ; il se sentait dans la meilleure situation possible au service de la France ; le prêt seul laissait à désirer, il suffisait à peine à payer le tabac. A la fin de chaque mois, Gilberte lui expédiait un mandat pour lui soutenir le moral.

Un événement qui aurait pu avoir pour Thiers des conséquences incalculables se produisit en janvier 40. Le constructeur d'avions Marcel Bloch – ci-après Marcel Dassault – fournisseur de l'armée de l'air en Bloch 200, sortes d'énormes hannetons aux lourds élytres, moins aptes à voler qu'à tomber, en sorte que nos aviateurs les nommaient « cercueils volants », Marcel Bloch, dis-je, décida d'implanter une usine d'hélices dans la région coutelière. Le site choisi, un terrain de vingt hectares, s'étendait près du hameau de La Chauprillade, à quatre kilomètres de la ville. Les longs bâtiments de brique commencèrent à sortir de terre. Mieux encore : l'industriel transféra chez nous le siège de sa société, elle quitta Saint-Cloud, vint s'installer à Thiers, 2, rue Terrasse. Pour lui-même et sa famille, il fit l'acquisition d'une belle villa avec parc en surplomb de la route de Vichy. Est-il besoin de dire la joie d'Antonin Chastel lorsqu'il vit sa commune engagée dans les fabrications aéronautiques ? Il l'aurait enfin, l'aérodrome désiré !

Par malheur, il y eut des empêchements. On a trop raconté comment la drôle de guerre cessa bientôt d'être drôle. Un grand nombre de Thiernois, sous l'uniforme des chasseurs alpins, prirent la direction du pôle Nord. Gamelin avait conçu le projet de les expédier occuper Mourmansk pour gêner l'action des Soviétiques qui venaient d'attaquer la Finlande. En fait, c'est en Norvège qu'ils débarquèrent afin de couper la route du fer. Leur mission accomplie, ils revinrent par la Grande-Bretagne et la petite, juste à temps pour participer à la débâcle générale. A partir de mai, tout foutait le camp. Les officiers d'active d'abord, dans leur voiture personnelle chargée jusqu'au toit de femmes, de cantines, de valises, roulant avec l'essence de l'armée : « Rendez-vous sur la Loire, avaient-ils dit à leurs troupes. Et si l'on se rate, rendez-vous aux Pyrénées. » Le gouvernement de la République foutit le camp à Bordeaux. La Belgique, le Luxembourg, le nord de la France foutirent le camp sur les routes, sans savoir exactement où ils allaient. Gamelin, le généralissime, qui s'était révélé être une ganachissime, fut remplacé par Weygand-les-mains-vides. A Dunkerque, les Anglais foutirent le camp, tout en demandant aux Français de tenir bon sur leurs arrières, le 92ᵉ de Clermont retint plusieurs jours les Allemands aux portes de Lille et quand les Auvergnats furent admis à s'embarquer, un grand nombre périt sur le torpilleur *Sirocco*. L'espérance en la victoire foutit le camp ; on sut plus tard qu'elle s'était embarquée aussi pour se réfugier à Londres.

Un groupe d'étrangers venus en camionnettes, avant-garde du malheur, femmes, enfants, poupées, vieillards, chiens, chats, serins, accordéons, parapluies, encombraient à Thiers la place de l'Hôtel-de-Ville dans une confusion phénoménale, empêchant toute circulation, réclamant de l'essence, de l'essence, de l'essence, brandissant des billets de banque inconnus qui ressemblaient à ceux de la Sainte-Farce. Antonin Chastel sortit alors de sa mairie et s'avança, superbe, au milieu de ce pêle-mêle :

— Où c'est que vous allez comme ça ?

— Le plus loin possible. C'est la deuxième fouès en un quert de siècle que les Boches envahissent notre neutralité. On en a merre, savez-vous.

— Vous êtes ici dans la capitale de la coutellerie. Articles de poche et articles de table. Tire-bouchons, rasoirs, épluche-pommes de terre. Spécialité de couverts en inox. Bon. Si vous voulez vous installer dans la région, nous ferons de notre mieux pour vous recevoir. Nous avons déjà reçu les Espagnols, les Lorrains, les Alsaciens. Nous vous recevrons tout pareil. Mais dégagez les routes, siou plaît !

Il fallait laisser le passage aux débris de l'armée française dont quelques éléments, avec ou sans officiers, traversaient aussi la ville. Une fois encore, le marché couvert fut transformé en restaurant populaire. Certains fugitifs, une fois alimentés, préférèrent repartir, emportant leur Belgique vers la Corrèze ou le Lot-et-Garonne.

Le 10 juin, Mussolini déclara la guerre à la France afin d'être présent au partage de nos dépouilles. Pendant que les blindés de Hitler fonçaient sur Paris, trente-deux divisions italiennes s'élancèrent sans grand enthousiasme à l'assaut des Alpes françaises gardées par six divisions de chasseurs alpins, et furent repoussées. Les forts de Briançon commandés par un Thiernois, le lieutenant-colonel Brasset, fils d'un boulanger de la rue Durolle, firent de leur mieux pour les réduire en polenta.

L'exode se poursuivait, à bicyclette, en voiture, à pied, quelquefois en brouette. Le 15, très opportunément, deux wagons de denrées périssables se trouvèrent bloqués en gare de Thiers, l'un rempli de fruits et légumes, l'autre de viande frigorifiée. Informé de la situation, le maire décida aussitôt de prélever sur cette manne céleste de quoi alimenter ses Hébreux. Jamais le tambour de ville n'avait clamé aux carrefours une annonce si joyeuse :

— Cet après-midi, à partir de quinze heures, il sera procédé à une distribution gratuite de cerises, abricots, carottes, pommes de terre nouvelles et viande frigorifiée, à raison d'un kilo de fruits, d'un kilo de légumes et d'un kilo de viande par famille. Qu'on se le dise !

Tout était possible en ces temps bouleversés, les officiers en fuite avec leurs bonnes amies, les chasseurs alpins en Norvège, les Allemands à Paris, les Bruxellois à Thiers et les carottes pour rien. On se bouscula donc passablement aux portes du marché où flottait une odeur de soupe froide, les agents de police suaient sang et eau pour canaliser les femmes, les paniers, les cabas. Un fonctionnaire municipal inscrivait sur un registre le nom des bénéficiaires pour un semblant de contrôle, s'embrouillant dans tous ces Dubost, Barnérias, Découzon, Pitelet, Issard, Planche, Cognet, Ytournel. On avait mobilisé pour le service les garçons de l'abattoir et les pompiers disponibles, y compris le célèbre Dosgilbert Prosper, témoin depuis un quart de siècle et aède patoisant des grandes heures de sa ville. Au hasard de la distribution et sans possibilité de choisir, les ménagères recevaient un kilo de plat de côtes ou sept cents grammes de bavette. Si ça ne leur convenait pas, « Faites des échanges », répondaient les découpeurs.

Le 17 juin, la radio fait entendre le glorieux chevrotement du maréchal Pétain :

— Je me suis adressé cette nuit à l'adversaire pour lui demander s'il est prêt à rechercher avec nous, entre soldats, après la lutte et dans l'honneur, les moyens de mettre un terme aux hostilités.

Thiers est déjà déclaré ville ouverte. On attend l'arrivée imminente de l'ennemi. De la troupe française en débandade passe encore, affamée depuis trois jours, pas rasée depuis une semaine, encombrée de lebels sans munitions. On en remplit le collège, et elle n'est pas la dernière à réclamer sa part de frichti.

Le 20, trois de ces gugusses atteignent La Chauprillade. Trois artilleurs de Metz. Ils ont abandonné leurs fourgons hippomobiles, cloués au sol par les *Messerschmitt*. Depuis, ils ont marché, pratiqué le camion-stop, erré parmi les civils, se désaltérant chaque fois que s'en présentait l'occasion. A Moulins, passablement saouls, ils s'égarent dans le parc du matériel à l'abandon, sous la seule garde d'un territorial. Au milieu de l'armement disparate, un canon de 47 autotracté, tout neuf.

Ils s'en emparent. C'est un temps de main basse générale, au cours de ce monstrueux reflux civil et militaire, il faut piller pour vivre, la France n'appartient plus à personne, la France est à qui la ramassera. Mais eux ne volent point : ils rendent simplement le canon à sa destination première, il a été fabriqué à Roanne pour défendre la Patrie. Ils dénichent quelques munitions, un peu d'essence, et les voilà partis vers le sud. Toujours mêlés aux Hébreux.

Ils traversent Varennes-sur-Allier, Saint-Germain-des-Fossés, Cusset, s'égarent dans Vichy, se retrouvent à Saint-Yorre où ils passent la nuit dans leur véhicule. A l'aube, ils déjeunent avec le pain de l'intendance et de l'eau minérale. Il leur faudrait un peu de carburant, mais ils n'en trouvent pas. On repart quand même, ils continuent sur Puy-Guillaume, le ciel est magnifiquement bleu, la journée sera chaude. En arrivant à La Chauprillade, le moteur se met à tousser, le sergent-chef vérifie le réservoir :

— On n'ira pas bien plus loin.

Tout à coup, ils en ont marre comme lui, ils ont envie de se coucher dans les marguerites, de dormir jusqu'à ce que revienne la Paix couronnée d'olives.

— Les gars, fait le Breton Le Gouguec, si on veut pas être pris par les Fritz, c'est le moment de se disperser. Chacun pour soi et le bon Dieu pour tous.

— Et notre canon ?

— On va le faire sauter.

— C'est pas très intelligent.

Non, ça n'est pas très intelligent. Un canon vierge. Et qui les a bravement transportés jusqu'ici. Drôle de remerciement.

— Et si on le dépucelait ?

— Sur qui ?

— Sur les Boches, tiens !

— D'accord. On le met en batterie, on vide notre caisson. Ensuite, on se répand dans la nature.

Ils choisissent un emplacement sur le versant qui monte au Cros-Perdigeon, en face de l'usine Marcel Bloch sans toit, embossent leur 47 sous un pommier, la gueule tournée vers la route : ils la prennent en enfilade jusqu'au tunnel. Pour faciliter leur tir, ils abattent deux peupliers qui les gênaient. Ils ouvrent la culasse, enfournent l'obus, rabattent la poignée ; le sergent pointe lui-même, comme aux manœuvres. Il passe encore des Hébreux, des voitures chargées de matelas, un curé sur une moto, une charrette tirée par un cheval gris, on entend pleurer un gosse. Les artilleurs attendent sous leur pommier, le Breton assis derrière l'arbre, ses copains aplatis dans l'herbe, le cœur palpitant. Des sauterelles atterrissent sur le dos de leurs mains, une coccinelle se balance à un brin de luzerne. Et puis, il s'établit un surprenant silence. L'exode est terminé. Sauf pour un chien, un malheureux cabot qui poursuit ses maîtres depuis Nevers, trotte en tirant la langue après les salauds qui l'ont abandonné, lui laissant croire qu'ils allaient à la messe.

A l'un des artilleurs viennent des scrupules :

— Après tout, chef, vous croyez pas qu'on ferait mieux de se tailler ?

— Ta gueule ! Tu restes à ton poste, ou je t'envoie en conseil de guerre ! On a un canon, on va pas le lâcher sans s'en être servis, peut-être ?

— Les Fritz vont nous remarquer. Ils nous écrabouilleront.

— M'en fous. J'ai une assurance sur la vie.

— Moi pas.

— T'aurais dû y penser avant.

Le soldat se tait. Il puise dans sa musette son dernier carré de biscuit, ça a le goût de pain azyme, d'hostie sainte, de cachet pharmaceutique, ça sèche terriblement la bouche, il boirait bien un petit coup, de préférence du rosé bien frais, du saint-pourçain. « Mais qu'est-ce qu'ils foutent ? » s'impatiente le sergent, impatient de mourir. Peut-être s'attardent-ils aux eaux de Vichy ? Peut-être se sont-ils pareillement égarés en route ? Avec tous ces poteaux indicateurs barbouillés de goudron...

Tout à coup, ils sont là. D'abord, une moto avec side-car. Ensuite, des camions chargés de troupes. Des automitrailleuses. Leurs casques sont couverts de feuillage, afin qu'on les prenne pour un corso fleuri.

— On y va !

Le Gouguec tire. L'explosion du départ les étourdit. Il rouvre lui-même la culasse qui dégueule sa fumée au poivre. Ses copains lui approchent les petits obus à douille jaune, on dirait des canettes de bière. Là-bas, le 47 a pété en plein milieu de la monstrueuse chenille vert-de-gris dont la tête est sortie du tunnel, dont la queue dépasse de l'autre côté et se perd à l'horizon. Deux véhicules flambent, les hommes sautent en hurlant de leurs camions, s'éparpillent dans les prés en fleurs, se couchent dans les fossés. Autour des artilleurs, des sifflements hostiles traversent l'air, des balles sonnent contre leurs tôles, les feuilles du pommier pleuvent sur leurs têtes. D'autres voitures boches explosent magnifiquement.

— Encore ! commande le sergent-chef.

Mais rien ne vient. Plus de canettes. Il se retourne, s'aperçoit que les deux autres gugusses manquent à l'appel : adieu 47, tu as fait ton devoir, nous aussi, et ils ont disparu derrière les haies du côté de Cros-Perdigeon. Alors, à son tour il fait retraite, sous la protection de la reine-des-prés et du ray-grass, tandis que les Allemands s'acharnent contre le pommier.

Deux heures après, emportant ses morts et abandonnant ses engins calcinés, la colonne arrive à Thiers, évolue dans les rues désertes. Un officier se présente à la mairie où reste seul un employé de l'état civil, ancien combattant de 14, sans autre armement que son porte-plume et sa jambe de bois, il s'est dissimulé derrière un rempart de registres au fin fond de son bureau et fait le sourd. Il entend cogner aux portes, mais refuse de paraître. L'envahisseur s'écrie en bon français :

— Il n'y a donc personne dans cette maison ? Faut-il qu'on y mette le feu ?

A cette menace, l'employé se montre enfin :

— Vous êtes le maire ?

— Non. Rien qu'un petit fonctionnaire municipal.

— Où est le maire ?

— Comment voulez-vous que je le sache ? Chacun s'est sauvé de son côté. Je me trouve seul. Si vous nous aviez avertis, on vous aurait attendus. On aurait organisé une réception.

Sur le visage de l'Allemand passe un sourire crispé :

— Nous avons eu notre réception. A quelques kilomètres d'ici, sur la nationale 106. Il doit y avoir des soldats français dissimulés dans la ville. Où sont-ils ?

— Si je le savais...

Les envahisseurs resteront trois jours. Le temps de se ravitailler en pain, en vin, en sucre, en beurre. Goering les en a privés pendant des années au profit des canons ; maintenant, ils se rattrapent. Ils en remplissent leurs gamelles, ils le bâfrent à pleines cuillers. Par la même occasion, ils font le plein d'essence, plusieurs pompistes déversent dans le caniveau le contenu de leur citerne, au risque de faire flamber la ville. Les bidasses du collège se laissent capturer sans résistance, ils s'étaient mal battus jusque-là, ce n'est pas à présent qu'ils vont commencer. La Wehrmacht s'empare de leurs lebels et les écrabouille sous ses camions.

Cherchant d'autres adversaires possibles, elle fouille maisons, ateliers, entrepôts. C'est ainsi qu'elle entre chez les Piedoye, jardiniers-fleuristes route de Paris. Une famille composée de trois filles et quatre garçons, tous plus célibataires les uns que les autres. A l'entrée de la ville, ils occupent une vieille demeure et un vaste jardin, prospérant sur les joies et les douleurs des autres, spécialistes en gerbes nuptiales et couronnes mortuaires. Sans autre amour ni descendance que leurs fleurs, ils les regardent croître et embellir, hument leurs parfums, caressent leurs velours. La grande maison remplie de crucifix, de prie-Dieu, de bénitiers, de souvenirs de Lourdes, toute conçue pour l'esprit, offre peu de commodités matérielles. C'est ainsi qu'elle ne comporte point de cabinets. Mais ils ont construit au fond du potager une sorte de guérite en planches, dissimulée derrière un rideau de lilas. C'est encore en termes fleuris qu'ils parlent d'elle :

— Florentin est aux lilas... Il faut que j'aille aux lilas...

A la manière chinoise, ils utilisent l'engrais humain pour fertiliser leur sol. Et si, de loin en loin, il arrive que quelque invité prenne place à leur table, ils ne manquent pas de lui suggérer à la fin du repas :

— Vous désirez vous rendre aux lilas, sans doute ?

Ainsi récupèrent-ils sous une autre forme les éléments nutritifs qu'ils lui ont dispensés. La guérite est unique dans son bosquet. Le matin, les voisins occupant des situations dominantes observent de leurs fenêtres, amusés, six Piedoye en galoches faisant la queue devant les lilas où se dissimule le septième.

Le 22 juin, les Allemands tombent donc avec leurs bottes et leurs mitraillettes dans cette famille florale. Rose, la sœur aînée, en reçoit un tel choc qu'elle se met à trembler de la tête aux pieds ; et plus jamais ce tremblement ne la quittera, elle le gardera jusqu'à son dernier jour, qui ne viendra que quinze ans plus tard.

Pendant qu'ils fouillent la maison, l'officier tient à se faire présenter ses occupants. Et chacun se nomme, avec un petit salut de la tête, y compris l'aînée qui grelotte : Olivier, Florentin, Narcisse, Hyacinthe, Rose, Marguerite, Véronique.

— Quel bouquet !

— Choisis par nos parents, ce sont des noms qui conviennent bien à notre profession.

— Je vois mal vos relations. Qui de vous est le chef de famille ?

— Il n'y a pas de chef de famille. Nous sommes frères et sœurs. Sans hiérarchie.

— Et vos femmes, vos maris, où sont-ils ?

— Nous n'avons ni maris ni femmes. Tous célibataires.

— Célibataires tous les sept ?

— Vous trouvez que nous ne sommes pas assez nombreux sous le même toit ?

— Sans doute. Mais après vous, qui restera sous ce toit ?

Ils ont un geste d'insouciance.

— Ainsi, vous partirez sans avoir jamais engendré personne ?... Je comprends la dénatalité française ! Rien d'étonnant si vous avez perdu la guerre !

— Pardonnez-moi, fait Olivier. Nous avons engendré des milliers et des milliers de fleurs.

L'Allemand éclate de rire. Puis son rire s'étrangle, se tarit, devant les visages graves des sept jardiniers. Il regarde aux murs les bénitiers, les crucifix, les chapelets en ivoire, en jais, en noyaux d'olive. Il contemple le jardin, les compagnies de dahlias, les régiments de glaïeuls, les divisions de rosiers. Il répète, troublé :

— Des milliers et des milliers de fleurs...

Et tout à coup il rougit, porte une main à sa casquette, claque des talons et s'en va.

Trois jours après, l'armistice signé, les Allemands évacuent la ville avec leur butin. A peine ont-ils le dos tourné qu'arrivent des camions transportant des machines-transferts venues de l'Amérique. Elles ont été commandées là-bas à l'intention de l'usine aéronautique de La Chauprillade, ont débarqué à Bordeaux, suivi à travers monts et vaux un chemin sinueux, traversé l'exode, évité mille embûches. Et les voici à la disposition de monsieur Marcel Bloch. On essaye de le joindre, mais il n'est nulle part. Le conseil municipal se réunit et décide de soustraire ces mécaniques à l'appétit des envahisseurs. On les dissimule dans des cuves, sous des tas de foin, et même dans un dancing, à Pont-de-Dore, chez la mère Dépalle, derrière le grand orgue mécanique. En attendant que revienne le temps des valses.

Par un autre discours, le Maréchal a expliqué les motifs de notre défaite : *L'esprit de jouissance l'a emporté sur l'esprit de sacrifice. On a revendiqué plus qu'on n'a servi. On a voulu épargner l'effort ; on rencontre aujourd'hui le malheur.* Beaucoup de fabricants jubilent : « Ah ! Vous avez voulu les quarante heures par semaine ! les congés payés ! les assurances sociales ! les allocations familiales ! Voilà le résultat ! C'est votre faute à vous, bande de goule-pain-gagné, si nous avons perdu la guerre ! Et celle des instituteurs avec leur pacifisme, et leur socialisme, et leur internationalisme ! Qui se fait agneau, les loups le mangent ! » Voilà bien une aveuglante vérité : ils ont eu tort de cultiver des fleurs quand le voisin cultivait des pistolets ; de vouloir se reposer quinze jours de suite chaque année ; de visiter la France en tandem, d'aller regarder la mer et se tremper dedans. Mais grâce au ciel, Pétain nous reste : *Le gouvernement demeure libre, la France ne sera administrée que par des Français. Ce n'est pas moi qui vous bernerai par des paroles trompeuses. Je hais les mensonges qui vous ont fait tant de mal.* Pétain a ramassé la France abandonnée, saignée, piétinée, et il va la remettre d'aplomb, avec l'aide de Pierre Laval l'Auvergnat. En Auvergne, forcément, on a confiance en lui, on se rappelle ses origines modestes ; son administration d'Aubervilliers ; sa parenté d'opinions et d'alliance avec Joseph Claussat ; on apprécie le raffinement bourgeois de sa cravate immaculée et en même temps ses façons populaires, le patois qu'il parle à Châteldon, la cigarette éternelle qui lui jaunit la moustache, la lueur maquignonne dans son regard et son sourire. Les Thiernois spécialement se souviennent de ce qu'ils lui doivent : les assurances sociales, l'Ecole de coutellerie, la visite du président Lebrun.

L'Auvergne redevient d'ailleurs le cœur historique de la Gaule, comme au temps de Vercingétorix. Les politiciens dispersés musardent dans nos villes d'eaux, font une cure de jouvence à Royat, La Bourboule, Châtelguyon, Vichy. Au Grand Casino, substitut du Palais-Bourbon, se donnent les derniers spectacles parlementaires : les députés montent sur la scène, débitent leur monologue devant le trou du souffleur. Pour faire aboutir ses projets et sauver le pays, Pierre Laval emploie le même procédé qu'Antonin Chastel avec ses couteaux : il distribue aux élus du peuple les préfectures, les ambassades, les bons d'essence et de logement. Il sait comment on gagne les cœurs. D'autre part, la majorité élue sous les drapeaux du Front populaire et que tout le monde accuse du désastre ne demande qu'à se débarrasser entre les mains d'un chef étoilé d'un pouvoir qui lui brûle les doigts. Ainsi tombe la IIIe République, selon une logique inexorable que souligne Laval : « Il n'est pas d'exemple dans l'histoire contemporaine qu'un régime ait résisté à une défaite. »

Le 14 Juillet est célébré sans retraite aux flambeaux, sans feu d'artifice, sans bannières, aucune maison n'ose offrir à la vue nos couleurs bafouées. De petits groupes se rendent quand même au square de Verdun en désordre, comme à un enterrement. Un clairon sonne *Aux morts*. Ce ne sont partout que sanglots, reniflements. Sans nouvelles des soldats absents, les femmes se disent que cette sonnerie salue peut-être leur fils, leur frère, leur mari ; elles le voient au centre du monument, dans le poilu meurtri qui appuie la tête sur l'épaule paternelle d'un Arverne de pierre. Les anciens de 14 se demandent avec stupeur comment, après une si belle victoire, nos armes ont pu connaître pareille défaite, il faut que les jeunes d'à présent soient d'une autre substance que la leur.

En août, arrivent cependant les premiers démobilisés, ceux qui ont échappé à l'immense rafle. Eberlués d'être vivants et libres. Honteux de leur déroute. Alexis Grattadeix est du nombre. Sa petite fille ne le reconnaît point et pousse des cris de frayeur quand il veut la prendre dans ses bras.

— Je suis content de te revoir, mon garçon, lui dit Auguste, son beau-père. Maintenant, j'aimerais bien que tu m'expliques.

— Que faut-il vous expliquer ?

— De quelle façon vous avez réussi à vous faire battre comme ça en cinq semaines.

Alexis n'a pas toujours réparé les godillots ; le moment venu, on lui a mis aussi un fusil entre les mains ; il essaye de raconter les combats de son bataillon. Belfort s'est trouvé encerclé dès le 15 juin, bombardé de jour et de nuit. Le 20 est venu l'ordre de repli, ensuite ç'a été la déroute, certains sont passés en Suisse. Pendant quinze jours, il a marché vers le sud, à travers bois, évitant les chemins carrossables. A Lyon, on lui a remis un uniforme teint de marron, on l'a rayé des contrôles, renvoyé dans ses foyers avec dix jours de solde, et voilà. Que sait-il, lui, de la stratégie, des effectifs, du tremblement ? Il a souvent vu des avions nazis ou italiens lui descendre sur la tête, très peu d'avions français, aucun avion anglais. Y a pas besoin d'expliquer longtemps.

— Mais pour moi, conclut-il, tout ça, c'était voulu.

— Voulu ? Que veux-tu dire ?

— Oui, voulu.

— Voulu par qui ?

— Par ceux à qui la défaite profite.

— Je vois pas bien à qui elle profite, excepté aux Boches.

— Elle profite à beaucoup de monde.

— Exemple ?

— Aux patrons, gros et petits.

— C'est pour moi que tu parles ? Alors, c'est moi qui ai voulu la défaite ?

— Je parle en général. Les ennemis du Front populaire. Et puis, elle profite au nouveau gouvernement. Obligé ! A Pétain, à Laval, à Marquet.

— Tais-toi ! Pense ce que tu veux. Mais t'as pas le droit d'insulter Pétain. C'est le seul général que j'aie vu de près pendant l'autre guerre sur le front. Comme je te vois. En 16, au fort de Belleville, devant Verdun. Il s'est fait verser un quart de pinard et a voulu trinquer avec toute la compagnie. Alors, je te permets pas de l'accuser devant moi.

Et en effet le culte du Maréchal s'organise. Bientôt ses icônes en couleur tapissent les vitrines, prennent place dans la plupart des foyers ; dès la rentrée scolaire, chaque classe en reçoit une à coller au mur. On l'y voit avec son beau regard bleu, sa moustache blanche finement taillée, ses sept étoiles d'or. Gilberte reçoit l'ordre d'instruire ses élèves des principes fondamentaux de la nouvelle communauté française : TRAVAIL, FAMILLE, PATRIE. *La Marseillaise* est réduite à trois couplets. La laïcité, la neutralité religieuse et philosophique deviennent des principes périmés. Jacques Chevalier, ministre de l'Instruction publique, rétablit dans l'enseignement public la démonstration de l'existence de Dieu, l'exposé de nos devoirs envers Lui, sans préciser toutefois s'il s'agit du Dieu juif, du Dieu catholique ou du Dieu protestant. Mais à Thiers, grâce à Lui, il y a bien longtemps que les Ventres jaunes ont adapté la preuve ontologique de Sa réalité à leur propre condition : « Dieu existe, affirment-ils, quand nos meules tournent ; et si elles chôment, le diable prend sa place. »

Dieu règne dans les cieux et Pétain règne à Vichy. Installé provisoirement dans les hôtels, son gouvernement a l'impression d'être en vacances. Tel ministre a son téléphone dans le bidet et ses archives dans la baignoire. Mais alentour, ce ne sont que cantiques et alléluias. On reproduit l'illustre vieillard sous la forme de cendriers, de pipes, de broches, de médailles, de presse-papiers. On le débite en cartes postales, en francisques, en timbres-poste. Des milliers d'adorateurs se pressent autour de lui à chacun de ses déplacements, baisent ses vêtements et la trace de ses pas. Les petits enfants mettent sa photo sous leur oreiller et ne peuvent s'endormir sans lui avoir adressé une prière. Chaque catégorie sociale apprend et récite le nouveau catéchisme, même les syndicalistes-jouisseurs, responsables désignés de la défaite, qui se frappent la poitrine dans une ivresse de contrition. La CGT supprime de ses statuts les articles sur la grève et la lutte des classes, affirmant que *l'action syndicale ne doit jamais s'exercer au détriment de l'intérêt général et doit aussi protéger la famille.* La franc-maçonnerie se condamne elle-même par la voix d'un certain nombre de ses hauts dignitaires. Ça ne les préservera ni l'une ni l'autre de la dissolution. Tout ce qui a odeur de marxisme et d'internationalisme sera dissous.

De temps en temps, la voix du Chef entre dans les foyers par l'entremise de la radio. Toute grelottante, toute grand-paternelle en ses débuts, elle devient plus ferme de discours en discours. Le 30 octobre, elle annonce Montoire :

— Français, j'ai rencontré jeudi dernier le chancelier du Reich... C'est librement que je me suis rendu à l'invitation du Führer.

On saura beaucoup plus tard qu'il s'agit là d'un gros mensonge ; que le Führer ne l'a jamais invité ; que c'est lui qui a fait des pieds et des mains pour obtenir cette entrevue ferroviaire. Mais ce mensonge-là n'a rien de commun avec ceux du Front popu qui nous ont fait tant de mal ; il est, dans l'esprit du menteur, destiné à nous faire grand bien.

— Une collaboration a été envisagée entre nos deux pays. J'en ai accepté les principes.

Autre mensonge. Il devrait dire « proposé ».

— Cette collaboration doit être sincère. Elle doit être exclusive de toute pensée d'agression.

C'est la quatrième fois en quelques jours (deux fois déjà dans son homélie du 11 octobre) qu'il prononce le mot de *collaboration*. Et ce vocable, un des plus nobles de la langue française, va prendre désormais et peu à peu une signification maudite.

Mais nous n'en sommes pas encore là. Ce même mois, au conseil municipal de Thiers, la minorité agissante qui avait en 38 envoyé une adresse de félicitations au président Daladier, sauveur de la paix, donne sa démission : elle ne peut plus supporter le voisinage de la majorité. Elle quitte la caravelle qui s'obstine à flotter au fronton de la mairie sur sa devise *Improbus labor omnia vincit*. Quant au reste de l'équipage, il est bientôt licencié par arrêté préfectoral. Antonin Chastel, qui n'a jamais lu de sa vie une seule ligne de Karl Marx, doit lui aussi abandonner la maison commune où il était entré triomphant en 1935. Il arrose son départ au café de Bordeaux, entouré de ses fidèles compagnons.

— Eh bien ! dit un farceur pour le consoler. Toi qui disais « Je calerai jamais », voilà bien à présent que tu cales !

— Je cale, oui. Mais provisoirement. Vous en faites pas, les amis : on me revoira ! Je vous le promets ! On me revoira !

C'est aussi émouvant que les adieux de Fontainebleau.

Le 6 novembre, son remplaçant fut désigné par les mêmes voies : il administrerait la commune jusqu'à la fin des hostilités à la tête d'une « délégation spéciale ». Les Thiernois eurent l'heureuse surprise d'apprendre qu'il s'agissait du colonel Brasset, fils du boulanger de la rue Durolle, le héros de Briançon, mis depuis peu à la retraite par nécessité d'armistice. Ils furent certains que cet homme-là ne pouvait avoir qu'un comportement honorable. Il commença aussitôt à rassembler autour de lui les membres de son équipe. Il obtint l'accord de monsieur Sigaud, chef de district retraité de la SNCF ; de monsieur Malaleuge, président du tribunal de commerce ; du quincaillier Belin qui, avec sa belle barbe et sa calvitie, ressemblait si fort à Michel de l'Hospital ; chacun savait qu'il avait fait à pied le pèlerinage de Lourdes ; et quand il soulevait son béret basque on s'attendait à voir dessous briller une auréole.

Auguste Pitelet entendit sonner à la porte, sa femme essuyait la vaisselle dans la cuisine, il alla ouvrir lui-même, se trouva devant un petit homme maigre qui se tenait au garde-à-vous, et se présenta :

— Lieutenant-colonel Brasset. Puis-je vous entretenir un moment ?

Auguste le fit entrer avec empressement dans le salon. Francine accourut, elle avait à peine pris le temps d'ôter son tablier, une courbette cassa le colonel en deux :

— Mes hommages, madame !

Il s'empara d'une de ses mains tout juste sorties des eaux grasses et la chatouilla de sa moustache grise. Elle en fut toute remuée, n'ayant point l'habitude de recevoir des hommages. Les couteliers, ignorant les belles manières, lui secouaient la patte comme à un homme, demandant selon la saison :

« *Co s'ichan co, modamo Pitelë ?* Ça se réchauffe-t-y, madame Pitelet ? »

Ou bien :

« Ça se rafraîchit-y un peu ? »

Soucieux de sa température.

Elle présenta son meilleur fauteuil au glorieux visiteur, mais il préféra une simple chaise. Et la conversation s'établit sans retard entre les deux hommes.

— Je crois savoir, dit l'officier, que vous avez servi dans les chasseurs alpins ?

— Oui, mon colonel. D'abord à Modane, où j'ai fait mon temps dans la musique. A la déclaration de guerre, j'ai changé d'instrument et été envoyé dans les Vosges. En 15, j'étais au Lingerkopf. Fallait enlever une crête occupée par les Boches. Leurs tranchées étaient construites en ciment, de vraies forteresses. On s'y est repris à six fois. Je me demande comment je m'en suis tiré, avec tout ce qui me tombait autour.

— Nous sommes au moins deux à en être revenus : j'y étais aussi.

— Pas possible ? Vous, mon colonel ?

— Comme sous-lieutenant.

— Par exemple ! Ça alors ! Vous étiez au Lingerkopf ?

— Peu de temps. Très peu de temps. On m'a ramassé en petits morceaux. Après, il a fallu me recoller.

— De là, j'ai fait à peu près tout le front jusqu'à la Somme. Blessé en 18, renvoyé à Grenoble, démobilisé au 14e.

— Quel grade ?

— Caporal, par protection. Faut dire qu'en ce temps-là je savais à peine lire et écrire.

— Eh bien ! Entre anciens chasseurs, je suis certain que nous allons nous entendre. Mais je parle d'abord au président de la Fédération de la production de la coutellerie française, juge consulaire au tribunal de commerce, très estimé de tous ses concitoyens.

— Tous, c'est beaucoup. Disons : estimé de ses amis.

Là-dessus, le colonel dévoila ses batteries : il avait l'intention d'enrôler Auguste dans la « délégation spéciale » voulue par le préfet. Pitelet demanda le temps de réfléchir. En pensée, il consulta ses conseillers habituels, son père Pitelet l'Artiste, son grand-père Gonin, son beau-père Gilbert le Juste, les ouvriers de sa fabrique, rien que des hommes, car c'était là une affaire d'hommes. Puis il répondit :

— Mon colonel, je suis très sensible à l'honneur que vous me faites. Cependant, j'avais d'excellents amis parmi l'ancienne municipalité, tant dans la majorité que dans l'opposition. Je crains que ma présence dans la nouvelle leur apparaisse comme une désapprobation de leur conduite passée. Or, je les crois tous honnêtes, et je ne voudrais pas...

— S'agit pas d'honnêteté ! Moi aussi, je les crois honnêtes et ce n'est pas moi qui les ai démis de leurs fonctions. L'ordre ancien, comme vous savez, nous a conduits au désastre, la France est en ruine, nous devons la reconstruire. Cela ne peut se faire que grâce à un nouveau régime politique...

— Justement, mon colonel, moi, je n'ai jamais fait de politique. J'ai toujours eu assez de soucis dans mon entreprise : la qualité, les prix, les salaires, les accidents, les débouchés, la concurrence. Alors, la politique, pardonnez-moi, je la laisse à ceux qui ont le temps.

L'officier se leva avec brusquerie :

— Cessons de discuter ! fit-il sèchement. On ne discute pas l'intérêt du pays ! Caporal Auguste Pitelet, vous allez entrer à mes côtés dans la délégation spéciale ! Vous allez prendre les responsabilités qui vous incombent ! C'est un ordre !

L'autre resta éberlué, assis sur ses fesses, la main droite entourant encore le verre de vin qu'il venait de poser.

— Si c'est un ordre... je comprends... j'obéis...

— A la bonne heure. Je vous remercie. Votre rosé était excellent.

Il serra la main de Pitelet, se coiffa, fit le salut militaire et s'en alla en jetant cette consigne :

— Demain, première réunion à la mairie. A sept heures.

— Du matin ?

— Du matin, naturellement.

Il fallait que la rénovation se fît sentir même dans les horaires de travail, plus militaires que civils. Dans la salle des conseils, les délégués spéciaux ensommeillés s'avançaient en traînant la savate sous le portrait du Maréchal. Le colonel, aussi frais qu'une rose, commençait par l'appel des recrues, chacune répondait présente. Il lisait ensuite l'ordre du jour qu'il avait établi et la discussion débutait. A neuf heures, tout était terminé, les délégués pouvaient retourner à leur besogne habituelle.

La première mesure du président fut de se supprimer l'indemnité de trente-six mille francs à laquelle avait droit l'ancien maire. Preuve d'un désintéressement fort patriotique. Preuve aussi que sa retraite de lieutenant-colonel lui suffisait pour vivre. Tonin ne jouissait pas comme lui de revenus assurés, il possédait une petite entreprise de distillerie qu'il conduisait de la main gauche en tenant de la droite la barre de la caravelle municipale ; il avait grand soin aussi de se faire rembourser *scrupuleusement* les frais de voyage et de séjour qu'il supportait au service de sa ville ; sans le lui reprocher vraiment, la minorité ironisait sur ce genre de scrupules, elle eût accepté volontiers qu'il en fût de sa poche, disant que pour être socialiste on n'en est pas moins homme.

La seconde fut de débaptiser les rues Zamenhof (du nom d'un juif polonais gravement affecté d'internationalisme) et Salengro (du nom d'un socialiste ami de Blum, qui s'était suicidé pour des raisons mal éclaircies) et de leur rendre les appellations anciennes de « rue du Point-du-Jour » et « rue Saint-Roch ». On n'osa pas toucher cependant à la rue Joseph-Claussat, pour ne pas déplaire à son beau-frère Pierre Laval, actuellement Premier ministre.

La troisième fut un arrêté sur les patates : ces tubercules devenaient rares et précieux, il fallait à tout prix assurer leur conservation et leur répartition équitable. Il fut décrété que tout détenteur de plus de dix kilos en fît à la mairie la déclaration écrite et signée.

Et ainsi de suite. Chaque jour amène son manque de pain.

Le 14 décembre, lui, amène une étourdissante nouvelle : le Maréchal annonce qu'il s'est séparé de Pierre Laval. Le public ne comprend rien à ce divorce : qu'est-ce qui a bien pu se passer entre les deux hommes, dont l'un semblait le successeur désigné de l'autre ? Seules la radio suisse et l'anglaise fournissent une vague explication. Elles parlent de rivalité personnelle, d'incompatibilité d'humeur, Pétain aurait été informé d'un complot destiné à le découronner. On sait le Châteldonnais ambitieux, sa carrière l'a prouvé, il n'est pas de politicien qui ne le soit. Comme tous les avocats – particulièrement s'ils sont natifs d'Auvergne – il adore nager dans les eaux troubles, c'est là qu'il prend ses plus belles pièces. Dix-sept fois ministre et trois fois président du Conseil sous l'ordre ancien, après avoir jadis prêché l'entente avec l'Allemagne tout en œuvrant sans cesse à son encerclement, ami des Soviétiques mais ennemi des communistes, il a une conception méprisante de la politique qui doit « comme l'andouille sentir un peu la merde, mais point trop ». Il a défendu trop de bonnes causes et de mauvaises, filouté trop de filous, serré la main de trop de canailles dans ses activités juridiques et parlementaires pour qu'on le croie animé seulement d'intentions pures. Un mystère l'enveloppe dans lequel il se complaît. Mais peut-on croire à la pureté d'un politicien ? Pour qui donc Laval travaille-t-il exactement : pour la France ? pour lui seul ? pour les deux ? Est-il sorti des coulisses de la Troisième avec son feutre à bords roulés, sa cravate blanche, son sourire cynique, afin de se nommer lui-même sauveur de la Patrie ? C'est là une fonction de grand prestige mais de grand risque que très peu osent ambitionner. Ses ennemis font courir sur son compte une charade :

— Mon premier ment. Mon second ment. Mon troisième ment. Mon quatrième ment. Mon tout ment plus que les quatre autres réunis.

— …

— *Pi* ment. *Erre* ment. *Lav* ment. *Al* ment. *Pierre Laval.*

Bon, bon. Ses compatriotes et voisins trouvent admissible qu'il cherche en bon Auvergnat, en bon avocat, en bon politique, à berner Hitler, Mussolini, Staline, les Anglais, les Américains, les Poldèves et aussi ses collègues du gouvernement. Mais le Maréchal est là, lui, pour le retenir sur les mauvaises pentes. Le Maréchal ne peut trahir la France, voyons ! Un homme qui, avec ses yeux bleus, son teint rouge et sa moustache blanche porte les couleurs de son pays sur la figure !

1941-1942

A La Garandie, Gilberte et Alexis avaient repris cahin-caha leur vie commune. Un peu plus chaque jour cependant étrangers l'un à l'autre. Entre eux, la petite Elise assistait avec inquiétude à leurs éclats de voix, à leurs bouderies interminables, à leurs brèves réconciliations. Sa manie à lui était maintenant d'avoir des idées. Les malheurs annoncés par la radio et la feuille unique à laquelle les journaux se trouvaient réduits étaient dans son esprit le résultat de manigances entre avocats et journalistes afin d'encourager le crime ; entre capitalistes et communistes ; entre Pétain à Vichy et de Gaulle à Londres : d'ailleurs le second était le fils naturel du premier, ce qui expliquait bien des choses. Ses considérations s'achevaient par la formule :

« Tout ça, c'est voulu. »

Et si on lui demandait de préciser : « Qu'est-ce qui est voulu ? Voulu par qui ? », il se contentait de secouer la tête et de faire un sourire d'apitoiement qui en disait long.

Parfois, après une forte affirmation, il assenait : « Celui qui n'est pas de mon avis est un crétin », ce qui clouait le bec à tout contradicteur.

Craignant d'être méprisé par tels ou tels qui ne songeaient point à lui, il prenait les devants et les méprisait par précaution. C'est ainsi qu'il critiquait ces feignants de fonctionnaires, cantonniers, facteurs, gendarmes, magistrats, maîtres d'école ; les patrons de tous calibres et spécialement les fabricants de coutellerie. Gilberte le laissait pérorer sans l'interrompre ; mais il se lassait de ce silence injurieux, demandait une approbation qu'elle refusait ; alors il s'enfermait à son tour en un mutisme qui durait une semaine. Le plus souvent possible, il se retirait dans son échoppe, indépendante de l'école. Quand le cuir lui manqua, il le remplaça par des semelles de bois ou des bandes de caoutchouc qu'il découpait dans de vieux pneus.

La boule du père Grattadeix apporta une accalmie au milieu de ces orages. Ce mal lui était venu très vite : c'était d'abord comme un œuf, sous le menton, du côté gauche. Ensuite, l'œuf se mit à enfler.

En famille, lui en rigolait, disant :

— *Ven d'ocu maty, o vey ispelhi.* Un de ces matins, il va éclore.

Tout de même, il le dissimulait sous un foulard, afin que les étrangers n'en eussent point gêne. La mère Grattadeix considérait chaque soir ladite boule. Quand elle la jugea suffisamment grosse, elle s'inquiéta :

— Faudrait peut-être bien voir le médecin.

Et lui :

— Pour quoi faire ? Je sais ce que c'est : j'ai un cancer. Je suis passé à travers les balles. Mais à travers le cancer, j'y passerai pas. Et le médecin peut rien pour moi. En attendant, y me fait point mal. Ça durera ce que ça durera.

— Ah bon, fit-elle, rassurée qu'il considérât sa boule aussi tranquillement.

Rien ne prouvait d'ailleurs de façon certaine qu'elle fût cancéreuse. Des grosseurs au cou, elle en connaissait qui duraient depuis vingt ans.

Joseph Grattadeix continuait ses besognes comme si de rien n'était, s'occupant des vaches, des moutons, des chèvres, des cochons ; avec l'aide de son second fils, Lucien, pas encore marié, et de sa fille cadette Eulalie. L'aînée, Raymonde, avait épousé un ouvrier Michelin et vivait à Montferrand. En cas d'urgence, Alexis, mari de l'institutrice, donnait un coup de main. Depuis 40, l'agriculture s'était bureaucratisée : le paysan devait en principe déclarer aux services du Ravitaillement chaque litre de lait, chaque œuf, chaque kilo de beurre qu'il produisait, livrer tant de veaux par an. En fait, il dissimulait la majeure partie de sa production et l'écoulait au marché noir, ce qui rapportait, mais compliquait bien l'existence. Gilberte aussi avait son utilité pour remplir les sacrés déclarations et formulaires.

L'hiver fut rigoureux, avec une épaisseur de neige comme on n'en avait pas vu depuis longtemps, les piles de bois fondaient dans les bûchers.

La boule du père Grattadeix s'était faite grosse et rouge tel un melon ; elle finit par éclore ; ce devint une chose épouvantable et puante qu'il fallait remplir d'ouate, entourer de pansements, camoufler sous l'éternelle écharpe. De temps en temps, on songeait encore à appeler le médecin, mais le malade secouait la tête, inutile, inutile. Ses forces étaient parties, il restait tout le jour sous une couverture, assis dans un fauteuil de noisetier confectionné jadis de ses mains. On l'entretenait de tisanes, de lait caillé, d'œufs mollets. Puis il refusa de s'alimenter. Il gardait assez de vigueur pour bouger les bras, tirer la couverture jusqu'à son menton, donner des ordres d'une voix bêlante mais bien distincte. Un après-midi, tandis que les autres se levaient de table en s'essuyant la bouche avec le dos de leur main, il souleva de l'index sa moustache, comme pour faciliter le passage des mots, et dit :

— Faut aller me chercher le curé.

— Comment ? demanda sa femme en se penchant, faisant celle qui avait mal entendu.

— Faut aller me chercher le curé.

— Le curé ? Pour quoi faire ?

— C'est le moment.

— Allons donc !

Le fils et la fille se regardèrent, consternés. Mais on n'allait pas fâcher le malade.

— J'y vais, dit Lucien.

Il enfourcha sa bécane, descendit jusqu'à Aydat entre deux murailles de neige. Une demi-heure après, il était de retour :

— Il va venir. Il monte à pied, il a plus d'essence. Il te fait dire de tenir bon.

Le vieux ferma les paupières et se concentra pour tenir le temps nécessaire. Dans la pièce silencieuse, les femmes se mouchaient et s'essuyaient les yeux. L'horloge balançait son soleil de cuivre avec un tic-tac impressionnant. Lucien entretenait le feu de la cheminée et à chaque instant regardait par la fenêtre. Puis la mère s'assit, se mit à égrener son chapelet en remuant les lèvres.

— Le voilà !

L'homme d'Eglise entra tout encapuchonné, tapant la neige de ses godillots, saluant la compagnie avec une jovialité excessive :

— Alors, monsieur Grattadeix, vous avez envie de vous mettre en règle avec le bon Dieu ?... Vous avez raison. On ne prend jamais trop de précautions. Et c'est pas ça qui avance le départ.

Joseph ouvrit les yeux et sourit faiblement, par politesse. Il surveillait chaque geste du curé tandis que celui-ci se dépouillait de sa mante, posait sur la table les vases sacrés, endossait le surplis, baisait le manipule. Les femmes et Lucien s'étaient retirés dans le salon. Tout à coup, le prêtre s'interrompit pour mieux tendre l'oreille vers le mourant. Celui-ci protestait, avec toute l'indignation dont il était encore capable :

— Y a pas de croix ?... Y a pas de cierge ?... Y a pas d'assensoir ?

— Rien de tout cela n'est indispensable, monsieur Grattadeix. Mais le bon Dieu est présent, dans la sainte hostie qui vous sera offerte après votre confession.

— Tout de même !... On fait les affaires comme y faut !... J'ai les moyens de payer, foutre de foutre ! Pour une fois que je vous fais venir ! J'ai vu le curé qu'était avant vous porter le bon Dieu à Jules Tardif, au bout du village. Y avait le cierge et l'assensoir.

— Le bon Dieu ne prend pas garde à ces détails. Pensez plutôt, mon fils, à vous repentir de vos péchés. Il est plus que temps.

Ensuite, les choses se déroulèrent tant bien que mal, Joseph-au-nez-raccourci reconnut qu'il en avait, sa vie durant, commis de toutes les couleurs, et en demanda pardon. Mais ces aveux, il les faisait par oui et par non, uniquement en réponse aux questions du confesseur, avez-vous menti, avez-vous juré le nom du Seigneur, combien de fois. On sentait qu'il avait la gorge nouée, l'assensoir lui était resté en travers. Quand ce fut terminé, qu'il eut avalé le corps du Christ, il se sentit pourtant un peu mieux. La preuve :

— Offre-lui quand même un canon, recommanda-t-il à sa femme. Et paye-le bien.

Le prêtre reparti, ils restèrent un moment entre eux. La mère Grattadeix essuyait de temps en temps le visage en sueur de son homme. Et tout par un coup il commanda :

— Allez me chercher le Sisse. Et Gilberte. Et qu'elle apporte du papier et de l'encre.

— Qu'est-ce tu veux faire ?

— Faites ce que je dis.

Ils vinrent tous les deux, amenant Elise. Le vieux embrassa sa petite-fille sur les cheveux.

— Maintenant, je veux aller à la fenêtre. Aidez-moi.

On le transporta dans son fauteuil, les vitres avaient un encadrement de givre, on distinguait mal au travers.

— Ouvrez.

— Mais papa, protesta Alexis, tu vas attraper la crève !

— Je l'ai déjà.

— Je permettrai jamais ça.

— Sisse, mon garçon, tu commanderas demain, quand je serai crevé. Ouvre cette fenêtre.

Il fallut obéir. Le froid bondit à l'intérieur, suffocant, Lalie courut chercher d'autres couvertures. Après quoi, le vieux ordonna de faire défiler devant lui tout le cheptel de la ferme, à la queue leu leu. D'abord, les trente-deux vaches rouges.

— Notez sur votre papier, Gilberte, comment que je les partage. Naturellement, y en a la moitié pour ma femme, on est dans la communauté.

Il reconnaissait les bêtes au poil rude, les appelait par leurs noms comme si elles avaient été ses filles.

— Ça, c'est la Plantade, je la donne au Sisse... La Bourelle, pour Lucien... La Parise, pour Raymonde... La Marquise, pour Lalie... La Fortune, pour le Sisse... La Marseille, pour Lucien... La Rebique, pour Raymonde... La Plombade, pour Lalie...

Et quand les seize premières eurent passé, il déclara :

— Les autres appartiennent à ma femme.

Il fit de même pour les sept chèvres, le bouc, les trois cochons, qui n'étaient pas juste divisibles, les attribuant selon son idée. Personne ne protesta. Pour la cinquantaine de brebis, la répartition fut plus rapide, il se contenta de les voir défiler, caressant chacune des yeux, et de dire :

— Gilberte fera le calcul de ce qui revient à chacun. Je lui fais confiance.

— On peut fermer la fenêtre, maintenant ? demanda la mère Grattadeix.

— Oui, maintenant, on peut.

Le lendemain, il fut encore de ce monde, mais il cessa de parler, il n'avait plus rien à dire, à présent que tous les comptes étaient réglés. Le surlendemain, il en était encore. Le troisième jour, il le quitta.

Alexis se sentit revalorisé par son héritage. Un bon calcul eût été de garder sa part de cheptel mort et vif, de la laisser prospérer en l'affermant, de préserver ainsi le capital en s'assurant des intérêts. Mais depuis son adolescence il ressentait le désir physique de tenir entre ses mains du papier-monnaie en liasses, d'en éprouver le volume, le contact doux et gras, de le caresser, de le humer, de le serrer sur sa poitrine, entre peau et chemise. Cette ancienne fringale lui fit commettre l'erreur de vendre. Son frère Lucien fut preneur, il s'arrangea pour trouver l'argent nécessaire chez un notaire de Saint-Amant et devint ainsi le successeur reconnu de Joseph Grattadeix. Quand vint le moment de payer les dix-huit mille quatre cent trente-deux francs qui revenaient au Sisse :

— Je peux t'avoir dix-huit billets de mille, ou bien des billets de cent. Qu'est-ce tu préfères ? s'enquit-il.

Et l'autre sans une hésitation :

— Des billets de cent. Combien ça m'en fera ?

— Dix-huit paquets de dix, et encore quatre.

Le cordonnier avala sa salive, comme on fait devant quelque énorme pâtisserie. Puis il se dit que les billets de mille, avec leur grand rectangle rose et les têtes casquées de la République, ça n'est pas désagréable non plus à voir et à palper.

— Réflexion faite, tu m'apporteras deux billets de mille, et le reste en billets de cent.

Il préleva une liasse pour son portefeuille, enferma les autres dans une boîte à sucre vide, *Say n° 4*, qu'il emporta dans son échoppe.

— Que vas-tu faire de tes sous ? demanda Gilberte.

— Les placer.

— Chez qui ?

— Ça, c'est mon secret. Mais je peux déjà te dire qu'ils me produiront le huit, et même le dix du cent comme une fleur, sans que j'aie besoin de bouger le petit doigt.

Elle essaya de lui remontrer qu'à une époque où le prix des marchandises augmentait chaque jour, les placements d'argent n'offraient guère de garantie. Il trancha la discussion : cet héritage était à lui en propre, il avait le droit d'en faire des choux ou des raves, et telle était bien son intention sans rendre de comptes à personne.

Après quatre années d'une vie commune sans chaleur ni harmonie, Gilberte songeait à se séparer de ce mari de plus en plus gras, de plus en plus inamovible, qui la contredisait sur toutes choses, méprisait ce qu'elle aimait, aimait ce qu'elle méprisait, supportait de passer des semaines sans remuer une paille. Elle devrait à coup sûr affronter néanmoins la réprobation des deux familles et même celle de l'administration de l'Instruction publique où le divorce est mal accepté, maîtres et maîtresses étant aux yeux de leurs élèves des exemples vivants, modèles de la morale laïque, etc. Elle partirait donc un jour quand elle n'en pourrait plus, tenant sa fille par la main pour tout bagage. Elle rêvait d'une vie errante en compagnie des bohémiens à qui elle apprendrait à lire. Ou des acrobates d'un cirque.

Ce soir-là, il était rentré tard, elles avaient dîné sans lui, maintenant la petite dormait. Gilberte ne posa qu'une question :

— Tu veux manger ?

— C'est fait.

Sans autre explication, il se colla l'oreille contre le poste de radio et se mit à écouter les Anglais, poussant de temps en temps des grognements de fureur contre les occupants, le brouillage, les collabos. A l'écart, près du fourneau, elle corrigeait les cahiers de ses élèves.

Parfois, elle demeurait la plume levée, rêvant d'un monde sans haine, d'une maison isolée où elles ne seraient que deux âmes, sa fille et elle-même. Gardiennes de phare au milieu de la mer. Reliées au continent par un filin d'acier sur lequel courrait à jours dits un panier de victuailles.

Elle demanda :

— Ne crois-tu pas que nous devrions nous séparer ?

Le plus tranquillement du monde, comme elle eût demandé : Ne crois-tu pas qu'il va pleuvoir ?

— Quoi ? fit-il. Qu'est-ce tu racontes ?

— Ne crois-tu pas que nous devrions nous séparer ?

— Nous séparer ?... Comment, nous séparer ?

— Divorcer, si tu préfères ?

Il en resta tout blanc. La radio continuait de transmettre ses nouvelles et ses ondes brouillées, son *gni-gnan-gnan, gni-gnan-gnan* de moulin à musique.

— Tu veux... divorcer ? répéta-t-il.

Et elle, toujours aussi douce :

— Il me semble que ce serait mieux.

— Qu'est-ce tu me reproches ?

Elle haussa les épaules :

— D'être ce que tu es. Tandis que je suis ce que je suis.

— Voilà qui est clair comme le jus de chique.

— Tu as besoin d'explications ? Vraiment ?

— Un peu !

— C'est bon. Je te les mettrai par écrit un de ces jours.

La semaine suivante, elle lui présenta ce billet :

Pourquoi t'ai-je épousé ? Parce que tu avais les yeux bleus, la peau claire et pas de graisse. Parce que ta naïveté m'amusait. Parce que j'en avais assez de vivre seule. Parce que j'ai cru que tu m'aimais à ta façon maladroite. Parce que tu te montrais humble. Mais tu as pris de la couleur, du ventre et du culot. Ta naïveté n'est que de la bêtise. Tu es un amant détestable, uniquement soucieux de ton soulagement personnel. Nous ne partageons ni les mêmes goûts ni les mêmes idées. Tu te soucies de ta fille comme d'un lapin. Tu es paresseux et ivrogne.

Pourquoi m'as-tu épousée ? Parce que je suis institutrice, avec un salaire assuré. Parce que tu avais des espérances du côté de mon père. Pour avoir dans ton lit une femme gratuite et docile.

Conclusion : séparons-nous.

Elle aurait pu le laisser seul en tête à tête avec la feuille. Elle préféra assister de ses yeux à l'expérience, le regarder lire en remuant les lèvres, devenir rose, puis rouge, puis violet, tandis que ses yeux par intervalles quittaient le texte pour lui lancer à elle des éclairs. Et quand il fut au bout, il repartit du commencement, comme s'il n'arrivait pas à croire à ces mots tracés là, noir sur blanc. A la fin, il plia la page en quatre avec soin et l'enferma dans son portefeuille.

— Eh bien ? fit-elle.

Il leva les poings au-dessus de sa tête, comme s'il allait la frapper. Pourtant, il se contint.

— C'est donc comme ça que tu me vois ?

— J'aimerais mieux te voir autrement.

— Ah ! On peut dire que tu as bien su cacher ton jeu !

— Tiens donc !

— D'accord, on divorcera ! Mais à mon heure ! A mon heure ! En attendant, je garde ton écrit. Il me servira contre toi, le moment venu, pour injures graves !

Cependant, il fait bon en ce début de 1941 habiter la campagne où, en dépit des razzias officielles et des clandestines, il reste encore du pain blanc, du lait crémeux, du fromage, du beurre, des œufs, de la volaille. Même si, n'osant servir les amis aux tarifs du marché noir, la paysannerie française prétend généralement que ses vaches ont les flancs taris et ses poules le cul cousu. Autour de Vichy, les voitures ministérielles écument à trente kilomètres à la ronde l'Auvergne et le Bourbonnais, enlevant les produits comestibles à des prix qui défient toute concurrence, si bien que les Thiernois doivent, pour compléter leurs rations alimentaires, élever eux-mêmes dans leur boutique des lapins, des poules, des cochons. Ils se rappellent leurs sobriquets, réunis dans un couplet satirique :

Bitò, tchou-tò
Mouijo-chabro
è pè de pouò...
Bitord, cul-tors,
Mange-chèvre
Et pied de porc...

Et ils redeviennent les « mange-chèvres » d'autrefois. Bien contents quand ils peuvent se procurer quelque vieille bique réformée, la dépecer, la mettre au saloir pour en profiter plusieurs semaines. La France est devenue une immense fourmilière qui fait provision de n'importe quoi. Les trafiquants vous soufflent à l'oreille, une main en paravent :

— Vous savez, je peux vous procurer deux cents kilos de caroubes.

— Des caroubes ? Qu'est-ce que c'est que ça ?

— Des gousses africaines, avec dedans une sorte de mélasse. Les nègres en nourrissent leurs zébus.

— D'accord, ça m'intéresse, répondez-vous, bien que vous n'ayez encore aucun zébu.

De la sorte, vous remplissez votre cave de caroubes, de topinambours, de pneus râpés, de vieilles serrures, de pelotes de ficelle, de conduites en plomb : tout peut servir. Car le papier-monnaie ne suffit plus pour acheter : le commerce est retourné au troc. Les paysans troquent leurs produits contre du tabac, du sulfate de cuivre, des clous à vache. Les médecins accourent beaucoup plus vite s'ils savent venir dans une maison où des poules pondent. Les professeurs donnent des leçons de latin contre du saucisson. Les filles de joie accordent leurs faveurs contre de la margarine. Ceux qui se présentent les mains vides, qui n'ont à offrir que leur faim, leur humilité, leurs sous, doivent payer le prix fort ou s'en retourner bredouilles.

Les services du Ravitaillement répartissent la pénurie. Ils ont distribué la population en dix classes mangeantes, suivant l'âge et l'utilité : les enfants (*E*) ont droit à un demi-litre de lait par jour ; les adolescents (*J1, J2, J3*) seulement à un quart, mais à davantage de viande ; les adultes (*A*) reçoivent des parts médiocres, mais qui deviennent substantielles s'ils sont travailleurs de force (*T1*) ou de force renforcés (*T2, T3*) ; quant aux vieillards (*V*), ils touchent des rations d'agonie. Dans les portefeuilles, les cartes de ravitaillement tiennent la place des anciennes cartes d'électeur. Leur distribution, leur renouvellement, leur retrait (les morts n'ont droit à un cercueil que sur présentation du ticket *M*) ont provoqué sur les planchers des mairies une pousse de fonctionnaires nouveaux qui scrutent leurs clients d'un œil soupçonneux :

— Vous êtes travailleur de force ?

— Travailleur par force.

— Par force ou de force ?

— Les deux.

— Quelle spécialité ?

— Emouleur.

— Vous avez un certificat de votre patron ?

— J'ai pas de patron.

— Faites-en faire un par trois de vos voisins ou connaissances. Attesté sur l'honneur.

L'honneur, l'honneur ! Que vient faire l'honneur quand il s'agit de manger ? Ventre affamé n'a point d'honneur. Alors, les polisseurs qui sont des *T2* se font passer pour émouleurs afin d'être classés *T3* et recevoir un supplément de viande. Les finisseuses, qui sont des *T1*, se font passer pour polisseuses. Les *J1, J2, J3* trichent sur leur date de naissance. Les femmes qui ont droit à des suppléments de grossesse, s'y prenant assez tôt, font durer les leurs dix, onze et même douze mois, leurs médecins de famille authentifiant ces prolongations pathologiques. Les enfants de boulanger, d'épicier, de mercier, qui ont accès aux réserves de tickets paternels, traficotent avec leurs instituteurs et se trouvent en compensation promus en tête de classe. Les curés ne concèdent la sainte eucharistie que contre des tickets de farine, à raison de cinquante grammes pour dix communions, il en est même qui trichent sur le poids des hosties et les coupent en quatre, c'est à prendre ou à laisser.

Tout le monde triche et de toutes les façons : les commerçants, les gendarmes, les magistrats, les militaires, les postiers, les enseignants. Pour le meilleur et pour le pire. A Vichy, ministres, sous-ministres, fonctionnaires gros et petits pratiquent le double jeu. Hautement pétainistes et collaborateurs en public, ils se proclament gaullistes devant leur famille, leurs amis intimes ou la glace de leur salle de bains. A Paris, au contraire, à l'abri des oriflammes hitlériennes, de bruyants cons-vaincus ne démordent point de leur fanatisme national-révolutionnaire et aspirent à devenir, sur le dos des juifs, des Anglais, des communistes, des francs-maçons, des cons-vainqueurs.

En fait de tricherie, Thiers possède une longue expérience. Malgré les précautions prises par les Républiques, les rois de France, les jurés et les jurandes, les tables en argent sur lesquelles chaque coutelier devait graver sa marque, enfermées dans un coffre de chêne à sept serrures dont sept maîtres différents gardaient les sept clés, les Thiernois sont devenus princes dans l'art de faire et de contrefaire ; ils ont fabriqué jusqu'ici, non seulement du couteau d'Auvergne, ce qui est la moindre des choses, mais du couteau parisien, du suisse, de l'espagnol, de l'italien, du laguiole, du langrois, du nogentais. Avec marques à l'appui, certifiées et garanties. Ils se sentent maintenant en mesure de fabriquer du Solingen si quelqu'un le leur commande.

Leur gros problème est celui des matières premières. En avril, s'installe un organisme nouveau qui a pour mission de les répartir : le COTM (Comité d'organisation du travail des métaux). Sa direction est installée à Paris, contrôlée par l'occupant ; le comité thiernois n'est qu'une modeste succursale ; il double et surveille l'ancienne Chambre syndicale de la coutellerie, mais s'est assuré la collaboration de certains industriels locaux. Sa philosophie est la suivante. La vocation naturelle de la France est essentiellement agricole ; elle doit produire de la viande, du beurre, du blé, du vin, renoncer presque entièrement à l'industrie qui deviendra l'apanage de l'Allemagne. A Thiers, six cents entreprises de coutellerie ? Ridicule ! Il faudra les regrouper, les réduire à trois ou quatre, éliminer cette poussière d'ateliers dont la plupart emploient moins de dix personnes. En attendant qu'il puisse atteindre ces objectifs, le COTM règle la production comme il l'entend, distribue à son gré les bons d'essence, de charbon, de corne, de métaux ferreux et non ferreux. Le cuivre et ses alliages ont entièrement disparu, réservés aux usines d'armement et au sulfate viticole. L'aluminium fait de son mieux pour le remplacer dans les manches, les platines, les fils, les rosettes, les mitres, les viroles. L'acier doux remplace le dur, le fer remplace l'acier doux, le bois remplace la corne et la galalithe. Avec ce genre d'ingrédients, Thiers fabrique une coutellerie qu'il vaut mieux ne pas laisser tomber par terre. Auguste Pitelet prend des rages folles quand on lui livre le nouvel acier :

— Qu'est-ce que je peux faire avec ça ? Des cornes à chaussures, des poignées de porte, mais sûrement pas des lames de couteau !

Il laisse entendre à Francine que si les choses durent ainsi, il fermera boutique.

— Et tes ouvrières ?

— Elles tricoteront des bas. Elles fileront la laine.

Les femmes ont en effet ressorti les quenouilles de leurs grand-mères, se sont remises à écharpiller, à lancer les fuseaux.

La seule chose que l'Allemagne nous envoie est un terme nouveau, difficile à prononcer : *ersatz*. Toute chose rare a son ersatz. Le sucre a la saccharine, le café a le soja, la confiture le raisiné, le charbon a le schlamm, la laine la fibre d'ortie, l'épinard a les fanes de radis, le savon a la pierre ponce, le tabac la feuille de topinambour ou la chaussette sale découpée en rubans. L'ancienne pâtisserie interdite, les pâtissiers, pour travailler encore, proposent des pommes cuites édulcorées, des petits-fours à la farine de châtaigne, des bananes séchées, des mokas au beurre de chèvre. La liberté a pour ersatz le libertinage. Mainte épouse de prisonnier oublie son cher guéfangue au profit d'un remplaçant. Dans le *Journal de Thiers*, qui continue de paraître contre vents et marées, l'abbé Joseph Brugerette a reçu un ersatz qui signe de quatre majuscules, *MAUM*. Etrange sigle que ses lecteurs essaient en vain de déchiffrer. L'érudit Alexandre Bigay propose dans l'intimité cette traduction : *Memento Audire Urbanum Mutum*, « Rappelle-toi que tu entends la parole d'un muet citoyen de ta ville. »

Il existe même des ersatz fantômes. Ainsi, l'on apprend que, par arrêté préfectoral, les commerçants sont autorisés à débiter des *pissaladiéras* à la place du pain, à raison de cent quatre-vingts grammes de marchandise contre cinquante grammes de tickets.

A Thiers, personne n'a jamais mangé de *pissaladiéra* ; les boulangers eux-mêmes, interrogés là-dessus, avouent leur ignorance. Ils aimeraient bien vendre de la *pissaladiéra*, par tranches de cent quatre-vingts grammes ; mais où la prendre ? Les charcutiers n'en savent pas davantage. Ni les épiciers. Ni les pharmaciens. Mais qui donc fabrique la *pissaladiéra* ? On questionne les personnes instruites, principal du collège, institutrices, ecclésiastiques, Alexandre Bigay : chacun donne sa langue aux chiens. On en arrive à penser que la *pissaladiéra* est un aliment imaginaire inventé par les services du Ravitaillement pour faire croire aux Français qu'ils sont moins démunis qu'ils ne pensent ; pour pouvoir dire commodément à ceux qui se plaignent :

— Vous manquez de pain ? Mangez donc de la *pissaladiéra* !

On essaye des cultures de remplacement. Le soja, ersatz universel : rôti, il remplace le café ; bouilli, les haricots et la viande ; réduit en poudre, la farine, la semoule, les insecticides. On ressuscite des cultures anciennes. Le colza, l'œillette, le tournesol fournissent des huiles recherchées par la salade et la SNCF. On est entré peu à peu dans une nouvelle civilisation : celle de l'ersatz. En ce domaine, l'Allemagne va plus loin que nous : elle remplace l'essence de pétrole par l'essence de houille, le savon de coprah par du savon de graisse humaine, la peau de chamois par de la peau de femme ; mais ce n'est que beaucoup plus tard que l'on découvrira ces performances technologiques. L'URSS fabrique un caoutchouc avec du lait de pissenlit. Il est vrai que le pissenlit soviétique atteint des dimensions prodigieuses : celles, dit-on, d'un baobab.

Ainsi, tout peut se remplacer, les hommes par d'autres hommes, le savon par un autre savon. Ce renouvellement produit aussi son contre-jour : délits nouveaux et nouveaux malfaiteurs. Marché noir, abattage clandestin, cambriolage des mairies, faussaires en tickets d'alimentation. Ajoutés aux délits traditionnels et aux politiques, ils obligent l'administration pénitentiaire à rouvrir la prison désaffectée de la rue Mancel-Chabot. Un de ses premiers clients est le plâtrier-peintre Etienne Néron, chef de la section communiste thiernoise, ancien rédacteur de *L'Humanité*, qui sera condamné aux travaux forcés perpétuels pour reconstitution de parti dissous. La Révolution nationale ne doute pas un instant qu'elle ne dispose de la perpétuité.

Peu à peu, le Maréchal gagne tout le monde à cette conviction. Dès le premier jour, il a retrouvé ses suiveurs inconditionnels, les anciens combattants de 14-18. Il a su mettre ensuite les paysans dans son sac, en proclamant les bienfaits du retour à la terre. Les vieux et les vieilles, en les gratifiant d'une retraite que la IIIe République avait votée, mais n'avait pas eu le temps d'appliquer : *Pétain tient toutes les promesses, même celles des autres*. Les mères, que personne n'honorait jusqu'alors, et en faveur de qui il fait figurer au calendrier une fête officielle. Les familles des prisonniers : elles comptent sur lui seul pour qu'ils reviennent. Les possédants de tous volumes qu'avait effrayés le Front populaire. Les intellectuels agricolo-chrétiens, poètes-paysans, romanciers régionalistes. Les écrivains à la mode sont Charles Péguy, qui n'en finit point de chanter Notre-Dame, les épis mûrs et les blés moissonnés ; Charles Maurras, qui proclame le droit qu'ont les minorités actives de commander aux majorités passives ; Olivier de Serres, illustrateur de *Flore et Pomone* ; Gustave Thibon, le Pascal du nouveau régime, qui, du haut de son échelle de Jacob, flétrit le goût incorrigible des Français pour l'égalité : *Quiconque s'abaisse sera élevé. Mais pour s'abaisser, il faut être en haut ! L'humilité chrétienne présuppose la hiérarchie et les distances. L'égalitarisme au contraire est à base d'orgueil : dès l'instant que tout le monde est en bas, personne n'a plus à s'abaisser ! Psychologiquement, il y a entre l'humilité chrétienne et l'égalitarisme toute la distance qui sépare* l'abaissement *volontaire de la* bassesse *native.* Henri Pourrat se laisse emporter par le courant jusqu'à exalter *Le Chef français* et il verra « goncouronner » son *Vent de mars.* L'historien Jérôme Carcopino, devenu ministre des Cultes, je veux dire de l'Instruction publique, recommande l'étude de la religion et de la civilisation chrétiennes, par exemple *la vie de Jeanne d'Arc qu'a exaltée Michelet ou celle de saint Vincent de Paul dont la religieuse charité força l'admiration de Voltaire.* La haute hiérarchie ecclésiastique proclame : « La France c'est Pétain, et Pétain, c'est la France » ; les curés ajoutent au Décalogue le commandement de croire en Lui. Pour ne pas être en reste, beaucoup d'instituteurs font chanter à leurs élèves *Maréchal nous voilà.* L'illustre vieillard gagne le cœur des sportifs en tirant la flamme olympique du boisseau sous lequel elle languissait depuis 38 ; le 30 août 41, un flambeau allumé de son briquet partira de Vichy, porté par un membre de la Légion ; transmis de coureur en coureur, ce relais gagnera Marseille où il sera embarqué à destination de l'Empire. Le même jour aura lieu à Clermont un immense rassemblement légionnaire auquel participeront les Thiernois de bonne pensée.

Tout cela dans un débordement de bleu-blanc-rouge, nos trois couleurs flottent dans le ciel, aux façades des maisons, les enfants des écoles les saluent chaque matin. Qu'elle soit libre ou occupée, gaulliste ou pétainiste, la France dégouline de patriotisme.

Floflo gravit précipitamment deux étages, arriva dans l'atelier des polisseuses :

— Auguste… où est Auguste ? haleta-t-il.

Elles lui désignèrent de la tête le réduit attenant où Francine tenait sa comptabilité.

— Patron... ils sont là.

— Qui ?

— Les Boches. Deux officiers avec des revolvers et des serviettes.

Auguste fit mentalement son examen de conscience : avait-il quelque infraction à se reprocher, quelque achat d'acier au marché noir trop scandaleux, quelque propos imprudent ? De toute manière, il fallait recevoir ces messieurs. Guidés par Floflo, ils montèrent à leur tour, en uniforme vert cresson, bottes lustrées, casquettes abruptes, leurs talons sonnant sur les marches de granit. Les femmes les regardaient de leurs yeux blancs dans leurs faces noires, puis se hâtaient de tourner la tête. Pitelet se tenait debout à l'entrée du bureau ; derrière lui, Francine, assise, faisait mine d'être plongée dans ses calculs.

— Voici le pa... patron, dit Floflo comme il put.

Ils saluèrent, avec des gestes mécaniques :

— Nous sommes délégués par le ministère allemand de l'Economie. Nous pouvons vous passer des commandes si vos produits nous intéressent.

Et ils exhibent leurs lettres de créance tamponnées de croix gammées, rédigées en une langue à laquelle Auguste ne comprend mouche. Ils n'ont pas en vérité le type grand-blond-aux-yeux-bleus du Germain traditionnel, ils sont de taille moyenne, noirs de poil et de regard, on pourrait les prendre pour des Auvergnats déguisés.

— Combien avez-vous d'ouvriers ?

— Une douzaine. Surtout des femmes. En 1939, j'en avais trente.

— Où sont les autres ?

— Chez vous. Prisonniers.

— Oui, oui. Bien, bien. C'est la guerre.

Ils ont l'air de s'excuser. Ils demandent encore :

— Vous avez du travail ?

— Un peu. Pas autant que je le souhaiterais.

— Peut-être nous allons vous en procurer. Montrez-nous la liste de vos fabrications.

Auguste obéit, sort les catalogues de ses rasoirs, couteaux de table, couverts, louches assorties, les officiers se penchent sur les figures, discutent dans leur charabia. Les rasoirs semblent spécialement leur plaire. La marque aussi.

— L'Hirondelle !... Joli ! Très joli !... Poétique !... Pouvez-vous nous montrer cette espèce de rasoir : lame évidée, châsse de corne ?

— Je ne sais s'il m'en reste, dit Auguste. Je vais me rendre compte.

Pitelet dispose de deux langages, l'un pour les jours, l'autre pour les dimanches. La semaine, devant ses ouvriers, ses amis, sa famille, il dit : « *Crèze bë qu'y é fouè no chimpletà.* Je crois bien que j'ai fait une ânerie. » Mais le jour du Seigneur, ou devant les personnes étrangères, il marque les distances et s'exprime autrement : « Je crains bien que je n'aie commis une bévue. » Il a acquis le second parler en lisant les journaux et quelques œuvres littéraires fondamentales : *Les Misérables, Eugénie Grandet, La Ville noire, Germinal, L'Auberge sanglante de Peyrebeilhe,* auxquelles il revient sans cesse les dimanches de pluie. Devant l'ennemi, il emploie donc son langage le plus digne :

— Je ne sais s'il m'en reste...

Il n'ignore pas qu'au moins deux grosses attendent preneur dans son magasin. Mais il détesterait compter les Allemands parmi sa clientèle. Contrairement au colonel Brasset, il n'est pas tout à fait sûr que les nazis aient définitivement gagné la guerre. L'Amérique peut encore intervenir tardivement, comme elle le fit en 1917. Beaucoup de ses collègues ont moins de scrupules et travaillent déjà pour l'ennemi, disant :

— Faut bien qu'on fasse tourner les meules, pour donner à manger au personnel. D'autre part, nous ne contribuons pas à renforcer l'armée allemande, avec nos fourchettes et nos tire-bouchons !

Oh ! que si ! Car pendant ce temps Solingen peut se consacrer à fabriquer des baïonnettes, des casques, des grenades, des obus. Gagnons du temps, se dit Auguste. Il laisse les délégués en compagnie de sa femme, s'éloigne vers le magasin aux rayons demi-vides. Les rasoirs à châsse de corne sont là, bien enveloppés dans leur papier suiffé. Il en tire un, puis regarde par la fenêtre. Gagnons du temps.

Il voit devant la fabrique la voiture verte qui a amené les deux officiers. Le chauffeur a quitté son siège, il marche çà et là, ramasse des débris métalliques, des lames brisées, les étudie, les fourre dans sa poche. Souvenir. Puis il s'assoit de nouveau. Puis il redescend. A d'autres fenêtres, Auguste distingue d'autres visages dissimulés qui observent. Les voisins se disent : Pitelet collabore. Non, il ne collabore pas, malgré sa place à la délégation spéciale. Il gagne du temps.

Il revient enfin vers ses visiteurs :

— Je vous prie de m'excuser. J'ai eu grand mal à en trouver un. C'est le dernier qui nous reste.

Les délégués l'examinent, en plient la lame sur l'ongle du pouce, la font sonner sur leur paume, s'exclament *sehr gutt, ja ja*, visiblement ce sont des connaisseurs.

— Combien nous vendriez-vous cela, par douzaines ?

En patois, il consulte Francine, arrondit de façon exorbitante, prononce un chiffre. Les autres traduisent en marks officiels, puis sourient :

— Que diriez-vous d'une commande de deux cents grosses ?

Il ouvre des yeux effarés : deux cents grosses, trente mille rasoirs ! Quatre mois de besogne assurée pour l'Hirondelle ! Comment refuser ? Mais comment accepter ? Il cherche des échappatoires :

— De quelle manière serions-nous payés ?

— En argent français, au fur et à mesure des livraisons. Faites un premier envoi, d'importance réduite. Vous verrez bien si notre système fonctionne correctement.

Ils ont réponse à tout. Il réfléchit encore, longuement, et tout à coup dit non.

— Non ? s'étonnent les Boches, perdant leur sourire.

— Non.

— Pourquoi non ?

— Parce que je n'ai pas l'acier voulu. Pour fabriquer ce modèle, j'employais de l'acier tchèque, marque Provdi. Est-ce que c'est trouvable, à présent, l'acier tchèque ?

— Pourquoi pas ? Nous avons nos entrées en Tchécoslovaquie !

— Vous pourriez m'en procurer ? Il m'en faudrait... dix tonnes.

— Nous pensons que oui.

— Sans cet acier, pas de rasoir. Je tiens à ma bonne réputation.

— Nous sommes d'accord.

— Et puis, y a autre chose...

Auguste croit avoir trouvé l'objection imparable :

— Je n'ai pas le personnel nécessaire. Ce genre d'ouvrage exige des émouleurs hautement qualifiés.

Il explique l'émouture du rasoir, les différentes étapes de l'évidage, le fil et le morfil. Les connaisseurs opinent de la casquette, ils n'ignorent rien de tout cela.

— Il reste bien à Thiers des ouvriers capables ! rétorquent-ils.

Auguste secoue les oreilles.

— Pas comme les miens ! Les miens sont irremplaçables ! Et en ce moment ils se trouvent chez vous. Ipelhà, Galoche, Zizin, Mange-Salé.

Les Allemands répètent avec stupeur :

— Mange-Salé, Galoche…

— Ce ne sont pas là leurs patronymes officiels. Ici, nous nous servons plutôt de sobriquets. Chacun a le sien.

— Et vous connaissez leurs vrais noms ?

— Naturellement.

— Et leurs stalags en Allemagne ?

— Cela peut se trouver.

— Alors, c'est tout simple ! Nous les libérons. Nous vous les renvoyons.

— Vous feriez cela ?

— Nous allons essayer.

Pitelet, confondu, s'aperçoit qu'ils tiennent bougrement à leurs trente mille rasoirs. La discussion se poursuit longtemps encore. On finit par signer un contrat, Auguste ajoute de sa main : *Je ne m'engage à exécuter cette commande que si mes quatre émouleurs sont libérés, les nommés…* Quand les Allemands sont partis après un dernier claquement de talons, Francine et Auguste se regardent avec stupeur : les voilà, pour la bonne cause, collaborateurs malgré eux ! Mais il n'est pas possible que les nazis tiennent toutes leurs promesses. De l'eau coulera sous les ponts de la Durolle avant que n'arrivent l'acier et les hommes. Et même si les deux prodiges s'opéraient, il gagnerait encore du temps. Les joues hitlériennes ne sont pas près de goûter la caresse de ses lames.

La fabrique reprend son train-train besogneux. Thiers est retombé dans son état d'il y a deux siècles, jamais les pauvres n'y ont été si maigres, les riches si gras. Du moins y jouit-on d'une tranquillité relative, les occupants se montrent peu, la police est discrète, une foule d'inconnus se dissimulent dans ses taudis à qui personne ne va demander si le nez leur branle. Des sommités prennent aussi résidence dans ses hôtels : le romancier Roger Martin du Gard au Nouvel et Grand Hôtel ; Louis Postif, traducteur de nombreux romans américains, à l'Aigle d'Or, de même que mademoiselle Suzanne Penteuil, originaire de Besançon, journaliste à l'hebdomadaire suisse *L'Abeille*. Dans ces établissements, la nourriture ne manque pas encore, et l'on ne te pleure pas la pompe si tu peux la payer.

Auguste Pitelet se croyait tranquille pour quelques mois. Or, quatre semaines après le passage des délégués allemands, voici que débarquent à la gare de Thiers dans leur uniforme caca d'oie les surnommés Galoche, Zizin, Ipelhà et Mange-Salé. Ils ne comprennent rien à cette faveur dont ils bénéficient ; leur ancien patron la leur explique.

Quelques jours plus tard, l'acier arrive aussi. Vessière, le négociant en métaux de la rue des Docteurs-Dumas, avise Pitelet qu'il le tient à sa disposition : il lui suffit de se présenter avec les bons du COTM.

Auguste examine la marchandise, et déclare froidement :

— J'en veux pas. C'est pas du Provdi.

— Pas du Provdi ? Sans doute. Mais c'est quand même du bon acier tchèque.

— C'est pas celui pour lequel je m'étais engagé. J'en veux pas.

— Tu refuses un wagon d'acier, par les temps qui courent ?

— Je le refuse. J'ai mes raisons. Fais-en ce que tu voudras. Je suis sûr que tu sauras où le placer.

Et il repart en claquant la porte, droit et fier sous sa casquette de maître coutelier, malgré sa courte taille, les jambes un peu torses qu'il a gagnées dans son enfance en portant les paniers de lames, en travaillant trop dur et trop tôt, déjà polisseur à l'âge où d'autres ne sont encore que polissons.

On n'avait pas intérêt à signer des contrats avec l'Allemagne nazie, les Russes l'apprirent à leurs dépens. Après avoir respecté scrupuleusement les clauses de leur pacte de non-agression et du traité de commerce annexe, livré à la machine de guerre hitlérienne des quantités considérables de pétrole, de minerais, de cuirs et peaux, de caoutchouc de pissenlit, ils furent récompensés par l'agression du 22 juin, sur un front étendu de la Baltique à la mer Noire. Cela retint plusieurs mois les délégués du ministère allemand de l'Economie. Ils reparurent cependant en octobre, en pleine saison des vendanges. Auguste leur offrit à boire, ils acceptèrent son vin avec quelque surprise, burent après lui, par précaution, trouvèrent le breuvage à leur convenance.

— Il vient de ma propre vigne, précisa-t-il. Je n'en donne pas à n'importe qui.

Ils se montrèrent sensibles au compliment. Quand ils entreprirent Pitelet sur le chapitre des rasoirs et de l'acier tchèque, les choses s'en trouvèrent facilitées.

— Vous vous étiez engagés à me fournir du Provdi, argumenta-t-il. Vous n'avez pas tenu votre promesse, je ne puis tenir la mienne.

— Les forges Provdi ont d'autres débouchés en ce moment. Mais l'acier que vous avez reçu est de qualité équivalente.

Sans répondre, il atteignit dans un placard une autre bouteille, remplit les verres qu'ils venaient de déposer au coin du bureau.

— Goûtez-moi de ce vin-là, dit-il.

Ils burent encore.

— Comment le trouvez-vous ?

— Moins bon que le précédent.

— C'est le vin ordinaire que nous fournit le Ravitaillement. L'autre était le vin de ma vigne. Comprenez-vous ?

— Pas très bien.

— Par la couleur, ils se ressemblent. Mais point par le goût. Pour ce qui est des aciers, c'est la même chose : ils se ressemblent. Cependant, seul Provdi est Provdi. Et mes rasoirs exigent Provdi. C'est pour moi une question d'honneur.

Et il se tint droit et fier, malgré sa courte taille et ses jambes un peu torses.

L'hiver commença dès octobre, une neige précoce saccagea les arbres des places et des avenues, les cantonniers ramassèrent soigneusement les branches rompues, combustible providentiel même s'il fumait un peu et crachait sa bave. Les petites gens bâillaient de faim et grelottaient de froid. En outre les couteliers avaient soif et se trouvaient réduits à boire de l'eau. Certains la coupaient avec de l'eau minérale, parce qu'elle pétille et fait illusion à la vue. Le manque de vin provoquait l'impopularité du nouveau régime autant et plus que le manque de liberté. « Ça peut pas durer longtemps comme ça ! » prophétisaient les classes buveuses. Mais ça durait. Les vieillards, eux, catégorie *V*, la plus dépourvue en aliments solides parce que composée de bouches inutiles, faisaient la queue à la porte des cimetières. Les enfants souffraient de rachitisme, de scoliose, de pâles couleurs. A tel point qu'il se trouva aussi des âmes généreuses qui cherchaient à secourir tant de détresses. Le boulanger-pâtissier Auguste Châtelain – dont le cœur était aussi tendre que ses ex-choux à la crème –, soutenu par le charcutier Michel Bresle, accueillait l'été les gamins affamés dans sa maison du Chêne-Rouge, au pied du Montoncel, les rassasiant de soupes, de légumes, de pâtés aux couennes. Le Secours national faisait flèche de tout bois, rassemblant et distribuant couvertures, vêtements, linge, chaussures. Les intellectuels locaux publièrent des appels pour encourager cette chine, Henri Pourrat inventa l'heureuse formule :

Tout ce qu'on garde pourrit.
Tout ce qu'on donne nourrit.

Décembre amena un froid rigoureux et l'élargissement du conflit prévu par Auguste Pitelet : après l'attaque de Pearl Harbor, les Etats-Unis entrèrent dans la danse. Le malheur devint planétaire.

Au milieu de cette misère générale, il sembla qu'un incroyable besoin de coutellerie se répandît dans ce qui restait de la France. Chaque famille cherchait à renouveler son stock de couteaux, fourchettes, cuillers, louches, pelles à tarte. C'est que la monnaie avait le feu au derrière. Dévaluée de jour en jour, d'heure en heure, cherchant à se fixer sur n'importe quoi qui eût l'apparence du stable, elle courait de main en main, jouant à petit-bonhomme-n'est-pas-mort. On assistait de la sorte à d'incroyables acquisitions : les épiciers achetant les œuvres complètes de Victor Hugo, les ferrailleurs des encyclopédies, les bouchers des tableaux peints à l'huile et à la main, les mastroquets des collections de bénitiers. Les articles de Thiers profitaient de cette fringale. Des fabriques nouvelles naissaient en ville et aux environs. Nombre de fonctionnaires révoqués pour leurs appartenances politiques ou philosophiques y trouvaient refuge : l'instituteur franc-maçon se reconvertissait dans le canif, le postier communiste dans le tire-bouchon. Des camionnettes s'arrêtaient nuitamment devant leurs portes et enlevaient la marchandise, dissimulée sous un lit de betteraves. Parfois se présentaient deux revendeurs en même temps, il y avait alors compétition, c'était à qui offrait le plus, la quincaille se débitait aux enchères.

Tous les matins, le Maréchal sortait de l'hôtel du Parc en chapeau gris et paletot droit pour aller se recueillir dans l'église Saint-Louis. Inspiré par ce grand roi de France et ce rusé politique, il y conçut le projet de se faire également justicier. Comme Vichy manquait de chêne à sa mesure, il ordonna de mettre en scène à Riom une superproduction judiciaire devant laquelle comparaîtraient les responsables de la guerre et de la défaite : Daladier, Reynaud, Blum, Mandel, Guy La Chambre, Gamelin. Désignant ainsi motu proprio le groupe des coupables, il se mettait par là même au-dessus de l'accusation, et c'est vêtu d'innocence et de lin blanc qu'il s'apprêtait à foudroyer les criminels. Malgré son peu de surface, le *Journal de Thiers* ne cacha aucun détail sur la salle des assises repeinte à cette occasion en ocre clair imitant la pierre de taille, souligné par un lambris de chêne foncé ; sur les tapisseries de Beauvais et des Flandres, les fauteuils dorés, les six lustres de douze appliques, style Napoléon III, envoyés par le Mobilier national. On sut que les présidents Caous et Maillefaud porteraient une robe rouge avec simarre de soie noire, manches de pourpre, rabat de dentelle ; un manteau de drap rouge bordé d'hermine mouchetée du côté droit et à gauche d'une large bande de petit-gris formant traîne. Face à un tel appareil, que pourraient faire, que pourraient dire les accusés en veston défraîchi ? C'est alors que le Maréchal, avant même l'ouverture des débats, brandit son sceptre royal et proclama que sans plus attendre, lui, chef de l'Etat, les condamnait aux peines les plus fortes. A quoi bon dans ces conditions un procès et tant de dorures ? Il n'y vit point contradiction, puisqu'il concentrait tous les pouvoirs entre ses mains, le législatif, l'exécutif, le judiciaire. Mais comme les Français aimaient les spectacles, il leur offrait cette réjouissante comédie.

Toutefois, le texte des répliques n'était pas au point : les accusés se firent accusateurs. On les applaudit. Le bruit de ces ovations atteignit les tympans d'Adolf Hitler qui protesta rudement :

— Ainsi, on leur reproche seulement de ne pas m'avoir battu ? Non d'avoir déclenché la guerre ? De qui se moque-t-on ?

Il fallut baisser le rideau sans rien conclure. Tapisseries, lustres et fauteuils regagnèrent les réserves du Mobilier national.

Quinze jours plus tard, nouvelle comédie. Pétain, qui avait répudié Pierre Laval comme Premier ministre et comme dauphin après l'avoir accusé de complot, mis en état d'arrestation, lui rend ses titres et sa confiance. L'homme de Châteldon reparle à la radio :

— J'ai connu dans ma vie publique des moments difficiles où le sort de la France était en péril. C'est toujours à ces heures que j'arrive au pouvoir.

Il exalte la Patrie, la Révolution nationale, la collaboration, laisse espérer un allégement de nos charges, un desserrement de nos entraves, la libération progressive des prisonniers. Il est bien vrai que tout va de mal en pis : les rations de pain sont tombées à cinquante grammes par jour, encore se demande-t-on s'il s'agit vraiment de pain ou de bouse de vache. Hors de France, les Allemands arrêtés devant Moscou avancent vers le sud, en direction de la Crimée ; les Japonais menacent l'Australie ; les Anglais perdent Singapour, mais se rattrapent en occupant Madagascar. Les Thiernois y perdent le peu de géographie qu'ils savaient. La guerre s'éternise. Une source près de L'Hermitage, consultée par des personnes compétentes, annonce qu'on en a bien encore pour quatre ans. En gare de La Monnerie, une femme réfugiée de Lorraine se fait couper en deux tronçons par le train, elle ne se sentait pas le courage d'attendre jusque-là.

Or voici que, désireux de relever le moral de la région coutelière, le Maréchal vient lui rendre visite le 1er mai, jour de la Saint-Philippe. On ressort les mêmes drapeaux, les mêmes banderoles, les mêmes émouleurs qui avaient accueilli quelques années plus tôt le président Lebrun. On le régale des mêmes services de table et quasiment des mêmes discours. A la sous-préfecture, il décore de la Légion d'honneur un

Ventre jaune, Jean Suquet, ancien combattant de Verdun. Après quoi, Pétain, ses généraux, ses amiraux regagnent Vichy, laissant les Thiernois mal consolés.

Mais le coup le plus dur, ils le reçoivent le soir du 22 juin.

Ils avaient jusque-là avalé maintes couleuvres. Les radiations administratives. La poignée de main de Montoire. La collaboration. Les cartes alimentaires. Le COTM et le marché noir des métaux. Les films allemands, les scies allemandes à la radio, *Le Juif Süss, Bei mir bist du schön.* L'intoxication de Philippe Henriot et du traître de Stuttgart. La Légion des volontaires français en uniforme boche qui combattent les Soviétiques, sous le parrainage de Pierre Laval.

Ce dernier venait d'en inventer une autre : la Relève. On imaginait en tête à tête l'homme de Châteldon et l'homme de Berchtesgaden :

— Faisons un échange. Je te donne des travailleurs, et tu me rends une quantité égale de prisonniers.

— Aucun intérêt : tes prisonniers sont sur place et ils travaillent.

— Pardon ! Je peux t'envoyer des spécialistes, et tu me renvoies du tout-venant, des agriculteurs, des commis de magasin, des cantonniers.

— D'accord. Je prends les spécialistes, par volontariat, en leur offrant une bonne paye. Mais je te renvoie peau de zébi.

— Tu ne recevras pas grand monde. Rien que des chômeurs. Des gars qui cherchent à plaquer leur femme. Moi, au contraire, je t'offre des collaborateurs garantis, des idéalistes, et de vrais techniciens.

— Si je n'ai pas assez de volontaires, je rafle tout par la force. Je réquisitionne toute la main-d'œuvre de dix-huit à cinquante ans.

— On n'oblige pas à bien travailler des hommes enlevés de force.

Finalement, Hitler se laisse convaincre. Une fois n'est pas coutume. Naturellement, il trahira cet accord aussi, ne libérera qu'un prisonnier contre cinq volontaires, instituera le *Service du travail obligatoire.* Mais Laval veut croire encore en cet arrangement lorsqu'il annonce à la radio, le soir du 22 juin :

... Notre génération ne peut pas se résigner à être une génération de vaincus. Je voudrais que les Français sachent monter assez haut pour se mettre au niveau des événements que nous vivons. C'est peut-être une des heures les plus émouvantes qui se soient inscrites dans l'histoire de notre pays.

On écoute sa voix grave, ses *r* roulants, son accent vigneron. C'est une curiosité que d'aller voir passer sa voiture blindée, entourée de motards, quand il rentre de Vichy à son château, chaque soir, pour rejoindre sa petite famille comme n'importe quel sous-chef de bureau. Avec plus de tapage cependant.

Nous avons eu tort en 1918, au lendemain de la victoire, de ne pas organiser une paix d'entente avec l'Allemagne. Aujourd'hui, nous devons essayer de le faire. Nous devons épuiser tous les moyens pour trouver la base d'une réconciliation définitive. Je ne me résous pas, pour ma part, à voir tous les vingt-cinq ou trente ans la jeunesse de notre pays fauchée sur les champs de bataille. Pour qui et pour quoi ? Qu'avons-nous fait de notre victoire de 1918 ?

Les paysans du coin lui demandent, cérémonieux, quand ils le rencontrent au détour d'une rue :

— Quand donc finira la guerre, monsieur le président ?

Et lui, avec le placide optimisme de la race :

— *Co chaborò bë ! Co chaborà bë !* Ça finira bien !

Certains jours, il lui arrive, dit-on, d'embarquer dans sa voiture, derrière le chauffeur, les deux chevrettes de la ferme et de les accompagner lui-même jusqu'aux pâtures de la montagne. Le soir il les ramène le pis gonflé comme un ballon de rugby. Sans doute, de temps en temps, préfère-t-il la compagnie de ses chèvres à celle des hommes.

Ma présence au gouvernement a une signification qui n'échappe à personne, ni en France ni à l'étranger. J'ai la volonté de rétablir avec l'Allemagne et avec l'Italie des relations normales et confiantes. De cette guerre surgira inévitablement une nouvelle Europe. On parle souvent d'Europe. C'est un mot auquel, en France, on n'est pas encore très habitué. On aime son pays parce qu'on aime son village. Pour moi, Français, je voudrais que demain nous puissions aimer une Europe dans laquelle la France aura une place qui sera digne d'elle. Pour construire cette Europe, l'Allemagne est en train de livrer des combats gigantesques. Elle doit, avec d'autres, consentir d'immenses sacrifices et elle ne ménage pas le sang de sa jeunesse. Pour la jeter dans la bataille, elle va la chercher à l'usine et aux champs.

Un frisson dans l'échine, les auditeurs se représentent l'Europe en question sur laquelle flottera le drapeau à croix gammée, une Europe sans juifs, sans francs-maçons, sans socialistes, sans communistes, sans Polonais, sans Tchèques, sans Autrichiens, avec vingt-cinq millions de Français en sabots grattant la terre, les autres morts ou annexés par les Etats circonvoisins. Comment aimer, comment respecter une Françouillette ainsi mangée sur les bords et saccagée en son milieu ? L'Europe, on veut bien ; mais pas dans ces conditions. De quelle manière Laval espère-t-il empêcher cela ? C'est un homme aux mille roueries qui sait exploiter aussi bien ses avantages que ses faiblesses. Comme Premier ministre, il est parvenu à faire libérer tous les guéfangues de Châteldon, sans considérer leurs opinions politiques. Un seul a refusé cette faveur : René Verdier, ingénieur aux Ponts et Chaussées, présentement en congé dans un oflag autrichien, parce qu'il ne partage point les idées de collaboration et parce qu'il lui en coûtait d'abandonner ses copains. Libre à lui. Les autres ont retrouvé avec joie leur vigne et leurs topinambours.

Vive Pierre Laval ! Le voici assuré dans son village d'une popularité indéfectible. Sur les bords du Vauziron, à une exception près, on croira en lui jusqu'au bout, par reconnaissance ou conviction. *Loup, je suis prêt à t'appeler maman*, dit un proverbe du pays, *si tu me donnes à manger.*

Mais alors tombe la phrase fatidique :

Je souhaite la victoire de l'Allemagne, parce que sans elle le bolchevisme demain s'installerait partout.

Les Thiernois n'en croient pas leurs oreilles, pas possible, ils ont mal entendu, ils se demandent entre eux :

— Quoi ? Quoi ? Qu'est-ce qu'il a dit ?

— Il a dit : JE SOUHAITE LA VICTOIRE DE L'ALLEMAGNE !

Les anciens de 14-18 se dressent horrifiés. Comment un Français, un Auvergnat peut-il souhaiter la victoire de l'Allemagne ? A-t-il vraiment dit ces mots ? Oui, oui, confirment les jeunes, parce que sans elle le bolchevisme s'installerait partout. Les bolcheviques, qu'est-ce que c'est, au juste ? Des sortes de communistes. Comme Etienne Néron ? Non, pas des communistes français, des communistes russes, comme Staline. Mais en attendant, les communistes russes combattent Hitler ? Il semble bien. Ce sont donc nos amis ? Pour le moment. Laissons-les donc faire pour le moment. Une fois Hitler *kaputt*, on s'arrangera bien avec eux.

Pendant ce temps, Laval continue sa théorie :

Je sais l'effort que certains d'entre vous doivent faire pour admettre cette politique. L'éducation que nous avons généralement reçue dans le passé ne nous prépare guère à cette entente indispensable. J'ai toujours trop aimé mon pays pour me soucier d'être populaire.

Populaire ? C'est fini, il ne le sera plus. Ni à Aubervilliers, ni à Thiers, ni nulle part. Excepté à Châteldon. Il aura peut-être encore la faveur de certains notables ; plus jamais celle du peuple.

Après quoi, il annonce sa combine de la Relève :

Ouvriers qui travaillez dans les usines j'adresse un appel à votre solidarité de Français. Le chancelier Hitler, et je l'en remercie, vient de décider la libération d'un nombre important de prisonniers agricoles qui pourront revenir en France dès votre arrivée en Allemagne. Les hommes de nos champs et ceux de nos usines vont sentir leur fraternité. La femme qui verra son mari revenir éprouvera une émotion pleine de reconnaissance pour les inconnus qui, s'en allant là-bas, ont fait revenir un prisonnier…

A Aubervilliers – dont Pierre Laval était maire depuis 1923 – les entrepôts Rigal, avec leurs montagnes de ferraille, de cuivraille, de plombaille, de zincaille, étaient pour les Allemands une proie tentante. Ils se jetèrent dessus comme les mouches sur le sucre. Des wagons entiers partirent pour les fonderies de la Ruhr.

Quelle idée prit un jour le Cantalou de vouloir berner cette clientèle redoutable ? Fut-ce un acte de Résistance ou un acte d'avarice ? Ou les deux à la fois ? Toujours est-il qu'il ordonna à ses ouvriers de débarrasser ses dépôts de divers débris, pierrailles, gravats, charpentes pourries, d'en remplir un wagon, de recouvrir l'ensemble d'une couche de ferraille ordinaire et de l'expédier parmi d'autres, direction Bochum. Et Rigal de rire dans sa barbe, de se frotter les mains en songeant à la mine des maîtres de forge germaniques au reçu de cette marchandise. La guerre, l'occupation de territoires ennemis, les bombardements anglo-saxons autorisaient tous les désordres, toutes les fantaisies ferroviaires. D'autre part, le manque d'imagination des cervelles boches était bien connu : jamais elles ne sauraient expliquer cet envoi d'ordures. Si par miracle elles parvenaient à remonter à sa source, Rigal répondrait qu'il s'agissait d'une erreur de manœuvre. C'était tout simple. Il comptait aussi sur sa chance habituelle pour arranger les choses au mieux.

Le dénouement fut plus simple encore que prévu. Un matin de juin, Joseph Rigal déjeunait dans sa cuisine de soupe et de fromage selon sa vieille habitude cantalienne, lorsqu'on sonna à la porte. Une sonnerie longue et péremptoire. Madame Rigal regardant par la fenêtre vit une voiture noire arrêtée devant l'immeuble. Elle revint les lèvres tremblantes :

— La Gestapo !

Avec sa circonférence, le ferrailleur n'était pas homme à se cacher dans un placard. C'est ainsi qu'il fut emmené « pour interrogatoire » par deux civils allemands d'allure très militaire.

Sa chance paraissait l'avoir abandonné. Le lendemain, il téléphona brièvement :

— On me garde encore un peu. A bientôt. Je vous embrasse.

Des jours et des semaines s'écoulèrent sans apporter d'autres nouvelles. La farce des ordures semblait vouloir tourner à la tragédie. Madame Pascaline Rigal se rendit en personne au siège de la police allemande, à l'hôtel Lutetia, près du Bon Marché. Après des heures d'infructueuse patience, elle dut recourir aux convulsions. Elle avait ce pouvoir bien connu de son entourage d'entrer en convulsions à la demande, elle en avait usé toute sa vie avec discernement. Elle tomba donc par terre, sur le tapis du Lutetia, se tordant, la bave aux lèvres. Les Boches l'allongèrent sur une banquette, la déboutonnèrent un peu. Elle revint à elle au moment où ils risquaient d'aller trop loin, soupira :

— Joseph !... Mon cher Joseph !

Normalement, quand elle s'adressait à lui, elle l'appelait par son nom de famille, comme un étranger : Rigal, veux-tu m'écouter ? Profitant de son état de faiblesse, elle réussit à savoir des gestapistes que le ferrailleur se trouvait encore à la Santé sous l'inculpation de « sabotage économique », en attendant qu'on statuât définitivement sur son sort. Aucune visite n'était permise.

Il y eut chez les ferrailleurs conseil de famille.

— Je pense, dit Pascaline, qu'un seul homme est en mesure de faire quelque chose pour Rigal : son ami Pierre Laval. Il faut que l'un de nous fasse le voyage de Vichy afin de le rencontrer au plus vite.

— Mais qui ?

— La personne la plus indiquée me semble être Raymond. Il tutoie le Premier ministre, avocat comme lui, même si leurs choix politiques divergent quelque peu.

Maître Gautier-Pitelet accepta cette mission. Par l'intermédiaire de la « délégation spéciale » albertivillia-rienne, il obtint un laissez-passer, prit le train, franchit à Moulins la ligne de démarcation après avoir subi les fouilles allemandes, entra dans la « zone libre » le cœur battant, descendit en gare de Vichy où il subit les fouilles françaises. Après quoi, il prit place dans le tortillard Vichy-Ambert, parmi les valises, musettes et sacs tyroliens. L'hôtel unique de Châteldon, rue des

Petits-Carreaux, accepta de l'accueillir quoiqu'il fût plein jusqu'aux combles de touristes et de réfugiés : il dormirait sur un fauteuil, dans le salon. On voulut bien lui offrir, en échange des tickets correspondants, une demi-douzaine de radis sans beurre, des frites de topinambour, une tranche de cœur grillé à laquelle une copieuse garniture de persil essayait de donner de l'abonde, une salade sans huile et un quignon de pain gris. Au dessert vint une poignée de ces cerises tardives qui ont une joue blanche et une rouge et qu'habitent généralement plusieurs asticots à tête noire. A Châteldon, patrie de Pierre Laval, on ne se nourrissait officiellement pas mieux qu'ailleurs. D'autres voyageurs dormirent comme lui dans le salon qui ressemblait à une salle d'attente de la SNCF. Au matin, il se débarbouilla et se rasa dans les toilettes communes.

Il s'en fut rôder autour du château où résidait le Premier ministre. Une ancienne forteresse du XIIIe siècle gardée et surveillée par un peloton de militaires. Il s'approcha de leur officier, se présenta, expliqua son désir de parler au président pour une affaire de vie ou de mort. L'autre accepta de faire porter sa carte. Les choses allèrent rondement :

— Suivez-moi, dit le gardien en revenant.

Laval l'attendait sur le perron, déjà cravaté de blanc, les bras ouverts, la moustache retroussée par un large sourire qui découvrait ses dents éclatantes, faites pour broyer des noix.

— Mon vieux Raymond !... Quel mauvais vent t'amène ? Car il ne peut être que mauvais pour que tu aies pris la peine de venir de si loin jusqu'en ce repaire de brigands !

Avant d'entendre Gautier-Pitelet, il fit l'historique de sa demeure, occupée jadis par le routier espagnol au service de l'Angleterre, Rodrigue de Villandro, surnommé « l'empereur des pillards » ; ce qui permettait aux antilavalistes de faire là-dessus des gorges chaudes et des rapprochements faciles. Et il éclata de rire, comme s'il en avait dit une bien bonne. Le visiteur rit lui-même, du moins jaune qu'il put. Laval ressentit son embarras :

— Mon luxe suprême est de mépriser les attaques. Un jour, on me rendra justice. Mais il faudra du temps. Beaucoup de temps.

Puis il l'entraîne dans son cabinet de travail :

— Et maintenant, passons à ton affaire.

L'avocat narre par le menu la farce que son beau-père a jouée aux Allemands, son arrestation, le danger mortel qui à présent le menace.

— Quels lourdauds ! Quels crétins ! Ces gens-là n'auront jamais le sens de l'humour ! Quand ils veulent faire un calembour, ils se cotisent à quatre ou cinq, et la finesse est ratée ! Mais la pesanteur est encore leur moindre défaut. Si je te disais, mon pauvre Raymond... si tu pouvais imaginer... Baste. Il reste Abetz. Otto Abetz, leur ambassadeur en France, qui m'est acquis, autant que je puisse en juger. Je vais lui demander la libération de Rigal. Il ne me refusera pas ça. Il croit en moi, comme je crois en lui. Du moins, chacun de son côté fait semblant.

— Il faudrait intervenir tout de suite, insiste Gautier-Pitelet. Avant qu'il ne soit expédié dans quelque camp en Allemagne. Dieu seul sait ce qui se passe là-bas !

— Dès ce soir. Abetz doit m'appeler vers six heures. Tu as ma parole.

Le gendre de monsieur Rigal, ému, serre la main de cet homme maudit qui souhaite la victoire de l'Allemagne et engage les ouvriers français à aller travailler pour elle. Il remercie, parle de se retirer :

— Ton temps est précieux... les affaires de l'Etat... je ne voudrais pas abuser...

— Laisse, laisse. Tu as bien un moment ?

— Certes.

— J'aimerais savoir... Tu es près du peuple de Paris. Que pense-t-il de moi ? Que dit-il de ma politique ?

— Ma foi... les opinions varient.

— Qu'est-ce que ça veut dire ?

— Depuis... surtout... ce discours... tu sais bien... JE SOUHAITE LA VICTOIRE DE L'ALLEMAGNE.

Laval secoue la tête, songeur.

— Bien sûr, bien sûr. Ils ne voient que les apparences. Comment expliquer ? Comment faire comprendre aux Français ? Ils ont reçu ces paroles comme l'huître reçoit le jus du citron. Ça les a révulsés, n'est-ce pas ?

— Exactement. Révulsés.

— Et toi ?

— Moi... moi... je suis français, comme les autres. Que veux-tu que je pense ?

Le Châteldonnais marche sur son visiteur, le saisit par le gilet, le secoue furieusement :

— Toi non plus ! Toi non plus, tu n'as rien compris !

— J'ai compris : JE SOUHAITE LA VICTOIRE DE L'ALLEMAGNE.

Gautier-Pitelet sent qu'il va au désastre. Il est venu de loin, par des voies malaisées, implorer l'assistance de ce politique ; et voilà qu'il tient devant lui, à peine retenus, les propos d'un opposant. Il n'arrive point cependant à parler contre son cœur. Soudain, la colère de Laval tombe :

— Assieds-toi, commande-t-il. Je n'aime point à m'expliquer. Mais devant toi, je vais le faire.

Il sort un étui de sa poche, en tire une cigarette à papier jaune, en offre une à Raymond qui refuse. Il marche de long en large, tenant la gitane entre le pouce et l'index, nichée au creux de sa main, soufflant autour de lui de grosses bouffées.

— Ouvre quand même l'étui, dit-il, le tendant.

Une magnifique pièce de métal blanc, argent ou platine, incrustée d'améthystes.

Raymond lit ces mots gravés sous le couvercle :

A.S.E. monsieur Pierre Laval
ministre des Affaires étrangères
inaugurant l'ère de paix
qui lui sera due.
Anthony Eden Docteur Benes Aloisi
Genève, le 6 décembre 1934

— J'avais, poursuit l'Auvergnat, entrepris des négociations avec l'Angleterre, la Tchécoslovaquie, l'Italie, la Pologne, la Russie, afin d'isoler l'Allemagne. De l'isoler et de l'encercler. En faisant ces concessions qu'on m'a tant reprochées, sur le dos de l'Ethiopie. Que veux-tu, je pensais à la France d'abord. Nous savions tous que Hitler voulait incendier l'Europe. Et moi, j'étais le pompier qui d'avance organisait la chaîne. On ne m'a pas suivi. On a brisé l'alliance. Nous nous sommes trouvés réduits à nos seules forces.

Il se tait, marche encore de la fenêtre à la porte, de la porte à la fenêtre. Soudain, il s'arrête, écrase son mégot dans le cendrier, tourne vers l'avocat le regard de ses yeux bridés :

— Je souhaite, dit-il d'une voix forte, que le soleil se lève demain matin !

L'autre le considère avec surprise.

— Que penses-tu de cette affirmation ? demande Laval : je souhaite que le soleil se lève demain matin.

— Ben... elle me paraît un peu... oiseuse.

— Oiseuse, n'est-ce pas ? Pourquoi oiseuse ?

— Parce que le soleil se lèvera demain matin, que tu le souhaites ou non.

— Comme tu raisonnes bien ! Comme tu es intelligent, toi ! Et quand je dis : JE SOUHAITE LA VICTOIRE DE L'ALLEMAGNE, mon affirmation ne te semble-t-elle pas aussi oiseuse ?

— Beaucoup moins. Je ne suis pas sûr du tout que l'Allemagne vaincra. De toute façon, moi, je ne le souhaite aucunement.

— Voilà ce qui nous sépare. Toi, tu n'es pas sûr. Moi, si. Aussi sûr que de voir le soleil se lever demain matin. J'en suis sûr parce que j'ai mesuré ses forces. Bientôt, l'Europe entière saignera sous sa botte. Ils vaincront parce qu'ils sont les plus forts. Dans ces conditions, que m'en coûte-t-il, qu'en coûte-t-il à mon pays de souhaiter la victoire de l'Allemagne ?

— Rien, sans doute. Sauf que tu y perds l'estime des Français.

— De tous ?

— De beaucoup. Ils trouvent déshonorantes ces paroles dans ta bouche.

— Des paroles, voilà : je n'ai que des paroles à ma disposition. Elles sont ma seule arme contre les loups qui encerclent mon troupeau.

En marchant, il redresse au passage un cadre suspendu, corrige le dos d'un livre qui dépassait sur un rayon.

— Des paroles déshonorantes ! Eh bien, s'il y a déshonneur à vouloir réduire les souffrances de mes brebis, j'accepte le déshonneur. Sans moi, ce serait un carnage illimité. Comme en Hollande. Comme en Pologne. Hitler nous déteste de toutes ses moelles. Sauckel veut nous prendre deux millions de travailleurs supplémentaires. Un jour, je récupérerai l'estime de ces Français, quand ils sauront ce que ma phrase abominable nous aura rapporté. Elle fait partie de ma combine de la Relève et réduira les prétentions de Sauckel. Donc, moins de départs pour l'Allemagne et retour de deux cent mille prisonniers. Transformation de deux cent cinquante mille autres en travailleurs civils qui auront droit à des congés en France. Par mon déshonneur, je deviens précieux à nos maîtres : ils me ménagent, ils prêtent l'oreille à mes réclamations, ils m'accordent quelques libérations exceptionnelles. Comme celle que je vais demander pour ton beau-père. Je sauve ainsi des vies qui seraient condamnées si un autre tenait ma place. Un gauleiter. Un Seyss-Inquart, un Heydrich, un Sauckel. Comprends-tu ?

— Et la Légion des volontaires français ? Avais-tu besoin de la parrainer ? Tu assistais à son baptême !

— La LVF est une création de Marcel Déat et de Jacques Doriot. Elle aurait existé sans moi. A son baptême, je suis allé chercher son parrainage, non lui donner le mien.

— Subtilité que tu feras difficilement admettre aux spectateurs.

— Et pourtant, avec les occupants, pas d'autre stratégie possible qu'être subtil. Dissimuler mes intentions véritables. Je sais que pour beaucoup de Français tout cela est difficile à comprendre. Ils entendent mieux le langage franc et net de De Gaulle. Mais de Gaulle, à Londres, est libre de ses gestes et de ses mots. Ce n'est pas mon cas. Alors, beaucoup d'apparences m'accusent.

— Peut-être aussi vaudrait-il mieux que tu tiennes moins de discours. On te jugera sur les mots que tu as prononcés contre les uns ou les autres. Contre les juifs, par exemple.

— Mais puisque je cherche à faire croire aux Allemands que je suis leur allié ! C'est à leur usage, que je parle ! Non à celui des Français !

— Seulement, les Français t'entendent aussi.

— Si l'on doit me juger, je me présenterai avec, dans une main, ce que j'aurai dit *contre* les juifs, et dans l'autre ce que j'aurai fait *pour* les juifs. Hier encore, il y en avait un dans ce bureau, sur la chaise que tu occupes.

— Et si, contre toutes tes prévisions, l'Allemagne est quand même vaincue ?

— Impossible.

— Supposons-le.

— Je vais t'ouvrir le fond de ma pensée. Si je jugeais possible la défaite de l'Allemagne, dans deux ans, dans trois ans, eh bien, je tiendrais exactement en public le même langage, puisqu'il est le seul moyen dont je dispose pour protéger mes compatriotes.

— Tu dirais encore : JE SOUHAITE LA VICTOIRE DE L'ALLEMAGNE ?

— J'accepterais quand même le déshonneur.

Gautier-Pitelet se tait un moment, examine le visage du Châteldonnais comme il a coutume d'examiner ses clients accusés d'un crime, dans leur cellule. Laval a repris son masque impénétrable, celui qu'il doit montrer à Hitler dans leurs rencontres.

— Comme tout ça, poursuit-il, est difficile à comprendre pour l'homme simple et honnête !

— Je m'en rends compte. En un premier temps, l'homme simple et honnête me condamnera. Je recevrai mes douze balles dans la peau. Je m'en fous, je ne compte pas, je ne suis qu'une âme qui s'allume et qui s'éteint. En un second temps, dans cinquante ans peut-être, l'homme simple et honnête me rendra justice.

Ils restent silencieux tous deux. Le parquet craque sous les souliers blancs de Pierre Laval. Par la fenêtre ouverte, hachurée d'hirondelles qui annoncent la pluie, entre l'odeur des roses. Un chien aboie dans le jardin. Une paix merveilleuse règne sur ces collines chargées de pampres.

— Il me serait si facile, continue le politique, de renoncer. Chaque jour ma famille me supplie de le faire. Mais je ne puis me dérober à mon devoir. Alors, chef du gouvernement d'un pays occupé, suspecté des uns, incompris des autres, je me sens coincé dans une tenaille dont une branche est allemande et l'autre française. Et ce n'est pas toujours l'allemande qui me fait le plus mal.

Il achève sa cigarette. Raymond toussote :

— Une dernière chose, dit-il. Une chose qui me heurte, dans tes discours.

— Laquelle ?

— Cette frayeur du bolchevisme. Je me sens trop embourgeoisé pour être communiste. Mais les communistes ne me font pas peur, j'en ai fréquenté beaucoup.

— Moins que moi, à Aubervilliers. Pendant quinze ans, un grand nombre a voté pour moi.

— Il est vrai que, le 22 juin, tu parlais des bolcheviques russes.

— Les bolcheviques russes ? Attends ! Je te demande cinq minutes de patience !

Il le laisse seul. Gautier-Pitelet regarde autour de lui sans oser bouger de sa chaise. Les murs sont tapissés de photographies dédicacées, il identifie quelques visages, Caillaux, Briand, Claudel, Mandel, Herriot, Blum, Samuel Hoare, Pie XI. Il s'étonne que le politique affiche encore ces portraits compromettants, corrigés par d'autres, il est vrai, plus conformes aux circonstances : Mussolini, Ciano, Abetz.

Le temps passe. Les affaires de l'Etat sont en suspens. A Vichy, le Maréchal et ses ministres s'impatientent : « Que fait donc Laval aujourd'hui ? » Devant le château, les motards regardent leur montre.

Enfin, de nouveau, la porte s'ouvre. La stupeur arrondit les yeux de l'avocat : ils voient entrer un moujik ! Un moujik en bonnet d'astrakan, en blouse rose brodée, en ceinture de soie, en culottes bouffantes débordant sur les bottes jaunes. Dans son costume de moujik qui convient merveilleusement à sa figure d'Asiate, le président du Conseil rit comme un bossu. Il croise les bras à l'horizontale, esquisse quelques pas de danse sur le tapis, hop là, hop là, hop là, avec une agilité stupéfiante. Il se laisse à la fin tomber dans un fauteuil, tandis que Raymond applaudit du bout des doigts.

— Sais-tu, demande Laval essoufflé, d'où me vient ce costume russe ? De Staline en personne, qui me l'a offert en 35 quand je suis allé au Kremlin signer notre pacte. Je l'endosse de temps en temps, pour le plaisir, et je me regarde dans la glace. Un jour, mon notaire m'a surpris en cette tenue, il s'est enfui terrorisé. Alors vois si, personnellement, j'ai peur des bolcheviques !

Sur l'intervention d'Otto Abetz, Joseph Rigal fut retenu trois semaines au camp de Compiègne, puis relâché. Il avait perdu quinze kilos de bouffissure. Pascaline se contenta de pincer aux bons endroits ses vêtements anciens, disant je suis sûre qu'il se rattrapera sans tarder. En attendant, toute la famille, demi-ruinée, abandonna l'entreprise de ferraille dépourvue d'approvisionnement et se replia en bon ordre sur le Cantal, rassemblée sous les lauzes de Salvagnac. Elle y vécut de ses restes et de petit élevage.

Gilberte et Alexis, au contraire, en vinrent à une séparation de domiciles. Ils l'étaient déjà de cœur, d'esprit et de sommeil. Elle l'avertit au cours du mois de juillet :

— La Garandie, j'en ai soupé. Je demande ma mutation.

— Bravo ! Et pour quel endroit ?

— Pour Thiers, mon pays natal.

— Crois-tu que je vais te suivre ?

— Probablement. De quoi vivrais-tu ?

— J'ai mes deux bras. Et de la fortune personnelle.

Il faisait allusion aux dix-huit mille quatre cent trente-deux francs de son héritage. Elle sut piquer si adroitement son amour-propre qu'il s'écria :

— Va-t'en au bout du monde ! Avec ma malédiction ! Mais sans divorce : je ne donne pas mon consentement. Tu abandonnes le domicile conjugal, voilà tout. Je m'en souviendrai le moment venu.

— Et Elise ?

— Je serais en droit de la garder. Mais je te la laisse. Je ne te verserai pas un centime pour son entretien.

Ils se quittèrent ainsi dans le bruit et la fureur.

— Ce qu'il y a d'étrange en votre cas, lui fit observer monsieur Guyot, son inspecteur, c'est qu'à l'heure où les maîtres des villes demandent plutôt la campagne pour des motifs alimentaires, vous fassiez l'inverse.

Elle expliqua ses raisons.

Auguste n'approuva ni ne désapprouva la séparation, il s'en affligea seulement.

— J'espère que tu n'empêcheras pas cet homme de voir sa fille ?

— Il pourra venir quand il lui plaira.

En septembre, elle ne fut pas nommée à Thiers cependant, comme elle l'espérait, mais dans sa lointaine périphérie, à Bulhon, village limagnais entre Dore et Allier, où concouraient en permanence d'innombrables bras démis et jambes cassées chez une célèbre rebouteuse, madame Barafy. Pitelet emprunta une camionnette à gazogène et monta prendre les meubles et étartuelles dont sa fille avait encombré l'appartement communal de La Garandie. Alexis ne vint saluer personne. Ce fut presque un déménagement à la cloche de bois.

Un mois après la rentrée scolaire, afin de répliquer au débarquement anglo-américain en Afrique du Nord, les Allemands envahissent la zone dite libre. Un détachement s'installe au collège de Thiers, à l'école Saint-Joseph et à l'école du Moutier, tandis que la *Feldkommandantur* prend résidence à l'hôtel de l'Aigle d'Or. Des flèches indicatrices illustrent noir sur blanc les principaux carrefours. Au 30 de la rue Conchette, un office de placement cherche des spécialistes volontaires pour les usines allemandes, tandis qu'au 8 de la place du Pirou la LVF recrute : *Pour sauver la France et l'Europe, il faut payer à l'Est.*

La mère Fradin, épouse de Pulhe-Moune, émouleur chez Auguste Pitelet, travaille depuis des années comme blanchisseuse à l'Aigle d'Or. Voici qu'à présent la clientèle a changé : elle doit laver le linge des officiers boches. Crasse pour crasse, elle n'y trouve guère de changement. Mais voici qu'un matin se présente à la porte de la buanderie un grand gaillard vêtu de vert, galonné, médaillé, une sorte de loupe coincée dans l'œil droit et un ballot sous le bras gauche. Il claque les talons :

— Colonel Pabst.

— Bonjour, monsieur, répond-elle, timide.

C'est la première fois qu'elle adresse la parole à un de ces militaires. « Vaut mieux les ignorer. Marie, ma fille, fais celle qui les voit pas ! » se conseille-t-elle journellement. La politesse veut, néanmoins...

— Madame, che voudrais... vous... laver mon linche.

Il ouvre devant elle son paquet de chemises, de caleçons, de mouchoirs. Elle désigne la grande chaudière où elle met cuire les draps, les serviettes, les nappes de l'hôtel. Mais il secoue la tête :

— Non, non ! A part ! Rien que mon linche. Che paierai le nécessaire. Vous... accepter ?

On ne mélange pas les serviettes et les torchons, ce principe vaut aussi en Allemagne. Quant à ce qui est d'accepter ou non, comment refuserait-elle, pauvrichonne, misérable laveuse à dix francs la demi-journée, la proposition de ce puissant seigneur de la guerre ? Autant dire : « Fusillez-moi. » Elle tend donc les mains, prend le ballot. Mais le colonel Pabst n'en a pas fini :

— Ensuite... vous... comme ça, comme ça...

Il fait le geste de promener un fer chaud.

— Repasser ?

— Oui, repasser. Che paierai un bon prix. Pour quand ?

— Mardi.

— Mardi ? (Il compte sur ses doigts.) *Dienstag.* Mardi. D'accord.

Il claque de nouveau les talons, salue et s'en va, la laissant éberluée.

Les jours suivants, à son domicile personnel, rue de Lyon, elle lave consciencieusement cette lingerie fine, l'étend, la repasse. Les voisins ? Les voisins n'y voient que du feu, il n'est pas inscrit en grosses lettres sur ces chemises qu'elles appartiennent à un Boche. Dès le lundi soir, tout est sec, tout est prêt. Elle a même recousu deux boutons qui branlaient. Elle rapportera la marchandise le lendemain après-midi en allant prendre son travail à l'hôtel.

Or, voici le mardi matin. Et qui franchit la porte du 26, qui suit le couloir, qui traverse la courette, qui gravit l'escalier aux quarante-deux marches, aussi raide, aussi étroit qu'une échelle de pompier ? Le colonel Pabst en personne, avec sa coiffure à la relevette, ses culottes bouffantes, ses bottes et sa lentille dans l'œil. Les voisines ne peuvent pas ne pas le voir, et murmurent derrière leurs rideaux, effarées :

— Les Boches montent chez Fradin ! Ils vont le fusiller !

En fait, au bout d'un moment, l'officier redescend, portant son paquet de linge propre, bien enveloppé ; elles comprennent leur erreur et s'écrient :

— Voilà aut'chose à présent ! C'est la Marie Pulhe-Moune qui collabore !

La semaine d'après, le colonel revint et remonta l'escalier avec un nouveau paquet. Les voisines ricanèrent :

— Savoir si le linge serait pas un prétexte ! Si la Marie collaborerait pas d'une autre façon !

— Tout de même ! Une femme de son âge !

Un qui ne fut pas content non plus : le polisseur. Fallut l'entendre !

— Je veux plus voir ce Boche chez nous ! T'as bien compris ? Oh ! saint pétard de Dieu ! Qu'est-ce que vont dire le monde ? Qu'est-ce qu'ils vont dire ?

— T'as qu'à lui en faire toi-même la défense, au Boche, puisque t'es si vaillant !

— Pas du tout ! C'est toi qui l'as pris comme client !

— Je l'ai pris, moi ? Est-ce que j'avais le choix ?

— Si tu lui refuses, qu'est-ce qu'il peut bien te faire ?

— Me fusiller, simplement !

La fois suivante – un dimanche matin – le colonel envoya un curieux rablassou, un soldat court et large, avec une bonne figure, porteur d'un mot écrit en français : *Donnez le linge à mon ordonnance qui vous payera comme moi-même.* Pour ne rien commettre d'irréparable, le polisseur courut se cacher dans la chambre voisine, jurant tout bas le saint pétard de Dieu. Devant sa machine, Marie Fradin était en train de coudre des pièces à un pantalon de son homme. L'Allemand salua, tendit le billet qu'elle déchiffra laborieusement à travers ses lunettes. Pendant qu'elle s'y employait, lui examinait son entreprise de couture. Soudain, il s'expliqua, par mimiques et par paroles :

— *Ich*… moi… *Schneider*… tique-tique-tique-tique !

Elle crut entendre qu'il avait été tailleur dans le civil :

— Tailleur ?… Vous… tailleur ?

— *Ja, ja ! Schneider !*

Et il fit le geste de tirer le fil avec une aiguille. Il ne s'en tint pas là :

— *Geben*… moi… *Arbeit !* fit-il, la poussant doucement hors de sa chaise pour prendre sa place.

Elle la lui céda, en élevant une protestation intérieure contre la violence qui lui était faite. L'ennemi s'assit donc, examina les carrés d'épais velours, les rectifia aux ciseaux, tandis qu'elle restait les doigts croisés sur le ventre. Il abaissa le pied-de-biche, lança le volant, l'aiguille se mit à sautiller, frénétique, à piquer les deux couches d'étoffe : jamais elle n'y avait mis tant d'alacrité. Marie Fradin se sentit même un peu meurtrie par cette trahison de sa machine. L'ordonnance cependant coupait le fil, ajustait la bobine et la navette, poussait et dirigeait le velours avec compétence et célérité. En un rien de temps, les trois pièces – fond et genoux – furent en place, vérifiées, fignolées, irréprochables. L'Allemand se leva, sourit devant la stupeur de la bonne femme qui ne put s'empêcher de dire, en personne bien apprise qu'elle était :

— Merci. Grand merci.

Elle eût aimé avoir le droit de lui offrir une goutte de vin ou une tasse de son mauvais café, mais la présence invisible de son homme la paralysait : elle redoutait son irruption et une bagarre générale. Grâce à Dieu, la porte de la chambre était restée farouchement close. Marie se contenta, ouvrant avec précaution, d'aller y prendre le linge du colonel ; dans l'ombre, Pulhe-Moune lui montra le poing d'un air furieux. L'ordonnance paya, puis s'en fut, après un claquement des talons.

Quelques jours plus tard, la gérante du Casino, chez qui Marie achetait des rutabagas, traduisit sous forme interrogative l'opinion générale du quartier :

— Alors, madame Fradin, paraît que vous vous êtes fait de bons amis à l'Aigle d'Or ?

Et elle, avec mépris :

— Si quelqu'un vous le demande, madame la Casinote, vous direz que vous n'en savez rien.

Peu après, le colonel Pabst et son ordonnance quittèrent la ville. La lavandière se trouva délivrée de cette clientèle compromettante. N'empêche que, les hivers qui suivirent, c'est avec confusion et inquiétude que Pulhe-Moune, le polisseur, se sentit le derrière au chaud. En présence des gens, il le tournait autant que possible à l'opposé, pour n'avoir pas à montrer la pièce cousue par le Boche.

1943

Malgré les trois piliers de la Révolution nationale, Travail, Famille, Patrie, la morale vole au plus bas sous le régime pétainiste. Les dénonciations anonymes pleuvent sur le commissariat de police, la gendarmerie, la *Feldkommandantur*, à tel point qu'elles suffisent presque à alimenter leurs calorifères. Il y a quelque chose de pourri au royaume de France. Jamais le vol, l'escroquerie, les trafics illicites, l'enlèvement, l'assassinat n'ont connu telle prospérité. Jusqu'à l'Enfant Jésus qui se fait ravir à Thiers dans la chapelle des sœurs de Nevers, sous prétexte qu'il est en métal non ferreux. On vole les courroies de cuir pour en ressemeler les chaussures. L'adultère, aussi ancien que le mariage, prend des aspects singuliers. Avant 40, en pays coutelier, il se consommait à la bonne franquette. A présent que tant de maris sont retenus en Allemagne, le voici passible des tribunaux. Exemple : la nommée Denise L..., épouse T..., appelée un jour à comparaître :

— A la requête de votre mari, le soldat T... Léon, actuellement prisonnier de guerre, et par l'intermédiaire de maître Passat, avoué, vous êtes accusée de commettre régulièrement l'adultère avec votre voisin, le sieur G... Maurice. Reconnaissez-vous les faits ?

— Oh ! pas si régulièrement que ça, monsieur le juge !

— Là n'est pas la question. Reconnaissez-vous l'adultère ?

— Ben oui... je reconnais.

— Vous êtes passible de six mois de prison. Mais j'ai entre les mains une lettre de votre mari qui sollicite à votre profit l'indulgence du tribunal.

Et Denise, furieuse :

— Ça, c'est bien de lui ! S'il m'aimait, il ne demanderait pas d'indulgence ! Mais je suis sûre que de son côté il a trouvé là-bas quelque salope qui adoucit son temps. Alors que moi, pauvre gourde, je l'ai attendu deux ans... disons dix-huit mois dans la fidélité ! Oh ! Je le vois venir ! Tout ce qu'il désire, c'est une reconnaissance officielle, sur papier timbré, de ses cornes. Pour pouvoir divorcer à son profit. Il a toujours été intéressé.

— Donnons-lui cette satisfaction. Je vous condamne à deux cents francs d'amende. Et à un franc de dommages et intérêts. C'est bien tout ce que vous valez.

Bulhon était un village boueux en bordure de la Limagne ; le dimanche, paysans et paysannes s'y rendaient en galoches par les chemins de terre ; ils abandonnaient leurs chaussures crottées à l'auberge Bonnefont ou à la boucherie Moussière, enfilaient leurs souliers et pouvaient ensuite décemment assister à la messe ; au retour, ils faisaient l'échange inverse. Un bourg tout de pisé, à l'exception de l'église, du château de Riberolles, de la maison Allary et de la croix des Quatre-Evangélistes en lave de Volvic, belle œuvre d'art dressée sur la place unique depuis 1866. L'école était la dernière maison à la sortie, en venant de Maringues. Elle comprenait un jardinet avec des cages à lapins, une cour en terrasse, un tilleul en sentinelle, un bâtiment en forme de T renversé, aux fenêtres encadrées de brique : la salle de classe en formait la jambe ; la mairie, le préau, le logement de l'institutrice et l'escalier pour y monter s'en partageaient les bras. Aux alentours poussaient la vigne, les céréales, le tabac, les betteraves.

Dans ce climat plus doux, sans neiges profondes, Gilberte, délivrée de ses chaînes, se sentait revivre. Sa fille Elise avait atteint l'âge scolaire, ce n'était qu'une élève de plus qu'elle traitait avec une sévérité sans faille pour qu'on ne l'accusât point de favoritisme. L'enfant faisait des progrès rapides en lecture et en écriture malgré la « méthode globale » que recommandaient fortement les inspecteurs : elle savait lire ses phrases à l'endroit, à l'envers, et même en leur tournant le dos. Ainsi avançait le Renouveau national. *Le Maréchal, c'est l'avenir. De Gaulle, c'est le passé,* affirmait un slogan de l'époque.

Grâce à l'abattage clandestin, elles ne manquaient pas de viande rouge ; les volailles dont regorgeaient les fermes avoisinantes leur fournissaient la blanche ; madame Bonnefont, l'aubergiste, qui possédait une cressonnière, les approvisionnait en cresson de garniture ; elles devaient le beurre aux démérites d'Arsène Bourrard. Celui-ci marchait sur ses onze ans et aucune méthode n'avait encore pu lui apprendre ses lettres. Fils unique d'un agriculteur provisoirement occupé à cultiver un coin de Poméranie, il vivait avec sa mère, sa grand-mère et un ouvrier agricole sur une ferme de trente hectares. Madame Bourrard s'était mis dans la tête que son gars devait savoir lire au retour du prisonnier. Pour encourager la nouvelle maîtresse à obtenir ce résultat, Arsène lui apportait chaque quinzaine une livre de beurre.

— Et c'est pas tout ! promettait la mère. Le jour où il saura, je vous apporte la motte tout entière !

Arsène cachait sa figure de ses larges mains, riant en dessous.

Outre ses fonctions pédagogiques, Gilberte s'occupait des écritures municipales comme secrétaire de mairie, sous la responsabilité de monsieur Mondanel, maire délégué par Vichy, agriculteur et ancien de 14, donc bien dans la couleur du temps. Elle recueillait les déclarations de récoltes de la paysannerie environnante, qui était bien aise d'avoir affaire à une personne nouvelle venue, ignorante des surfaces et des rendements, la fraude s'en trouvait facilitée. Elle enregistrait les moissons lamentables, les vendanges dérisoires, les volailles stériles, les veaux mort-nés, les vaches taries ou crevées de maladies mystérieuses.

— De quoi est-elle morte au juste, cette bête ?

— Ben... ch'ais pas.

— Il faut tout de même que j'inscrive quelque chose, puisqu'on me le demande.

— J'croirais qu'c'est d'la gonfle.

La fermière intervenait :

— Tu déparles, Gustave ! De la gonfle au mois de décembre ! Nos vaches mangent que du sec !

Le porte-plume de la secrétaire demeurait suspendu :

— Alors, qu'est-ce que je mets ?

— Mettez... de languison.

— De languison ?

— Oui, ça les attrape, des fois, comme ça, tout par un coup. Elles s'arrêtent de manger et de boire. Ça les emmène.

Elle ne trouvait rien à redire. Ils la récompensaient.

Quarante-cinq élèves fréquentaient ainsi la classe, garçons et filles, petits, moyens et grands. Eux aussi devaient quitter sous le préau leurs galoches et pénétrer dans la classe en pantoufles. Parmi l'effectif, Jean-Marie Pruvost, âgé de six ans, dont la mère s'appelait mademoiselle. Elle vivait de couture et de broderie. Encore jeune, vive, intelligente, portant de grandes lunettes qui lui couvraient la moitié de la figure, elle gagna l'amitié de Gilberte. Elles mangeaient souvent ensemble, tantôt chez l'une, tantôt chez l'autre, en vieilles filles, économisant de la sorte sur le chauffage et la lumière. Suzanne Pruvost avait une idée fixe : les cartes. Elle les alignait en réussites interminables, annonçant la fin de la guerre pour 1945, la défaite de l'Axe, le suicide du maréchal Pétain, l'arrivée de De Gaulle à la présidence de la République. A Gilberte, elle prédit un second mariage – mariage d'amour –, deux autres enfants, beaucoup de voyages et une heureuse fin de vie. A elle-même, elle s'annonçait un célibat éternel, mais une passion tardive et sans espoir.

C'est aussi ensemble qu'elles préparèrent, malgré les circonstances, une fête de Noël dans une grange enguirlandée : sur une scène de planches et de tréteaux, les enfants dansèrent un menuet, déguisés en marquis et marquises de papier crépon ; ils jouèrent le *Jeu du merle et de la merlette* dans lequel Arsène Bourrard tenait le rôle muet du « dépendeur d'andouilles » ; ils chantèrent à deux voix *O douce nuit* et, pour finir, à l'unisson, les trois couplets de *La Marseillaise* recommandés par les instructions officielles.

Mettant leurs ressources en commun, Suzanne et Gilberte passèrent un hiver confortable au milieu de la misère du monde. Leurs veillées s'écoulaient paisiblement près du fourneau émaillé sur lequel crachotaient, à même les ronds, des châtaignes fendues. La couturière raconta qu'elle avait dans son adolescence aimé un homme plus vieux qu'elle de quatorze ans ; que ses parents s'étaient opposés à ce mariage à cause de la différence d'âge ; que lui, rebuté, avait fini par disparaître. Elle attendait maintenant sans impatience le grand sentiment promis par les cartes.

— Et Jean-Marie ?

— Oh ! ç'a été un pur accident de 14 Juillet. A Lezoux, il y avait un bal sous le marché couvert. Un danseur venu de Clermont… Je ne sais pas ce qui s'est passé… Il m'aura fait boire… Ensuite, il devait revenir, mais il n'est jamais revenu.

A cause de ce petit, elle avait refusé déjà deux ou trois partis qu'elle ne trouvait pas à leur convenance.

Les paysans se vengeaient en répétant d'elle la phrase de tradition :

— Celui qui la prendrait ferait pourtant une bonne affaire, puisqu'il aurait du même coup la vache et son veau.

Elle avait bien d'autres avantages. Par elle, Gilberte apprit qu'une femme pouvait parfaitement se débrouiller dans son ménage sans l'aide d'aucune main masculine. Elle savait manœuvrer non seulement l'aiguille, mais la scie, les tenailles, le marteau ; elle grimpait aux échelles, gâchait la chaux et le ciment, remettait en place les tuiles du toit que les tempêtes avaient déchaussées.

— Si je vous avais connue avant, soupirait l'institutrice, jamais je n'aurais encombré ma vie d'un homme.

Et l'autre, riant et rougissant de ses sous-entendus :

— Attention ! Un homme, ça rend parfois de menus services ! Pour ce genre de besogne, on en trouve toujours un prêt à vous dépanner. Mais faudrait jamais y mettre de sentiment. Le sentiment abîme tout.

En février, Auguste se trouve pratiquement sans réserve de métal. Le COTM répond qu'il n'a aucun bon à lui remettre : son refus antérieur de l'acier tchèque le disqualifie pour tout nouvel approvisionnement.

— A titre d'information, demande-t-il, pouvez-vous me préciser ce que je dois faire de mon personnel ?

— Fournissez-vous par vos propres moyens.

Cela veut dire : au marché noir. Aucune honte à cela : le marché noir fonctionne partout. Une fois la guerre vraiment terminée, il faudra élever un monument au Marché noir, au Trafiquant inconnu, avec sa valise remplie de saucissons, ses poches de tabac à priser, son chapeau de fil à coudre, sa fourgonnette de coutellerie clandestine. Pitelet aura donc recours à Lui. N'empêche qu'au bout de quelques semaines il confie à sa femme :

— Ça peut plus durer. Je mets la clé sous la porte. Je n'ai le droit de travailler que si j'accepte les commandes boches. Mais moi, de ce pain-là, j'en veux point. Je le laisse à ceux qui sont pas *regrettifs*.

Le *regrettif* est l'homme délicat dont la bouche n'accepte aucune souillure, elle refuse tout ce qui « fait regret », le verre auquel un autre a porté les lèvres, la cuiller qu'il a sucée. Auguste l'était. Au cours de la première guerre, il avait mangé du rata mêlé de boue, bu l'eau vaseuse des tranchées ; mais avec la paix était revenue sa vraie nature. S'il ne pouvait tolérer le moindre *bourdji*, une poussière dans sa soupe, sur sa table, sur la manche de sa veste – un de ses gestes familiers consistait à envoyer promener d'une chiquenaude tout grain qui offensait sa vue – ce n'était pas pour accepter sur la conscience cette tache : travailler pour l'ennemi.

— Que vas-tu faire ?

— Demander une place.

— Te remettre à émoudre, à polir, comme à vingt ans ? Redevenir salarié ?

— Oui. Si quelqu'un veut de moi. Mais j'ai aussi une autre idée : je pourrais enseigner la coutellerie à l'Ecole nationale professionnelle.

Il téléphone au directeur, monsieur Jumentier, qui lui conseille de présenter requête au ministère de l'Instruction publique replié à Vichy. Accepté comme professeur technique auxiliaire, il pourrait entrer dans son établissement dès le prochain octobre. Francine rédige une belle lettre sans fautes d'orthographe ; il la recopie de sa main et l'expédie *recommandée.*

— Vendras-tu ta marque ?

Pour éviter la prolifération des entreprises, il a été fait obligation aux nouveaux fabricants d'acheter une marque ancienne ; il y a donc gros à espérer d'une telle cession.

— Non, dit-il. Attendons des jours meilleurs. Le vrai printemps reviendra, l'Hirondelle pourra voler encore.

Il se mêle journellement de plus en plus à ses ouvriers. Eux le sentent dans leur dos, croient qu'il se tient là pour la surveillance et lui lancent des regards offensés, quelle mouche le pique, Auguste ? Ils ne soupçonnent pas qu'il vient seulement pour l'amitié, il leur donne sur l'épaule des tapes légères. Il sait que bientôt il devra dire séparons-nous, d'avance cette traîtrise lui serre le cœur. Avec les mêmes gestes, il caresse ses rayons, ses meules, ses presses, ses découpoirs.

Le tilleul de la cour commença de verdir, tendrement. Les écoliers avaient adopté une pie : ils alignaient pour elle sur l'appui des fenêtres des poignées d'orge dérobées aux greniers familiaux. Soudain, la pie cessa de venir, elle avait trouvé ailleurs sa nourriture : le blé enfant qui sortait des glèbes et qu'elle allait tirer par les cheveux.

On dessina les premières violettes, on apprit des récitations de circonstance :

Le temps a laissé son manteau
De vent, de froidure et de pluie,
Et s'est vêtu de broderie,
De soleil rayant, clair et beau.

Mais sous le front d'Arsène Bourrard n'entrait ni rondeau, ni voyelle, ni consonne, il retenait autant de la tête que du derrière. A son âge, il aurait dû faire partie de la division des grands. Mais non : il restait chez les petits qu'il dominait en taille, en force et en bêtise. Gilberte l'avait quand même inscrit au « cours élémentaire » pour lui laisser croire à des progrès. Ces gamins jouaient à Bourrard toutes sortes de niches auxquelles il ne savait répondre, trop doux et innocent.

— Appelle-moi con, suggérait l'un.

— Con.

— Oh ! Madame ! Bourrard m'a traité d'un gros mot !

Et elle :

— Quel gros mot ?

— Un mot qu'y faut pas dire.

— Répète-le quand même, pour que je sache.

— Il m'a dit con.

— C'est vrai, Bourrard ?

L'autre ne pouvait nier, ne comprenant pas comment la chose avait pu se produire.

— Vous l'avez donc dit tous les deux ? concluait la Dame, les mettant d'accord avec une paire de calottes.

Les jambes serrées dans son banc exigu, Arsène se déployait seulement à la récréation, galopant au milieu de la cour, hennissant, lançant des ruades, tandis que d'autres faisaient mine de le fouetter.

On abusait de son manque d'esprit. Si quelque polissonnerie venait à se commettre, une pierre dans un carreau, une bourrade trop forte, des fleurs piétinées, il était toujours là pour encaisser la faute, avec ses larges épaules. Cherchait-il par hasard à se défendre ? Ses dénégations n'avaient pas l'accent sincère. Même quand il disait :

— C'est pas moi ! Je le jure !

— Tu le jures comment ? insistaient les accusateurs.

— Je le jure croix de bois, croix de fer.

— Pas vrai, madame ! Il a levé le genou gauche !

En sorte que Gilberte ne savait qui croire. Cela lui rappelait les invectives de la radio, les gens de Vichy accusant de traîtrise les hommes de Londres et réciproquement. « Croix de bois, croix de fer ! » jurait Maurice Schumann au micro de la BBC. « Croix de bois, croix de fer ! » rétorquait Philippe Henriot sur les ondes de Radio-Paris.

Ses élèves lui apprirent ainsi qu'il y a trois manières de prêter serment. La première en croisant les index et en prononçant la formule :

Croix de bois, croix de fer,
Si je mens, je vais en enfer.

La seconde en levant la main droite et en crachant par terre. La troisième en levant le genou gauche.

Les deux premières s'emploient pour dire la vérité, la troisième pour prononcer un faux serment sans en charger sa conscience : le genou levé annule le reste du cérémonial ; par ce subterfuge, on a le droit de tromper la partie adverse qui, si elle n'est pas avertie, n'y voit que du feu.

La plupart des prêteurs de serments, ministres, juges, policiers, militaires, membres de la Légion juraient par ce dernier moyen fidélité au Maréchal.

A Thiers, à Clermont, dans la plupart des villes françaises, on avait donné son nom à une avenue et l'on jurait pareillement, la main pointée vers la plaque. Les enfants des écoles, les jeunes des « Chantiers », les scouts entonnaient la chanson lancée par André Dassary :

Maréchal, nous voilà
Devant toi, le sauveur de la France.
Nous jurons, nous, tes gars,
De servir et de suivre tes pas.

En levant le genou gauche, de plus en plus haut à mesure que passaient les années.

Parmi tant de genoux levés, il y eut un cas remarquable : celui de Joseph Darnand, chef de la Milice. Cette force de répression avait été imposée par les

Allemands pour combattre la Résistance. Afin de la contrôler, Pierre Laval essaya de la garder en main, revendiquant hautement son autorité sur elle :

— Vous serez mes compagnons ! Je veux être votre ami et votre chef !

Toujours l'arme des mots, subtile et équivoque. Ses membres se recrutaient parmi les services d'ordre de la Légion dont *Le Credo* comportait vingt et un articles :

> *Contre la Démocratie, pour l'Autorité.*
> *Contre la dissidence gaulliste, pour l'Unité française.*
> *Contre la lèpre juive, pour la Pureté française.*
> *Contre la franc-maçonnerie, pour la Civilisation chrétienne...*

Et aussi parmi les Gribouilles qui trouvaient, en s'engageant dans ses rangs, un biais pour échapper au STO. Enfin parmi la racaille sans cœur ni tripes, heureuse de porter le pistolet à la ceinture, de pouvoir pratiquer impunément toutes les violences. La Milice se souciait en fait de Laval comme de colin-tampon, elle n'obéissait qu'à Joseph Darnand, authentique créature de la Gestapo. Comme membre des *Waffen-SS*, il avait, lui, prêté serment à Hitler.

— Ce serment ne comptait pas ! prétendra-t-il plus tard devant ses juges. Je l'avais prononcé en levant le genou gauche !

Les hirondelles regagnèrent leurs anciens nids, plusieurs les attendaient sous les avancées du toit. Avant d'y installer leurs futures couvées, elles entreprirent de refaire le capitonnage intérieur. Elles avaient pour cela besoin de duvets, flocons, brins de laine, et elles les saisissaient au vol sur les ailes du vent. Pour les écoliers, cela devint un jeu habituel. Paradisiaque. Ils raflaient dans les basses-cours les plumes perdues, s'en remplissaient les poches ; une fois sur le terrain de récréation, chacun lançait la sienne en l'air aussi fort que possible, soufflant par-dessous pour qu'elle montât plus haut. Les hirondelles tournoyaient sur leurs têtes, intimidées d'abord par tant de mains levées, tant de regards anxieux ; puis, la nécessité leur donnant de l'audace, elles fonçaient sur les plumules voltigeantes, les emportaient dans leur bec jusqu'au logis d'argile. Sans dire merci. Tandis que les plumes dédaignées retombaient en dansant. On savait qu'un nid d'hirondelles est un porte-bonheur, et les enfants se sentaient suffisamment récompensés chaque fois qu'elles acceptaient leur don ; il y avait bien ainsi un échange entre eux et les oiseaux, entre la terre et le ciel.

En avril, une fourgonnette Citroën à gazogène s'arrêta devant l'école. Il en descendit un jeune homme qui dit s'appeler monsieur Galéas, être photographe professionnel et patenté, il produisit une autorisation académique. Il parlait avec l'accent du Midi et se mit à sortir son matériel. Aussitôt, la classe se trouva interrompue, à la grande joie de tous.

— Mes enfants, dit Gilberte, monsieur Galéas va vous photographier en groupe dans la cour.

— Aaaah !

— Nous sortirons les bancs sans bousculade. Monsieur Galéas vous installera lui-même.

— Aaaah !

Il portait une barbe blonde et arrondie, plus sombre au milieu, plus claire sur les bords, comme s'il eût en buvant versé dessus quelque vin noir. Ses prunelles étaient d'un bleu de vitre, ses dents blanches, ses doigts se promenaient en l'air lorsqu'il racontait aux écoliers des histoires pour retenir leur attention :

— Alors, la jeune fille arracha un de ses cheveux d'or et le jeta derrière elle, entre le cheval du géant et celui qui l'emportait... Les petits devant, je vous prie, assis par terre, carrément, les jambes croisées, en tailleur... Aussitôt se creusa un fossé profond que le géant mit très longtemps à franchir... Les moyens au milieu, assis sur les bancs ; les grands derrière... Mais son cheval avait de longues jambes, et de nouveau, il se rapprochait. Alors, la Belle jeta un autre de ses cheveux... Les filles, mettez-vous plutôt au centre. Non, pas sur la chaise ! Personne sur la chaise !

Durant ces préparatifs, les enfants éberlués l'écoutaient, le regardaient avec leurs yeux de marguerites. Il disparut sous le capuchon noir de son appareil, émergea de nouveau :

— Vous, madame, à présent, veuillez prendre place sur la chaise.

— Attendez ! Une seconde !

Elle courut dans la maison, enleva sa blouse, se peigna devant une vitre. Quand elle revint, monsieur Galéas la conduisit cérémonieusement jusqu'à son siège de paille. Puis, un index levé, tenant dans l'autre main sa poire à déclic, il continua sa narration :

— Sitôt que le cheveu toucha le sol, une rivière s'ouvrit, barrant la route du méchant. Son cheval dut s'y enfoncer, patauger dans l'eau, traverser le courant... Dans une seconde, je continue, sitôt que j'aurai changé ma plaque...

Ainsi, cet habile homme opérait en douceur, sans inutiles recommandations, en racontant des histoires aussi savoureuses que le bouillon Kub. Il tint à tirer à part le portrait de madame l'institutrice.

— Si, si ! insista-t-il. Vous ne pouvez me refuser ce plaisir !

Elle se laissa faire, de face et de profil sous le tilleul, tandis que, suivant la même méthode, il l'entretenait de son pays, Avignon, où les belles dames font comme ça.

Monsieur Galéas allait de commune en commune, photographiant les maîtres et les élèves. « Je couvre, disait-il avec orgueil, trois départements. » En abandonnant un pourcentage de ses recettes aux caisses des écoles, il avait obtenu les permissions indispensables. Il couchait dans les auberges où les draps étaient rêches et le mobilier rudimentaire, suspendant parfois sa veste au bouton de la porte. A défaut, il dormait dans les granges, les paysans le recevaient d'abord avec méfiance à cause de cet accent qui révélait ses origines étrangères, mais ses photos étaient une bonne recommandation. Il les persuadait de se faire tirer puisque se présentait une occasion honorable, sans oublier le grand-père qui allait bientôt casser sa pipe et dont ils seraient heureux de transmettre les traits à leur descendance. Il pratiquait aussi des agrandissements pour peu qu'on lui fournît n'importe quelle ancienne image ; il la corrigeait, la rajeunissait, la coloriait au pinceau, l'ornait d'un col cassé et d'une cravate. La clientèle n'en revenait pas de ce miracle – c'est lui tout craché ! – même si au fond elle le trouvait un peu plus beau que nature. Monsieur Galéas était une sorte de magicien. Et tout le temps qu'il parlait, les filles ne le quittaient pas du regard, à cause de cette magnifique barbe à nuances, de ses dents éclatantes, de ses yeux couleur de vitre.

Les jours allongeaient considérablement. Surtout le soir, depuis les divers changements d'heure. On avait d'abord maintenu en hiver l'heure avancée de soixante minutes qui ne devait, en principe, avoir cours que l'été. Ce qui n'avait pas empêché par la suite, à l'arrivée du printemps, de pousser les aiguilles d'une heure encore. Enfin, ayant envahi la zone sud, les Allemands imposèrent à l'ensemble du pays l'heure de Berlin qui avançait d'une heure sur la précédente. Le total du décalage était donc de trois heures par rapport à la seule vraie, celle du soleil. Il faisait encore plein jour à dix heures du soir et les paysans, complètement confondus, essayaient de s'y retrouver entre *l'heure vieille, l'heure nouvelle* et *l'heure imbécile.*

Ce fut un de ces soirs interminables que le photographe revint. Les écoliers étaient partis. Gilberte restait seule dans la classe en compagnie d'Elise occupée à dessiner des chats. Le gazogène s'arrête sous les fenêtres, son conducteur en descend, traverse la cour, se présente à l'entrée d'honneur.

— Bonjour, monsieur Galéas... Non, non, vous ne nous dérangez point... Elle dessine des chats. Elise, dis bonjour à monsieur Galéas, et montre-lui tes dessins.

— Elle aime les chats ? Comme elle a raison ! Moi aussi, je les adore. Mais je ne peux en avoir aucun, avec la vie de Juif errant que je mène.

— Il pourrait vous attendre chez vous ?

— Chez moi ? En Avignon ? J'habite seul, depuis que j'ai perdu ma mère. Mais j'ai les chats de la rue, ils pullulent autour du palais des Papes. De temps en temps, l'un d'eux me rend visite. Nous nous apprivoisons quelque peu réciproquement. Ensuite, je reprends mes courses. Quand je reviens, lui ne revient pas. Il ne pardonne pas mon abandon.

— Il devrait. Né libre, vous lui avez simplement rendu sa liberté.

— Comment tu trouves les miens ? intervient la petite.

— Magnifiques ! Nous en dessinerons ensemble, tout à l'heure. Mais d'abord, voyons les photos.

Il tire de sa serviette les épreuves sur lesquelles ils se penchent tous trois.

— Oh ! je suis là ! J'ouvre la bouche !... Et Jean-Marie !... Et Arsène !... Et Renée !... Et Jacques !... Et Pierrette !... Et Paul !

— Chacune coûte cinq francs. Huit francs les deux. Dix francs les trois. Avec une ristourne de dix pour cent sur le total pour la caisse de votre école. Mais voici les vôtres, madame, qui sont un petit présent du photographe.

Elle proteste, il la fait taire, elle remercie, elle rosit en découvrant qu'elle a été prise à son avantage.

— Vous pourrez, ajoute-t-il, en envoyer une à votre mari, sans doute prisonnier en Allemagne.

— Non. Je n'ai pas de mari en Allemagne. Je n'ai même plus de mari du tout, à vrai dire. Nous nous sommes rendu l'un à l'autre notre liberté, comme vous et vos chats.

— Pardonnez mon indiscrétion.

Ils restent un moment silencieux, face à face, se regardant. Lui grand et elle petite. Lui blond qui vient du Sud, elle brune qui est du Centre. Fils lointain de quelque tribu vandale en marche vers le soleil. Fille lointaine d'un Ligure accroché au terrain malgré l'invasion celte. Dès cet instant, ils se sentent complémentaires et sans doute prédestinés l'un à l'autre. Mais les convenances s'y opposent, pas un mot n'est prononcé, pas un geste esquissé. Elise les sépare :

— Tu m'as dit que tu savais dessiner les chats ?

— Oui, oui. Je vais te montrer.

Tandis que Gilberte retourne à son bureau magistral, il prend place comme il peut près de la petite, dans son banc exigu, emprunte son crayon, se met à dessiner des chats dans toutes les poses, assis, couchés, cambrés, hérissés, la queue en l'air, dressés sur leurs pattes postérieures, buvant leur lait, se léchant, faisant pipi. Elise pousse des éclats de rire, elle court les montrer à sa mère :

— Quel grand artiste vous êtes, monsieur Galéas !

— Est-ce que tu pourrais aussi dessiner un chien ?

— Capable !

Il s'exécute. Avec le même bonheur. Et une vache ? Oui, oui, il sait aussi. Et tout ce qu'on veut, le canard, le cheval, le porte-plume, le balai, le facteur, le pompier, le gendarme à bicyclette.

— Mais, s'étonne l'institutrice, pourquoi n'avez-vous pas exploité ce talent ?

— Il y a en France des milliers de garçons et de filles qui dessinent, qui peignent mieux que moi et qui crèvent de faim. Alors, j'ai choisi la photo. Surtout la photo de groupe : noces, banquets, écoles, premières communions. Ça, c'est d'un rendement sûr. Cinq francs l'unité. Huit francs les deux. Dix francs les trois.

— Et les éléphants ? s'enquiert Elise. Est-ce que tu sais faire les éléphants ?

— Bien sûr... L'éléphant d'Asie... qui porte une maison sur son dos... L'éléphant d'Afrique, qui a de grandes oreilles pour se chasser les mouches.

Gilberte a elle-même, paraît-il, un joli coup de pinceau, elle représente les feuilles, les fleurs, les fruits, elle rêva jadis de suivre les cours de l'école des Beaux-Arts, mais Auguste Pitelet s'y opposa fermement, à cause de la mixité. Elle s'est rabattue sur la pédagogie, comme monsieur Galéas sur la photographie. Enfin une similitude entre eux, parmi leurs différences. Elle sourit. Il ne voit pas de motif à ce sourire, mais le lui rend. Il a fini par prendre Elise sur ses genoux, il la tient du bras gauche et dessine de la main droite, à la demande.

Et les choses durent longtemps ainsi.

Ils se sentent bien ensemble.

— A présent, dit monsieur Galéas, il faut que je m'en aille.

— Reste, dit l'enfant.

— Je suis assez resté.

— Non, non. Tu as bien encore une minute. Fais-moi... Qu'est-ce que tu pourrais bien me faire ?... Une clé. Une belle clé.

— D'accord. Ensuite, tu me laisseras partir ?

— Je promets rien.

Il dessine une merveilleuse clé, au panneton ouvragé comme une dentelle. Aaaah !

— Comment t'appelles-tu ?
— Galéas. Ferdinand Galéas.
— Fer... nand ?
— Non. Ferdinand.
— Et moi, Elise. Et ma maman, Gilberte.
— Maintenant, je peux partir, Elise ?
— Oui. A une condition.
— Laquelle ?
— Que tu reviennes.
— Vous l'entendez, madame ? Elle m'invite à revenir !
— Revenez chercher votre argent, quand je l'aurai rassemblé.
— D'habitude, on me l'envoie par la poste. Mais c'est entendu. Je reviendrai.
Il embrasse l'une, serre la main de l'autre. Elles le regardent par la fenêtre, il fait un signe du bras, le gazogène s'éloigne en direction de Lezoux.

Elise avait peur du noir. Jamais elle n'entrait dans une pièce non éclairée. Et même elle en fermait soigneusement la porte pour empêcher les ténèbres de sortir et de se lancer à sa poursuite. Le soir, elle ne pouvait s'endormir que si on laissait allumée une lampe de chevet.
Cette nuit-là, plus qu'à l'accoutumée, elle peinait à trouver le sommeil.
— Maman, demanda-t-elle, tu crois qu'il reviendra ?
— Qui ?
— Fernand.
— Quel Fernand ?
— Le photographe.
— Il reviendra sûrement, pour que je lui donne ses sous.
— Quand ?
— Bientôt.
— C'est quand, bientôt ?
— La semaine prochaine. Ou la suivante.

— Ah ! bon !

On entendait la pluie ruisseler sur les tuiles, parfois un coup de tonnerre ébranlait la maison.

— Maman, j'ai peur.

— Viens dans mon lit.

Gilberte sentit sous le ciel en tempête leur solitude et leur fragilité. Captives de ces quatre murs comme deux souris prises au piège. Allons bon, voici que ça me reprend ; mauvais signe, la crainte de la solitude ; ça ne devrait pas, nous sommes deux, Elise et moi ; il y a aussi Suzanne et son fils ; et mes quarante-cinq lascars.

— Crois-tu qu'il se mouille ?

— Qui donc ?

— Monsieur Goléas.

— Galéas. Sûrement pas. Il ne manque pas de maisons.

Elle se pelotonna entre ses bras.

— Et papa ? dit-elle soudain.

— Papa aussi a une maison.

— Où ?

— A La Garandie.

— Quand est-ce qu'il vient nous voir ?

— Quand il pourra. Tu sais qu'il a beaucoup de travail, beaucoup de souliers à ressemeler. Dors.

Et Gilberte rêva. Elle n'avait jamais rêvé d'Alexis Grattadeix. Elle considérait cela comme un signe, elle lui avait un jour lancé au visage :

« Jamais je ne rêve de toi.

— Moi non plus. Ni à toi ni à personne. Je rêve jamais.

— Alors, pourquoi continuons-nous de dormir ensemble ? »

Cette nuit-là, sous les ruissellements de l'orage, elle rêva d'une fourgonnette à gazogène qui fonçait dans l'averse et l'emportait vers le soleil.

Le lendemain, elle commanda soixante-trois photographies à l'adresse suivante :

Monsieur Ferdinand Galéas
Poste restante
R*OANNE* *(Loire)*

Le jeudi, elle avait coutume de consacrer la matinée à ses tâches de secrétaire de mairie, l'après-dîner à la promenade. Depuis une semaine, le ciel était d'un bleu exquis, la température prouvait que toute douceur n'avait pas disparu du monde.

Ce jeudi-là, qui était le premier du mois, elle se trouva seule à marcher : Elise avait voulu rester en compagnie de Jean-Marie Pruvost et de Suzanne. En souliers plats, elle fit le chemin jusqu'à l'Allier, puis remonta, s'arrêta chez un boucher de Crevant spécialiste de l'abattage clandestin, acheta un kilo de pot-au-feu sans tickets.

— Encore un, fit le boucher, que Hitler aura pas.

Comme elle suivait le bord de la route, elle vit venir à elle une voiture dont la silhouette lui fit sauter le cœur. L'instant d'après, la guimbarde à gazogène s'arrêta, monsieur Galéas en descendit, avec cette barbe et ces cheveux ensoleillés qui lui conféraient le visage d'Apollon-Aux-Traits-d'Or.

— Je savais bien, s'écria-t-il, que je vous trouverais !

Leurs mains se prirent, leurs regards se mêlèrent, Gilberte levait les yeux, lui les baissait, ils se dirent à peine bonjour, comme s'ils manquaient de souffle. Et il y eut entre eux un interminable silence. Enfin, ils se séparèrent. Et lui :

— Je vous ai apporté la marchandise.

Il atteignit le paquet dans la voiture, le lui montra.

— Mais vous n'allez pas vous charger davantage. Je vous ramène chez vous si vous voulez.

— D'accord.

Elle monta avec son aide, s'assit sur le siège défoncé, cependant qu'il reprenait place au volant, tripotait les manettes.

— Je dois faire demi-tour. Il me faut un carrefour propice.

La fourgonnette se met en route, secouant toutes ses tripes de métal. Chaque coup de frein lui arrache un couinement épouvantable.

— Vous n'avez pas besoin de klaxon, dit Gilberte.

— Comment ?

— Je dis que dans les tournants vous n'avez pas besoin de corner !

— Non, on m'entend venir de loin ! C'est très pratique ! Ça économise la batterie !

— Car vous avez aussi une batterie ?

— Naturellement.

Il vient de trouver un chemin latéral, creusé d'ornières et de pieds de vache. Il s'y engage et, comme par un fait exprès, le moteur cale.

— Je fonctionne au gaz pauvre, explique-t-il. Ça manque de nerf.

Les voici, avec la complicité du gazogène, seuls en pleine campagne comme deux naufragés sur une île. Entre eux, le paquet des soixante-trois photos, le levier des vitesses, le frein à main.

Elle parle de Thiers et de la Durolle, de la voiture Hotchkiss de son père.

Il parle d'Avignon et du Rhône, de son travail de photographe ambulant.

— En somme, conclut-elle, vous bourlinguez à travers la France. Une fille dans chaque ville, je suppose.

Il ne dit ni oui ni non :

— Heu... ce qui me manque, c'est le port d'attache. J'aimerais bien m'attacher.

— Vous avez votre maison avignonnaise.

— Une maison vide. Avec des chats de passage.

— Pourquoi ne vous mariez-vous pas ?

— J'attends… la seconde moitié de mon âge. Savez-vous lire les lignes de la main ?

— Non.

— Moi si.

Il lui prend la main gauche. Une main robuste, un peu triangulaire. Il suit du doigt la ligne de vie, la ligne de cœur. Une bifurcation, comme la fourche d'une ramure.

— Il y aura deux hommes dans votre destin. Deux mariages. Ou un mariage et une liaison.

— Et vous ?

— Moi, ligne de chance bien marquée. Avec, ici – observez ce coude –, un changement de direction, comme si je devais suivre une carrière nouvelle. Et longue vie.

Gilberte examine leurs paumes respectives, elle ne comprend rien à cette géographie. Ce sont pour elle des cartes muettes d'un continent inconnu. Alors, dans celle de Ferdinand, elle joue au petit jeu que pratiquait à Vollore grand-mère Mélanie Zapatez ; de l'index, elle en gratte le centre en fredonnant :

Croù, croù, croù,
Le poleto o fouè le lhoù
Djin què petchë croù.
Ch'i ou sobuguesse,
I portesse lo poreto
I foguesse l'oùmeleto.
Creux, creux, creux,
La poulette a fait son œuf
Dans ce petit creux.
Si je l'avais su, j'aurais
Apporté la ciboulette,
Et j'eusse fait l'omelette.

Il rit et demande à apprendre. Elle rit de la façon dont il prononce son patois.

Jeux de mains.

Le paquet des photos émigre au bout du siège. Les leviers restent. Ferdinand se rapproche néanmoins, il élève la paume de Gilberte à ses lèvres. Chatouillement des moustaches. Il comble le creux, où la poulette a déposé son œuf unique, de baisers ronds et lisses qui tombent à petit bruit. Inlassablement.

— Attention, monsieur Galéas ! gémit-elle. Attention à ce que vous faites !

Mais il n'entend pas.

— Je ne suis pas tout à fait libre !

Il s'interrompt un instant, répond sans changer de posture :

— Vous vous libérerez.

Les baisers débordent sur le poignet, remontent le bras, suivent à rebours le chemin du sang dans les veines, contournent l'épaule, envahissent le cou qui ne se dérobe point, s'attardent sur la joue, atteignent la bouche consentante.

— Attention, monsieur Galéas ! gémit-elle encore. Je ne suis pas un virolet qu'on fait tourner un moment en soufflant dessus, et puis qu'on abandonne dans un coin !

Il tend le bras par la portière, désigne au loin l'horizon bossué :

— Vous pouvez compter sur moi comme sur le puy de Dôme.

Le photographe ramena l'institutrice à son point de départ. Ils se quittèrent discrètement, sur une dernière pression des mains. Elle ne se retourna pas. Elle n'était point de ceux qui se retournent. Mais elle monta l'escalier quatre à quatre, s'enferma dans sa chambre, courut à son miroir :

— Enfin ! Enfin ! Enfin ! cria-t-elle.

Elle leva les bras au ciel, joua de castagnettes imaginaires et se mit à fandanguer.

— Merci ! Merci ! Merci !

Merci au ciel d'avoir été si bleu ! Merci à la terre, merci au puy de Dôme, merci à Avignon, merci à la grand-mère Zapatez, merci à Suzanne, merci à Nicéphore Niépce inventeur de la photographie ! Merci à Grattadeix Alexis de ne l'avoir épousée que pour son traitement !

Une seule chose la gênait : *Ferdinand.* Ce nom d'archiduc autrichien. Trois syllabes, c'était trop. Elle raccourcirait. *Ferdi.* Ou *Didi.* Elle trouverait quelque mot très ridicule, très enfantin, très tendre. Juliette Drouet appelait son grand homme *Toto.*

Elle redescendit dans sa classe. Elle éprouvait le besoin d'accomplir un geste solennel. De planter un arbre. De poser la première pierre d'un édifice. Sur le calendrier des postes accroché derrière son bureau, elle souligna d'un trait rouge la date et le jour. Puis elle prit le bâton de craie, traça au tableau noir en belles lettres :

Jeudi 6 mai 1943.

« En mai, fais ce qu'il te plaît ! » Et il lui plut de rire comme une folle.

Profitant des permissions de mai, ils se virent quatorze fois durant ce mois qui pour eux ne comptait plus cependant que vingt-cinq jours. La guimbarde gazogénique de monsieur Galéas ne passait pas inaperçue, on la remarqua fréquemment en panne près de la croix aux Quatre-Evangélistes, devant le cimetière, avant ou après le village que Ferdinand traversait de ses longues jambes sans se dissimuler. Les habitants se demandèrent pourquoi la Dame s'intéressait si vivement à la photographie. Le couvre-feu n'était pas en vigueur à Bulhon où, depuis des siècles, les paysans couvraient d'eux-mêmes leur feu dès la fin du jour. Particulièrement tardive avec cette heure imbécile. S'il leur arrivait de se promener la nuit de l'étable à la grange ou d'une maison à l'autre, ils s'accompagnaient d'une lanterne sourde. Elle leur suffit pour reconnaître à plusieurs reprises le photographe se dirigeant vers l'école et y pénétrant sans effraction à une heure que les personnes honnêtes consacrent à dormir en paix ou à compter leurs écus. Parlant de lui, on commença de l'appeler *le barbu* :

— Le barbu était encore par ici la nuit dernière. J'ai vu sa Citroën arrêtée près du four communal.

Suzanne Pruvost fut des premières informées de ces cancans et ne manqua pas d'en avertir son amie :

— A Bulhon, tout se sait. Nos paysans, qui commettent dans leurs fenières et dans leurs cuves les plus grandes cochonneries, sont très stricts sur la moralité des autres.

Les bavardages obtinrent un résultat inattendu. On vit en plein jour l'institutrice et le photographe se promener par les chemins, tantôt seuls, bras dessus bras dessous, tantôt accompagnés d'Elise tenue par la main de chaque côté, en trait d'union. S'il leur arrivait de rencontrer quelque père ou mère d'élève, Gilberte les regardait dans les yeux, ne les lâchait plus, jusqu'à ce qu'ils l'eussent saluée avec une déférence machinale. Tant d'audace – certains disaient tant d'effronterie – finit par en imposer. Alors que des plaies infinies accablaient la terre, fallait-il qu'on attachât une importance si grande aux relations de l'institutrice ? Après tout, le curé et sa gouvernante non plus n'étaient pas mariés, ça ne les empêchait pas de vivre sous le même toit, de sortir ensemble quand il leur chantait ; à la messe, au moment de la communion, l'Armande était la première servie, juste après les enfants de chœur, si le bon Dieu ne voyait pas d'inconvénient à de telles situations, pourquoi les hommes devaient-ils trouver à redire ?

Toutefois, il existait dans la paroisse deux ou trois esprits intransigeants, ils ne pouvaient tolérer de voir s'épanouir sous leurs yeux ce bonheur irrégulier.

Monsieur Galéas reprit ses tournées professionnelles. Il restait absent une semaine, puis revenait un jour. Ou une nuit. Il changeait les ampoules blanches de la classe, persiennes fermées, pour des rouges et développait ses clichés dans des bains. Effrayée d'abord par cette lumière infernale, Elise fut ensuite captivée. Les plaques de verre semblaient se dissoudre dans le révélateur, mais des alignements de figures, d'arbres, de nuages fabuleux sortaient de la gélatine, dans lesquels les noirs étaient blancs, les blancs étaient noirs. Rien que des nègres sur lesquels il avait neigé. Des rires d'encre. Ensuite, par une nouvelle magie, tout cela rentrait dans l'ordre : les photos séchaient sur des ficelles comme des mouchoirs.

— J'ai l'honneur, dit un jour Ferdinand à Gilberte, de te demander ta main, si tu veux bien accepter la mienne : une main passablement rongée par l'hyposulfite.

Et elle :

— Je ne suis pas opposée à un second mariage. Mais il faut d'abord que j'obtienne la fin officielle du premier.

Elle écrivit à Alexis Grattadeix pour lui faire connaître sa résolution et trouver avec lui le meilleur arrangement possible. Sa lettre resta sans réponse.

Un vélomotoriste en béret basque fit un matin une entrée pétaradante dans la cour de l'école, c'était monsieur Géron, inspecteur de l'enseignement primaire. Comme monsieur Guyot à La Garandie, il trouva une classe active, des élèves éveillés – l'exception Arsène Bourrard passa inaperçue, ce garçon savait se taire quand les circonstances l'exigeaient –, une maîtresse enjouée, une discipline librement consentie, des résultats très satisfaisants.

— Toutefois, ajouta-t-il au cours du tête-à-tête, toutefois...

Monsieur Géron se moucha dans un grand mouchoir écossais, Gilberte resta suspendue à l'adverbe traditionnel.

— Toutefois, reprit-il, en pelotonnant son mouchoir, il y a autre chose. Je n'irai pas par quatre chemins. Des lettres me sont parvenues. Madame, on se plaint de votre conduite privée. Dans une petite commune comme celle-ci, vous le savez, l'institutrice, l'instituteur est un phare sur lequel tous les regards convergent. Un modèle de vie au même titre que ses modèles d'écriture. Je comprends ce que cela peut avoir de gênant, mais les choses sont ainsi. Pour tout dire, madame, ces lettres vous accusent de concubinage.

Un moment suffoquée par le mot, Gilberte se reprit très vite :

— Quelle est, monsieur l'inspecteur, la définition précise du concubinage ?

Ils la cherchèrent dans *Le Petit Larousse illustré* pour ne pas commettre d'erreur : *Etat d'un homme et d'une femme qui vivent maritalement en permanence sans être mariés.* Après quoi, décidée à ne pas y aller par quatre chemins non plus, elle reconnut qu'il y avait bien un homme dans sa vie, qu'il gagnait son pain honorablement, qu'il lui rendait visite quelquefois en effet, ce qui était leur affaire à tous deux, mais ne vivait avec elle ni « maritalement » ni « en permanence » ; elle ne distinguait rien en lui qui fût scandaleux, excepté peut-être sa barbe.

— Est-ce que vous entendez... régulariser ?

— L'épouser ?

— C'est ce que je veux dire.

— Il me semble que cela aussi est notre seule affaire.

— Ah ! Madame, nous vivons une triste époque. Une époque de dénonciations, de lettres anonymes, de lâchetés, d'ignominies. Personnellement, je ne juge nullement vos relations avec ce monsieur. Mais je suis chargé de faire sur vous moins un rapport pédagogique qu'un rapport de moralité. Ne m'obligez pas... Autorisez-moi à écrire que vous entendez régulariser sitôt que vous aurez obtenu le divorce. Je n'en demande pas davantage.

Elle eut pitié du malheureux honnête homme déchu au rang de brigadier des mœurs. Elle lui donna son autorisation.

Les bicyclettes aussi souffraient de la pénurie. On dérouillait les anciennes pour en faire des neuves, car les vraies neuves ne s'obtenaient que sur recommandation, ou par échange contre le porc et ses sous-multiples, jambons, boudins, saucissons. Les appuie-pied étaient en bois, les patins de freins en liège. Faute de chambres à air, on bourrait les pneus de foin ou de vieux chiffons. Gilberte osa cependant en acheter une d'occasion au curé d'Orléat que les rhumatismes empêchaient de pédaler. Elle le fit par besoin de bouger, de voir du monde au-delà de Crevant et de la Croix-Mozat. Elle s'élança sur les routes défoncées dont aucun cantonnier, depuis la guerre, ne comblait plus les fondrières ; dans certaines, on eût enterré un âne la queue levée. Parfois, elle emmenait Elise sur le porte-bagages, retenue par une sangle.

Ignorant les calamités du moment, les grandes vacances débutèrent comme à l'accoutumée. Mais en juillet, la fête nationale fut plus discrète encore que les trois années précédentes. Les autorités firent de leur mieux pour l'étouffer, déclarant le 14 jour non chômé dans les chemins de fer et l'industrie. A quoi bon célébrer la République, puisque la République n'existait plus ? La véritable fête nationale tombait à présent le 9 mai, jour de sainte Jeanne d'Arc : pucelle, pieuse, pastourelle, patriote, ennemie des Anglais, elle correspondait parfaitement aux idéaux pétainistes.

Dès les premiers jours, Gilberte, Elise et la bécane montèrent rendre leurs devoirs aux Pitelet. Auguste accueillit bien sa fille et sa petite-fille, avec cette joie silencieuse qu'il fallait chercher dans le brillant de son regard, dans la chaleur de son embrassade.

— Tu piques ! protesta Elise.

— Si tu m'avais écrit, je me serais rasé.

Etrange habitude chez un marchand de rasoirs de ne se faire la barbe que tous les deux ou trois jours. Quand Francine s'en était étonnée :

« Est-ce que tu me prends pour un Anglais ? avait-il répondu. Dans la Somme, ils ne pouvaient pas passer une journée sans se raser ni boire leur tisane. »

Un certain nombre de gros fabricants n'avaient jamais été si gros, par la vertu des commandes boches, alors que d'autres périclitaient. C'était le cas d'Auguste. Il informa Gilberte :

— Le 14 août, je ferme boutique. Mes ouvriers prendront leurs deux semaines de congé. Ensuite, ils chercheront du travail ailleurs. Ou ils partiront pour l'Allemagne. Ou pour le maquis. Ou pour la Milice. En ce moment, on recrute de tous les côtés.

Il lui montra des placards dans le *Journal de Thiers :*

> *Etre marin, c'est avoir un métier. Engage-toi dans la KRIEGSMARINE.*
>
> *Que les vrais nationalistes rejoignent nos rangs ! Qu'ils durcissent leurs corps et leurs âmes et, le cas échéant, n'hésitent pas à mettre en application la loi du talion, seul argument que semblent capables de comprendre les terroristes.*
>
> *De Clinchamp*

Ce genre d'appels n'obtenait qu'un succès dérisoire, parce que la plupart des Bitords détestaient marcher en rangs et n'avaient pas le pied marin.

— Et toi ? s'enquit Gilberte.

— Le ministère a accepté ma demande. En octobre, j'entrerai à l'ENP. Nous allons, toi et moi, devenir collègues. Rigolo, hein ?... Enfin, je pourrai prendre des vacances ! Mes premiers congés payés !

Ce qui le consolait d'abandonner l'Hirondelle et la coutellerie, c'est qu'à l'Ecole nationale professionnelle il enseignerait l'art du coutelier. Les couteaux ne quitteraient point sa vie entièrement. Comme un prêtre, jetant sa robe aux orties, s'établirait marchand de cierges.

En dépit des restrictions, Francine avait préparé un agréable repas. Toute la famille se trouva réunie autour de la poule au pot, de la pompe aux poires. Suivant les traces de son aînée, Charlotte occupait provisoirement au cours complémentaire de Saint-Dier-d'Auvergne le poste d'un instituteur prisonnier. Ce qui l'autorisait à dire :

— Je suis professeur de lettres.

Et Auguste :

— Me voilà en sacrément bonne compagnie, moi, professeur d'émouture, entre une professeuse de b.a.-ba et une professeuse de français !

On s'efforçait de rire. Malgré les efforts de chacun, ce repas de retrouvailles ressemblait plutôt à un repas de funérailles.

Gilberte dormit dans son lit de fille, Elise près d'elle, blottie contre son cœur, ce qui la retenait d'avoir peur de l'ombre.

Pitelet continuait d'avaler chaque matin son écuellée de soupe, rougie d'un peu de vin. Les filles eurent droit au pain gris, au jus noir de faux café, au lait maigre, au raisiné, au miel de caroube. Et au beurre véritable apporté de Bulhon.

— Je pourrais, dit Auguste, remplir moi aussi ma cave au marché noir de jambons, de vrai café, de vrai sucre, de macaronis, comme font certains. Mais j'y aurais pas l'appétit. Alors, on se contente de ce qui se trouve. De ce que je fais pousser au jardin. Pour moi, tant que j'aurai mes soupes…

Pendant que les filles étendaient le beurre, il se tourna vers l'aînée :

— Quand tu auras fini, dit-il, viens me trouver à la fabrique. J'ai à te parler. Francine gardera la petite.

Elle l'interrogea des yeux, mais il avait détourné la tête. Il partit en galoches, sous sa casquette de maître coutelier.

L'immeuble de la rue de Châteldon était déjà demi-vide de son personnel. Elle entra le cœur serré dans cette maison quasiment silencieuse, qu'elle avait connue si tapageuse naguère. Au passage, elle salua Florentin, parmi les meules immobiles :

— Alors, Floflo, toujours fidèle au poste ?

— Ben oui, madame Gilberte. Jusqu'au bout. Pas pour longtemps.

— Et après ? Qu'est-ce que vous allez faire ?

— Prendre ma retraite. Rue des Groslières.

Il voulait dire : à l'hospice.

— Mais non, Floflo ! Après la guerre, tout repartira !

— Après la guerre… moi…

Il eut en l'air un geste vague de la main.

Elle monta jusqu'au bureau, y trouva son père penché sur des registres.

— Assieds-toi, dit-il. Je t'attendais.

Il lui parlait comme à une cliente. Sauf que devant une cliente il eût enlevé sa casquette bleue.

— Comment va ton mari ?

— Mon mari ? Quel mari ?

— Tu es toujours mariée, que je sache ?

— Tu n'ignores pas que nous sommes séparés, Grattadeix et moi. Que j'attends le divorce. Il faut du temps. Je n'ai aucune nouvelle de lui. Il ne répond pas à mes lettres.

— Il ne vient pas voir sa fille ?

— Sans doute est-il trop occupé.

Il se leva, repoussa sa chaise, entreprit de marcher dans la pièce, derrière le bureau, de long en large, suivant un parcours en forme de 8. Gilberte savait qu'il avait besoin de dessiner des 8 chaque fois qu'il affrontait un combat intérieur. Après chacun, elle en faisait le compte : 8 et 8, 16 ; et 8, 24 ; et 8, 32 ; et 8, 40. A 64 il s'arrêta brusquement, regarda sa fille bien en face :

— C'est pas tout.

— Ah ! ah !

— Ne dis pas ah ! ah ! Il s'agit de choses graves. J'ai appris... J'ai des connaissances à Bulhon...

— Est-ce que, par hasard, tu me ferais espionner ? le coupa-t-elle.

La main d'Auguste tomba sur les registres, soulevant un nuage de poudre coutelière :

— Respecte un peu ton père, je te prie ! Quand ton parrain Zapatez a prophétisé, le jour de ton baptême, que tu serais une fameuse *calamastre*[1], il ne s'est pas trompé ! Mais tu as beau être majeure, tu restes la fille d'Auguste Pitelet. Tout ce que tu fais ou ne fais pas le concerne ! Hier, j'ai pas voulu gâcher la journée, mais à présent faut qu'on s'explique... J'ai donc été informé que tu te conduis mal. Que tu vis avec un homme... un je sais pas quoi... un photographe de foire... une sorte de vagabond. Baste, qu'il soit ce qu'il voudra, ça te regarde, comme on fait son lit on se couche. Mais ce que je ne peux admettre, c'est que ma fille et ce... ce... vivent à la colle à quelques kilomètres de Thiers. Presque sous mes yeux !

1. Voir *La Bonne Rosée.*

— Toi aussi !

— Quoi, moi aussi ?

— A la colle ! Mon inspecteur, lui, s'exprimait du moins en termes plus distingués. Il parlait de concubinage.

— Et que lui as-tu répondu, à ton inspecteur ?

— Que nous régulariserions. Sitôt que j'aurais obtenu le divorce.

— Je suis content de te l'entendre dire. D'ici là...

— Eh bien ?

— ... Je te prie de ne plus mettre les pieds dans ma maison. Je te connaîtrai, je te parlerai de nouveau quand tu seras devenue officiellement madame Machin-Chose.

— Comme tu voudras. Elise et moi, naturellement, nous partageons ta malédiction ?

— Je ne vous maudis pas.

Elle se leva. Ils furent debout l'un devant l'autre, se défiant du regard avec la même détermination. Puis, il abaissa le sien et, d'une chiquenaude, chassa un bourdji qui s'était posé sur sa manche.

Elle s'éloigna sans ajouter un mot. Mais quand elle fut à la porte, elle se retourna :

— Encore une petite nouvelle, pour le cas où elle t'intéresserait. J'attends un enfant de monsieur Machin-Chose.

Et elle partit, faisant claquer ses talons sur les planchers de la fabrique inanimée.

Elle se fit transporter par Ferdinand jusqu'à La Garandie. La fourgonnette s'arrêta avant l'école et Gilberte s'avança seule vers la maison de lave des Grattadeix. C'était l'époque des fenaisons ; des paquets d'herbe sèche jonchaient la route, parmi les bouses piétinées ; le village semblait désert ; même de ses chiens, pas un seul ne restait pour lui aboyer aux jupes. Elle cogna du poing contre la porte. Personne ne répondit, mais une ombre bougea derrière les rideaux de la fenêtre étroite.

— C'est Gilberte ! cria-t-elle.

Après un moment, la porte s'entrouvrit, elle reconnut le visage bouffi de sa belle-mère.

— Vous voilà donc, fit la mère Grattadeix. C'est-y que vous revenez ?

— Je voudrais voir le Sisse.

— Y a personne. Ils ont emporté le dîner. Ils rentreront que ce soir. Ils sont tous aux foins.

— A quel endroit ?

— A la Pradal. Sous le puy de l'Enfer.

Elle connaissait le pré, où elle avait besogné naguère parmi ses beaux-frères et belles-sœurs. Il y avait un quart d'heure de marche. Quand elle en approcha, deux chiens s'élancèrent vers elle, mais ils reconnurent son odeur et lui firent fête sans rancune. Alexis était sur la faucheuse tirée par un cheval, en train de couper l'herbe, tandis que Lucien et Lalie retournaient de la fourche le foin demi-sec. Tous s'interrompirent en voyant la silhouette menue de cette femme des villes et la regardèrent s'avancer. Elle considéra de même ces grands gaillards, cette fille chevaline que la mère Grattadeix avait conçus à l'eau de fleur d'oranger, sans distinguer pourtant la moindre douceur dans leurs visages farouches. Elle leur fit de la main un petit geste auquel ils ne répondirent pas. Eulalie et Lucien acceptèrent seulement de se laisser serrer le bout des doigts, tandis que le Sisse demeurait collé sur son siège.

— Bonjour, Alexis, dit-elle.

— Salut.

— Plusieurs fois je t'ai écrit. Tu ne m'as jamais répondu.

— J'ai pas de timbres à gaspiller.

— Est-ce que nous pourrions calmement parler de notre affaire ?

— Dis ce que t'as à me dire.

— Descends un peu, Alexis. Mettons-nous au moins à l'ombre, dans un coin.

— Ces deux-là peuvent tout entendre. Mon frère et ma sœur. Ils savent.

— Que savent-ils ?

— Que t'es une salope. Une femme qui abandonne le domicile conjugal, qui enlève une fille à l'affection de son père, comment donc que tu l'appelles, toi ? Moi, je l'appelle une salope.

— Et toi, comment appelles-tu un garçon qui épouse une femme pour son salaire ? Qui se fait nourrir par elle ?... Mais ne commençons pas à nous jeter à la tête des injures, Alexis. Est-ce que tu me détestes si fort ?

— Je voudrais que tu sois crevée.

Elle crut avoir mal compris :

— Qu'est-ce que tu dis ?

— Je voudrais, répéta-t-il, que tu sois crevée.

C'était la première fois que l'on souhaitait à haute voix sa mort devant elle. Pourtant, elle n'en ressentit pas le choc qu'elle aurait dû ; car Alexis avait proféré ces mots affreux d'une voix forte, mais peu vibrante. Comme une phrase apprise et mal récitée. La déclamation d'un tambour de ville. Elle eut l'impression qu'il jouait la comédie de la haine. Une haine sincère les eût honorés l'un et l'autre ; quelle dégoûtation se cachait sous ce faux-semblant ? Le frère et la sœur ne fanaient plus ; les mains appuyées sur leur manche, ils écoutaient, aussi tranquillement qu'au théâtre.

— Pourquoi que t'es revenue, au juste ? demanda le Sisse.

— Pour m'arranger avec toi, à l'amiable, dans notre divorce.

— Le divorce, tu l'auras pas. Je le refuse.

— Si, je l'aurai. Puisque j'accepte les torts. C'est vrai, j'ai quitté le domicile conjugal. C'est vrai, j'ai emmené notre fille.

— M'en fous. Bon vent.

— Tu m'as dit un jour : à mon heure. Il me semble, Alexis, que cette heure est venue.

— Pourquoi donc ?

— Parce que j'attends un autre enfant. Un enfant qui n'est pas de toi.

Sous le chapeau en paille de riz, le visage rouge du faucheur enfla comme s'il allait exploser. Puis il se dégonfla aussi soudainement.

— Qu'est-ce t'en sais, ricana-t-il, s'il est pas de moi ?

— Voyons ! Il y a onze mois que je t'ai quitté !

— Et les visites que je t'ai rendues à Bulhon ? Elles comptent pour du beurre ?

— Toi ? Tu m'as rendu des visites ?

Alexis se tourna vers ses sœur et frère :

— C'est-y pas vrai que vous m'avez vu partir plusieurs fois pour Bulhon, ce printemps ?

— T'es parti, c'est bien sûr, fit Lucien. Pour où ? Ça ! Je t'ai pas suivi !

— Tu vois ! Ils peuvent témoigner !

A son tour, elle se prit à l'injurier, sale menteur, hypocrite, ordure, dans quel tas de bouse t'ai-je ramassé ? Au plus aigu de sa fureur, elle le vit éclater de rire. Et les deux autres riaient aussi, pliés en deux.

— Qu'est-ce que tu cherches ? cria-t-elle. Qu'est-ce que tu veux ?

— On en reparlera. On n'est pas dans l'huile. Et maintenant, dégage. On a autre chose à faire.

Il cria après son cheval qui secoua les oreilles et se remit à tirer, le long de la muraille herbeuse.

Comment pouvait-on avoir des soucis d'amour en ces mois d'été, alors que chaque nuit le ciel vous tombait sur la tête ? L'aviation alliée bombardait tous les centres industriels importants, les mines, les nœuds ferroviaires, les dépôts de carburant, les ports où les sous-marins allemands pouvaient gîter. Naturellement, la moitié des bombes rataient leurs cibles, s'égaraient sur les fermes isolées, les hôpitaux, les écoles, les cités ouvrières. Il était nécessaire que beaucoup d'enfants mourussent en Allemagne, en Angleterre, en France, en Italie pour que fût extirpé le nazisme. Le docteur Goebbels, coïnventeur des camps de concentration, de la torture et de l'extermination scientifique, poussait des cris d'orfraie, en appelait au Vatican, à la conscience universelle.

Thiers était devenu pour Gilberte ville interdite, mais Bulhon convenait bien aux vacances, avec son ruisseau poissonneux, ses chemins tranquilles, ses ressources en bon air, en bon vin, en bon lait. Elle calcula que son second enfant naîtrait aux approches de mars 44, ce qui l'autoriserait à prendre un congé maternité dès la fin de janvier.

A l'heure où elle reprenait sa classe, le lundi 2 octobre, Auguste Pitelet se présentait à la porte de l'Ecole nationale professionnelle, chargé d'une serviette dans laquelle Francine avait glissé une blouse grise, achetée chez Bravard avec les tickets réglementaires. Le concierge, un ancien de 14 comme lui, vint à sa rencontre sur sa jambe de bois, pour lui serrer la main :

— Ça me fait drôle, Auguste, de te voir entrer dans cette maison.

— J'ai l'impression d'y venir comme élève, pas comme professeur. Je me demande ce que penseront mes gamins s'ils me voient faire des fautes d'orthographe.

— Tu seras dans un atelier. T'auras pas beaucoup à écrire.

La section de coutellerie ne comptait qu'une trentaine de garçons, âgés de quatorze à dix-huit ans, répartis en quatre années différentes, auxquels se trouvaient affectés trois enseignants, dont un prisonnier de guerre : ce qui avait permis à Pitelet d'occuper provisoirement cette place. Il devait enseigner le travail des meules, émouture et polissage, tandis que ses collègues apprenaient la forge, le montage, le chromage. Les élèves se montraient peu empressés, bourrés de disciplines plus nobles, anglais, espagnol, philosophie, mathématiques et même poésie, ils n'aspiraient pas à frotter des lames contre une meule, mais à devenir ingénieurs, voire directeurs d'entreprise. Trois ou quatre seulement y prenaient goût, des nullards dans les études abstraites. Auguste les reconnaissait, ils étaient bien de sa race de Ventre jaune, avec leurs figures mâchurées, leurs mains bonnes à tout faire, leur plaisir à tripoter le métal, la corne, la fibre américaine. A eux serait confié le soin de fabriquer encore les belles pièces qui avaient établi la renommée thiernoise, quand reviendraient la paix et le bel acier. C'est pour eux qu'il pédalait chaque matin quatre kilomètres dans le brouillard afin de se rendre à l'école.

L'automne vint. Et il fut sans 11 Novembre, de même que l'été sans 14 Juillet.

La Noël fut glaciale de toutes les façons, les messages de Pétain, de Laval, de Philippe Henriot impuissants à la réchauffer. Même cette nuit-là on entendit gronder au ras des arbres les avions ravitailleurs. Ils venaient lâcher sur les maquis des provisions d'armes, de médicaments, de postes de radio, de bœuf en conserve, de chewing-gum, de billets de banque : tout ce qu'il fallait pour vivre et résister. Les montagnes boisées qui s'élèvent aux confins des trois départements, Allier, Puy-de-Dôme, Loire, étaient très favorables à l'implantation des camps secrets. Ceux de La Pourière, près de Châtel-Montagne, et des Etivaux, au pied du puy Snidre, semblaient par leur proximité défier spécialement Vichy et Châteldon. Ouvriers, commerçants, fonctionnaires, réfractaires du STO, francs-maçons, communistes, juifs y retrouvaient les gestes préhistoriques : ceux de la chasse, de la cuisine rudimentaire, du sommeil en commun sous la garde du veilleur, du feu de bois, des étoiles observées d'où descendaient les secours, mais d'où pouvait aussi tomber le malheur.

A ces maquis des champs, s'ajoutaient les maquis des villes. Invisibles. Dispersés dans les caves, greniers, garages, ateliers, arrière-boutiques. Des consignes en clair ou en obscur circulaient sous le manteau, dans les livres de messe, dans les nœuds de cravate, dans les jambes de bois. Des dépôts d'armes se dissimulaient sous les tuiles, sous les cuves, sous les fleurs, attendant le moment de paraître au grand jour.

1944

Gilberte introduisit une requête en divorce. Son avoué l'avertit qu'il lui serait difficile d'obtenir satisfaction sans une certaine coopération du mari. Quoique étant selon toute apparence l'offensé, Grattadeix acceptait son « déshonneur », se vautrait même dedans à plaisir comme un cochon dans le purin, se glorifiait à l'auberge de porter la plus belle paire de cornes de la paroisse. Ses compagnons rigolaient et lui versaient un autre verre de blanche.

Alors, Ferdi résolut d'intervenir en personne. Entre deux murailles de neige, il se hissa difficilement jusqu'au col de la Ventouse – c'est-à-dire de la *Venteuse* – puis jusqu'au village fumant, demi-enseveli sous les congères. Il trouva Grattadeix dans son échoppe, environné des outils de sa profession, alênes, tranchets, marteaux, tire-points. Assis derrière son billot, Alexis considéra ce grand gaillard coiffé d'un bonnet de laine comme en portent les skieurs, la barbe saupoudrée de givre.

— Je suis, dit le photographe, Ferdinand Galéas. Le second mari de Gilberte.

L'autre se mit à jouer négligemment avec une alêne, longue et dangereuse. La barbe de Ferdi se dégivrait.

— Je savais pas, fit-il, qu'elle était remariée.

— Elle ne l'est pas. Mais elle le sera un jour. Le plus tôt possible.

— Si tu le dis…

— On se tutoie ? D'accord. Comme des copains de régiment.

— Comme des beaux-frères. Tu es de Marseille ?

— D'Avignon.

La pièce manquait d'air et de jour. A un mur étaient pendus de vieux pneus dans lesquels avaient été prélevés des rectangles. Ferdi saisit un tabouret et s'assit.

— C'est Gilberte qui t'envoie ?

— Non. Je suis venu de moi-même. Elle est pas au courant.

— Comment va ma fille ?

— Tout à fait bien.

— Est-ce qu'elle me réclame ?

— Quelquefois. Tu sais, quand tout sera en ordre, tu pourras venir la voir. Ou la prendre avec toi pendant les vacances.

— C'est pas demain la veille.

— Comme tu voudras.

— Ou alors… faudra que vous y mettiez le prix.

— C'est une question de prix ? interrogea Galéas qui avait peur de mal comprendre. Quel genre de prix ?

— Y a pas trente-six genres de prix ! Une question de prix, voilà tout !

— Tu veux dire qu'avec… une certaine somme… tu serais disposé… ?

— Ça dépend de la somme.

— Dis ton chiffre. On verra bien.

Semblant ne pas entendre, Alexis se leva, se mit à découper une part du pneu pendu, comme on fait d'un jambon :

— Le cuir me manque. Alors, je ressemelle avec ce que je peux. Saloperie de guerre !

— Tu l'as dit : saloperie de guerre !

Sur ce point-là, du moins, ils étaient d'accord. Ils parlèrent métiers, cordonnerie, photos. Galéas donnait du fil, sentant qu'il avait ferré le poisson. S'agissait maintenant de ne point le brusquer, de le tirer à soi sans casse.

— Je comprends, risqua-t-il, qu'un peu d'argent... dans ton commerce... vu le peu de clientèle, sans doute...

— Un peu ? Il en faut beaucoup, pour vivre.

— A qui le dis-tu !

— Qu'est-ce que tu me proposes ?

— Moi ? Je propose rien. J'attends ton chiffre.

Alexis tâta des yeux les pauvres vêtements du photographe, supputa dans sa tête d'homme habitué aux marchandages de foire, mesura les ressources de l'autre, son propre déshonneur, les espérances perdues avec le départ de Gilberte. Enfin, il se prononça :

— Me faut au moins vingt mille balles pour que je consente. Vingt-cinq ou trente.

Galéas frémit. Mais il garda son calme :

— Faudrait savoir. Vingt, vingt-cinq ou bien trente ?

— Vu les sacrifices...

— Quels sacrifices ?

— Ceux que je supporte. Ma fille qu'on m'enlève. Les cornes qu'on me plante. Le déshonneur. Jeté sur le pavé tel un malpropre. Alors, trente, ça serait le plus honnête.

— Dix, c'est honnête aussi.

— Mettons vingt. Mais alors, entièrement quittes, hein ? Vous prenez à votre compte les frais d'avoué, de notaire. Et pas un mot aux hommes de loi de cette... indemnité. Elle doit rester entre nous.

— Naturellement.

Ils entrèrent dans les détails, l'argent ne serait pas versé d'un coup, mais par tranches successives, au fur et à mesure que les démarches avanceraient. De la sorte, chaque partie obtenait une assurance contre toute déloyauté de l'adversaire. Ils réglèrent aussi l'espèce du divorce, aux torts exclusifs de la femme ; en compensation Alexis lui concéderait la garde d'Elise ; il ne verserait aucune pension alimentaire, gagnant à peine de quoi s'alimenter lui-même.

Il ne restait plus qu'à sceller leurs accordailles. Alexis se leva :

— Attends. On va trinquer.

Il ouvrit un placard, en sortit deux quarts militaires et une bouteille de gnôle dans laquelle un vigneron de bois grimpait à une échelle. Ils choquèrent les quarts. Ferdi avala par petits coups la liqueur brûlante, se disant que l'alcool purifie, comme le feu, de toute souillure.

A Bulhon, Gilberte sanglota comme une perdue sur cet arrangement, il nous a vendues, vendues, vendues. Mais ensuite elle en comprit les avantages. Elle fit le compte de leurs deux salaires mensuels, y ajouta les dépôts à la caisse d'épargne. On y arrivera, conclut-elle en s'essuyant les yeux.

Il vint une suppléante, mademoiselle Vernet. Elle trouva vivre et couvert à l'auberge Bonnefont. Une jeunette effarée qui en était à ses premières armes. Les quarante-six petits Limagnais de l'école semblèrent la plonger dans la plus grande frayeur. Gilberte la recommanda à ses élèves, vous devrez lui obéir comme à moi-même, et si vous ne vous comportez pas bien, je descendrai de mon appartement pour vous botter quelque chose.

— Vous savez quoi ?

— Oui, m'dame. On le sait !

— Le *tchiou*, dit à voix basse Arsène Bourrard, toujours présent au bataillon, heureux de montrer qu'il avait compris.

Effectivement, elle eut à intervenir le même jour pour ramener l'ordre dans la classe en tumulte, pour consoler mademoiselle Vernet en larmes.

Elle lui offrit une tasse de tilleul :

— Pourquoi sont-ils si méchants ? gémit la pauvrichonne.

— Ils ne sont pas méchants. Ils sont seulement nombreux. Et vous êtes si jeune ! Ils vous prennent pour leur sœur aînée. Vieillissez-vous un peu. Faites-vous un chignon, à la place de ces cadenettes. Portez des robes plus longues et plus sombres. Donnez-leur beaucoup de travail, qu'ils n'aient pas le temps de souffler. Et puis, prenez ça : mon sifflet à roulette. S'ils commencent à chahuter, soufflez dedans un grand coup. D'abord, ça les calmera. Ensuite, ça me fera descendre de ma cuisine. Alors, par la suite, il suffira que vous le portiez à vos lèvres pour qu'ils se taisent.

Les choses allèrent ainsi. La suppléante fit de moins en moins usage du sifflet. Après quinze jours, il n'en était plus besoin. La naissance de numéro 2 s'annonçait. Avant d'abandonner mademoiselle Vernet à ses propres forces, Gilberte interrogea Bourrard :

— Qu'est-ce que tu penses de la nouvelle Dame ?

— Ben... au commencement... elle était gentille, on faisait tout ce qu'on voulait. Mais maintenant, je trouve qu'elle a pris beaucoup de culot !

— Vraiment ?

— Par exemple, j'avais échampelé...

— On dit : éparpillé.

— ... j'avais éparpillé la boîte à craies. Elle m'a obligé à tout ramasser ! Même les petits bouts ! A balayer la poussière !

Elle put partir sans inquiétude pour la maternité de Thiers, confiant une fois de plus Elise à Suzanne Pruvost. La fourgonnette à gazogène assura le transport.

— Vous êtes le mari ? demanda la secrétaire à Ferdinand.

— Heu... je suis le père.

— Domicile ?

— Du père ou de la mère ?

Il fallut entrer dans les explications, parler de leur état civil provisoire, avouer que lui résidait officiellement sur les rives du Rhône, qu'il couchait rarement trois nuits de suite entre les mêmes draps, que son seul domicile fixe était le plancher de sa camionnette. C'est là qu'il dormirait, si nécessaire, en attendant la naissance, n'ayant pas les moyens de s'offrir l'hôtel.

L'administration de la clinique économisait aussi : le chauffage de la chambre fonctionnait au ralenti. De temps en temps, l'infirmière venait promener un radiateur électrique sur le ventre de Gilberte. Ferdinand errait dans le couloir, entrait quelquefois pour l'embrasser sur les cheveux, pour lui essuyer le front, pour remplacer l'infirmière au maniement du radiateur.

La douleur arrive par brusques vagues internes qui la soulèvent de sa couche, elle reste suspendue à la crête de la souffrance, hurlante ; puis, c'est le reflux progressif qui l'abandonne inerte, vidée de ses forces, aussi molle qu'une méduse crevée. Il faut que s'accomplisse l'antique malédiction, tu enfanteras dans les tourments, plus un enfant t'a fait mal plus tu l'aimes, disent les mères, tu ne pourrais t'attacher à un objet que tu aurais craché comme un noyau de cerise.

Un chariot vient la prendre, l'emporte dans la salle d'accouchement. Les murs doivent en être capitonnés : ils ne laissent passer que des gémissements sourds.

Enfin, la sage-femme reparaît, souriante :

— Entrez, monsieur ! Vous avez un fils ! Un beau garçon !

La mère et l'enfant sont couchés côte à côte sur la table, grouillant chacun de son côté, gluants, sanglants, peinturlurés de mercuro. Affreux. Ferdi s'agenouille près de Gilberte, lui prend une main qu'il couvre de baisers reconnaissants. Elle le regarde, les yeux humides :

— Tu es son père ! chuchote-t-elle, comme s'il en doutait.

N'empêche que le nouveau-né sera le lendemain enregistré à la mairie de Thiers sous le patronyme de *Grattadeix*, celui du père légitime.

Ils s'étaient consultés sur le prénom :

— J'aimerais, dit-elle, qu'on choisisse pour sa fête le 6 mai, jour de notre première vraie rencontre. Ainsi, chaque fois que nous la célébrerons, nous célébrerons notre amour.

Ils découvrirent sur le calendrier que le 6 mai tombait sur *sainte Prudence*. On l'appellerait donc *Prudent*. L'employé à l'état civil, monsieur Mangematin, s'en étonna :

— Vous dites *Prudent* ?

— Oui, *Prudent*.

— C'est la première fois qu'on me le propose. Je ne sais pas si je peux l'accepter. Le mois dernier, j'en ai refusé deux, dit-il d'un air important. Je dois consulter la liste officielle des prénoms admis par la loi.

Il la consulta.

— Vous avez de la chance. *Prudent* s'y trouve. Je l'accepte donc.

La charpente du ciel continuait de dégringoler sur nos têtes. Chaque nuit, l'aviation libératrice venait bombarder les villes françaises. Elles y passeraient toutes, du nord au sud. Excepté Montluçon, le Massif central n'avait pas encore reçu la part qui lui revenait. Mais le 11 mars, Saint-Etienne fut largement servi. Les projectiles visaient la Manufacture d'armes et cycles. En fait, tombant de deux mille mètres, ils s'éparpillèrent un peu partout, y compris sur les entrepôts du Casino, dont le chocolat, le sucre, le café grillèrent sans profit pour personne. Un millier de Stéphanois payèrent de leur vie la myopie américaine.

La semaine suivante, Prudent venait de prendre sa tétée du soir quand la terre se mit à trembler comme si elle allait s'ouvrir. Les libérateurs s'en prenaient cette fois à l'industrie caoutchoutière de Clermont, à quarante kilomètres de là. L'usine de Cataroux et sa cité ouvrière furent proprement écrasées, cependant qu'à Bulhon le nouveau-né souriait entre les bras de sa mère, une goutte de lait encore sur les lèvres. Vingt morts retirés des décombres furent le lendemain exposés dans le gymnase du stade clermontois, tandis que l'hôtel-Dieu recevait une quarantaine de blessés. Le Maréchal vint de Vichy leur apporter le réconfort de sa présence :

— Je n'ai plus mal, puisque je vous vois ! dit l'un d'eux.

— La France continue quand même, monsieur le Maréchal ! s'écria un amputé, seul survivant de sa famille anéantie.

Ces propos, fidèlement rapportés par *Le Moniteur*, prouvaient le pétainisme indestructible de la France.

Hors de ses père, mère et sœur, le jeune Prudent était encore en ce printemps 44 inconnu de sa parenté.

— Il y a tout de même quelqu'un, dit Gilberte, à qui je dois le présenter sans attendre davantage : grand-mère Mélanie. Elle aura beaucoup de joie, j'en suis certaine, à connaître son arrière-petit-fils. Et elle ne nous chassera pas, elle.

Gilbert Zapatez, dit Gilbert le Juste, avait quitté ce monde depuis plusieurs années. A l'orée de ses quatre-vingts ans, sa veuve vivait en compagnie de ses souvenirs, de sa fille Marguerite, de son gendre Félix Dosjoub, agriculteur-coutelier, de sa volaille, de ses chèvres, de son cochon Charlemagne, les cochons se succédant, mais le nom demeurant, comme dans les bonnes dynasties. Tout ce monde espérait sans aucun doute leur venue à Vollore-Ville.

Le congé maternité approchait de son terme, les enfants de Bulhon recommençaient à jeter des plumes aux hirondelles. Un vendredi après-midi, Gilberte et les siens prirent place dans la guimbarde. Les routes étaient peu sûres, fréquemment patrouillées de gendarmes, de miliciens, quelquefois même de maquisards. Ils franchirent la Dore à Courpière sans mauvaise rencontre, prirent la direction de Chignore, par la départementale sinueuse et escarpée. Alors qu'ils distinguaient déjà les tours du château et les toits rouges de Vollore-Ville, ils eurent la surprise de voir devant eux, barrant la route de ses bras ouverts, un soldat allemand. En calot, imberbe et rose, il semblait aussi peu dangereux que possible, malgré le lourd fusil qu'il portait à la bretelle. Il les regarda de ses yeux pâles et dit, d'une voix presque timide, la main tendue :

— *Papiere.*

Tandis qu'ils cherchaient leurs pièces d'identité, l'Allemand sourit à la fillette faiblement. Galéas sauta du siège, présenta les cartes sur lesquelles l'autre se pencha. « Qu'est-ce que c'est que cette sentinelle perdue ? Je pourrais l'assommer d'un coup de poing, prendre ses armes, jeter son corps dans les buissons. » Il dépassait le jeune gars en taille, en poids, en carrure. Le poing se mit à lui démanger. Le soldat leva les yeux vers lui :

— Photographe ?

— Oui. Photographe.

L'Allemand désigna l'arrière de la fourgonnette :

— *Kontrolle !*

Il enfonça la tête sous la bâche, distingua un chaos de trépieds, cartons, cuvettes, casseroles. Une civière sur laquelle Ferdi couchait parfois, un oreiller, des couvertures. La nuque blonde et maigre du jeune Boche se trouvait devant lui, à sa merci. « Je lui fais le coup du lapin ? » L'homme vert semblait y mettre une certaine complaisance, farfouillant parmi les boîtes, à la recherche d'armes terroristes. Il eut une exclamation, *Ach*, tira un étui rempli d'un objet allongé. Il entreprit d'en défaire les sangles, sous les yeux attentifs du photographe. Les trois segments d'un instrument de musique apparurent.

— Clarinette ! dit Galéas en éclatant de rire.

— *Ja, ja.* Clarinette.

Il rit aussi.

Compagne du voyageur solitaire. Au cours de ses tournées, il lui arrivait de s'arrêter en plein champ, de l'emmancher, d'en sucer l'anche longuement pour lui rendre sa souplesse et de jouer, adossé à quelque talus, pour le plaisir des merles et le sien, des dégoulinades de notes.

L'Allemand la remit dans son étui. Puis il rendit les cartes d'identité, avec un geste clair :

— *Weg !* Partir !

Galéas remonta sur son siège avec le regret de n'avoir pas assommé ce jeune Boche. Eventuellement à coups de clarinette. La vieille Citroën se remit en route, difficilement. A cent mètres de là, commençait une courbe en épingle à cheveux qui les ramena en sens opposé. Alors, ils virent sur le côté gauche, tapis dans l'herbe, deux autres soldats verts à l'affût. Pendant que se déroulait la visite du véhicule, leur fusil-mitrailleur se tenait prêt à cracher le feu sur ses occupants au premier geste de résistance. La sentinelle perdue avait été placée là comme une gazelle pour attirer les lions. Afin que la tentation fût plus forte, on avait choisi un adolescent chétif et tendre.

Elise, qui n'avait rien compris à toutes ces manœuvres, demandait :

— Qui c'est, Ferdi ? Des gendarmes ?

— Non. Des voleurs.

— Qu'est-ce qu'ils volent ?

— Je t'expliquerai ça quand tu seras plus grande.

Ils atteignirent le bourg, enfilèrent la rue principale qui le traversait en serpentant. La maison des Zapatez se trouvait à main gauche après l'église, avec sa cour où naguère Gilbert le Juste mettait à cuire les cercles de ses roues ; avec son étable vide, sa forge éteinte : Félix Dosjoub y tapotait maintenant ses couteaux.

Gilberte descendit seule de la voiture, se dirigea vers la porte sur laquelle était cloué un Sacré-Cœur-de-Jésus en fer-blanc.

— Entrez ! entendit-elle à travers le bois.

Au centre de la grande pièce, devant la table lustrée, sous les regards concentriques de don Zapatez y Alcoral, de don Carlos, Maria de los Dolores, Juan, Isidro, José, Francisco, Quirino, Antonio, Miguel, Gabriel de Bourbon et de N.-D. de l'Hermitage, Mélanie Zapatez, née Buisson, se tenait bien droite, coiffée de son bonnet bergère tuyauté, monumentale, pareille à elle-même, aussi immuable que le grün de Chignore. Gilberte courut à elle, l'aïeule eut à peine le temps de la reconnaître, elles s'étreignirent comme deux perdues, mêlant leurs larmes, leurs exclamations, leur français, leur patois, oh ! grand-mère, Bertine, *i é pa vogu mori dovan de te torné vire*, moi non plus je n'ai pas voulu mourir avant de te revoir. A mémé Mélanie, l'émotion faisait oublier la langue des écoles.

Elles se voyaient peu souvent, quelques jours aux vacances d'été, parfois à Pâques. A chaque séparation, Mélanie Zapatez avait l'impression que c'était la dernière :

— Peut-être qu'on se retrouvera au ciel seulement.

Elle avait honte de devenir si vieille quand tant de jeunes mouraient, le bon Dieu m'a oubliée, mais qu'est-ce que je peux y faire, je peux pas m'ouvrir les veines. De loin en loin, elles s'écrivaient. Car elle était une des rares paysannes de son âge qui connussent leurs lettres, même si l'orthographe n'y était point. Les Zapatez avaient toujours su lire et écrire, Gilbert s'était fait l'instituteur de sa femme. Gilberte l'avait tenue au courant de ses difficultés matrimoniales, de son divorce en cours, de la présence de Ferdi à ses côtés, de l'enfant supplémentaire, de la proscription voulue par Auguste.

— Tu es donc venue seule, m'amie ? s'étonna-t-elle.

— Non. Ils sont là, dans la voiture. Tous les trois.

— Cours vite les chercher !

Embrassades générales. Mélanie connaissait Elise, pas les deux hommes.

— Comment s'appelle ce petit ?

— Prudent.

— Prudent ? C'est un bien joli nom. Quel âge a-t-il ?

— Quatre semaines.

— Où est-ce que vous l'avez baptisé ?

— Il n'est pas baptisé. Pas encore. Avec notre situation compliquée, tu comprends... Sais-tu qu'on a dû l'inscrire sous le nom de *Grattadeix* ?

— Ah ! vous avez dû... Mais ça n'empêche pas de le baptiser.

— On verra ça plus tard. Quand les choses seront claires.

— Et... en attendant... si... Tout peut arriver !

— Ne te mets pas en peine, grand-mère. C'est un innocent. S'il meurt, il ira au ciel.

— Non ! Impossible, Bertine ! Pas sans le baptême !

— Un de ces jours. Un de ces jours. Sois tranquille. On t'invitera.

Elle rit en se forçant un peu. Prudent vagissait sur les bras de son père naturel, étranger à cette controverse. On alla quérir Félix Dosjoub pour qu'il participât aux présentations, il vint avec sa bonne face épanouie, son dos rond, tenant encore à la main la lime qu'il avait oublié de poser, et sur le nombril sa *conscience*[1] de plomb. Un chien entra sur ses talons, encore jeune et sans malice, qui se mit à gambader, heureux de voir tant de monde à la fois, Elise reçut sa

1. Voir *Les Ventres jaunes.*

langue en pleine figure, et cria de frayeur. Mélanie courait d'un placard à l'autre, cherchant des tasses, des bols, ne sachant plus bien ce qu'elle avait en tête de faire. Prudent éternua. Les carlistes des murs considéraient avec stupéfaction tout ce remue-ménage.

Il manquait tante Mélite, elle se trouvait au château où elle travaillait trois jours par semaine depuis près de trente années. Il n'était pas question de repartir sans l'avoir vue.

— Vous resterez bien quelques jours ? proposa Félix.

Gilberte et Ferdinand se consultèrent des yeux.

— Je reprends ma classe lundi, expliqua-t-elle. Nous pourrions rester seulement demain et après-demain.

C'était peu pour rendre visite à toute la maison, de la cave au grenier, de la grange encore pleine de roues inachevées aux ruches du jardin. A Vollore tout entier, y compris au cimetière où dormaient tante Jeanne avec son secret – on avait placé dans son cercueil le coffret mystérieux sans l'ouvrir –, Gilbert Zapatez, des générations confondues de carlistes espagnols et d'Auvergnats sans parti, de Buisson et de Zapatez.

Mélanie fut heureuse qu'on lui confiât de nouveau le rôle fondamental de toutes les grand-mères, celui de bercer leurs petits-enfants. A Thiers, Francine Pitelet tirait la corde d'Elise à travers trois étages comme un signal d'alarme. A Vollore, on usait d'autres méthodes. Il fallut remettre à flot le berceau en forme de barque où avaient dormi précédemment tante Mélite, Antoinette, Gilberte, les trois enfants Dosjoub. Pendant la journée, assise près de lui, occupée à son tricot, Mélanie le balançait du bout de la galoche. Pendant la nuit, il devenait nacelle, suspendu au-dessus de sa tête dans le lit-placard ; à la première plainte, elle se réveillait, sortait le bras, le faisait onduler d'avant en arrière, et le petit navigateur se rendormait. Elle avait insisté pour remplir cette fonction, cependant que Gilberte et

Ferdinand occupaient la pièce contiguë, où jadis tante Mélite et Félix mariés de frais appelaient les chats.

Un après-midi, elle se trouva seule ainsi avec Prudent, Félix travaillait à ses couteaux, les autres étaient en promenade. Et elle, pauvre vieille, se disait pauvre petit qui as deux pères, un pour te donner un nom, l'autre pour te donner du pain, qu'adviendra-t-il de toi au milieu de tout ce bagage, et les Allemands qui veulent nous tuer, et Auguste, pauvre Auguste, qui refuse de voir sa fille, son *bourdji* comme il l'appelait dans les temps, doit-il avoir assez mal au cœur ! Et toi qui n'es pas même baptisé, le bon Dieu ne te connaît pas, il ne t'ouvrirait pas sa porte s'il venait à t'arriver malheur, oh ! bonnegent ! oh ! bonnegent ! Elle savait qu'il arrive souvent malheur aux enfants de quelques jours, elle-même en avait perdu deux avant l'âge de douze mois. Elle eut conscience que la Sainte Vierge lui demandait de faire quelque chose pour ce pauvre champi. Le père et la mère étaient deux têtus, inutile de chercher à leur mettre dans l'esprit une idée raisonnable, c'était comme vouloir tuer les puces à coups de bonnet. Alors, elle décida d'écouter la voix de la Sainte Vierge.

D'abord, elle jeta un coup d'œil par la fenêtre : la rue était vide. Ensuite, toute tremblante, mais transportée par sa foi, elle tira le petit de ses couvertures, le tint entre ses mains ridées. La tête dodelinante, il continua de dormir, il avait résisté aux bombes de Cataroux, il n'allait pas se réveiller pour un peu de remuement. Elle marcha vers l'évier, viens, m'ami, viens, petitounet. A côté, une seille pleine d'eau fraîche. Elle en puisa un peu au creux de sa paume, en mouilla les cheveux blonds et rares :

— Prudent, je te baptise au nom du Père, et du Fils et du Saint-Esprit.

Elle s'éloigna de l'évier, serra l'enfant contre son cœur et lui parla doucement bien qu'il dormît toujours, que saint Prudent veille sur toi et te protège de tout mal. Elle le remit dans sa barquette. Ainsi s'acheva la cérémonie. Lui ne s'était aperçu de rien. Rassurée enfin sur le sort de cette petite âme, elle s'essuya les yeux.

Le dimanche après dîner, les visiteurs repartirent, emportant toutes sortes de provisions. Pour les saluer, mémé Mélanie, tante Mélite, Félix Dosjoub s'étaient alignés devant la porte. Et Ferdinand de s'écrier :

— Vous êtes trop beaux comme ça ! Attendez un moment !

Il sortit son trépied, son vieil appareil à accordéon, son capuchon noir, Gilberte se plaça au milieu des autres avec les petits. Quand les deux vieilles femmes comprirent ses intentions, elles se précipitèrent à l'intérieur pour s'arranger. Dosjoub, au contraire, demeura imperturbable, en devantière de coutelier, comme ça, tu me prendras naturel. Elles n'en finissaient plus. De temps en temps, Félix passait la tête et appelait :

— Alors ! Vous êtes bientôt cuites ?

— Ça vient ! Ça vient !

Des passants s'étaient arrêtés, et béaient devant la scène. Elles sortirent enfin dans leurs fanfreluches. L'une avait pris un tablier propre, une coiffe fraîche ; l'autre un corsage à perles ; même le chien voulut en être, aux pieds de Félix. Et Ferdi leur tira le portrait. Les témoins applaudirent. Ensuite, matériel et voyageurs remontèrent dans la guimbarde, qui s'éloigna doucement tandis qu'ils agitaient les mains. Jusqu'au dernier instant, les regards de Mélanie et de Gilberte restèrent pris l'un à l'autre. Et celui de l'aïeule disait, comme aux autres séparations :

« Est-ce que nous nous reverrons avant le paradis ? »

Auguste continuait d'enseigner à Thiers l'émouture et le polissage à des élèves qui, sauf exception, n'avaient pas réellement l'intention de devenir polisseurs ni émouleurs. Entre la ville et l'école, il faisait le parcours à vélo comme tous ses collègues, un parapluie ficelé à son cadre. Jamais on n'avait vu un corps professoral plus délié, pas une once de graisse, tout en muscle et en charpente. Monsieur Hugonnet, professeur de français, échappait à la règle. Lui et sa femme formaient un couple bien assorti, avec leurs profils de barriques que l'austérité ne réduisait point.

— Ce n'est pas une affaire de nourriture, prétendait-il. Nous ne mangeons pas plus que les autres. La nature nous a construits ainsi, nous n'y pouvons rien.

Lui aussi venait cependant sur sa bécane à pneus ballons, on aurait dit Bibendum. Il savait rire de leur double volume, si quelqu'un lui demandait par hasard :

— Vous avez des enfants ?

— Est-ce que, répondait-il, vous nous prenez pour des acrobates ?

Le profil de Pitelet, au contraire, fendait bien le vent. A une période où plusieurs de ses anciens collègues fabricants engraissaient et prospéraient, il était content de sa maigreur.

Une seule chose le tourmentait sans cesse : la pensée de Gilberte. Il n'aurait rien su d'elle sans le dévouement de certains amis ou de sa parenté. Sa belle-sœur Marguerite Dosjoub lui écrivit de Vollore : *Nous avons eu le plaisir de recevoir ces jours-ci la visite de ta fille aînée et de sa famille, y compris le petit Prudent, âgé de quatre semaines. Il a les yeux clairs et les cheveux blonds, mais à part ça, nous trouvons qu'il te ressemble beaucoup. Il ne lui manque qu'une casquette bleue. C'est un bel enfant. La mère va bien, et semble très heureuse.* Heureuse ! Comment pouvait-elle être heureuse dans son ménage de bohémiens, sans nouvelles de son père ni de sa sœur ? Est-ce qu'il était heureux, lui, avec son parapluie ?

A la maison, il avait une fois pour toutes interdit de prononcer le nom de la proscrite. Ça ne l'empêchait pas, quand par hasard il se trouvait seul dans l'appartement de la rue Terrasse, de rendre visite à la chambre qu'elle avait occupée jadis, il y retrouvait ses livres, ses cahiers remplis d'une écriture un peu carrée, quasi masculine, l'énergie de la titulaire s'y lisait sans qu'il fût besoin d'être graphologue. Une photo de groupe la montrait avec sa longue tresse de cheveux, parmi ses compagnes de l'EPS, toutes en tabliers noirs d'orphelines, mais rieuses comme on l'est à quatorze ans. Il errait doucement dans la chambre, frôlait du doigt les vêtements suspendus, prenait entre ses mains les pantoufles abandonnées. Puis il repartait soudain, furieux de sa faiblesse, claquait la porte.

Un peu plus tard, il retrouvait sa femme Francine. La bonne ménagère. La bonne fourmi. Toujours soucieuse de menus insolubles, de son combat journalier contre la disette :

— J'ai pu, annonçait-elle, avoir chez le charcutier du pâté de couennes en vente libre. Tu aimeras ça ?

— J'aime tout.

— Et chez Pelletier, des topinambours. Cuits à l'eau, servis en salade, il paraît qu'ils ont le même goût que les cœurs d'artichaut.

— J'en suis sûr.

Pendant qu'elle s'occupait à ses stratagèmes culinaires, il prenait un livre et lisait. Il profitait de cette période de famine pour se nourrir l'esprit, la bibliothèque de l'école lui fournissant l'aliment nécessaire. Il empruntait maintenant des ouvrages très sérieux, d'économie politique, de sociologie, de technologie. Il fit la connaissance de Malthus, de Karl Marx, de Juglar, de Renouvier. Mais pour se rafraîchir l'esprit, il retournait régulièrement à ses chers *Misérables*, à sa chère *Auberge de Peyrebeilhe*.

Il avait renoncé à toutes ses activités sociales et musicales, excepté aux réunions de la délégation : il y assistait par devoir, pour ne pas être traité de déserteur par le colonel. A temps perdu, il travaillait son jardin et sa vigne des Salomons.

Au terme de chaque journée, Francine et Auguste écoutaient les nouvelles anglaises ou suisses, l'oreille collée au poste. Parfois, sur la table de la cuisine, ils faisaient un rami. Vers onze heures de l'heure imbécile, ils montaient se coucher. Avant de s'enfoncer entre les draps, il effleurait d'une caresse un coffret de noyer illuminé de figures en creux, seul héritage de son père et de sa mère. Pitelet l'Artiste l'avait confectionné jadis pour gagner le cœur de Clotilde Gonin, gardeuse de chèvres et allumettière. En octobre 1901, la boîte avait échappé à l'incendie qui avait détruit leur maison au hameau des Allumettes. Ainsi, l'on raconte que le cœur de certains condamnés au bûcher pour crime de passion et de foi résistait aux flammes et se retrouvait intact au milieu des cendres. Auguste la faisait coucher près de sa tête, sur la table de nuit ; il s'en était excusé le jour où sa seconde femme avait dormi près de lui pour la première fois.

« Qu'est-ce qu'elle contient ?

— Des souvenirs de famille. Ils appartiennent à moi seul et je défends qu'on y touche.

— Même qu'on les voie ?

— Même qu'on les voie. Entre toi et moi, ce sera mon seul secret. »

Elle avait dû s'y résigner, non sans dépit. C'était un peu comme à Vollore la cassette de tante Jeanne. La famille avait la manie des coffrets mystérieux.

Les Russes avançaient sur toute la largeur du front. Chassés d'Afrique du Nord, les Allemands reculaient aussi en Italie. La presse autorisée annonçait que d'immenses concentrations de troupes, de matériel, de bateaux s'opéraient sur les côtes méridionales de l'Angleterre en vue du débarquement décisif, qui ne pouvait tarder. En attendant, les bombardements aériens atteignaient une ampleur, une intensité inouïes, écrabouillant deux mille Français par semaine. Chaque jour, à treize heures vingt et à dix-neuf heures, sur les ondes de Radio-Paris, Philippe Henriot flétrissait avec des accents de prophète les « assassins du ciel », invoquait un impossible rapprochement entre pétainistes et gaullistes : « N'apprendrons-nous pas à nous réconcilier avant que les bombes nous aient réunis dans le silence de la mort ? » Il était de plus en plus évident que l'Allemagne ne gagnerait pas la guerre, les idiots de village le comprenaient, les ânes, les cochons le comprenaient.

Pierre Laval semblait ne pas le comprendre. Tandis que la plupart des vichystes autour de lui, secs ambitieux, combinards, trafiquants, paranoïaques, gangsters reconvertis dans la politique, commençaient à amorcer un virage en épingle à cheveux, ou bien à s'éclipser en direction de l'Espagne, de la Suisse, de l'Argentine, du Venezuela, lui et deux ou trois autres aveugles demeuraient inébranlables sous les menaces et les anathèmes. Vissé sur son siège branlant de Premier ministre, il attendait les échéances inéluctables, proclamant :

— Je voudrais, si cela était possible, totaliser sur ma tête le sacrifice de nous tous pour que vive la France.

— Traître ! répondaient les Français de la BBC. Tu obtiendras prochainement satisfaction !

Autour de lui tombaient déjà d'innombrables magistrats, miliciens, policiers, fonctionnaires, liquidés en ces jours de haine. Philippe Henriot citait le point de vue de Pascal : *Je ne crois que les histoires dont les témoins se feraient égorger.*

Mais en même temps, dans les files adverses, quelques milliers d'autres hommes, « terroristes », « bandits », « malfaiteurs », témoignaient en un sens différent sous les balles nazies ou vichystes, affrontaient la torture et la déportation, sautaient par les fenêtres, s'ouvraient les veines, se pendaient aux barreaux de leurs cellules pour s'empêcher de parler. Parmi eux, grouillaient aussi un certain nombre de cloportes qui ne suffisaient pas à dénaturer ces témoignages. L'ambiguïté régnait ainsi dans les deux camps, quoique sans doute en des proportions inégales.

Entre les premiers et les seconds, tout dialogue restait cependant inimaginable, autrement qu'à la pointe des fusils. Aveuglés de certitudes contraires, ils refusaient farouchement de se voir, de se rencontrer, de s'expliquer, de se comprendre. Seuls les morts, réunis autour d'une table ronde céleste, s'apercevraient sans doute un jour que, par des chemins dissemblables, ils avaient marché vers les mêmes lueurs.

Le 26 avril, Pétain et Laval assistèrent à Notre-Dame de Paris à un service funèbre en l'honneur des écrabouillés. Une foule innombrable se pressa sur leur passage, criant :

« C'est Lui ! C'est bien Lui ! Vive le Maréchal ! »

Quatre mois plus tard, la même foule – pas tout à fait la même en vérité, mais pas très différente – s'écrierait pareillement au passage du Général :

« C'est Lui ! C'est bien Lui ! Vive de Gaulle ! »

Au milieu de ces épouvantables malheurs, Auguste Pitelet souffrit d'une molaire. Il demanda un rendez-vous d'urgence au dentiste de la place Duchasseint :

— Venez demain à 10 heures, lui répondit monsieur Ducros. Je vous prendrai entre deux clients.

Lorsqu'il entra dans la salle d'attente, deux personnes s'y trouvaient déjà, occupées à feuilleter de vieilles revues. Elles levèrent la tête pour le saluer : l'une d'elles était sa fille Gilberte. Sans se concerter, ils souffraient du même mal. Peut-être à la même dent. Les paupières de la jeune femme battirent, sa figure s'empourpra, puis elle redevint attentive à son journal, tandis qu'Auguste s'asseyait aussi loin que possible, sans prononcer un mot. Ils restèrent ainsi figés sur leur chaise, elle faussement plongée dans sa lecture, lui les mains sur les genoux, observant les lames du plancher. De temps en temps, à la dérobée, leurs yeux se levaient, mais se détournaient sitôt qu'ils risquaient de se croiser.

Monsieur Ducros parut sur la porte de son cabinet, appela :

— Madame Sannajust.

C'était la troisième personne. Le père et la fille demeurèrent en tête à tête.

Entre eux, il n'y avait désormais que le silence, le faible bruit des pages tournées, le craquement des chaises. La situation devint extrêmement pénible. Auguste ferma les yeux et fit semblant de dormir. Gilberte put l'examiner à son aise. Elle le trouva très amaigri, en eut le cœur serré. Sa moustache grisonnante avait quelque chose de piteux. Elle eut envie d'aller se jeter à ses pieds, d'embrasser ses genoux, de gémir pardonne à ton enfant prodigue, oublie un peu tes principes desséchés, reçois-moi sur ton cœur. Pour cela, elle n'avait besoin que d'un signe ; mais lui restait les yeux et le visage obstinément fermés. Il sentait pourtant se promener sur lui les regards de sa fille, comme un rayon de soleil ; mais c'est tout ce qu'il pouvait accepter. Il pensa à sa molaire, va-t-il me l'arracher ou pourra-t-il en refaire le plombage ?

Enfin, Monsieur Ducros revint :

— Madame Grattadeix.

Gilberte s'avança parmi les mille instruments étincelants, s'allongea sur le fauteuil. Le dentiste commença ses investigations :

— Vous avez une carie débutante dans une prémolaire. Et une dent de sagesse complètement gâtée. C'est un vrai nid d'infection que je vous conseille de faire disparaître au plus tôt.

— Faites le nécessaire.

Il prépara la piqûre anesthésiante. Quand elle l'eut reçue dans la gencive, sa mâchoire devint aussi insensible que si elle avait été de bois. Elle resta la bouche ouverte, les yeux clos pour ne pas voir les instruments de sa torture.

— Allons-y ! fit l'homme avec détermination.

Peut-être cracha-t-il dans ses mains. Ce fut un très mauvais quart d'heure. La molaire se brisa, il fallut la retirer des chairs esquille par esquille.

— Rincez-vous la bouche.

Elle vomit des gorgées de sang. Quand elle put de nouveau parler :

— Ouf ! J'aimerais mieux faire un enfant ! avoua-t-elle.

Et lui :

— Moi de même.

On en vint aux dates futures. Elle expliqua son état civil embrouillé, l'ostracisme qu'elle et les siens subissaient devant le rigoureux attachement d'Auguste Pitelet au code napoléonien.

— Je voudrais, conclut-elle, vous demander une faveur.

— Laquelle ?

— Que vous nous donniez, à lui et à moi, des rendez-vous presque à la même heure, le même jour. Afin que nous puissions encore nous voir dans votre salle d'attente. Même si l'on ne desserre pas les dents.

Ainsi, plusieurs semaines, Gilberte et Auguste se rencontrèrent en un muet face-à-face. Tel père, telle fille. En bouche close n'entrent point mouches. Dur contre dur fait mauvais mur.

L'accueil des Parisiens avait été si chaleureux que Pétain annonça :

— Je m'installe provisoirement dans notre capitale traditionnelle.

Etait-ce la fin de la captivité de Babylone ? En fait, le vieux politicien employait son temps à vadrouiller de ville en ville, à apporter aux bombardés la consolation de sa présence, les pâles rayons de son képi.

On espérait toujours le débarquement annoncé. Les Allemands l'attendaient au plus court, sur les côtes du Pas-de-Calais, par temps limpide. Le 5 juin, il faisait un temps d'automne, gris et tempétueux. Rommel, commandant du groupe d'armées du nord-ouest, partit en congé. A l'aube de la nuit suivante, après cinq heures de mal de mer, Britanniques, Canadiens et Américains prirent pied sur la côte normande, sous un feu enragé. Auguste reçut la nouvelle alors qu'il surveillait les épreuves du concours d'entrée à l'ENP. Elle vint, apportée par le vent, se répandit de prof en prof, de salle en salle ; les candidats remarquèrent ce chuchotis, cette joyeuse et soudaine agitation, l'un d'eux recueillit au passage le vocable « débarquement », la fièvre gagna de proche en proche, les visages se relevèrent, épanouis, au-dessus des feuilles. Un moment, l'épreuve de mathématiques fut oubliée, les quatre syllabes merveilleuses couraient de bouche en bouche, débarquement, débarquement. Au fond d'une des salles, monsieur Hugonnet n'avait pas encore reçu le mot libérateur ; voyant ces têtes rapprochées, il frappa dans ses mains et cria :

— Défense de communiquer !

Ensuite, les choses vont moins vite qu'on ne voudrait. Certes, les Alliés ont établi une tête de pont au prix de pertes considérables, mais les Allemands contiennent leur avance. Caen rasé au sol appelle Paris à son secours. *Le Moniteur*, journal personnel de Pierre Laval, obstinément, continue de maudire sur format réduit les nouveaux envahisseurs et leurs destructions. En même temps, Hitler fait pleuvoir sur Londres ses armes secrètes appelées *météores à la dynamite* ou *VI*, avions sans pilote que la chasse anglaise n'arrive guère à intercepter. L'état-major allié demande à la Résistance intérieure de multiplier ses attaques afin de retenir le maximum de troupes ennemies. Laval réplique par une proclamation : *Les Français ne doivent obéir qu'aux ordres du gouvernement français*. Mais quel est le gouvernement français ? Celui de Pétain, en villégiature à l'hôtel du Parc ? Ou celui de De Gaulle, qui a pris pied déjà sur notre sol ? En tout cas, la consigne venue de Londres est largement suivie : dix mille maquisards se rassemblent en haute Auvergne, où débutent les combats du mont Mouchet.

Le 28 juin, Philippe Henriot témoigne à son tour : dans son bureau parisien, il tombe sous les balles de trois exécuteurs. Ceux-ci seront capturés. La presse annoncera qu'ils étaient à la solde de l'Intelligence Service, qu'ils ont touché plusieurs millions pour accomplir leur besogne.

Est-ce par mesure de représailles que Georges Mandel, ancien ministre du Front populaire, ami de Léon Blum, est assassiné par des miliciens quelques jours plus tard lors d'un transfert ?

L'horreur est partout. A Thiers, le 20 juillet, deux jeunes maquisards, Pierre Rodier, vingt ans, et Roger Conner, vingt-trois ans, capturés près de Boën au cours d'un sabotage par les SS en garnison chez les couteliers, arrivent en gare. Les mains liées derrière le dos, déjà copieusement passés à tabac, ils doivent défiler dans la ville, sanglants, encadrés par les soldats vert cresson qui, au moindre faux pas, les revigorent à coups de crosse. Le cortège descend la rue des Grammonts, la rue Nationale, l'avenue Pierre-Guérin. Les SS chantent et font sonner sur le pavé le fer de leurs bottes. Les suppliciés titubent, la foule gronde et dévisage les bourreaux afin de bien retenir leurs traits : ce petit rouquin à lunettes, ce gros bouffi, ce grand brun aux pommettes saillantes. Arrivés au Moutier, les deux maquisards sont chargés dans un camion bâché, en compagnie d'un peloton de gardiens. Tout cela se fait sans hâte, ouvertement, afin que la population soit bien informée du sort des « terroristes ». Le camion se dirige vers Escoutoux. Après Tarenteix, il emprunte sur la gauche un chemin de terre qui s'enfonce sous les arbres. Passé un petit pont, le chemin s'élargit. Des témoins dissimulés observent l'événement. Les Boches sautent à terre, poussent leurs prisonniers devant eux. Ils désignent le sol et commandent :

— *Graben ! Hier !*

Les jeunes gens ont compris : ils doivent creuser leurs propres tombes. Ils font le geste de piocher, montrent leurs mains vides. Les autres répondent en creusant l'air de leurs doigts écartés : ils creuseront à mains nues. Une bourrade complète l'explication. Alors, ils tombent à genoux, ramassent une pierre et commencent leur besogne. Elle sera très longue. Ils ne se pressent pas, espérant un secours de la dernière minute, une attaque de leurs compagnons, une intervention de l'ange Gabriel. Les soldats s'assoient sur les murets du pont, se mettent à fumer et bavarder, tranquilles comme Baptiste, *ja ja, ach so,* et ainsi de suite. Si cependant ils voient l'un des terroristes s'interrompre, un Allemand se lève et, sans colère, avec conscience, lui allonge un coup de botte dans l'échine.

Pierre Rodier fait signe qu'il a soif. Un SS descend jusqu'au ruisseau, parmi les broussailles, remplit son casque. Beau geste d'humanité. Les deux condamnés boivent à même le casque, s'en partagent le contenu.

— Merci bien, dit Pierre Rodier.

— *Bitte schön.* Pas de quoi.

Puis ils reprennent leur terrassement. Le trou n'a encore qu'une demi-coudée de profondeur, ils se disent qu'à ce tarif leurs mains ne résisteront pas : s'ils doivent descendre jusqu'à, disons un mètre, ce qui est le minimum pour une tombe décente, ils creuseront la dernière couche avec les moignons de leurs poignets. Mais les SS n'ont pas besoin d'une tombe décente, à vingt-cinq centimètres, ils les arrêtent, *Genug !* les obligent à se redresser, à se tenir debout, chacun devant sa fosse. Ils prennent du champ, un gradé lève le bras et commande *Feuer !* Les deux jeunes gens tombent à la renverse. Il ne reste qu'à pousser de la botte le déblai sur leurs cadavres, cela forme deux tumuli provisoires. Ils savent bien que les paysans des environs relèveront les corps, leur fourniront des sépultures convenables. S'ils ont contraint les deux terroristes à fouir comme des bêtes, c'était pour le simple plaisir.

Le 25 juillet, par la percée d'Avranches, les Américains brisent les lignes adverses. L'armée de Patton s'empare de la Bretagne au début d'août, délivre Tours et Orléans. Délivre Laval. Non pas l'homme enchaîné de Vichy, mais le chef-lieu de la Mayenne. Les Allemands épuisés battent partout en retraite. La 2e DB française approche de Paris insurgé.

Aux environs de Thiers, les maquis font le plein de volontaires. Le 18 août, le commandant Serge Renaudin, alias Victoire, qui est à la tête des MUR[1] des Etivaux, lance un coup de main contre Châteldon, met en déroute les gardes spéciaux, s'empare de leur matériel et de la Citroën blindée de Pierre Laval. Celui-ci est à Paris, cherchant, avec l'accord et le patronage d'Edouard Herriot, à remettre à l'Assemblée nationale le pouvoir reçu d'elle en juillet 40. Toujours ce souci tatillon de la légalité. Avocat jusqu'au dernier moment.

A Vichy, c'est un désarroi général. Les Allemands veulent emmener le Maréchal dans leurs bagages. Lui s'y refuse. Ils menacent de bombarder la ville. L'hôtel du Parc est transformé en fortin, on remplit les fenêtres de sacs de sable, on creuse des tranchées dans le jardin, des GMR[2] prennent position sur les toits, on va voir ce qu'on va voir. Un émissaire du commandant Victoire réussit cependant à prendre contact avec

1. Mouvements unis de Résistance.
2. Groupes mobiles de réserve.

Pétain, lui offre la protection du maquis : en attendant qu'il soit statué sur son sort, il se retirera parmi les moines au couvent de l'Hermitage. Mais après Victoire arrive un ambassadeur de Berlin, porteur de promesses et de menaces. Le père La Girouette, comme l'appellent ses proches, décide en définitive de se laisser enlever. Sa garde personnelle rejoint alors le maquis des Etivaux, colonel en tête, avec armes et bagages, et vingt mille litres d'essence, cependant que les Allemands occupent l'hôtel du Parc, décrochent les portraits du Maréchal et suspendent aux mêmes clous ceux d'Adolf Hitler.

Dès le 21, le 18e bataillon de grenadiers blindé SS en garnison à Thiers, aux ordres de l'*Oberst* Krämer, se prépare à évacuer la ville. Il procède à des réquisitions de véhicules, visite les fabriques, les garages, place une sentinelle devant les voitures retenues. Auguste Pitelet n'est pas oublié. Du temps de l'Hirondelle, il n'assurait pas lui-même ses transports, excepté au moyen de deux charrettes à bras ; mais voici que la Wehrmacht découvre sous son cache-poussière la berline Hotchkiss aux six cylindres, aux banquettes de cuir véritable. Née en 1925, elle n'a encore que dix-neuf printemps. Sous les yeux atterrés d'Auguste et de Francine, les Allemands l'examinent en tous sens, mettent en route le moteur, soulèvent le capot, auscultent ses cylindres. Pitelet voit déjà sa chère bagnole marquée *WM*, remplie de troupe vert cresson, fuir sous les mitraillages et les bombes, elle qu'il préservait du moindre bourdji, des souillures de goudron, des froidures et des chaleurs. En fin de compte, les Allemands ressortent de la berline, font claquer les portières avec mépris :

— *Nein ! Kaputt !*

— Comment ? s'écrie Auguste, humilié.

— Finie. *Kaputt.*

Ils saluent et repartent.

— Tu as entendu ? demande-t-il à sa femme, comme si elle était sourde. *Kaputt*, ma voiture !

— Tant mieux ! C'est très bien comme ça.

— Ils y connaissent rien. De pauvres imbéciles. Comment veux-tu que ces gens-là puissent gagner la guerre ?

Le 22, les SS sont en plein déménagement : des camions chargés stationnent devant le collège ; la nuit suivante, ils filent à l'anglaise par la N 106. *Faites un pont d'or à l'ennemi qui fuit*, recommande un proverbe italien. Mais les braves ne se soucient pas de sagesse : ils ne vont pas permettre que les tortionnaires rentrent chez eux, emportant leur butin et leurs trophées. Aussi, descendus du col du Béal la nuit du 24 au 25, cent cinquante FTPF investissent la ville par le pied, tandis que des éléments des MUR venus des Etivaux prennent position à l'ouest pour couper la route aux fuyards. Les combats durent toute la journée : autour de la mairie occupée par les maquisards dès neuf heures, autour du marché couvert, du collège, de la rue des Grammonts, de l'école Saint-Joseph que tiennent les nazis. Morts et blessés jonchent les rues. Tandis que des femmes, portant de grands paniers garnis, courent sous la fusillade ravitailler les combattants, le colonel Brasset et le sous-préfet Delannet s'entremettent activement pour amener la kommandantur, qui menace de faire brûler la ville, à négocier avec les forces partisanes, aux ordres du commandant Victoire et du commandant Pigeon (André Rossignol). Celles-ci ne dépasseront jamais trois cents unités ; mais Pigeon fait croire au parlementaire allemand qu'elles sont deux mille. Sans compter les renforts attendus. Vers 16 heures, une trêve est conclue à la sous-préfecture : repoussant toute idée de reddition, le *Leutnant* SS s'engage à cesser la lutte, à évacuer les lieux sans y commettre le moindre dommage ; de son côté, Pigeon lui assure une trêve d'une heure et demie après le cessez-le-feu, garantit la sécurité de ses hommes jusqu'à ce qu'ils soient hors les murs, c'est-à-dire au faubourg du Pontel ; au-delà, le maquis reprendra sa liberté d'action. Il sait qu'à cet endroit les soldats de Victoire attendent la colonne en retraite comme les Vascons à Roncevaux l'arrière-garde de Charlemagne. Le maire trouve un clairon de pompier, et fait sonner le « Cessez-le-feu ! ».

C'est alors qu'entre en scène Benoît Gimel. Il s'intitule modestement « entrepreneur ». En fait, il est l'âme vivante des Limandons. Un peu fossoyeur, un peu bâtisseur de caveaux, un peu tailleur de pierre, un peu organisateur de spectacles funèbres. Après les obsèques, la parenté lui recommande son cher défunt :

— Soyez tranquilles ! répond-il la main levée. Gimel s'en occupe !

Il parle de lui-même à la troisième personne : demain, Gimel vous attend. Il facture ses travaux de la manière suivante :

4 heures d'ouvrier à 50 F	*200 F*
4 heures de Gimel à 100 F	*400 F*

Le cimetière est son royaume. Les Thiernois disent : « Les Limandons. » Mais aussi : « Chez Gimel... nous irons tous un jour chez Gimel... » Il ne fait pas bon venir l'y concurrencer. Plus d'un ouvrier maçon occupé à construire un caveau pour une entreprise rivale s'est trouvé le soir enfermé sans avertissement, et a dû passer la nuit en compagnie des morts. Gimel habite à quelques pas de son portail, il ne le quitte pas des yeux. Son ambition est de devenir propriétaire de tout le voisinage ; chaque fois qu'une parcelle se trouve libre, il l'achète ; de ses mains, il érige dessus à l'usage des vivants une maison nouvelle, utilisant les déchets de marbre, d'andésite, de granit, de porphyre, de labrador, de balmoral finlandais qui lui restent de ses édifices funéraires. C'est un peu disparate, mais très impressionnant par la perfection parallélépipédique des pierres de taille. Il les empile comme des dominos. Des croix renversées, des dalles de récupération attendent dans un coin un second emploi. Il rêve du jour où tout le quartier lui appartiendra légalement.

Ce vendredi 25 août, Emile Couturier s'en revenait vers quatre heures de relevée de son champ de luzerne, proche les Tavards, avec sur l'échine un faix d'herbe pour ses lapins. C'était un vieil émouleur que la *maille* avait rendu presque aveugle. Ce qui ne l'empêchait pas de se remuer, en prenant son temps, de se promener dans ces rues et chemins qu'il connaissait par cœur. Devant l'atelier de Gimel, il perçut le tic-tac d'un burin et lança un bonjour au hasard :

— Salut, Gimel !

— Salut, Couturier !

De temps en temps, des hauteurs de la ville descendait encore le crépitement d'une rafale de F.M.

— Doit y avoir, poursuivit l'ancien Ventre jaune, doit y avoir quèque fête par là-haut. Quèque feu d'artifice. C'est pourtant pas le 14 Juillet ? T'es au courant ? Quand j'ai traversé les Chemins-Neufs, ça me pétait entre les jambes de tous les côtés. Avec leurs sacrées fusées et leurs feux de Bengale, ils finiront bien par s'éborgner. Heureux celui qui sait garder sa vue.

Gimel, classe 13, avait combattu toute la guerre précédente, depuis Sarrebourg jusqu'au ravin d'Antrèches. Ayant trop à faire avec sa clientèle spéciale, il ne se mêlait ni de politique ni de Résistance, écoutait rarement la radio. Mais ce jour-là il eut la curiosité de connaître les événements. Il chaussa ses souliers blancs, selon la saison, prit sa veste de coutil, son béret basque, et monta se rendre compte. Devant le café de Bordeaux, un rassemblement de FFI discutait le coup. Il sut par eux que la trêve était convenue, que les Allemands devaient évacuer la ville avant dix-huit heures, qu'ils occupaient encore le marché couvert sans tirer, mais que leurs copains de l'école Saint-Joseph continuaient de canarder la ville, soit parce qu'ils n'avaient pas entendu le clairon, soit parce qu'ils n'en comprenaient pas le sens.

— Eh bien ! fit Gimel. Envoyez un parlementaire avec un drapeau blanc, pour les informer.

Quand il était en conversation, l'entrepreneur funéraire avait coutume de ponctuer son discours en picorant la poitrine de l'interlocuteur avec les doigts réunis de sa main droite. Il tapait plus ou moins sec, suivant ce qu'il voulait donner de force à ses arguments. Il amenait souvent ainsi la partie adverse à céder du terrain.

— Ils tirent sur tout ce qui bouge ! répondit le maquisard picoré. Et c'est pas le moment de se faire descendre, maintenant que l'armistice est conclu, que la guerre est finie !

— Alors, vous attendez comme ça jusqu'à ce qu'y ait d'autres tués ? Sans rien faire ?

— Vas-y toi-même, papa, si tu t'en sens !

— De Dieu ! Donnez-moi un drapeau blanc !

On en cherche un. On n'en trouve qu'un tricolore.

— Ça fait rien, au contraire, dit Gimel.

La hampe est une longue baguette de coudrier, il le porte sur l'épaule et s'en va seul sur ses souliers à trou-trous. Quelques maquisards se décident alors à le suivre, à bonne distance, pour voir si ce maigrichon, avec sa moustache à la Charlot, tiendra le défi jusqu'au bout. Au lieu de raser les murs, il suit le milieu de la chaussée, pour qu'on les voie bien, lui et son drapeau. Arrivé rue de Lyon, à hauteur du garage Goutay, on lui crie que le parcours dans lequel il va s'engager est balayé par le tir de l'école. Aussitôt en vient la démonstration : les balles pleuvent sur le pavé, en tirent des flammes comme de pierres à feu.

— De Dieu ! fait Gimel. Personne te demandait rien ! Personne t'obligeait à faire le con ! Maintenant, Gimel, tu peux plus reculer. C'est ici que tu crèves ou que tu gagnes la paix.

Il abandonne le milieu de la chaussée, progresse le long du mur de soutènement. Alors, pour se transformer lui-même en drapeau blanc, il jette sa veste sur le trottoir, avance en bras de chemise.

Au milieu du tournant, s'ouvre à main gauche une de ces ruelles en escalier que les Bitords appellent une *rète* ; par là on monte vers l'école ; par là descend le tir des armes allemandes. Avant de s'y engager lui-même, il prend la précaution d'y engager son drapeau, le tient devant lui comme une canne à pêche, l'agite doucement. Le SS à plat ventre au sommet ne peut manquer de le voir.

Il attend l'effet de son signal.

Aucun coup de feu ne répond. Il pousse le drapeau jusqu'à l'extrémité de la baguette. Toujours pas de réaction.

Alors, il se place résolument au milieu de la rète et commence à monter. Comme il s'y attendait, un soldat est en haut, qui le couche en joue. Il ouvre les bras, dans sa chemise blanche, avec ses souliers blancs, les bretelles qui soutiennent son pantalon, aussi dangereux qu'un joueur de quilles. Joue-t-on aux quilles en Allemagne ! Le grenadier SS lui fait signe d'avancer. Gimel lui fait signe d'abaisser son fusil. Quand ils sont face à face, le fossoyeur tend sa main ouverte, l'autre l'imite. Entre eux, la poignée de main, geste de paix, vient de retrouver son sens primitif.

— Moi, parler officier ! demande-t-il.

Il entre dans la cour. A chaque fenêtre de l'école pointe une arme braquée. On le conduit à un gradé à lunettes, étonnamment jeune, de courte taille, sous son casque trop grand, il a l'air d'une fille déguisée. Benoît est sûr qu'ils vont se comprendre, entre petits.

— Officier ? se fait-il confirmer.

— Non. Ici, pas d'officier. Moi, commander ici. Feldwebel. Sergent-major.

Dieu soit loué, ce drôle de SS parle le français. Benoît explique que l'armistice a été signé à la sous-préfecture, que ses copains SS ont capitulé sans condition, il en rajoute un peu, que deux mille cinq cents maquisards entourent l'école, il en rajoute beaucoup, que le reste de la ville est délivré, que des renforts sont attendus. Il fait même intervenir l'aviation :

— Si vous ne vous rendez pas, un avion va vous bombarder. Gimel vous donne dix minutes pour accepter son ultimatum.

— Qui est Gimel ?

— Moi. Si c'est non, vous serez tous écrasés !

Des deux poings, il les pilonne comme du sel dans un mortier. Le SS au teint de pêche rougit. Il confère un moment avec les siens.

— *Achtung !* se disent-ils entre eux. Ne confondons pas ! Nous avons devant nous le *Gross Führer* des maquis de la région !

Quelques minutes s'écoulent.

— Combien êtes-vous ? demande encore l'homme aux bretelles blanches.

— Vingt-deux.

— Vous ne faites pas le poids !

Il crache par terre avec mépris.

Certes, mais ils sont armés jusqu'aux dents : fusils Mauser, pistolets-mitrailleurs, mitrailleuses légères, grenades à manche. Sans parler de ce qu'on ne voit pas. Les SS impressionnés par le Grand Chef acceptent néanmoins de se rendre.

— Vous serez traités en prisonniers de guerre, conformément aux conventions internationales, précise-t-il. Et à présent, mettez-vous par deux, le fusil à la bretelle, la crosse en l'air. Et descendez derrière moi.

Il désarme de sa main deux hommes, suspend leurs fusils à ses épaules, se pare d'une bande de cartouches comme d'un collier de fleurs. Et les voici qui, docilement, bien alignés, le suivent dans l'étroit chemin en escalier, avec tout leur attirail, casque, bottes, armement. Au fond de la rète, ils sont accueillis par le groupe des accompagnateurs prudents, civils et militaires, qui se jettent sur eux comme les mouches sur le sucre. Chacun veut le sien, chacun tente de s'emparer d'une arme, Benoît Gimel y perd un de ses fusils et son collier de fleurs, mais il reste farouchement cramponné à son drapeau tricolore et à sa parole donnée :

— De Dieu ! Bas les pattes ! Ces prisonniers sont à moi ! Je les conduis à la sous-préfecture moi-même !

Grand rassemblement devant le vieil immeuble, noir comme la suie. Monsieur Delannet n'a aucune instruction à donner : la capture de soldats ennemis n'est pas prévue par les règlements administratifs. Que va-t-on faire d'eux ? Par bonheur, il se trouve que le marché couvert a été, durant l'affaire Saint-Joseph, évacué par sa garnison : c'est là que sont dirigés les vingt-deux captifs. Ils y déposent leur barda, contents d'avoir fini la guerre. Quelques-uns y perdent aussi leurs bottes au profit de maquisards mal chaussés.

Pendant ce temps, la garnison du collège, ignorant le sort de ses camarades, se préparait à quitter la ville. En vérité, les « grenadiers blindés » manquaient plutôt de blindages, ils s'entassaient dans des véhicules disparates, camions, cars, voitures réquisitionnées et conduites de très mauvais gré par leurs propriétaires. Beaucoup feraient à bicyclette ou à pied tous ces kilomètres qui les séparaient de l'Allemagne. Ayant dépassé les tournants du Pontel, ils se trouvèrent bloqués par le détachement des MUR. Aux premiers crépitements, la colonne s'arrêta, les SS se déployèrent dans les vignes et les jardins. Mais la nuit tombant, ils décidèrent de rester sur place. L'aube les trouva endormis entre les ceps, couverts de rosée et d'escargots. En ouvrant les yeux, ils se virent encerclés et se rendirent sans autre marchandage aux hommes du commandant Victoire qui les emmenèrent au camp des Etivaux.

Bilan : trois cent dix SS capturés par trois cents maquisards. Plus Gimel. Quarante otages délivrés. Une trentaine de morts, dont treize des nôtres, militaires ou civils. Parmi ces derniers, Florentin Piedoye, un des sept jardiniers de la rue de Paris, qui avait eu la malencontreuse idée de se mettre à la fenêtre quand il ne fallait pas. Une cinquantaine de blessés allemands et français, soignés à l'hôpital et à la gendarmerie.

Ayant récupéré sa veste, le petit fossoyeur quant à lui regagna son cimetière où l'attendaient de grandes tâches. Il conservait à titre de souvenir le drapeau tricolore. Il n'obtint jamais médaille ni ruban, ne songeant à rien réclamer, et personne ne songeant à lui rien offrir.

25, 26 et 27 août : libération, épuration, restauration.

Le samedi, une trentaine de miliciens, collaborateurs notoires ou tenus pour tels furent arrêtés, enfermés dans le gymnase de la Thiernoise-Alerte. Des industriels à la conscience trouble assiégeaient par ailleurs la Chambre syndicale, afin de se confesser et de faire pénitence :

— Oui, je le reconnais, j'ai travaillé pour les Boches. Pour assurer le pain quotidien de mon personnel et de ma famille. Pour préserver mes ouvriers du STO. Je désirerais faire un don gracieux aux mouvements de Résistance, envers qui j'ai toujours eu des sentiments de profonde sympathie. Que diriez-vous de cinq cent mille francs ?

Mais qui n'avait pas, plus ou moins, fait quelque chose pour les Boches ? Eu envers eux quelque geste de collaboration, ne fût-ce qu'un salut échangé ? Jusqu'au polisseur Pulhe-Moune, qui se sentait des remords dans les genoux et le fond de culotte depuis que l'ordonnance-tailleur du colonel Pabst lui avait rapetassé une paire de braies.

Alors, passa la justice populaire. Place de l'Hôtel-de-Ville, au pied de la mairie criblée de balles, siégeaient sur une estrade une demi-douzaine de magistrats improvisés. Devant eux, le public houleux, mal contenu par un cordon de FFI. Au milieu de l'espace libre étaient poussés un à un, une à une, les inculpés. On eut pour hors-d'œuvre trois femmes accusées de collaboration horizontale : de nombreux témoins jurèrent les avoir vues entrer à l'Aigle d'Or et en sortir au bras d'officiers nazis. Les deux premières avancèrent de mauvaises raisons, je voulais par ce moyen faire revenir d'Allemagne mon mari, et moi mon frère prisonnier. On les traita de truies patentées, on les condamna à être tondues. Un garçon coiffeur exécuta sur-le-champ la sentence. A mesure que tombaient les cheveux de ces impures et que paraissait leur crâne rond, la foule pure trépignait de joie, leur crachait au visage. Elles s'enfuirent sous les pierres et les huées.

Ensuite fut amenée la veuve Raymonde Fayet, cabaretière au faubourg de la Paillette. La quarantaine encore pulpeuse, elle avait toujours eu réputation d'être portée de bon service. Pour pas cher, elle dépannait les hommes, aussi bien l'émouleur du dimanche que le monteur du lundi, l'Italien que l'Espagnol et même que le Cantalou. Les envieuses disaient qu'elle gagnait moins d'argent avec son auberge qu'avec son Casino. Et elles n'entendaient point par là que Raymonde Fayet tînt commerce d'épicerie. Elle comparut donc devant ses juges brassardés. Ils l'interrogèrent sans ménagement :

— On dit que votre bistrot a été pendant deux ans le déshonneur de la Paillette. Que vous receviez les Boches à toute heure du jour et de la nuit.

— J'ai pas été la seule ! Quand je regarde autour de moi, j'en vois plus d'un qu'a fait de même !

— Citez des noms !

— Je suis pas une dénonceuse.

— Bref : on vous accuse de vous être prostituée à l'ennemi.

— Fallait bien vivre.

— N'avez-vous donc aucun sentiment de dignité ? Aucun patriotisme ?

— Je vais vous dire, messieurs les juges. Mon cœur est français. Aussi français que le vôtre, sans vouloir vous offenser. Mais mon Casino est international.

Sacrée Raymonde ! Elle croyait s'en tirer par une profession de foi. Elle fut tondue tout de même.

C'en fut fini de rire. Les autres comparants affrontaient des accusations beaucoup plus graves. Il s'agissait de trois jeunes malavisés, appartenant à des familles honorablement connues à Thiers ou dans la région. L'un s'était rendu insupportable par ses propos réactionnaires, ses dénonciations, son uniforme de milicien. Le second avait été vu à Clermont sous l'habit de la LVF. Le troisième habitait près de la Halle, une maison d'où étaient partis des coups de feu tirés sur les libérateurs. Il fallait venger quatre années d'humiliations, de famine, de terreur, de lettres anonymes. Il fallait venger les treize morts de la veille. De la foule hurlante jaillissaient des témoignages innombrables :

— Je l'ai vu de mes yeux tirer par la fenêtre !

— Je l'ai entendu se vanter d'avoir combattu les maquis dans le Vercors !

— Et moi, je l'ai senti : il portait sur lui l'odeur de la poudre boche !

Eux se défendaient mal, paralysés de peur ou de mauvaise conscience. Nul ne paraît plus coupable qu'un accusé qui se tait. Leur seul avocat était un membre du tribunal qui s'efforçait de trouver des témoins à décharge. Sans grand succès. Il fallait bien que quelqu'un payât pour tant de malheur. Et vite. Battre le fer de leur colère tandis qu'elle était encore chaude. Le premier geste d'un esclave libéré est de réclamer l'esclavage pour son ancien maître. Ou son sang.

— La cause est entendue, dit le président du tribunal, qui connaissait les bonnes formules. Nous prononçons la sentence capitale.

Applaudissements.

Pendant ce temps, dans le grand salon de l'Aigle d'Or, un tribunal de guerre juge cinq prisonniers allemands : ils ont été reconnus parmi ceux qui, le 20 juillet dernier, encadraient et brutalisaient les deux jeunes maquisards de Boën avant de les fusiller près de Tarenteix. Contre eux non plus les témoignages à charge ne manquent point. La foule fiévreuse s'entasse autour de ces assises, comme à un combat de coqs. Des paris s'engagent. Par le truchement d'un interprète, quatre accusés nient leur présence ce jour-là dans le peloton SS ; mais le cinquième – beau gaillard blond aux larges épaules, parfait exemplaire de la race des seigneurs – admet la sienne, et du même coup celle de ses coïnculpés. Ce qui lui vaut d'être par eux traité de *Schwein Lügner*, cochon de menteur. Il sourit avec dédain.

— Prends garde à tes paroles, l'avertit le capitaine-président, scrupuleux. Elles peuvent te valoir à ton tour douze balles dans la peau.

— Egal ! réplique l'Aryen. *Deutschland kaputt.*

Le mot provoque un silence dans le brouhaha. Sauf parmi ceux qui ont mal entendu.

— Qu'est-ce qu'il dit ?

— Il a dit : ça m'est égal. *Deutschland kaputt.*

On examine son sourire désespéré. Dieu me damne, on éprouverait presque de la sympathie, de la pitié pour ce garçon, si l'on ne savait qu'il a fusillé deux patriotes. S'il demandait à boire, on lui présenterait, non un casque plein d'eau, mais un verre de vin. *Deutschland kaputt.* Que n'est-il resté chez lui à courtiser les Gretschen aux longues tresses, au lieu de venir torturer chez nous deux pauvres gars qui ne lui avaient rien fait ?

Fouettés par son mépris, les quatre autres – un d'abord, puis deux, puis tous – finissent par reconnaître qu'eux aussi faisaient partie du détachement.

— Mais, ajoutent-ils, nous étions commandés par nos chefs. Nous ne pouvions désobéir.

L'un d'eux demande, les larmes aux yeux :

— Je regrette ce que j'ai été forcé de faire. Donnez-moi l'occasion de me racheter.

— Aux Limandons, tu te rachèteras ! lance un des juges.

Lui ne comprend point : les Limandons ? *Was is das ?*

Les civils vont et viennent dans l'hôtel où les officiers de la kommandantur, en se retirant, ont abandonné une quantité de couvertures, de bottes, de vareuses, de caleçons, de casquettes encore chaudes. C'est un plaisir que de piller ces pillards. On s'en va, une couverture sous l'aisselle, jeter un coup d'œil au procès pour voir où en sont les choses.

Le 27, les drapeaux nazis trouvés çà et là sont brûlés en public et une bannière tricolore monte à un mât devant les troupes libératrices, impeccablement alignées. Le commandant Pigeon, qui a pris le commandement militaire de la place, restaure le maire déchu, Antonin Chastel, dans ses fonctions civiles, je savais bien, rappelle-t-il, qu'on me revoirait.

On attend le lundi et les jours suivants pour fusiller les condamnés à mort. On commence par les Allemands. Ils sont conduits aux Limandons, dans la partie basse du cimetière. Alignés contre un mur. Benoît Gimel les reconnaît : ils faisaient partie des vingt-deux qu'il a capturés chez les frères. A qui il a promis la protection des conventions internationales. Voilà comment on respecte sa parole. Mais le peloton d'exécution est déjà en place, le fossoyeur observe ces visages inconnus, étrangers à la ville, durcis par la haine, ce ne sont pas des gens à entendre raison, à se laisser picorer la poitrine. Il s'éloigne parmi les tombes en grommelant, il a coutume de parler aux morts.

Nu-tête, au garde-à-vous, les cinq SS s'efforcent de mourir proprement. On leur a laissé les mains libres. Un officier FFI charge lui-même les douze lebels de douze cartouches dont une à blanc afin de ménager les consciences délicates : chaque tireur pourra supposer qu'il n'a rien envoyé à son client que de la poudre aux yeux. A voix basse, il répartit les cibles. Il présente ensuite aux Allemands un bandeau qu'ils repoussent. Le ciel impeccablement bleu contemple leur défaite. Alors, l'Aryen blond ouvre sa chemise, à deux mains se dépoitraille. Ces gens-là ont appris l'art du théâtre à Nuremberg. Son voisin de droite l'imite, le troisième regarde devant lui, le quatrième ferme les yeux, le cinquième pleure doucement.

Quand les fusils ont craché, ils s'affaissent au pied du mur, obliquement, l'un sur l'autre, en pagaille. Les maquisards étrangers s'éloignent, les abandonnant à Gimel et à ses aides.

Après eux, vint le tour des trois *milicos*. Prévoyant des arrivages groupés, les fossoyeurs avaient creusé plusieurs tombes par anticipation. L'officier commandant le peloton eut alors l'idée d'ajouter une fioriture au spectacle en faisant monter chaque condamné sur le talus de déblai, de façon qu'à la renverse il tombât dans le trou. La méthode même employée par les nazis au ruisseau de Tarenteix. L'exécution ne se fit pas en bloc, mais unité par unité. Le premier cria avant de mourir :

— Je n'ai pas tiré ! Je n'ai pas tiré ! Je n'ai pas tiré !

Personne ne le crut.

Le second voulut enfiler la veste qu'il tenait sur le bras, mais il tremblait tellement que ses bourreaux durent lui donner un coup de main.

Le troisième réclama une dernière cigarette. On la lui concéda. C'était du tabac anglais, tombé du ciel. Un parfum mielleux couvrit le poivre des cartouches brûlées. Quand il en eut tiré toute la fumée possible, il écrasa le mégot contre le talon de sa chaussure.

Les hommes du peloton s'en retournèrent la conscience en repos, ils avaient accompli leur ouvrage comme de bons ouvriers. Plus jamais on ne les revit au pays.

Benoît Gimel se pencha sur les trous, il s'agissait de fosses réglementaires, profondes de deux mètres, au fond desquelles gisaient les corps recroquevillés. Il se retourna vers les étrangers qui disparaissaient au loin :

— Et qui c'est à présent, cria-t-il, qui va les tirer de là, bande de galvaudeux ? Qui c'est qui va les nettoyer, les mettre en boîte, les enterrer proprement ? C'est Gimel !

Il se picora furieusement la poitrine.

Aidé de son fils et d'une échelle, le petit homme descendit dans les trois fosses, en tira les suppliciés, mous, glaiseux, sanglants, qui n'y mettaient aucune bonne volonté. Il les coucha dehors côte à côte, comme il avait fait des Allemands, alla puiser dans son stock de cercueils, traça au crayon sur le couvercle les noms de deux qu'il connaissait, écrivit sur le troisième le mot « inconnu ». Puis, il les transporta dans son dépositoire, en attendant les représentants éventuels des familles. Pendant trois jours, il fut la seule famille du supplicié anonyme.

Il faut que tous les sangs impurs abreuvent nos sillons. Des groupes de justiciers rapides pénètrent dans la prison, dans les chambres fortes de l'hôpital où sont soignés des miliciens cardiaques.

— Vous êtes bien, demandent-ils, cette ordure fasciste de Pipeurt ?

— Je m'appelle Pipeurt, en effet.

Et Pipeurt ne pipe plus.

Quelquefois, ils emmènent leur gibier en camion hors de la ville, dans un endroit où ils pourront lui régler son compte en toute tranquillité. Ainsi, plusieurs de ces condamnés sommaires seront exécutés au pied du puy de Crouelle, une pyramide de lave qui semble avoir été dressée exprès pour ça. Après quoi, les justiciers rapides disparaissent sans laisser leur carte.

Il faudra longtemps pour que la justice soit rendue aux tribunaux officiels.

A peu près partout, les armées hitlériennes ont cependant été boutées hors de France, mais la guerre continue en territoire allemand. Comme Antonin Chastel, Hitler refuse de caler. La liberté revenue écrit son nom sur les feuilles nouvelles : *Le Parisien, Le Dauphiné libéré, Libération Champagne, La Liberté du Massif central, du Morbihan, de Normandie, du Perche, L'Angérien, La Charente, Le Maine, Le Midi libres*. Thiers a aussi sa *Liberté* qui succède au *Journal de Thiers* venu du socialisme pour sombrer dans la basse collaboration payante.

Mais la liberté ne se mange pas en salade, les denrées restent aussi rares et aussi chères, les cartes d'alimentation persistent, le marché noir aussi. Il est dur de renoncer aux mauvaises habitudes. Beaucoup de vaches s'obstinent à retenir leur lait, malgré les objurgations ministérielles. *Liberté* publie une liste de soixante *bons livreurs* établis dans la campagne thiernoise, comme cet Archambaud Francisque, de Chabetout, qui, propriétaire de trois vachettes seulement, a livré en quatre mois cinq cent cinquante-huit litres de lait ; et une liste de vingt *affameurs du peuple*, tel ce Ch... Pierre, de Chassignol, dont les huit bêtes ne lui ont pas permis d'en livrer une seule chopine. Il s'agit manifestement, dans le premier cas de vaches républicaines, dans le second de vaches pétainistes. Quatre de ces dernières seront en conséquence saisies et condamnées à mort.

1945-1947

Au début de 45, les tranches de la rançon ayant été versées régulièrement, le divorce fut enfin prononcé entre Gilberte et Alexis, aux torts exclusifs de la femme.

— Ce n'est que justice, déclara Grattadeix, la main ouverte sur la conscience. Moi, je n'ai rien à me reprocher. Pas le moindre tort. Je me sens blanc comme le lait.

Leurs deux enfants légaux, Elise et Prudent, avaient été néanmoins confiés par le juge aux soins de la mère. Ils manifestaient l'un pour l'autre, malgré leur demi-parenté, des sentiments complets ; dès qu'ils furent en âge, ils s'aimèrent, se détestèrent, se tirèrent les cheveux, se volèrent le sucre de la bouche le plus fraternellement du monde. Pour ne pas avoir à donner au photographe, leur père et beau-père, des noms discriminatoires, ils furent enseignés à lui dire *Chef*. La chose était venue d'elle-même, par inadvertance. Un jour qu'Elise traînait la patte au cours d'une promenade et cherchait un dos pour la porter :

— Demande au Chef, conseilla la mère, de te prêter le sien.

— Chef, répéta Elise, tu veux bien me porter ?

Et le Chef, souriant dans sa barbe :

— Le Chef est d'accord.

Le titre lui resta. Par voie de conséquence, les enfants appelaient leur mère seulement *Gilberte* ; maman ne leur venait aux lèvres que pour implorer son aide. Il régnait dans la famille une indiscipline joyeuse et librement consentie, tu te serais cru dans ces camps de maquisards où l'on se disait : « Lieutenant, tu nous les casses… » L'atmosphère était spécialement chaleureuse durant les repas, chacun essayant de se faire entendre en criant plus fort que le voisin.

Désormais, une réconciliation avec Auguste Pitelet parut envisageable. Mais il fallait encore franchir le délai de viduité qui impose à toute femme divorcée trois cents jours de pénitence avant de pouvoir convoler en secondes noces. Le père et la fille continuèrent donc, quand leurs routes se croisaient, à ne pas se voir, à ne point se parler. Même s'il leur arrivait, après s'être frôlés sur le même trottoir, de marcher cinquante pas encore, puis de se retourner, chacun s'apercevait alors que l'autre avait réagi de même, et ramenait très vite ses regards devant lui, avec confusion.

Les nouvelles faisaient un détour par Vollore-Ville pour arriver : *Elise et Gilberte*, écrivait tante Mélite, *se portent bien. Le petit Prudent a des boutons aux fesses. En grandissant, il ressemble de plus en plus à son grand-père Pitelet…*

— Je n'ai pas de boutons aux fesses, gongonnait Auguste. Cette Marguerite a la manie de chercher des ressemblances.

Quoique ancien membre de la délégation spéciale nommée par le gouvernement de Pétain, il n'avait pas été inquiété après la Libération. Au contraire, le colonel Brasset avait été emprisonné par principe ; mais un certain nombre de Thiernois non suspects de vichysme étaient venus protester en sa faveur, rappelant son désintéressement sans faille, son dévouement, sa conduite digne et courageuse en face des occupants, son intervention auprès de la kommandantur :

— Je suis colonel et maire de cette commune. A moi seul, je vaux dix otages civils. Le sous-préfet en vaut dix autres. Arrêtez-nous, et libérez vingt otages.

Les Allemands avaient dit *nein*, mais l'avaient salué avec respect.

Ses gardiens le relâchèrent au bout de quelques jours. Et plus jamais il ne se mêla des affaires publiques. Antonin Chastel, ancien émouleur passé dans la distillerie, s'était conduit assez piteusement devant les envahisseurs en juin 40, et jamais il n'aurait proposé pareil échange, il y a des circonstances où il est bon d'être bossu, d'autres où il convient d'avoir l'échine droite.

Sur leur propre territoire, parmi les villes en ruine, les soldats nazis continuaient de se battre comme des enragés, on se demandait quel vaccin Hitler avait pu leur mettre dans le ventre. Pendant ce temps, certains de leurs collègues, capturés les 25 et 26 août, avaient été distribués dans Thiers et sa région, dans les ateliers et les fermes. A Bulhon, il en arriva un chez les Gagnevin. La famille comprenait deux femmes et un homme : Angèle Gagnevin, sa belle-mère Antonia, son beau-père Marius, dit Boîte-à-Vitesses : chaque fois qu'il lui arrivait de parler, ce qui advenait rarement, ayant peu de choses à dire, il se raclait la gorge en profondeur, *Hrrr...*, et produisait un bruit d'engrenages martyrisés. Il manquait à l'appel les deux fils, Baptiste et Germain, prisonniers en Bochie. L'Allemand avait donc été le bienvenu. A la vérité, les Gagnevin auraient préféré un agriculteur, Horst était plâtrier-peintre de profession, mais il se pliait volontiers aux travaux qu'on lui commandait. La difficulté consistait à se faire entendre : il ne connaissait pas un traître mot de notre langue, excepté le terme « chopine ». Encore l'employait-il de travers : il en faisait un synonyme de « boire » et s'en servait abusivement. C'est ainsi qu'on le voyait rentrer des champs avec ses bottes boueuses et réclamer :

— Chopine !

La vieille Tonia allait lui remplir chichement un flacon de pouzin, de ce vin violet si pointu, si acide qu'il faut rire avant de le mettre en bouche, sinon après on ne peut plus. Elle le lui présentait, il le refusait de la main, répétant :

— Chopine !

Et elle, irritée :

— C'est bien une chopine, ça, bougre d'âne ! Qu'est-ce tu veux d'autre ?

— Chopine !

A la fin, il se servait lui-même, prenait un verre et un pichet, buvait l'eau de la seille, tandis qu'elle restait toute camuse, sa chopine entre les doigts.

Le difficile était donc de le commander. Boîte-à-Vitesses expliquait, par gestes et par paroles – toi bêcher, hrrr..., comme ça – qu'il devait aller au couchant défricher une parcelle où il entendait planter des patates. Il lui mettait la bêche-fourche dans les mains, se faisait confirmer :

— Compris ?

— *Ja, ja.* Gompris. Pien gompris.

Et là-dessus, Horst s'en allait au levant arracher les betteraves. A croire qu'il le faisait exprès. Marius entrait dans des colères noires :

— Saleté de Boche ! J'aimerais mieux avoir affaire à un vrai sourd et muet. Qui me débarrassera de ce nuisible ?

L'autre s'avançait, content de son ouvrage, et demandait :

— Chopine !

— Je t'en foutrai, de la chopine ! Goule-pain-gagné !... Hrrr...

En fait, il le gardait tout de même, à cause de toute cette force logée dans ses larges épaules et ses grosses pattes : quand il avait réellement compris ce qu'on voulait de lui, l'Allemand était incomparable aux besognes dures, abattage des arbres, cassage du bois, terrassements, transports des pierres. Avec ça, ne craignant ni froid ni chaud. Il lui arrivait, certains matins d'hiver, de se débarbouiller torse nu devant la pompe, plus d'une femme écartait le rideau de sa fenêtre pour admirer ses pectoraux, ses deltoïdes, ses grands dentelés, et le poil blond qui les capitonnait. Ensuite, elles chuchotaient de lui à la fontaine-abreuvoir, loin de leurs hommes, avec une feinte indifférence :

— Vous avez vu le Boche, encore ce matin, se laver dans un baquet d'eau froide ? Avec la température que nous avons ! Ces gens-là sont pas constitués comme nous, faut croire. Des sortes de sauvages.

— Oui. Mais quand même plutôt beau gars !

— Ah voui ? J'ai pas remarqué. Vous savez, il pourrait se mettre aussi nu que quand sa mère l'a défourné, ça me produirait aucune impression.

— Vous êtes pas comme l'Angèle Gagnevin !

— L'Angèle ? Vous êtes sûre ?

— Comment voulez-vous ? Toujours à vivre sous le même toit, jour et nuit ! Pendant que son homme est prisonnier ! Faut pas mettre la paille et le feu dans la même grange !

Ces accusations étaient pures menteries. Horst lorgnait bien du côté de la gendresse, mais il ne rencontrait jamais ses yeux que par hasard. Et toujours pleins de froideur. Orpheline de guerre, l'idée ne lui passait pas même par le devant de la cervelle qu'elle pût honorer d'un regard un descendant de ceux qui avaient tué son père. Le mariage avec Germain Gagnevin, son aîné de quinze ans, avait été une affaire raisonnable et honnête, à laquelle elle n'entendait manquer à aucun prix, malgré sept ans de stérilité et cinq de solitude. Elle espérait encore en l'enfant qu'elle n'avait point reçu et priait chaque soir la Bonne Vierge de lui rendre son homme assez tôt pour que ses flancs ne fussent pas condamnés à une sécheresse sans remède. « C'est une mule ! » disaient avec mépris les paysans d'une femme stérile. Mais elle ne pouvait nourrir l'espérance que si elle se gardait propre. Elle n'avait d'ailleurs aucune peine à le faire, ayant dans la ferme trop à s'occuper, bras, jambes et tête, pour songer à des folies. Horst perdait donc son temps à la regarder.

Pourtant, il ne renonçait point, malgré la tête de cheval qu'elle lui faisait. Il avait même à son égard des sollicitudes irritantes. Tantôt cherchant à lui prendre des mains son fardeau (elle devait le lui disputer, chacun tirait à soi, elle finissait par le lui abandonner en haussant les épaules et sans dire merci), tantôt prévenant ses désirs (elle s'arrangeait pour que ce fût à contresens), tantôt la gratifiant de quelque babiole : une violette, un caillou rose, une flûte qu'il avait taillée dans une branche de coudrier avec son couteau de Solingen. Elle n'osait pas toujours refuser. Alors, un sourire éclairait la grosse face rouge du valet, boucanée par la guerre et la captivité aux champs. Et c'est lui qui disait :

— *Danke. Danke schön. Gedanken.*

On ne savait rien sur lui, d'où il venait, qui il était, s'il possédait famille ou non. Il ne sacrifiait pas à l'habitude constante des exilés de produire les portraits de leur parenté. « Ce garçon-là est pas franc », concluait Boîte-à-Vitesses.

Un jour, promenant sur les murs enfumés de la cuisine un vieux pinceau découvert parmi les étartuelles familiales, se frappant la poitrine, désignant le plafond, les poutres, les portes, il fit comprendre qu'il proposait de repeindre la maison. Salle, chambres, escalier, souillarde : tout ce qui était repeintible. Angèle comprit son langage la première, le traduisit aux deux vieux :

— Repeindre ? A la peinture ? s'effara la belle-mère Gagnevin.

— Naturellement. A la peinture.

— Pour quoi faire ?

— Pour que ce soit plus propre. Ensuite, la maison serait comme neuve.

— J'aime pas les maisons neuves. Où ce qu'y a jamais eu du monde avant. J'ai toujours habité ici, après mon père et ma mère. Si qu'on repeindrait, j'aurais l'impréciation qu'on veut plus de leur souvenir. Mais toi, Marius, qu'est-ce t'en dis ?

Il passa une vitesse, deux ou trois fois, *hrrr, hrrr*, mais en définitive resta en panne. Lui, il n'en disait rien du tout. Il n'avait pas d'impréciation. La gendresse, au contraire, paraissait séduite. Horst continuait de se battre l'estomac :

— Moi... faire... comme ça, comme ça... *überall, überall.*

Tous trois considérèrent le noir vénérable qui protégeait le bois et les pierres, à peine rompu çà et là par le calendrier des postes, un vide-poche débordant de vieilles lettres, un bénitier de porcelaine. Il leur parut sacrilège de vouloir y toucher. Mais Angèle sortit un argument de poids :

— De la couleur partout, ça donnerait de la valeur à la maison. Beaucoup de valeur.

— De la valeur ? Tu crois ?

— J'en suis certaine.

Elle emporta le morceau. Quand Horst comprit qu'il avait gagné cette bataille, son visage rayonna. Le principe était acquis :

— Repeinturez tant qu'y vous plaira. Mais pour ce qui est de la marchandise, je donne pas un liard ! déclara nettement la belle-mère.

Lui arracher un sou, c'était pire que lui tirer les boyaux du ventre.

— Je paierai de ma poche, fit la gendresse.

Alors, Marius eut honte pour sa femme, il se racla la gorge, décida qu'on se partagerait les frais, entre les deux ménages. Angèle monta sur sa bécane, s'en fut jusqu'à Lezoux, revint avec des pinceaux, des bidons de peinture. Sans huile de lin ni térébenthine naturellement : des badigeons à l'eau, seules espèces disponibles.

Le bruit se répandit dans Bulhon que l'Allemand des Gagnevin était plâtrier-peintre et qu'il remettait à neuf leur baraque, noire jusque-là comme l'enfer. Les enfants de l'école se rassemblaient autour de lui pour le voir travailler. Avec ébahissement. On leur avait tellement dit que les Boches ne connaissent rien d'autre que l'art de la guerre qu'ils n'en revenaient pas de voir celui-ci pratiquer un art de paix. Vêtu mi en Allemand, mi en Français, les jambes protégées par un vieux pantalon de Baptiste, ils le regardaient touiller ses poudres et ses liquides. De temps en temps, il brandissait un pinceau et menaçait d'en matriculer ses admirateurs qui reculaient avec effroi, tandis que lui rigolait comme un crocodile. Il découpa dans des cartons des fruits en creux et les peignit au pochoir, à distances régulières, sur les murs qui se trouvèrent ornés de cerises en touffes, si appétissantes que tu tendais la main pour les cueillir. Ailleurs, ce furent des coquelicots, les uns fermés, les autres épanouis. Mais il soigna tout spécialement la chambre d'Angèle, la parant de roses écarlates. Qui eût pu croire qu'un tel lourdaud, avec ses poings de bûcheron et son gros derrière, était capable de faire des choses si fines ?

En Allemagne, une armée de vieillards et d'enfants résistait encore aux avances simultanées des Russes et des Américains. Tonia Gagnevin informait charitablement son Boche de la situation militaire décrite par la radio :

— Dresde, *kaputt !...* Hambourg, *kaputt !...* Berlin, *kaputt !...* Hitler, *kaputt !*

— Hitler *kaputt ?*

— Oui, oui ! *kaputt !*

Et elle fit le geste de se brûler la cervelle. Il encaissait les nouvelles avec résignation, puis, sans rien dire, s'en allait sortir le fumier de l'étable, il était maintenant bien au courant des diverses besognes qui lui revenaient, les plus dures, les plus malpropres.

Enfin, l'Allemagne capitule, après cinq années, neuf mois et huit jours de guerre et des horreurs infinies perpétrées par les deux camps, par celui qui combattait pour que la race des seigneurs imposât ses volontés au monde, comme par celui qui défendait la Liberté et la Civilisation. Le soir du 8 mai, la place de l'Hôtel-de-Ville est noire de Thiernois, il y en a même plus qu'aux jugements populaires. Mais la foule bavarde joyeusement, chacun se sent prêt à embrasser ses voisins et voisines : on attend la proclamation annonçant la fin officielle des hostilités. A dix-sept heures précises, le maire rétabli, Antonin Chastel, paraît à la fenêtre, souffle dans le micro pour vérifier s'il fonctionne, se racle la gorge, commence de sa voix enrouée :

— Mes chers compatriotes...

Il s'arrête aussitôt pour recommander derrière lui, insoucieux de la sono qui retransmet ses paroles :

— ... Fermez la porte, nom de foutre ! Y a un courant d'air terrible !

Puis il enchaîne, s'interrompant fréquemment pour chercher ses mots ou leur donner du poids, dans le bon style oratoire mis à la mode par les gros de la politique, Herriot, Chéron, Sarraut, Doumergue, ainsi pas une syllabe n'échappe au bon peuple qui a la comprenette lente :

— Mes chers compatriotes... j'ai le plaisir et la joie... de vous faire savoir... que la... que la cessation des hostilités est terminée !

Tonnerre d'applaudissements et de rires. Il fait bon, après cinq ans de douleur, de pouvoir rire à nouveau des bourdes de Tonin. Chacun ce soir-là en prend conscience : la République est vraiment restaurée. A Thiers, une République fondée sur la moquerie et les chansons.

Les jours suivants, certains eurent, en revanche, l'occasion de rire jaune. Cherchant à briser les reins aux spéculateurs, profiteurs de guerre, trafiquants du marché noir, le ministre des Finances René Pleven décida que les anciens billets de banque – de cinquante à cinq mille francs – seraient échangés contre de nouveaux. Chaque échangeur devrait présenter ses papiers d'identité et le coupon n° 19 de sa carte d'alimentation. Ce fut un grand affairement parmi les riches en quête de pauvres pas trop pauvres, honnêtes mais point jusqu'aux scrupules, à qui confier pour un jour une part de leurs économies ; ils les dispersaient ainsi parmi leurs voisins, leurs parents, leurs amis, leurs ouvriers ; le cousin éloigné mais de bonne renommée devenait précieux, on lui promettait une récompense proportionnée, tu n'auras pas affaire à un ingrat. On vit arriver aussi des campagnes des cultivateurs honteux, portant sous le bras des paquets de billets enveloppés de vieux journaux, comme des chèvretons, se demandant bien ce qu'on allait leur faire, ce qu'on allait leur prendre. On ne prit rien que leurs nom et adresse. Les fonctionnaires aux Finances remettaient des billets de banque imprimés en Amérique, aux dimensions insolites, sans aucune figure de la République, du Commerce, de l'Industrie ni du Ramadan, couverts de lignes inextricables. Y compris un étrange billet de trois cents francs. On sut qu'ils avaient franchi les mers pour arriver aux banques françaises dans des caisses portant l'étiquette *Champignons*.

D'Amérique ou d'Angleterre arrivaient mille autres choses singulières. Des stylographes à encre sèche, dits « stylos bille », mais l'encre se coinçait souvent dans le tube, fallait lui souffler au derrière pour la réchauffer. Des bas en « nylon », sorte de soie artificielle presque inusable. Un remède miracle, la « pénicilline », capable de guérir n'importe quelle maladie mieux que la bonne Vierge de l'Hermitage. Une poudre plus miraculeuse encore se dissolvait dans l'eau chaude et produisait un café instantané, sans filtre ni moulin. La farine de maïs eut des effets moins admirables : débarquée à pleins bateaux, elle servit à faire un pain sans trous, indigeste, plus agréable au goût néanmoins que le pain de jument dont on se contentait depuis des années ; seulement, tout le monde prit le ventre jaune, même ceux qui ne s'étaient jamais allongés sur une planche d'émouleur.

Mais beaucoup de produits de première nécessité manquaient encore. Les étoffes ne se décidaient pas à sortir des réserves où elles se tenaient dissimulées depuis quatre ans, à la grande joie des souris et des mites. Les couteliers se plaignirent de n'avoir plus rien à se mettre, bientôt ils sortiraient aussi dépenaillés que des Sidis. On fit des perquisitions : elles mirent au jour du tissu caché dans une cuve chez le transporteur Piaze, dont ce n'était pas cependant la vocation ; on en trouva un kilomètre aux établissements OSKAR ; et presque autant dans l'entreprise Crachon-Quimotte dont le directeur avait pourtant participé avec honneur à la libération de la ville. Quand on lui demanda pourquoi il n'avait pas également libéré ces rouleaux :

— Il s'agit, expliqua-t-il, d'étoffes de trop bonne qualité pour être employées de nos jours en confection. La clientèle en a perdu l'habitude.

On dénicha de même des stocks de drap chez un fabricant de chaussures d'Augerolles et, à Puy-Guillaume, derrière des piles de bois appartenant au commerçant Zurli :

— Je les tenais en réserve, expliqua ce philanthrope, à l'usage des prisonniers.

Ceux-ci arrivaient en effet par petits groupes, dans des vêtements de l'armée américaine, ils ne pouvaient rester éternellement déguisés en Dji-Ails. A Bulhon, Germain Gagnevin, le mari d'Angèle, rentra intact de Rhénanie, avec un million de choses à taire ou à raconter : il avait passé la plus grande partie de sa captivité à cultiver les vignes palatines. Son frère Baptiste se trouvait dans la zone allemande tombée au pouvoir des Russes, il rentrerait par des chemins détournés. Germain s'extasia dans la maison rajeunie par les soins du Boche, et il le félicita, lui tapa sur l'épaule, lui dit quelques mots en allemand qui remplirent sa mère d'admiration, bonne Vierge, notre gars s'est mis à causer les langues étrangères ! Horst accepta tout cela sans sourire, ce retour du fils visiblement le contrariait. N'empêche que ses patrons le fêtèrent dignement, il y eut à boire et à manger autant qu'un jour de noces avant 39. Le prisonnier reçut sa part, mais il ne participa point à la joie générale, il regardait parfois l'Angèle et son Germain se frotter l'un à l'autre, se tenir par la main, et aussitôt détournait les yeux ; il évitait maintenant la compagnie de toute la famille et se réfugiait, dès qu'il le pouvait, parmi les vaches et les cochons.

Le 14 Juillet fut occasion de nouvelles festivités. Jamais il n'avait été aussi tricolore : les filles portaient des cocardes, des rubans dans leurs cheveux, et les couleurs de la France les paraient à merveille. La Philhar et Les Prévoyants de l'avenir, reconstitués et réconciliés, se partagèrent équitablement le kiosque de la place Duchasseint où ils exécutèrent à tour de rôle des morceaux héroïques. On dansa sur les places et au marché couvert.

On dansa même à Bulhon, dans la cour de la mairie-école : des polkas, des valses, des bourrées. En cette circonstance, Ferdinand Galéas, le futur mari de l'institutrice, ajusta les trois morceaux de sa clarinette et ne ménagea point son souffle. Tout le village était venu, hommes et femmes, jeunes et vieux, riches et pauvres, y compris les de Riberolles et monsieur Allary, magistrat à Riom, qui dansait sans doute pour la première fois de sa vie. Certains avaient apporté des boussets dont le vin circula, même les femmes burent au gobelet commun. Bientôt, tout le monde fut un peu saoul de pouzin et de patriotisme, mais on gardait cependant quelque tenue par respect pour les lieux. L'institutrice, qui ne pouvait valser avec Ferdinand, occupé à sa clarinette, se laissa inviter par Germain : en tant que prisonnier libéré, il était le héros de la fête.

— Vous n'avez pas amené le vôtre de prisonnier ? s'étonna-t-elle, quand elle fut dans ses bras.

— Le Boche ? Manquerait pus qu'ça ! Il a pas droit au 14 Juillet, me semble ! Ses pères y étaient pas, à la Bastille ! On lui a confié la maison, c'est déjà bien de l'honneur qu'on lui fait.

Le bal dura jusqu'au milieu de la nuit. Ensuite, chacun rentra dans sa chacunière, excepté ceux qui préférèrent aller ailleurs. La famille Gagnevin regagna sa ferme. Avant de se coucher, Boîte-à-Vitesses fit la tournée des dépendances pour vérifier si tout était en ordre, si l'Allemand avait bien accompli ses diverses besognes. Il n'en doutait point, ce gars-là était le sérieux même, il l'aurait bien gardé toute sa vie à son service pour le même salaire, c'est-à-dire la nourriture, plus zéro franc zéro centime de gages, l'armée française lui versant seule le même prêt qu'à ses soldats. Il entra dans l'étable qu'éclairait uniquement un rayon de lune, on n'avait pas les moyens de faire mettre l'électricité partout. Les vaches, étalées sur la paille, respiraient fort et doux. Alors, il remarqua des guenilles, une veste, un pantalon, suspendues au fond, à l'une des poutres rondes. « Tiens, qu'il se dit, le Boche a lessivé ses frusques. » Il avança pour vérifier de la main. Nom de Dieu ! Le Boche était dedans ! Encore chaud, pendu par le cou !

Personne ne comprit rien à ce geste funeste. Ni Angèle ni les autres. Heureusement, du moins, que Marius s'en aperçut au terme de la fête : autrement, le 14 Juillet en aurait peut-être été gâché.

Outre les Allemands captifs, avec leur *PG* dans le dos, on rencontrait en ville beaucoup d'étrangers. Des Américains de passage que les gamins assaillaient : « Cigarettes ! Chocolat ! Chouine-gomme ! » S'ils étaient accueillis de même dans les autres villes, ils devaient avoir l'impression que la France était un pays de mendigots. En revanche, quand il leur arrivait de sauter de leurs camions et d'entrer dans un café, tous les Thiernois se disputaient l'honneur de leur offrir à boire, les Dji-Ails repartaient fin saouls, mais ça ne tirait pas à conséquence à présent que la guerre était finie.

Il vint aussi des Indochinois. Ou si l'on veut, des Vietnamiens. Ou des Viets. Les anciens de 14-18 qui avaient combattu à leurs côtés les appelaient des Annamites. Ou des Nyacouets. Démobilisés de l'armée française, ils se trouvaient empêchés de retourner dans leur pays où se produisaient de grandes complications. Théoriquement, ils vivaient aux environs de Châteldon près d'un camp moitié civil, moitié militaire ; mais ils s'en échappaient à volonté, portant sur leur personne trois ou quatre pantalons et quatre ou cinq chemises superposés. Ils se dépouillaient dans les champs et vendaient toutes chaudes les liquettes et les culottes en excédent. Par ce moyen, ils avaient rhabillé à bon compte une partie du canton de Pierre Laval, principalement dans les petites pointures. A Thiers, ils avaient aussi leur clientèle. Ce qui ne les empêchait pas dans les moments de sincérité, aigris par la conjoncture, de traiter de fascistes les Français dans leur ensemble.

— Fassistes ? se demandaient les couteliers entre eux, surpris par ce terme inconnu à leur langage. Qu'est-ce que c'est faire ? Tu te sens fassiste, toi ?

— Ben oui, un peu, comme tout le monde à notre âge. Principalement par temps humide. Et surtout dans le genou gauche.

De loin en loin, on voyait aussi un Russe. A moins que ce ne fût un Ukrainien. On disait qu'il s'agissait d'anciens prisonniers de la Wehrmacht libérés de leurs chaînes, en instance de rapatriement. Ils ne semblaient pas tellement pressés de rentrer chez eux et prenaient du bon temps dans les prairies françaises. Il n'était pas rare aux pêcheurs, aux chasseurs, aux gendarmes d'en dénicher un au creux des genêts, en compagnie d'une bergère qu'il était en train de convertir au bolchevisme. Quand vinrent les chaleurs, ils se baignaient en troupe et tout nus dans la Dore, au grand scandale des torcols et des pies-grièches. Le curé de Courpière leur rendit visite dans leur campement de Sugères, il fut ébloui par ce qu'ils en avaient fait : chaque baraque se trouvait peinturlurée comme une icône. Admirable ! Admirable ! Il les invita le dimanche suivant à sa messe chantée. Ils n'y manquèrent point et agrémentèrent la cérémonie de chœurs populaires qui résonnèrent magnifiquement sous les voûtes de la vieille église romane. Pour finir, monsieur le curé s'adressa à ses paroissiens :

— Mes très chers frères, mes très chères sœurs, nos hôtes soviétiques vont à présent exécuter leur hymne national. Levons-nous pour l'entendre. Ce sera notre façon de les remercier de leur alliance et de leur amitié.

Et c'est debout, mais le poil hérissé, que le clergé de Courpière, et les fidèles, les saints et la Vierge des murailles, et le Christ sur sa croix, écoutèrent *L'Internationale* chantée en russe.

Au Cinéma-Palace, les actualités de 1945 montraient l'Allemagne *kaputt :* un amas de ruines que les survivants s'efforçaient d'entasser et d'aligner au cordeau afin de restaurer du moins des apparences de rues. D'Adolf Hitler, écrabouillé dans son abri berlinois, on n'avait identifié en toute certitude que la denture et la boucle de son ceinturon. C'était suffisant pour n'avoir aucun doute sur sa mort. Le territoire du Grand Reich avait perdu des surfaces importantes annexées par l'URSS, la Pologne ou rendues à l'Autriche, à la Tchécoslovaquie. Le restant avait été divisé en deux : moitié sous la surveillance soviétique, moitié sous celle des Alliés. La France avait reçu sa petite portion.

C'est alors que s'élevèrent, pour faire chorus, les revendications territoriales de la Suisse. Celle-ci réclama l'enclave allemande qui partageait en deux tronçons le canton de Schaffhouse, déjà pas tellement étendu : l'un des plus petits de la Confédération. Les séparant par un véritable couloir de Dantzig en miniature. La presse alémanique s'échauffa. Hitler avait donné le mauvais exemple des annexions arrachées par la force. Bref : on craignit une guerre nouvelle qui, dans la situation présente, ne pouvait que donner sur les grands Germains une victoire écrasante aux petits Suisses. Français, Anglais, Russes et Américains ne demandaient pas mieux que d'assister sans risques à ces hostilités divertissantes. Malheureusement, les Helvétiques se rappelèrent leur fructueuse neutralité et renoncèrent à l'emploi des armes. Le président du gouvernement cantonal schaffhousois prononça des mots d'apaisement :

— Dans un ou deux siècles, l'Allemagne peut retrouver sa puissance économique, politique et militaire. Elle pourrait alors reprocher à ses voisins d'avoir exploité sa situation désespérée. Si annexion il doit y avoir, il faut qu'elle résulte d'un vote des populations intéressées.

On se résigna. On sourit seulement à l'optimisme manifeste de la conjecture : dans un ou deux siècles ! Les couteliers thiernois, quant à eux, espéraient bien être débarrassés pour un millénaire de la concurrence de Solingen !

En septembre, toute la presse née de la Libération fit curée sur Pierre Laval, l'infâme Pierre Laval, le traître Pierre Laval, le méprisable Pierre Laval, il passait en jugement devant une Haute Cour dont les trois présidents avaient exercé leurs fonctions sous Vichy et prêté serment de fidélité au Maréchal. Seul le procureur général, déjà à la retraite en 1940, se trouvait vierge de toute compromission. Thiers suivit douloureusement les débats, le peu du moins dont il était rendu compte dans les journaux. Une très grande partie de la population coutelière se résignait mal à admettre la félonie de celui qui avait été longtemps son fils le plus cher et le plus glorieux. Le défenseur des syndicats. L'apôtre de la paix. L'encercleur de l'Allemagne. Jusqu'à la guerre, en guise d'images saintes, les émouleurs, les polisseurs avaient coutume d'épingler dans leur *armalhó* (le petit placard où chacun gardait ses reliques personnelles) les portraits de Jules Guesde, de Jean Jaurès, de Joseph Claussat et de Pierre Laval. Et puis, du jour au lendemain, leur grand homme était devenu l'abominable complice de Hitler, le persécuteur des Juifs, de la classe ouvrière et des communistes. Il y avait là un retournement qu'ils n'arrivaient pas à comprendre. On avait dû leur cacher quelque chose. Laval le premier. Ils attendaient avidement les explications qu'il ne manquerait pas de fournir devant ses juges. En fait, le procès ne fut – sembla-t-il – qu'une bagarre verbale continuelle entre, d'une part les magistrats et les jurés, de l'autre Laval et ses avocats d'abord, puis Laval tout seul, ses défenseurs renonçant très vite à leur mission impossible au milieu de ce cirque. Chaque fois que Laval essayait de parler, un membre du jury lui fermait la bouche :

— Ta gueule, salaud ! Traître ! Vendu ! Tu gueuleras moins fort dans quinze jours, quand t'auras tes douze balles dans la peau !

Le procureur lui-même s'exprima quasiment sur le même ton :

— Des traîtres de votre sorte ne méritent pas un jugement en règle. Je regrette qu'on ne vous ait pas appréhendé au lendemain de la Libération, pour une condamnation rapide, suivie de ce que vous savez.

Dans ces conditions, Pierre Laval fit ce que tous ces messieurs lui demandaient : il ferma sa gueule. Il n'y eut aucune plaidoirie. Il mourut en emportant dans la tombe le secret de sa conduite. Beaucoup de Thiernois s'appliquèrent dès lors à le chercher.

Pendant ce temps, les criminels de guerre nazis passaient aussi devant leurs juges en Allemagne. Ainsi, ces bourreaux de Belsen qui ne savaient pas exactement combien de millions de personnes ils avaient fait périr : accablés, disaient-ils, par la besogne. On les interrogeait avec dureté, mais correction, au point que l'un d'eux remercia le tribunal, disant : j'ai confiance en sa justice. Alexandre Vialatte en rendait compte dans *Les Lettres françaises :* ils recevaient l'assistance de leurs avocats et de témoins à décharge. On les pendit tout de même, mais de façon chrétienne.

Quant au peuple d'Aubervilliers, il se hâta de brûler celui qu'il avait adoré, lui donna un successeur communiste et fit tous ses efforts pour oublier jusqu'à son nom.

Maître Raymond Gautier-Pitelet sortit de l'ombre dans laquelle il s'était confiné pendant les années d'Occupation, réfugié dans l'agriculture et l'élevage sur le domaine de son beau-père cantalien. Avant de regagner Paris, il vint rendre visite à son cousin Auguste réfugié dans l'émouture à l'Ecole nationale professionnelle. Raymond avait perdu beaucoup de ses cheveux, mais il gardait sa parole fiévreuse. Chaque fois qu'il ouvrait la bouche, ne fût-ce que pour parler de la pluie, il donnait l'impression de défendre une cause.

— Comme ça, dit Auguste, tu retournes à la veuve et à l'orphelin ?

— Accessoirement. Pour rendre au droit la force qu'il avait perdue. Mais la France aussi est veuve et orpheline. Elle sera ma première cliente. Ma première pensée. Elle doit à présent retrouver ses parents naturels : les partis politiques.

— Tu restes radical-socialiste ?

— Plus que jamais. Le parti radical, le centre gauche, est l'assise la plus sûre, la plus raisonnable du pays. Assez à gauche pour réaliser les changements nécessaires, assez au centre pour ne léser les intérêts légitimes de personne. La IVe République sera radicale-socialiste. C'est-à-dire libérale, tolérante, juste et éclairée.

— Et de Gaulle, dans tout ça ?

— De Gaulle a joué le rôle du messie pendant les années de malheur. Celles-ci achevées, nous n'avons plus besoin de lui. Sauf comme image sainte suspendue aux murs des chaumières. La France est rachetée. Qu'il retourne dans la maison de son père et débarrasse notre plancher. En temps de paix, la politique est une affaire trop sérieuse pour qu'on la laisse aux militaires.

Ses amis l'appelaient dans la capitale pour qu'il prît la direction d'un nouveau journal, *La République radicale*, ou *Le Républicain radical*, ou simplement *Le Radical*. Charlotte lui proposa ses services :

— N'avez-vous pas besoin d'une secrétaire ? D'une rédactrice ?

— Toi, Charlotte ? Je te croyais engagée dans l'enseignement ?

— Je peux prendre un congé pour convenance personnelle.

— Quel âge as-tu ?

— Vingt-deux ans. Je pourrais me charger de la page féminine : la mode, la cuisine, l'éducation des enfants, l'horoscope, les mots croisés.

— Tu connais tout ça ?

— Non. Mais j'apprendrai.

— Et tu sais écrire ?

— Je crois avoir appris.

— Et toi, Auguste, tu la laisserais partir ?

— Puisqu'elle est majeure... Et si tu veilles sur elle...

Voici comment Charlotte Pitelet se trouva engagée. Raymond l'embarqua illico dans sa voiture avec sa valise et son stylo. Elle prit place au côté de Madelon, la jeune épouse de l'avocat. Ils traversèrent Vichy dévichysé, franchirent à Moulins le pont de Règemorte à l'entrée duquel, deux mois plus tôt, les Allemands avaient coutume d'arrêter les voyageurs au passage de la ligne. Tout le long du voyage, maître Gautier-Pitelet parla d'or, évoquant l'ère nouvelle qui allait commencer pour le pays, dans l'éblouissement du bonheur radical et radical-socialiste.

En attendant, la France de 1946 travaillait durement à sortir de ses décombres. Les députés constituants élus le précédent automne besognaient sur un projet de constitution. Francis Dassaud, socialiste SFIO, élu par l'arrondissement de Thiers, avait pris de mirifiques engagements :

« Nous nationaliserons l'électricité. Pourquoi ? Parce qu'il est scandaleux que les kilowatts distribués par les compagnies capitalistes vous coûtent si cher. Alors que par l'effet des barrages sur les rivières, la nature nous les fournit gracieusement. Je sais bien qu'il faut payer le personnel. Mais une fois nationalisée, l'électricité sera quasiment gratuite. Je vous en fais la promesse solennelle ! Et nous nationaliserons de même le charbon, les banques, les assurances, les fabriques d'armement, les pharmacies, les voitures, le sucre, les cacahuètes... »

Le bonheur SFIO allait encore plus loin que le radical, puisque tout, presque tout serait donné. Presque donné. En attendant, deux années après la Libération, les denrées alimentaires, les vêtements, les chaussures, l'essence, le charbon demeuraient taxés et rationnés. A qui pouvait payer, le marché noir fournissait le complément. Le ministre du Ravitaillement avouait son impuissance :

— Il serait bon de mettre, dans une large couche sociale, un policier aux fesses de chaque Français. Mais il faudrait ajouter un autre gardien pour garder le garde !

Autour de Bulhon, le tabac prospérait clandestinement. Chaque fumeur avait sa recette pour l'accommoder, certains le laissaient longuement sécher à l'ombre, avant de le rouler en carottes ; d'autres, plus pressés, l'étendaient simplement sur le fourneau, la puanteur de sa dessiccation chassait les mouches et asphyxiait les punaises. Invité un jour au château, le curé, franc pétuneur, se vit offrir par monsieur de Riberolles du tabac maison :

— Allez-y, monsieur le curé. Remplissez votre pipe. Et votre blague aussi. Ma famille, vous le savez, n'a jamais manqué de tabac. Un de mes ancêtres eut même affaire, en 1754, au célèbre Mandrin qui tint à lui en laisser quelques balles. Et me voici contrebandier à mon tour !

L'abbé ne se le fit pas répéter. Et quand il eut bourré l'une et l'autre, il ajouta timidement :

— Si j'osais...

— Quoi donc ?

— ... J'en remplirais bien aussi l'étui de mon bréviaire.

— Mais osez, monsieur le curé ! Osez !

L'étui fut rempli à craquer. Il n'y avait point péché, point marché noir, mais seulement charité noire. Demandez et l'on vous donnera.

Les constituants, eux, mirent sept mois à pondre leur œuf. Avec orgueil, enfin, ils le présentèrent au peuple pour accord. Il s'agissait d'un projet confiant sans partage le pouvoir législatif et le contrôle de l'exécutif à une assemblée unique : elle seule élirait le chef de l'Etat, qui choisirait le président du Conseil, chargé de former le gouvernement et d'obtenir devant elle l'investiture. Défendu par l'ancien Front populaire reconstitué, le projet consacrait la toute-puissance des partis. Le référendum de mai le rejeta par cinquante-trois pour cent des votants. Thiers venait d'enterrer un de ses grands hommes politiques : le docteur Camille Joubert. Ayant épousé une Russe blanche, celui-ci était revenu cependant Russe rouge d'un voyage en URSS en 1936. Ses opinions lui avaient valu d'être persécuté durant la guerre, plusieurs membres de sa famille étaient morts en déportation. Lui-même n'avait échappé à la Gestapo qu'en s'exilant à Chadeleuf, près d'Issoire, à l'autre bout du département, avec sa femme et son unique poumon qui ne le retenait pas de fumer comme une locomotive. La maladie, le chagrin, le tabac l'y consumèrent. Ni ses amis thiernois ni ses anciens patients ne pouvaient oublier ce petit homme maigre, au visage voltairien, à la voix sourde, aux doigts noircis par la nicotine. En hommage à ses idées et à ses vertus, la ville vota dans sa majorité pour le projet de constitution à chambre unique, seule commune du Puy-de-Dôme à le faire. Puis elle donna son nom à la rue qu'il avait habitée.

Il fallut élire de nouveaux constituants pour élaborer un nouveau texte, la IVe République n'en finissait pas de naître.

Un soir de ce même juin, Gilberte vint sonner à la porte de son père. C'est sa belle-mère qui parut. Un moment, elles se regardèrent en silence, puis Gilberte avança le visage pour montrer qu'elle était prête à échanger le baiser de paix. Leurs joues se frottèrent l'une contre l'autre.

— Bonsoir, Francine.

— Bonsoir, Gilberte.

— Mon père est là ?

— Auguste ?

— Je n'ai qu'un père.

— Entre. Je vais l'appeler.

Après quatre ans d'absence, elle fut introduite dans le salon inoubliable. Il n'avait pas changé. Elle y retrouva le canapé-lit style Empire sur pattes de lion ; la table ronde Régence en acajou ; les voltaires vieux rose ; le confiturier louis-philippard ; la fontaine aurillacoise et le chauffe-bain en cuivre qu'elle avait pour tâche autrefois d'astiquer tous les quatre jeudis ; le fusil marocain incrusté de nacre ; la tempête et le navire toujours en perdition, entièrement peints à la main ; les chaises à dossier galbé, au siège de velours protégé par des carrés de filet qu'elle devait subrepticement récupérer au derrière des visiteurs. En plus, descendu ce jour-là du grenier, le mannequin d'osier, pudiquement habillé de gris, sur lequel Francine ajustait ses propres confections. Baptisé Valentine pour ses courbes féminines. Sa rivale en patience et immobilité.

— Tiens-moi ça, commandait sa belle-mère.

Tout occupée à sa couture, elle lui plaçait entre les mains un bout de ruban, un morceau de cotonnade, parfois un fil, une épingle. Et elle l'abandonnait, l'oubliait ainsi un quart d'heure durant avec son fil entre les doigts, qu'elle aurait pu aussi bien poser sur la table, une chaise, le canapé. D'autres fois, c'était une coiffe, un chapeau en cours qu'elle mettait sur sa tête pour mieux juger de l'effet.

— Et cesse de bouger !

Gilberte se voyait transformée en Valentine, tandis que ses amies couraient la prétentaine. Ainsi, dans l'attente de son père, revécut-elle un moment son enfance contristée.

Auguste avait pris le temps de s'arranger, il parut en vêtements de professeur, cravaté, ses cheveux gris bien tirés en arrière. Elle le trouva vieilli, mais toujours fermement assis sur ses principes napoléoniens, aucun tremblement n'agitait son menton carré. Ils gardèrent leurs distances, elle s'était levée à son entrée, il ne l'invita pas à se rasseoir :

— Si tu as voulu me voir, supposa-t-il, c'est que tu as quelque chose d'important à me dire.

— En effet.

— Je t'écoute.

— Tu ne me demandes rien ? Comment je vais ? Comment vont tes petits-enfants ?

— Je te le demanderai après.

— Voici : je vais me marier.

— Ah...

— Redevenir une personne qu'on salue.

— Quand ?

— Le 18 juillet prochain. A la mairie de Bulhon. Tout est déjà réglé.

— Enfin !... Je craignais de mourir avant de voir ça !

Il ouvrit les bras. Cette fois, son menton frissonna sans retenue. Il sortit même son mouchoir pour s'essuyer les yeux.

— Quatre ans que j'attendais ce jour !... Comment vas-tu ?... Et ta fille ?... Et ton fils... Et Ferdinand ?... Il faudra rattraper le temps perdu. Amène-les-moi tous dimanche prochain. On tuera le veau gras. Enfin... un lapin, ou une poule.

Il l'empoigne de nouveau, l'embrasse encore, encore et encore.

— Le 18 juillet, dis-tu ? C'est quel jour de la semaine ?

— Un samedi, naturellement.

— D'ailleurs, je n'ai pas besoin de calculer. Nous serons en vacances. Il y aura beaucoup de monde ? Qui invitez-vous ?

— Personne.

Son visage se fige, puis rougit. Il espère encore avoir mal entendu :

— Personne ?

— Personne.

— Pas même… moi ? Nous ?

— La cérémonie se fera dans la plus stricte intimité : nous quatre et les deux témoins.

— Je comprends.

Quatre années de bannissement, d'humiliation, cela se paye. Mais sans le bannissement, sans l'humiliation, pensait-il, sa fille, la fille d'Antoinette Zapatez – oh ! l'infiniment délicate Toinette qui s'était sentie déshonorée parce qu'il lui avait fait traverser Escoutoux en la tenant par la main ! – sa fille Gilberte aurait sans doute continué une existence irrégulière, hors de la Loi, hors de la Morale, hors de la Respectabilité. Elle ne lui pardonne pas sa rigueur. Lui pourtant ne regrette rien. Il le ferait encore s'il avait à le faire. Il n'ira donc pas à la noce.

Il se contente d'ajouter :

— Moi aussi, j'ai une nouvelle importante. Maintenant que la paix et la liberté sont revenues, j'abandonne l'ENP. Je vais essayer de remettre en vol l'Hirondelle.

Les choses se firent ainsi. Ces secondes noces n'entraînèrent aucune dépense excessive. Galéas endossa son meilleur habit, Gilberte sa meilleure robe. Le repas sans faste, à l'auberge Bonnefont, ne réunit que quatre adultes et trois enfants : outre les intéressés, un cousin de Ferdinand venu d'Avignon, Suzanne Pruvost et son fils Jean-Marie. Prudent et Elise ne comprirent pas réellement qu'ils assistaient au mariage du Chef et de Gilberte. Il n'y eut ni dragées, ni faire-part, ni chansons au champagne, ni voyage à Venise. Certaines funérailles se déroulent plus joyeusement. Au terme de la cérémonie, elle cloua sur la porte de l'appartement de fonction une carte préparée d'avance : *Monsieur et madame Ferdinand Galéas-Pitelet.*

Le 18 juillet, Auguste empêcha ses pensées de se tourner vers Bulhon en vérifiant l'outillage qui dormait depuis un lustre dans les locaux de la rue de Châteldon. Il remit en route les polissoires et les meules, constata qu'elles ronflaient aussi allégrement que si rien ne s'était passé, ni la guerre, ni l'Occupation, ni la Libération, ni le second mariage de sa fille aînée.

Et l'Hirondelle reprit son essor, gauchement, à petits coups d'aile. Les prisonniers revenus, la main-d'œuvre ne manquait point. Pitelet put rembaucher trois de ses anciens ouvriers, Pulhe-Moune, Floflo et Mange-Salé. Il rembaucha surtout sa femme Francine et se rembaucha lui-même : travailleurs sans horaire, sans vacances, sans salaire. Les fournisseurs d'acier, de corne, de viroles le connaissaient, ils lui firent crédit. L'Europe entière allait se remettre à manger civilement, autrement qu'avec ses doigts, elle réclamait des couteaux, des louches, des cuillers, des fourchettes. Thiers se ferait une joie de les lui fournir.

Rien ne manquait donc aux appétits européens, excepté la nourriture. Du moins la nourriture aux gagne-petit et mange-peu. La guerre terminée laissait derrière elle des séquelles de corruption, de mercantilisme que rien ne semblait pouvoir éteindre. Le vin officiel, algérien ou languedocien, se vendait vingt-cinq francs le litre contre tickets, mais les vignerons de Châteldon et de Lezoux débitaient leur atroce pouzin quatre-vingts ou cent francs la pinte : encore fallait-il les en prier le chapeau à la main. Le beurre, les œufs, la viande ne manquaient plus guère ; mais ils s'écoulaient seulement dans les arrière-boutiques, rideaux baissés, voix amorties. Le marché noir était la nouvelle peste, contre laquelle prières, menaces, poursuites s'avéraient inefficaces. Un nouveau ministre du Ravitaillement, Yves Farge, fit cette promesse solennelle :

— Je supprimerai le marché noir avant la Noël ! Et pour cela, s'il le faut, je guillotinerai les spéculateurs !

Mais le Parlement lui en refusa les moyens. Il eut alors l'idée d'instituer, à côté du marché officiel contingenté, un libre marché « parallèle ». Grâce à ce génial parallélisme, le marché noir changea de nom, cessa d'être passible de poursuites, se trouva reconnu, donc bel et bien supprimé en tant que ci-devant tel, comme Yves Farge l'avait promis. Sans effusion de sang. Il ne restait qu'un pas à faire : supprimer le marché officiel, restaurer la bonne vieille loi de l'offre et de la demande dans tous ses effets : cela s'opéra progressivement à partir de 1947.

Après le vote d'un second projet de constitution rétablissant le bicamérisme, cette année débuta par un ministère Paul Ramadier, abrité sous le gibus du président Vincent Tauriol. Ecoutant à la radio la biographie du nouveau chef de l'Etat, Fradin, dit Pulhe-Moune, polisseur à l'Hirondelle, découvrit qu'il était né en 1884 le même jour que lui. D'une certaine façon, Tauriol et Pulhe-Moune étaient jumeaux, sauf que le premier était natif de Revel près de Toulouse, et le second de Thiers près de La Monnerie. Il en éprouvait un orgueil disproportionné avec l'importance du fait et s'en vantait à tout-venant, je suis né le même jour que Vincent Tauriol ; ce qui devint, peu à peu, Vincent Tauriol est né le même jour que moi.

Pour essayer d'arrêter la montée galopante des prix, Paul Ramadier leur demanda gentiment de descendre. De descendre volontairement de cinq pour cent. Les prix ne l'entendaient pas de cette oreille. Ramadier se fit poète, et publia des petits couplets charmeurs :

Commerçants,
Pas de mauvais sang !
Le cinq pour cent,
C'est le bon sens !
Ouvrier,
Cinq pour cent sur la vie chère,
C'est cinq pour cent sur ton salaire !
Exige-le !
Paysan,
Le cinq pour cent est une bonne affaire
Si tout le monde s'en sert !
Fais-le ! Exige-le !

Par un facile tour de passe-passe, les étiquettes firent semblant d'obéir. Vraie ou feinte, la baisse persuasive dura quelques mois. Au bout desquels le gouvernement lui-même donna le signal de la hausse en augmentant le tabac, les allumettes, l'électricité, le billet de chemin de fer, les timbres-poste. Et le mouvement ascensionnel repartit du bon pied.

Les morceaux de la famille Pitelet se raccommodaient peu à peu, chacun ayant fait sa part de pénitence. On finit même par oublier tout à fait l'ancienne brisure. Auguste prit en sympathie non seulement ses deux petits-enfants, mais son nouveau gendre, malgré son accent étranger. Ils avaient un terrain d'entente : la musique. Ils en vinrent à jouer en duo – clarinette et trombone à pistons – le répertoire de la Philhar dans le salon hétéroclite. Francine reçut sa part de mamours, les enfants l'appelaient *mémé-Thiers* pour la distinguer de *mémé-Vollore*.

Au mois de septembre, tandis que mûrissaient les grappes limagnaises, Gilberte donna le jour à un deuxième garçon qui reçut, cette fois, le patronyme de Galéas et le prénom de Renaud. Le grand-père coutelier s'en offusqua :

— Renaud ? Qu'est-ce que c'est faire ? Un nom de voiture ? Pourquoi pas Citroën ?

— Ça ne s'écrit pas de la même façon. Il y a un *d* à la place du *t* et un *l* en moins.

— Et avec ça il lui manque une aile ?

— Renaud était un paladin. Un chevalier, si tu préfères, qui fit autrefois de grandes choses et fut longtemps amoureux d'une enchanteresse.

Auguste secoua la tête, grommelant que les enchanteresses sont bien rares dans le monde ordinaire ; puis il se résigna.

Plutôt qu'une famille au sens romain du terme, les Galéas-Pitelet-Grattadeix formaient une communauté unie par les sentiments et la confiture. Gilberte et Ferdi avaient souffert, enfants, d'un excès d'autorité parentale ; aussi s'étaient-ils juré d'accorder aux leurs toutes les libertés prévues par la constitution de la IVe République, auxquelles Elise, Prudent et Renaud en ajoutaient d'autres : liberté de dormir ou de veiller, de manger ou de ne pas manger, de dire « j'arrive » quand on les appelait mais d'attendre qu'on vînt les saisir et les traîner par la peau du cou, de parler durant les repas et même de chanter, de s'y chatouiller, de s'y tordre de rire, de produire à trois du vacarme comme douze. De temps en temps, ils allaient si loin, si fort, si haut que Ferdinand jugeait bon d'intervenir, il frappait sur la table du plat de la main en criant :

— Ça suffa comme ci !

Tout le monde s'esclaffait. Impossible dans cette maison de tenir son sérieux plus de cinq minutes. Le titre de *Chef* était pour Ferdi purement honorifique. Il aimait à raconter :

— Mon père, Giovanni Galéas, était un maçon sarde venu gagner sa croûte en France en 1920. J'avais sept ans. Un homme très dur, pour les autres comme pour lui-même. A table, nous n'avions pas le droit de dire ouf. Un jour, nous mangions du pot-au-feu, ce qui était un festin pour nous, misérables macaronis. La viande ne paraissait habituellement dans nos assiettes que sous ses formes diminuées, fraise de bœuf, pieds de porc, mou de veau, tête de chèvre. La mère accommodait ça de son mieux, en ragoût, en vinaigrette. Nous avions donc ce midi-là mangé de la vraie viande, et récuré les os avec le plus grand soin. Or, il s'éleva entre nos parents une discussion plutôt crétine à propos de la vache et du bœuf, pour savoir lequel des deux fournissait la meilleure chair. La dispute s'éternisait et montait de ton. Je me demande même comment notre pauvre mère osait la soutenir. En sorte qu'à la fin, moi qu'on avait toujours dressé à me taire, j'eus l'audace de souffler : « Tais-toi donc, maman. Tu sais bien que papa a toujours raison ! » En entendant ça, le père Galéas prit un os qui restait dans son assiette et à travers la largeur de la table, de toutes ses forces, me le lança à la figure. L'os m'atteignit à la tempe, et je tombai par terre, queneau-coute.

Il écartait du doigt ses longs cheveux, montrait à sa tempe droite une cicatrice blanche. Voilà pourquoi il pratiquait d'autres méthodes, autorisant tout ce qui ne menaçait pas gravement la santé de la famille et ne faisait pas craindre un écroulement immédiat de la maison. Après quelque vaisselle brisée, quelque mur barbouillé à fresque, quelque citrouille pourfendue, lorsque la mère offusquée semblait vouloir user de représailles :

— Laisse-les donc s'épanouir ! recommandait-il.

Ils apprenaient à pratiquer la liberté qui se voit et la liberté qui se cache. Un jour que Gilberte venait d'interdire à Elise l'usage d'un mot qui ne figure pas dans le dictionnaire :

— Je le dirai quand même dans ma tête ! répliqua la petite hardiment.

Le photographe-musicien obtenait aussi des résultats surprenants à force de récompenses promises ou refusées : histoires qu'il racontait, participation à ses travaux éclairés de rouge, solos de clarinette. L'instrument à la vérité ne lui appartenait plus tout à fait, il passait de bouche en bouche, il n'y avait personne, pas même Renaud, qui ne voulût cracher dedans. Heureux de vivre, les enfants se roulaient dans les prés, se battaient comme des chiens, barbotaient comme des canards, grimpaient aux arbres comme des singes, dévoraient tout sec le cresson de madame Bonnefont comme des lapins. Les paysans brandissaient leurs fusils, faisaient mine de les tirer comme des merles, sans trop oser se plaindre à la maîtresse toute-puissante qui, par le secrétariat de mairie, déterminait leurs déclarations agricoles.

Gilberte bénéficiait d'un curieux dédoublement de la personnalité, à la façon des louves-garelles. Au premier étage et dans les champs, elle favorisait l'épanouissement de sa progéniture, voulu par le Chef. En revanche, l'ordre régnait au rez-de-chaussée. Dans la salle de la mairie, sous le regard bigle de Vincent Tauriol épinglé au mur. Dans la salle de classe, autour du poêle Godin qui brûlait le bois communal, réchauffait les gamelles des élèves éloignés, incinérait chaque soir les punitions écrites de la journée. Elise y redevenait une élève comme les autres, appliquée, obéissante, qui disait « vous » à sa mère et, parlant d'elle, l'appelait la « Dame ».

1948-1958

Triomphante à Bulhon chez les Galéas, la liberté disparaît le 31 janvier 1948 des librairies thiernoises : ce jour-là, l'hebdomadaire né de la Libération se saborde pour des raisons financières. Un périodique nouveau, *La Gazette de Thiers*, en profite pour lui succéder. Moins nouveau qu'il ne semble. Ses lecteurs s'aperçoivent qu'il prolonge en réalité le très pétainiste *Journal de Thiers* disparu le 25 août 1944. Ils y reconnaissent le même papier, les mêmes signes typographiques, les mêmes rubriques, les mêmes signatures, le même siège social. Mais baste ! Philippe Pétain inspire désormais autant de pitié que de haine. Il expie à l'île d'Yeu la gageure de tous les messies, vrais ou faux, qui acceptent de se sacrifier pour sauver les autres. Préservé du peloton d'exécution par son grand âge, il ne lui reste pas même assez de cervelle pour dicter ses Mémoires. Il mange, dort et défèque, tandis que les souvenirs de ses gloires et de ses infamies tourbillonnent vaguement dans sa tête, comme les vents dans une statue de bronze creux. Et dire que la France a été gouvernée quatre ans par ce simulacre !

Fin janvier, Gandhi est assassiné. Autre confirmation de la règle. Du moins, lui, a-t-il atteint son objectif : au lieu de crever de faim sous une autorité étrangère, l'Inde à présent crève de faim sous sa propre autorité.

En juin, les mineurs du Massif central défendent par la violence leur liberté de manger : ils réclament une augmentation des salaires et une baisse des prix.

— Vous n'y songez pas ! répondent les ministres socialistes. C'est comme si vous demandiez en même temps le jour et la nuit, le froid et le chaud, l'amer et le sucré ! Augmenter les salaires et baisser les prix sont mathématiquement, économiquement inconciliables !

Mais les Polaques de Montceau-les-Mines, les miladzeus de Saint-Etienne n'entendent mouche à l'économie ni aux mathématiques. On leur envoie des CRS pour les leur expliquer. La grève alors tourne à l'émeute. Les mineurs stéphanois menacent d'inonder les puits. Ceux de Montceau font prisonniers cent trente-deux CRS, les désarment, parlent de leur coller une pioche entre les pattes, de les faire descendre au fond, de les mettre au havage pour leur montrer en quoi cela consiste : ce qui serait la pire des atrocités. En définitive, ils relâchent bientôt ces otages aux mains blanches qui leur coûtent trop cher en nourriture.

La vague passe par Thiers où elle ne soulève qu'une grève de solidarité de vingt-quatre heures peu convaincue, le syndicalisme coutelier a toujours souffert de vue courte, il distingue mal les liens qui peuvent l'unir aux mineurs fonctionnarisés, logés, blanchis, chauffés par les Charbonnages de France.

Elle atteint ensuite Clermont où se déclenche dans le caoutchouc la plus terrible grève de son histoire. Les émeutiers dressent des barricades aux abords des usines Bergougnan. La bataille fait rage tout un après-midi, et déborde sur la ville entière investie par les CRS lacrymogènes. De l'autre côté, les grévistes lancent des boulons, des pavés, des bouteilles d'acide sulfurique qui sont des armes très pointues. La fumée, le fracas des explosions mettent en transe les fous de l'asile Sainte-Marie qui menacent de dévorer leurs gardiens. Rue Fontgiève, il y aura cent dix-sept blessés officiels soignés dans les hôpitaux, et beaucoup d'officieux qui regagneront leur domicile le nez en sang, un œil poché, l'échine contuse, sans songer à en remercier personne. Sans compter non plus les fenêtres du quartier qui y perdront la plupart de leurs vitres. Ni le préfet qui y perdra sa place. La presse parisienne imprimera des comptes rendus horrifiques de ces événements. *L'Epoque* parlera de l'intervention de soixante blindés. *Assaut du Kominform contre les démocraties occidentales*, titrera *L'Aurore*, évoquant ensuite l'arrivée de commandos arabes venus de Saint-Etienne pour prendre la tête de l'insurrection.

La liberté de manger dépend de la liberté de produire. Or, la France a besoin d'importer une part considérable de sa nourriture et de ses matières premières. Pour ce faire, il lui faut tendre constamment la main vers l'Amérique, lui emprunter un million de dollars par-ci, deux millions de dollars par-là. Les USA commencent à se lasser de cette tapeuse perpétuelle. Alors, ils inventent le « plan Marshall » qui doit remettre à flot les pays européens détruits par la guerre, y compris les vaincus. Benoît Frachon, secrétaire général de la CGT, le repousse énergiquement, affirmant qu'il nous placerait sous une dépendance excessive des Etats-Unis. Le gouvernement français l'accepte tout de même, avec d'autant plus d'empressement qu'il s'agit de dollars non remboursables. Ainsi seront reconstruites de la façon la plus moderne les usines de Solingen : sous d'immenses toitures en dents de scie seront alignées comme à la parade des machines flambant neuves importées d'Amérique ; les ouvriers entreront et sortiront au coup de sifflet. Imaginez le rendement ! Thiers, qui n'a pas eu la chance d'être détruit par les bombardements, ne touchera pas un kopeck du plan Marshall ; la cité continuera de produire dans ses rouets, ses ateliers, ses boutiques à l'ancienne, à force de patience, de crasse, de sacrifices, d'ingéniosité, avec le secours des monteurs, des forgerons, des cacheurs de manches dispersés dans les campagnes, sans coordination, sans réseau commercial défini, sans aide du gouvernement. Et elle trouvera le moyen de battre Solingen dans le couteau de poche qui exige la chaleur des doigts plus que la froideur des mécanismes ; dans le beau rasoir à manche indispensable aux barbiers et coiffeurs, recherché des pauvres parce qu'il les rasera toute une vie et qu'ils le transmettront à leurs enfants. Dans les belles lames de table aux marques poétiques : le Cygne, l'Hirondelle, le Sapeur, le Sabot, l'Ombrelle, le Diamant, le Lion, la Raquette, la Sirène, le Nain, l'As de Cœur, l'Eléphant, la Botte couronnée, la Main couronnée, le Q couronné. Dans des articles aussi que Solingen n'ose fabriquer : la camelote anonyme, le couteau-breloque, le canif-réclame, la cuiller pour pochette-surprise, la fourchette pour bédouin qui mange avec ses doigts, le rasoir pour musulman peu barbu avec une notice imprimée en arabesques lui expliquant que ce rasoir a été copié sur celui-là même dont se servait le Prophète.

La liberté consiste enfin à mener paître son troupeau sur les pacages infréquentés. Même s'ils appartiennent à d'autres, qui les abandonnent aux taupes, aux lapins, aux orties. Tel est le cas de la fille Elise Pireyre demeurant au hameau des Boules, commune de Sermentizon, qui ne possède pas un pouce de terrain à elle, mais commande à dix-huit chèvres et quatre boucs. Ses voisins la traînent régulièrement en justice, sous prétexte qu'elle ne se contente pas des bordures de chemin, des talus de route, et pousse ses animaux sur les terres d'autrui.

— Mais puisque vous ne les faites point pacager ! réplique-t-elle à ses adversaires. Est-ce que je vous porte tort ?

— N'importe, répond le juge de paix. L'herbe d'autrui, c'est sacré.

Elle écope d'une amende.

Les couteliers thiernois agissent de même. Ils suppléent aux insuffisances de leurs collègues étrangers, fabriquent des laguioles pour Laguiole, des suisses pour la Suisse, des navajas pour Albacete, des savoyards pour Cognin, des couteaux de Guingamp pour les Bretons, des parisiens pour la Samaritaine. Or, voici qu'après avoir pendant des années accepté la bonne et franche contrefaçon bitorde, les Suisses manifestent soudain des susceptibilités. Ils rappellent par voie de presse aux fabricants de Thiers que *la loi française du 4 juillet 1939, prise en application de la convention internationale de Genève, interdit l'emploi par les particuliers ou sociétés des armoiries de la Confédération helvétique, sous peine d'une amende de cinquante à mille francs et d'un emprisonnement de quinze jours à six mois.*

Les Thiernois trouvent un peu fort que les Suisses, qui nous ont pris notre *franc* et même notre français – du moins une partie d'entre eux –, nous interdisent d'imiter leur couteau. Néanmoins, pour ne pas encourir les foudres de la loi, ils renoncent à fabriquer le *véritable couteau suisse*, et ne feront plus désormais que du *faux suisse*, avec des lames en faux acier, des côtes en fausse nacre, en faux ivoire, en fausse corne, marquées d'un trèfle blanc au lieu de la croix blanche sur écu rouge. Fausseté reconnue n'est pas tromperie.

A partir de 1949, enfin, l'abondance revint chez ceux qui avaient les moyens de se l'offrir. Plus rien ne manqua dans la chaussure, le vêtement, l'alimentation. On revit même les vieux moulins-grilloirs de café dont l'épicière, devant son magasin, tournait la manivelle d'un geste lent et précieux, trois fois dans un sens, trois fois dans l'autre. Mais des gestes anciens restèrent définitivement perdus. Les soirs d'été, celui des mangeurs de soupe assis sur la première marche de leur escalier, une écuelle sur les genoux, en conversation avec leurs voisins pareillement occupés. Celui des bidons rouges balancés à bout de bras, emportés chaque matin par les ouvriers des usines, réchauffés à neuf heures sur le poêle. Depuis 1940, ces hommes avaient mangé trop de soupe aux rutabagas, il leur fallait à présent des nourritures fines, saucisson, petit salé, andouilles, fromage au poivre.

Les figures mêmes des couteliers changeaient de couleur. En principe, la ville acceptait cordialement l'immigré, qu'il fût blanc, noir, jaune ou vert, à condition qu'il ne se mêlât point de faire des couteaux. A lui tout le reste, bâtiments, transports, ordures, ramonages. Mais le couteau, pas touche ! Un jour étaient venus les Annamites de Châteldon. Trop petits de stature, trop fragiles de nature pour être maçons ou livreurs, ils cherchaient à s'introduire dans les professions qui exigeaient de l'habileté manuelle. Certains même avaient eu l'adresse d'épouser de jeunes Bitordes. Ils réussissaient ainsi à entrer dans les fabriques. Les Thiernois de souche acceptaient mal cette colonisation à rebours. D'autant moins qu'en protestant ils se faisaient traiter de sales colonialistes. Les rapports laissaient donc à désirer entre eux et les Nyacouets, entre leurs deux cultures, ce qui provoquait souvent après boire des échanges culturels à coups de trique. Ainsi celui du mois d'août 49 qui ensanglanta le Moutier devant la boulangerie de la Gerbe : elle s'en trouva éclaboussée. Fricou, le boulenc, soucieux de n'offenser aucune clientèle, asiatique ni européenne, fit paraître dans *La Gazette* du samedi suivant un encadré qui mettait les choses au point :

Les personnes qui ont dit que GROLET Frédéric, boulanger 4 place Voltaire, dit FRICOU, a participé à la bagarre du Moutier, sont priées de se faire connaître à la BOULANGERIE de la GERBE, au Moutier.

GROLET.

La coutellerie, au contraire, changeait peu. Le Moyen Age régnait toujours dans les ateliers obscurs, pleins de tapage, de fumée, de diables vociférants autour de leurs marteaux-pilons, de leurs découpoirs, de leurs martinets. Dans les rouets, où les émouleurs fonctionnaient toujours à plat ventre. Dans les boutiques exiguës, où des monteurs, des trempeurs hirsutes jouaient du violon sur leur nombril, fialetaient, clavetaient, cimentaient, rectifiaient leur clinquaille. De temps en temps, l'incendie d'une usine, d'une émolandière illuminait encore splendidement les ténèbres de la Vallée ; une meule éclatait encore à la tête de son servant.

L'homme sera toujours victime de ses propres mécaniques. Le baron de Barante le démontra comme un simple émouleur. Un de ses aïeux, nommé Brugière, s'était éloigné de la coutellerie, fortune faite, pour acquérir les terres de Barante et s'y livrer à l'agriculture. Ses descendants, engagés dans la diplomatie, les ambassades, l'administration préfectorale, venaient souvent à Barante se retremper aux sources auvergnates. L'un d'eux, Amable-Guillaume-Prosper, fut aimé de Germaine de Staël et entra à l'Académie française sans avoir quasiment rien écrit, ce qui ne représentait que deux minces exploits ; il se rattrapa plus tard en composant de gros volumes historiques. Or, voici que le dernier baron en date, Claude Brugière de Barante, se sent plus paysan que baron. Il met avec amour son domaine en culture. A la saison du labourage, c'est l'homme le plus crotté du canton, quand on ne sait où le prendre on est sûr de le trouver sur son tracteur. Comme il est dans la région le seul exploitant à posséder ce genre de machine, il retourne volontiers la terre de ses voisins, de jour comme de nuit, à la lumière de ses phares. C'est ainsi qu'un soir de novembre, entre neuf et dix heures, sur le champ d'un autre, son tracteur se renverse et l'écrase. Il avait vingt-huit ans.

Pour Gautier-Pitelet, au contraire, l'agriculture, mère de tous les arts et de toutes les sciences, dispensatrice des plus longs bonheurs, n'avait été qu'un provisoire refuge. Dès qu'il l'avait pu, il était retourné à sa vocation véritable, la politique, en qui il voyait une championne du droit, bien qu'elle pût aussi en être le contraire. Réélu député de Paris en 1945, directeur de *La France radicale*, il s'était trouvé sous le règne de la « Troisième Force » deux fois sous-secrétaire d'Etat en des ministères successifs, et même une fois garde des Sceaux. Alors qu'il occupait ce poste élevé, c'est le moment que choisit Charlotte Pitelet, jusque-là responsable de la page féminine dans son journal, pour quitter Paris et regagner l'Auvergne : elle avait hâte de mettre en pratique ces recettes culinaires qu'elle décrivait à ses lectrices sous le pseudonyme de *tante Lotte*. Elle aspirait à faire réellement des confitures, des conserves de cornichons, à broder des nappes, à retourner des cols de chemise, à repriser des chaussettes. Bref, elle voulait se marier et n'entendait point laisser passer une occasion qui se présentait. Lors d'un séjour à Thiers, elle avait fait la connaissance d'un garçon enjoué, plutôt porté sur la cuisine bourgeoise, professeur au collège Audembron. Ils s'étaient rencontrés à la bibliothèque de la rue de Barante, ex-couvent des Visitandines, où ne fréquentaient que des gens sérieux, amateurs de vieux papiers et d'antiques poussières. C'est dire qu'il n'y venait quasiment personne. La plupart des Thiernois manifestaient une horreur maladive de la lecture.

— Je sais pas d'où ça vient, disait l'un. Moi, elle me fait pleurer les yeux.

— Et moi, bourdonner les oreilles.

— A moi, elle me met des fourmis dans les jambes, j'en finis pas de me gratter.

— Moi, prétendait un autre, j'adore la lecture. Principalement les grosses lettres. Les titres. Mais je lis jamais, parce que j'ai pas le temps, les journées sont trop courtes, et faut que j'aille à la pêche.

Charlotte et Jean se trouvaient donc à l'abri des importuns. Tout de suite, elle était tombée amoureuse de son bon visage de bébé à moustache, de sa calvitie naissante et de sa licence ès lettres. Lui-même avait apprécié ses qualités d'institutrice en congé pour convenance personnelle et de journaliste spécialisée dans les arts féminins. De tendres conversations les avaient retenus dans la salle ombreuse, où flottait vaguement le souvenir des nonnes évanouies. Penchés sur un volume qu'ils ne lisaient point, sans autre compagnie qu'un quadruple rempart de livres que nul ne dérangeait jamais. Sous le regard ému de monsieur Soanen, l'archiviste-bibliothécaire, trop heureux de recevoir deux clients à la fois. Le local n'était ouvert au public que deux après-midi par semaine ; mais il leur avait offert, si leurs études l'exigeaient, de les recevoir aussi souvent qu'il leur conviendrait :

— Vous n'aurez qu'à tirer très fort le cordon de la sonnette, pour le cas où je ferais la sieste.

Et ils abusaient de sa permission.

C'est ainsi qu'ils en vinrent à parler de l'avenir. Monsieur Jean Lecoq s'expliqua nettement :

— Je n'épouserai pas une femme absorbée par sa profession, vivant dans la capitale par surcroît. Je ne serais pas opposé à ce qu'elle exerçât un métier, gage de son indépendance en cas de malheur, mais je la voudrais à mes côtés aux heures normales.

— Quelles heures normales ?

— Eh bien !... celles des repas... et du sommeil.

A Paris, les hommes ne manquaient point, mais aucun ne lui avait parlé mariage. C'était un peu la faute de ce pseudonyme, *tante Lotte*, qui la vieillissait terriblement. Quand elle se regardait dans une glace, elle se trouvait, sinon franchement laide, du moins sans charme, avec son nez trop gros, son menton hésitant, ses dents irrégulières. Et pourtant, monsieur Lecoq... Elle ne pouvait se permettre de refuser ce parti. Elle quitterait donc *La France radicale*, demanderait sa réintégration dans l'enseignement du Puy-de-Dôme, préparerait de bons petits plats à monsieur Lecoq.

Les noces se firent en juin. Charlotte n'invita que du bout des lèvres sa demi-sœur et son demi-beau-frère, leur rappelant qu'eux-mêmes avaient choisi la stricte intimité. Ils comprirent et s'excusèrent de ne pouvoir accepter, Ferdinand ayant précisément ce jour-là dans la Loire une importante tournée photographique. En revanche, maître Gautier-Pitelet, échappant un moment à ses hautes responsabilités, honora la cérémonie de sa présence ministérielle.

Le cortège pénétra dans la mairie aux façades variolées d'impacts par les combats de la Libération. Antonin Chastel, ceint de son écharpe, les accueillit à l'entrée de la salle du conseil, serra plusieurs mains, en baisa quelques autres, et rendit ses devoirs au garde des Sceaux par une heureuse formule :

— Comment ça va, la Justice, monsieur le ministre ?

— Elle est en marche, monsieur le maire.

Là-dessus, chacun prit place dans un fauteuil. Quand Tonin eut déclaré Charlotte et Jean unis par les liens du mariage, quand il eut embrassé la mariée, il entama le discours d'usage :

— Monsieur le ministre, mesdames, messieurs,

« C'est un grand honneur pour moi que de recevoir en ces lieux monsieur le garde des Sceaux en personne venu assister au mariage de sa nièce, mademoiselle Charlotte Pitelet, devenue à l'instant même madame Lecoq. *(En fait, Charlotte était petite-cousine de maître Gautier-Pitelet : son père Auguste et Raymond étant issus de deux frères, Pitelet Jacques dit Pitelet l'Artiste et Pitelet*

Vincent, dit Pitelet le Fin, fils de Pitelet Maurice, dit Tchoucossa.) La salle où nous nous trouvons est très indigne de cette illustre visite, la tapisserie aurait grand besoin d'être refaite, le plafond reblanchi, les fauteuils rempaillés. La mairie tout entière demanderait un rafraîchissement, et même une reconstruction, en la reprenant par le pied. La sirène n'a plus beaucoup de voix, elle est comme le maire : faut prêter l'oreille pour l'entendre. Malheureusement, nous sommes une petite ville, aux faibles ressources et aux grands besoins. Alors, monsieur le ministre, je profite de l'occasion ici présente pour vous adresser un appel. Je sais bien que vous êtes à la Justice, et que la Justice, question gros sous, c'est pas ce qu'il y a de plus intéressant. Mais vos collègues ne peuvent pas rester sourds si vous leur glissez dans l'oreille que la mairie de Thiers est plutôt démunie. Ils vous refuseront pas une petite subvention en notre faveur. Nous comptons sur vous, monsieur le ministre. N'oubliez pas votre pays d'origine, s'il vous plaît !

« Et maintenant, aux nouveaux époux je souhaite beaucoup de bonheur et beaucoup d'enfants.

Avec l'année 1950, on atteignit le milieu du XXe siècle. Les Français aiment les dates rondes, les moitiés, les quarts, les trois quarts, les 15, les 20, les 100, les 1 000, les nombres quinaires ou décimaux, comme s'ils avaient une signification spéciale que n'ont pas les 27, les 161, ni les 429. Ce fut l'occasion de bilans. Elise Pireyre, du hameau des Boules, près de Sermentizon, fit le sien en comparaissant de nouveau devant la justice de paix pour pâture abusive : elle en était à vingt-huit chèvres et quatorze boucs. La municipalité Antonin Chastel fit de même et rappela ses principales réalisations : la transformation de l'ancien parc des Sports en stade digne de ce nom, avec piste, tribune et vestiaires ; la création d'une ligne d'autobus reliant Pont-de-Dore à Boulay, familièrement appelée « Tonin-bus » ; la modernisation des écoles et des abattoirs ; l'élargissement de la rue Terrasse, belvédère de la ville, et la pose d'une table d'orientation en lave émaillée exécutée par un artiste riomois ; le goudronnage des rues. Maints projets restaient encore dans les dossiers de Tonin, comme ce rêve d'un aérodrome auquel il ne renonçait pas ; en revanche, en bordure de la place de l'Hôtel-de-Ville, il avait installé des W-C publics souterrains, qu'il appelait spirituellement *nos cabinets dans-terre*.

Pour célébrer la quinzième année de son règne municipal – il effaçait dans son calcul la parenthèse vichyste –, il organisa le 14 Juillet des festivités historiques, musicales et théâtrales. Thiers croula sous les arcs de triomphe, les oriflammes, les pluies de roses et de confettis. A chaque carrefour, on dansa des bourrées et des farandoles. Des chars fleuris défilèrent, précédant le duc Louis II de Bourbon sur son palefroi, entouré de ses hérauts, de ses écuyers, de ses hommes d'armes : ressuscité pour un jour, il parcourut sa bonne ville et descendit saluer le château du Pirou qu'il avait fait construire. De son côté, Tonin se fit plébisciter à sa fenêtre par la foule en délire, lui lançant des baisers à pleines mains.

— Ma parole, ricanait l'opposition, il se prend pour Louis Ixe-Vé-Un !

L'après-midi, eut lieu au stade une représentation de *L'Arlésienne* d'Alphonse Daudet : Robert Vidalin, successeur de Montdory, y tint le rôle principal. La journée se termina par une distribution de médailles à tous ceux qui en voulurent, et le traditionnel feu d'artifice au-dessus de Saint-Roch.

Une nuit qu'il peinait à s'endormir, Auguste Pitelet fit aussi le bilan de ses œuvres. Il se revit à neuf ans allumettier de contrebande et monteur de couteaux pour le compte de son grand-père Gonin. Apprenti émouleur au pont de Seychal, nourri du lapin hebdomadaire de mémé Hortense, et des soupes que lui apportait Toinette. Caporal à Grenoble en habit bleu turquin, ses galons jonquille sur la manche et sur la tête son immense béret qui le faisait ressembler à un mousseron. Jeune veuf arrosant de ses larmes les orangers dont Toinette avait semé les pépins. Emouleur indépendant en la maison de la rue Edgar-Quinet, toute pleine encore de la disparue. Patron débutant grâce aux cinq cents dollars de Francine. Président de la Fédération de la production de la coutellerie française. Délégué municipal aux ordres du colonel Brasset. Professeur suppléant de polissage et d'émouture. Patron de nouveau, non le plus puissant, mais l'un des plus respectés : quinze ouvriers, une secrétaire-comptable-facturière, un téléphone à sifflet, un téléphone à sonnette, une voiture Hotchkiss, deux voitures à bras. Et maintenant ?

En ce milieu du siècle, il allait sur sa soixante-deuxième année. Il pouvait encore dix ou douze ans guider le vol de l'Hirondelle. Que deviendrait-elle après lui ? Saint Eloi, patron des couteliers, n'avait pas béni ses mariages : il ne lui en était venu que deux filles, engagées l'une et l'autre dans le fonctionnariat. La loi salique, d'ailleurs, interdisait les femmes à la tête d'une coutellerie. Restaient les gendres. L'un d'eux, manifestement, n'avait aucune aptitude commerciale ni manuelle, il aurait, comme on dit, été incapable de faire une cheville pour boucher le cul d'un porc. Strictement bon à rien, sauf à enseigner dans les écoles. Il examina le second. Sur toutes les faces. D'origine modeste comme lui. Fin connaisseur en matière de vache enragée. Habile photographe, n'ayant pas peur de tremper les mains dans les bouillons chimiques. Excellent joueur de clarinette. Artiste en diverses façons. Préparé longuement, ce Galéas pouvait devenir un successeur acceptable.

Il le convoqua et lui découvrit sans ambages la soupe qu'il mitonnait :

— Voudrais-tu me succéder un jour ?

— Je ne connais rien à la coutellerie.

— Je t'apprendrai.

— Je ne dis pas non. Je ne dis pas oui. Prenez-moi à l'essai.

Un garçon intéressé, un coureur d'héritage aurait sauté sur l'occasion, se serait découvert une vocation subite. Ses réserves firent la meilleure impression sur Auguste.

— A partir de lundi, tu seras mon seizième ouvrier. Tu commenceras comme apprenti polisseur. Floflo sera ton maître. Je te préviens : tu seras nourri et couché, mais non payé.

— Bien entendu.

Ainsi commença pour Ferdinand Galéas une seconde carrière. Toute une année, il fut aux ordres de Floflo, de madame Soucille, de Pulhe-Moune, de l'un, de l'autre, avec une modestie, un désir d'apprendre que c'en était un plaisir de lui faire la leçon, de le traiter de couillon rouge et de racassou aussi bien qu'un apprenti véritable. Il sut faire pardonner sa condition de gendre. De gendre ignorant. De gendre respectueux. De gendre que les vieux tutoyaient, alors qu'il leur disait vous. Il passa de meule en meule, de poste en poste, reçut à chacun un rang supplémentaire comme un couteau que l'on construit. En fin de journée, avec sa barbe et ses cheveux poudrés, on aurait dit un écouvillon.

— Vois-tu, lui expliquait Auguste, il n'est pas indispensable que tu apprennes chaque finesse de ce métier. Aucun coutelier ne peut prétendre connaître toute la coutellerie, de même qu'aucun médecin ne peut savoir toute la médecine. Mais si tu comptes prendre ma suite et réussir, il te faut deux choses. L'une, c'est que tu aimes le beau travail. Et l'autre, plus importante, c'est que tu aimes les hommes.

Ferdinand fit des stages complémentaires dans des entreprises amies. Il essaya d'être découpeur chez Pataud, estampeur chez Roddier-Roddier, martinaire chez Wichard, ciselier chez Thiers-Issard, scieur de corne chez Paul Rie, cacheur de manches chez Chambriard-Fontbonne.

Après ce temps probatoire, son beau-père l'interrogea :

— Que penses-tu maintenant de ma proposition ?

— Avant que je réponde, dites-moi vous-même d'abord ce que vous pensez de moi.

— Je crois que tu commences à aimer ce métier. Aimer, ça s'apprend, comme jouer de la clarinette. Pour ce qui est d'aimer les hommes, je les ai interrogés. Ils m'ont dit : « Ton gendre, on le craint pas. »

— C'était un gros compliment ?

— Pas un petit.

Ils ne se dirent rien de plus. Il y a des paroles qu'il vaut mieux ne pas prononcer. Ils restèrent un long moment face à face, se regardant, intimidés l'un par l'autre. Pitelet distingua sur la tempe de son gendre la cicatrice-souvenir dont il savait l'histoire. Et tout à coup, il prit Ferdinand par les épaules et l'embrassa sur les deux joues, thiernoisement, au milieu de la barbe. Puis, s'éloignant :

— Tout ce poil sur la tête et la figure, c'est pas ce que tu as de mieux.

— Faut-il que je les sacrifie ?

— Non, non, si ça te tient chaud. Les raccourcir un peu sans doute. On te verrait davantage. Et maintenant, je vais t'ouvrir mes livres.

Francine s'inquiéta de ces arrangements.

— Je vois bien ce que tu manigances. Je sais que mes cinq cents dollars n'étaient qu'un emprunt que tu m'as remboursé, et que la fabrique t'appartient en propre. Les trente ans de trime que je lui ai donnés ne comptent pas non plus. Mais je te rappelle, pour le cas où tu l'aurais oublié, que tu as deux filles. Est-ce que tu vas tout donner à l'une et rien à l'autre ?

— La loi ne me le permettrait pas. Mais tu te trompes, je n'ai pas deux filles, j'en ai trois.

La stupeur lui ouvrit la bouche, elle resta muette et cramoisie, la guenille, pensa-t-elle, il a eu quelque bâtarde sans me le dire ! Lui devina ses pensées, sourit, puis compta sur ses doigts :

— L'une, Gilberte. L'autre, Charlotte. La troisième, l'Hirondelle. Et c'est à la troisième que j'ai, moi aussi, donné le plus de mon temps, de mes jours, de mes nuits. Je veux qu'elles vivent toutes trois. Les deux premières ont leur pain quotidien, leur retraite assurée : elles me les doivent. Ça sera la plus grosse part de leur héritage. La dernière est menacée : elle risque de mourir en même temps que moi.

— Tu as l'intention de mourir ?

— Ne pose pas de questions imbéciles. Je veux prendre des dispositions pour sauvegarder la fabrique sans léser les filles. Et toi aussi, tu auras ton compte. Je ne te ferai pas tort.

La radio parlait souvent de *l'après-Staline*, de *l'après-Franco*. Il dit à maître Tournebize, son notaire de la rue Gabriel-Marc :

— Je veux m'occuper de l'après-Auguste.

— Vous voulez dire : faire un testament ? Je suis à votre disposition.

Ils évaluèrent l'ensemble de sa fortune de la manière suivante :

Biens appartenant en propre à monsieur Auguste Pitelet :

1 – un immeuble sis à Thiers rue de Châteldon	*10 500 000 F*
2 – marque industrielle l'Hirondelle	*20 000 000 F*

3 – moitié de l'outillage et des réserves commerciales	*14 330 000 F*
4 – 2 voitures à bras usagées	*800 F*
Total	*44 830 800 F*

Biens en communauté avec madame Pitelet, née Francine Fonlupt :

1 – moitié de l'outillage et des réserves, comme ci-dessus	*14 330 000 F*
2 – un jardin-vigne de 8 ares sis au Pontel	*200 000 F*
3 – meubles, linge, bibelots	*3 800 000 F*
4 – une voiture automobile Hotchkiss usagée	*250 000 F*
5 – dépôts en banque et caisses d'épargne	*6 500 000 F*
Total des biens communautaires	*25 080 000 F*

Biens appartenant en propre à madame Pitelet-Fonlupt :

1 – dot	*500 $*
2 – intérêts de ladite somme à 3 % pendant 30 ans	*450 $*
3 – bijoux, linge, collections	*1 540 000 F*
	950 $
Total	*et 1 540 000 F*

Placée devant ces chiffres, Francine examina, discuta, finit par les juger honnêtes et y souscrire. Il ne restait plus qu'à établir le partage. Auguste légua la « quotité disponible » que lui permettait la loi – un tiers de ses biens personnels – à sa fille aînée, à charge pour elle et son mari de maintenir l'exploitation de l'Hirondelle et de participer pour moitié à l'entretien convenable de leur belle-mère, madame Francine Pitelet, née Fonlupt, jusqu'à la fin de ses jours.

— Et si je pars avant toi ? objecta-t-elle.

— Dieu m'en garde !

Ce n'était pas l'usage chez les couteliers. Aussi loin qu'il cherchât autour de lui, dans le passé et le présent, tant chez les maîtres que chez les ouvriers, il ne voyait que des veuves, et point de veufs. Trop de choses abrégeaient la vie des hommes : le mauvais sang, la dureté de la tâche, les accidents et maladies, la chopine. Francine n'insista pas, c'était une remarque de pure forme.

En attendant de mourir, il embaucha officiellement son dauphin Galéas et fit de lui son représentant unique pour le nord de la France et de l'Europe, avec faculté de monter jusque chez les Esquimaux. Ferdinand était d'humeur vagabonde, la place lui convenait. Ses marmottes au bout des bras, il alla proposer aux Alsaciens, aux Lorrains, aux Belges, aux Hollandais les beaux couverts à manche de corne, d'ivoire, de métal argenté. Et aussi, pour les bourses modestes, les tout-inox auxquels Pitelet avait dû se résigner, on n'arrête pas le progrès, même s'il fait regret, c'était ça ou abandonner aux concurrents le marché démocratique. Car tout se démocratisait : le poulet, l'instruction, les vacances, les couteaux de table. Avant la guerre, seuls les bourgeois disposaient de ces beaux outils à lames rondes ; le peuple tirait de sa culotte le couteau fermant à lame pointue, en coupait son lard et son fromage, s'en curait les dents et, le repas fini, essuyait la lame sur une tranche de pain, le faisait claquer, le remettait dans sa poche. Les femmes se servaient de couteaux de cuisine à manches de bois, bons à tous services.

Au bilan de la démocratie, il fallait ajouter une conquête plus étonnante encore : l'automobile. Depuis 1948, la régie Renault fabriquait une voiture guère plus grosse qu'une noix, dans laquelle elle réussissait à introduire un moteur, quatre chevaux, quatre vitesses – dont une reculante –, quatre personnes, le tout consommant quatre litres d'essence aux cent kilomètres et pouvant rouler à quatre-vingts dans les descentes. Encore trop chère à l'état neuf pour l'ouvrier, on la vit se répandre parmi les fonctionnaires, instituteurs, receveurs des postes, chefs cantonniers, lesquels, après l'avoir usée aux trois quarts, revendaient ses restes au prolétariat. Les patrons furent d'abord très choqués en reconnaissant au volant d'une de ces bagnoles d'occasion tel ou tel de leurs ouvriers :

— Voilà, s'écriaient-ils douloureusement, qu'à présent tu roules carrosse !

Ils durent cependant s'y résigner. Après tout, ils y trouvaient indirectement leur compte, car l'ouverture de ce marché nouveau donnait du mouvement aux affaires. Les travailleurs des usines thiernoises n'approchaient pas encore de ce luxe, ils restaient sur l'échelle des salaires les derniers des derniers ; mais à Clermont, à Riom l'on rencontrait tel manœuvre du caoutchouc ou du tabac qui possédait déjà sa voiture. Ainsi, lentement, approchait-on du rêve de mademoiselle Alice Belin, gagnante du concours « Thiers dans cinquante ans » lancé par le *Journal de Thiers* en 1930 : en 1980, l'ouvrier aura sa petite auto pour aller à son jardin ou promener sa famille. Car on aura certainement inventé une auto démontable, pas plus longue à dévisser que de dételer un cheval de sa voiture. Et avec une poulie on grimpera l'auto au grenier.

Ferdinand Galéas, pour le moment, préférait voyager par chemin de fer. Son beau-père lui avait confié le territoire le plus fidèle à la coutellerie nogentaise, toujours de qualité irréprochable. Au seul nom de Thiers, certains revendeurs lui riaient au nez :

— Thiers ? On connaît, on connaît ! Des couteliers qui oublient un peu trop souvent de tremper leurs lames ! Merci bien !

Et ils lui sortaient quelque saloperie sans marque et sans nom, lui jurant qu'elle venait de Thiers, mais elle aurait pu aussi bien venir de Hong Kong. Exactement pareille, justement, à ce qui trente ans plus tard inondera le marché européen en *Made in Hong Kong*, ou *Singapore*, ou *Taiwan*. Thiers était alors le Hong Kong de la camelote de table. Et lui, furieux :

— Et ça !

Il sortait les couverts, les rasoirs de l'Hirondelle.

— Oui, oui, reconnaissaient les Lorrains ou les Esquimaux, hochant la tête, ça, c'est autre chose. Malheureusement, nous ne pouvons pas acheter, Thiers a mauvaise réputation auprès de notre clientèle.

Voilà ce que c'est, se disait-il, de ne pas aimer son métier. Il en aurait pleuré. Dans sa chambre d'hôtel, il ne trouvait un peu de consolation qu'en tirant sa clarinette de son étui. Ah ! elle aurait pu en raconter sa clarinette, si elle avait eu la parole !

En août, il y eut précisément à Thiers un débarquement de ces redoutables Nogentais, à l'occasion de fêtes gymniques qui attiraient les sociétés populaires. Les ciseliers du pays de Langres avaient envoyé leur fanfare, l'Etoile nogentaise. Les hommes de la Philharmonique tendirent l'oreille pour compter ses canards : ils eurent le grand dépit d'en attraper un ou deux seulement ; même au bout de leurs clairons, les Nogentais se montraient irréprochables. On les applaudit du bout des doigts. Pris en particulier, c'étaient des hommes sérieux, qui ne souriaient guère, ne bougeaient guère, ne parlaient guère. A force de les cuisiner, on sut que leur pays était plat comme la main, qu'il n'y chantait aucune rivière, qu'ils pratiquaient l'émouture non pas couchés mais assis ou debout, qu'ils ne buvaient pas en travaillant, qu'ils payaient sans faillir leurs cotisations à la Sécurité sociale. De vrais énergumènes.

Le soir du 16, un festin devait pourtant les réunir au Nouvel et Grand Hôtel avec les sommités de la coutellerie locale. Auguste Pitelet fut chargé de prononcer au dessert le discours de politesse. Il s'y prépara consciencieusement, en écrivit le texte, le fit corriger par Gilberte et taper à la machine par Charlotte. Longtemps à l'avance, il enfila son pantalon à rayures, sa jaquette noire, fit contrôler sa tenue par-devant et par-derrière. Sa fille cadette insista pour qu'il prît la cravate rouge qu'elle lui avait offerte à son anniversaire précédent et qu'elle ne lui avait encore jamais vue. Une cravate rouge ! Est-ce qu'on offre du rouge à un ancien chasseur alpin ? Une couleur que ce corps de montagne abomine et qu'il évite jusque dans son vocabulaire : s'il doit parler rouge absolument, il dit « bleu cerise ».

— Elle n'ira pas avec mon costume sombre, essaya-t-il de protester.

— Le rouge va avec tout, voyons !

Il s'y résigna pour ne pas désobliger *l'ex-tante Lotte*, spécialiste du boire, du manger, du vêtir. Afin d'en restreindre les effets néfastes, il y enfonça une épingle d'or, présent de son jeune cousin, l'éloquent Gautier-Pitelet :

— Elle me retiendra de bafouiller.

Alors, paré de pied en cap, il s'assit dans un de ses fauteuils, comme s'il se rendait visite à lui-même, n'osant trop remuer pour ne point déranger l'ordonnance de ses plis. Et comme il n'avait rien à faire, il regardait autour de lui ce mobilier qui s'était accumulé au fil des ans et de la réussite, les bibelots mauresques, poufs, tapis, cassolettes, l'alambic et autres étartuelles, photos de ses filles et de ses petits-enfants. Emu spécialement par le cadeau que lui avait offert son personnel à l'occasion de sa soixantième année : une paysanne auvergnate en pierre grise de Volvic, le front ceint par les tuyaux de sa coiffe, un battoir dans la main droite, debout près d'une brouette chargée de linge, avec cette inscription sur le socle : *Laveuse de Nohanent.*

« Mais c'est grand-mère Hortense ! » s'était-il écrié dès le premier instant.

Il reconnaissait bien le drapé vertical de sa robe tombant sur les sabots, la poche-sarigue du tablier où elle l'avait recueilli, pauvre orphelin aux jambes maigres. Depuis deux ans qu'elle se tenait là, sur le confiturier louis-philippard, il avait eu souvent l'occasion de la consulter des yeux ou de la main, et toujours s'en était bien trouvé, elle était de bon conseil. Il ne possédait de sa grand-mère paternelle aucun autre portrait, elle appartenait à une époque où les pauvres, les pauvresses surtout ne se faisaient guère photographier. Vers 1922, à Thiers, la photographie tardait à se démocratiser bien que Daguerre y eût fait ses premières expériences et qu'une rue portât son nom. On ne recourait à elle qu'aux occasions solennelles, baptême, communion, mariage. Trop tard pour mémé Hortense. De son vivant, Auguste aurait pu conduire mémé Hortense chez Gauvin ou chez Gilbert, mais il lui manquait toujours cinq minutes. Sans doute aussi aurait-elle vu dans cette cérémonie un rite préfunéraire, une précaution contre la mort, et il craignait de l'effrayer. Puis, un matin, elle était partie pour de bon, sans avertissement, le laissant stupéfait, pris de court. Voilà pourquoi il avait si bien accueilli la *Laveuse de Nohanent.*

La maison était silencieuse, Charlotte retournée à ses confitures, les enfants à Vollore chez tante Mélite, Gilberte dans sa chambre, Francine à ses fourneaux,

Ferdi en tournée au Luxembourg. Auguste consulta la montre de son gousset, il était l'heure. Il jeta un dernier coup d'œil autour de lui.

— Je m'en vais ! cria-t-il à la cantonade. A ce soir !

— A ce soir, répondit madame Pitelet de sa cuisine.

— Au revoir, Gilberte ! répéta-t-il en direction des chambres.

— Au revoir, papa.

Elle est, qu'il se dit, en train d'écrire des acrostiches. Il caressa des yeux la *Laveuse*, ferma la porte doucement. La ville grouillait de gymnastes, de trompettes, de tambours, de bade-bec dont certains le reconnurent et le saluèrent familièrement, salut, Auguste. Il monta la rue Conchette, passa devant la chapelle des sœurs de Nevers, arriva au Nouvel et Grand Hôtel. Pendant des années, au temps de ses galoches plates, il avait tenu cet établissement pour un palais des Merveilles, éblouissant de lustres et de cristaux, où ne fréquentaient que des artistes parisiens, des hommes d'Etat, des diplomates, des millionnaires. A peine osait-il en passant glisser un regard dans l'entrebâillement des remises et des écuries. Et voici que ce soir il y entrait par la grande porte afin d'y présider le banquet des producteurs fédérés de la coutellerie française. Les garçons s'inclinèrent devant lui. Il se trouva mêlé aux Nogentais, avec leurs figures rougeaudes, leur langage pesant où ils mettaient des accents circonflexes sur toutes les voyelles.

A peine assis, il examina par habitude les couverts disposés à l'entour de son assiette, constata avec satisfaction qu'ils portaient sa marque, l'Hirondelle. Rien de nogentais ne paraissait sur les tables, sauf les poings des invités. Ceux-ci s'en aperçurent, méditèrent leur revanche :

— J'espère, monsieur le président, lui dit son voisin de droite, que vous viendrez un jour nous vouâr à

Nôgent-en-Bâssigny. Faudra ben qu'on vous rende la politesse.

— Quand vous voudrez.

Après quoi, le manger et le boire mirent d'accord tout le monde. On évita de parler coutellerie, chacun craignant de lâcher un mot de trop qui eût révélé un secret de fabrication, une espérance commerciale. On évoquait plutôt la législation du travail, la Sécurité sociale, la fiscalité, la concurrence étrangère, Sheffield, Solingen.

Quand les garçons commencent à faire sauter les bouchons du champagne, les regards se tournent vers Pitelet. Il tire de sa poche les feuilles dactylographiées, se lève, toussote, passe une main sur son front, des chuts courent de table en table.

— Mes chers amis…

— Taisez-vous !

— Mes chers amis…

— Laissez parler le président !

— Mes chers amis…

Il oscille un peu d'une jambe sur l'autre, comme un écolier qui se prépare à réciter sa fable. Le balancement permet au silence de s'établir de proche en proche.

— Mes chers amis… dit-il une quatrième fois.

Un petit ricanement, qu'a-t-il à se répéter comme ça, son discours est écrit, qu'il le lise donc. Amis ? Chers amis ? Si l'on veut, parce qu'ils ont tous en commun l'amour des lames. Le fil du rasoir. Le coupant des ciseaux. Le tranchant du bistouri. Continue, Auguste, de nous parler d'amitié nogento-thiernoise. Fais-nous croire.

Mais lui se tait, les yeux tournés vers le fond de la salle. De gros yeux ronds qui lui sortent de la tête. Que voient-ils ? Une figure blanche paraît-elle derrière les vitres, qu'il est seul à distinguer ?

Les feuilles dactylographiées lui tombent des doigts, il porte une main à sa cravate « bleu cerise », cherchant à la dénouer. Auguste, que se passe-t-il ? La face rouge que tu as ! Tu ne vas pas nous prendre une attaque de geai ? Mourir, là, devant les Nogentais ? Quelle opinion auraient-ils de la solidité thiernoise ? Tu viens à peine d'accomplir ta soixante-deuxième année, Auguste, l'Hirondelle a encore besoin de toi. Son autre main saisit une coupe en tâtonnant, l'élève à hauteur des yeux :

— Je bois à l'amitié des hommes…

Puis il s'affaisse sans boire et tombe à la renverse, inondé de champagne. Dans un grand cri, toute la salle est debout. On le couche sur un canapé, on appelle un médecin qui prononce : congestion. Le mal qui emporta Joseph Claussat à La Ferté-Vidame. On disait jadis apoplexie, coup de sang. A Thiers, on l'appelle *attaque de geai*, parce qu'elle te fait la tête grosse et pourpre. On se moque d'elle qui ne tue pas toujours, quelquefois elle rend idiot, infirme des membres ou du visage, grimaçant, tordu, ridicule. On conseille aux coléreux : « Prends garde à l'attaque de geai ! » Mais quand elle t'assomme sans bavure, quand elle accomplit les choses proprement, elle est un privilège du ciel. Signe que le bon Dieu t'avait en amitié spéciale et t'épargne les interminables souffrances. Seigneur, le moment venu, emportez-moi d'une parfaite attaque de geai, comme vous fîtes ce 15 août 1951 au Nouvel et Grand Hôtel d'Auguste Pitelet qui venait de porter un toast à l'amitié des hommes. Amen.

Plus d'une fois, il avait exprimé le désir de reposer au cimetière de Saint-Jean, près de l'autel où jadis il avait pris Toinette pour épouse. Les Limandons manquent de vie, à Saint-Jean du moins je pourrai voir et entendre la Durolle, elle me racontera les nouvelles. On lui donna satisfaction. Tout ce qui à Thiers touchait de près ou de loin à la coutellerie l'accompagna jusqu'à sa sépulture, patrons et ouvriers, syndicats et artisans, drapeaux, bannières, tambours voilés d'un crêpe, la Philhar suivant au pas ralenti son ancien trombone à pistons. Raymond Gautier-Pitelet et sa femme née Rigal. Le cousin Armand Pitelet, dit Pitelet le Cygne. Ses sœurs Léontine et Jeanne envoyèrent de Dakar un télégramme de condoléances. Son fils Paul vint de Vichy où il dirigeait un hôtel. Sa mère, née Dubourdieu, ingambe octogénaire, monta de la Côte d'Azur où elle consumait ses rentes à petit feu. Des cousins Zapatez, des neveux Fonlupt qu'on ne voyait jamais que dans les occasions funéraires et qui prirent congé après la cérémonie :

— Au plaisir de nous revoir. Jusqu'au prochain enterrement.

La veuve et les orphelines regagnèrent la maison encore tout odorante de roses et de formol, pleine d'un silence éberlué :

— Et maintenant ? dit Francine.

— Quoi maintenant ? dit Charlotte.

— Qu'allons-nous faire ?

— Vivre.

Elles restèrent assises, muettes, à se considérer furtivement, chacune cherchant à mesurer le chagrin des deux autres. Puis Francine se leva :

— Je vais nous faire un peu de camomille.

Lentement, elles remuèrent le sucre dans l'eau chaude, sentant sur leurs têtes le regard ironique de l'absent, par ce qu'il restait de lui dans cette pièce, aux murs, aux meubles, au lustre du plafond.

— Avec qui, maintenant, demanda la fille cadette, vas-tu habiter ?

— Mais... avec *lui*, comme toujours.

— Seule ici ?

— Je ne serai pas seule. J'aurai son souvenir.

— Et... pour vivre ?

— Il a pris toutes les dispositions nécessaires : pour moi, pour vous. On aurait dit qu'il le sentait. Pauvre Auguste ! Un de ces jours, nous irons chez le notaire, avec vos maris. J'espère qu'il n'y aura pas de disputes.

Le testament confirma. Maître Tournebize fit préparer l'estimation précise de ce qui reviendrait à chacune des droits et servitudes, expliquant :

— Vous avez en principe six mois pour accepter ou refuser la succession. Mais dans ce cas particulier, l'Hirondelle ne peut rester en suspens une si longue période. Il faut que vous décidiez tout de suite. Je vous laisse quarante-huit heures de réflexion. Revenez après-demain.

Auguste avait si bien percé les désirs de ses gendres, de ses filles, de sa femme, réglé les parts avec tant de justice, que ses volontés furent approuvées sans retouche. Comme dit maître Tournebize, « avec des héritiers comme vous, c'est un plaisir de mourir ».

Francine eut moins d'agrément lorsqu'elle ouvrit le coffret de noyer, sculpté par Pitelet l'Artiste, ce lointain beau-père qu'elle n'avait jamais connu. Elle en trouva la clé suspendue en guise de breloque à la chaîne de montre du défunt. Il livra son contenu. Des billets fanés recouverts d'une écriture sage, aux lignes exactement horizontales, réglées par un léger trait de crayon :... *Cher Auguste, vous n'avez pas respecté votre promesse. En me faisant traverser Escoutoux alors que vous me teniez par la main, vous m'avez déshonorée...* Le *d* avait la queue enroulée, comme on le traçait avant 14. Rien que des missives de Toinette, la première madame Pitelet. Un mouchoir de Toinette. Le chapelet de Toinette. Un peigne de Toinette. Une photo de Toinette tenant Gilberte sur ses genoux. Une boucle de cheveux nouée d'un fil. Une image sainte. Un cœur d'argent. Des feuilles d'oranger qui tombèrent en poussière entre ses doigts... Ainsi, pendant trente ans, Auguste avait gardé ce reliquaire près de son lit. Pas un soir il ne s'était endormi sans le caresser, sans adresser une pensée muette à son amour ancien. Trente années d'adultère mental. Francine sentit les serpents d'une jalousie rétrospective la mordre au plus tendre. Elle fut tentée de jeter au feu la boîte, mais se souvint qu'elle était incombustible, des traces de flammes en témoignaient. Alors, avec dépit, elle la remit à sa belle-fille :

— Ceci te revient. Je n'en ai pas l'usage.

Ferdinand comptait voyager longtemps encore au service de la coutellerie comme il l'avait fait précédemment au service de la photo. Il était de la race des remueurs de jambes, la terre leur brûle les semelles, toujours à fouler leur ombre, à chercher de nouveaux visages, de nouveaux clochers, de nouvelles lunes. « J'aurais dû naître bohémien, plutôt que bohème. » Il lui en coûta de devoir se fixer rue de Châteldon, où il habitait le petit reposoir du dernier étage. A présent, la fabrique le retenait par ses quatre membres. Et pourtant elle fonctionnait toute seule comme les belles mécaniques. Les ouvriers, les finisseuses, les plieuses l'acceptèrent sans réticence, ils l'avaient connu poirier, l'avaient dégrossi, l'avaient tutoyé le cas échéant. Ils ne le craignaient pas. Il promit de les consulter encore et souvent et demanda que l'on continuât de lui dire *tu*, voire, s'ils le jugeaient bon, de le traiter de racassou.

Malgré l'Hirondelle, Gilberte n'envisageait point d'abandonner l'enseignement. Tout ce qu'elle consentit fut de demander un poste plus rapproché de Thiers. Elle quitta la petite école de Bulhon, son tilleul, ses quatre Evangélistes et fut nommée au cours complémentaire féminin de Courpière où elle enseigna, sous l'autorité de madame Broussegoutte, l'histoire, la géographie, le français et les acrostiches.

Vers cette époque se répandit une affligeante nouvelle : Antonin Chastel ne pouvait plus pisser. On commença par en rire avec démesure, thiernoisement. Quelqu'un qui, dans le fameux cabinet dans-terre, s'employait un matin à la même besogne – la plus simple en principe, la plus facile qui soit au monde – racontait qu'il avait vu près de lui le pauvre Tonin arc-bouté et poussant des bramées de cerf en rut parce que ça ne voulait pas couler. Ainsi s'exprimait ce médisant : des bramées de cerf en rut. On s'était donc énormément désopilé autour de lui. Après quoi, lorsqu'on avait compris que le maire n'agissait pas ainsi par goût du théâtre mais par souffrance, on l'avait plaint de tout cœur.

L'année 51 avait été bien décevante pour lui. Aux élections législatives de juin, fondées sur le « scrutin de liste », les candidats étaient groupés sept à sept dans un ordre déterminé par le bureau de leur parti : seule la tête avait l'espérance de sortir. Chastel figura parmi les socialistes que conduisait l'avocat Adrien Mabrut, vainqueur préfabriqué. Les électeurs avaient cependant le pouvoir d'exprimer un vote préférentiel en faisant précéder d'une croix leur favori. Le résultat de cette règle compliquée fut que Tonin obtint trois mille croix de plus qu'Adrien. Celui-ci emporta quand même le coquetier. Alors, les Thiernois ulcérés conférèrent au vaincu le titre de « député arithmétique » du Puy-de-Dôme.

A ces déboires électoraux s'ajoutaient des ennuis de santé : le cœur qui battait la breloque, ce goitre plongeant où nichaient, affirmait l'opposition, une mère corbeau et des petits. Et maintenant, pour comble, il ne pouvait plus pisser. « C'est la prostate, expliqua la médecine. Une glande qui a grossi comme une pomme de terre et qui bloque l'écoulement. » On commença à réciter des neuvaines en sa faveur. C'est-à-dire que dans les caboulots on trinqua neuf fois de suite :

— A la santé de notre Tonin ! Que la bonne Vierge le préserve !

Des émissaires rôdaient autour de son domicile personnel, interrogeaient les femmes de ménage ou les fournisseurs :

— Est-ce qu'il a pissé, ce matin ?

— Trois gouttiches de souris, bonnegent ! C'est pas de compter !

Il fallait le vider à la sonde. Une sorte d'aiguille à tricot qu'on lui enfilait dans la cannelle au prix de douleurs exorbitantes. A la fin, il en eut assez d'être ainsi mis en perce quotidiennement et se résigna à l'opération. Une affaire d'ailleurs de simple routine, cent mille Français chaque année se font enlever la prostate sans accident.

Un certain matin de février 1952, il quitta donc Thiers avec sa petite valise pour une clinique de Clermont. Disant, on me revoira. On ne le revit plus vivant. Deux jours après, les Bitords apprirent avec stupeur que des médecins clermontois avaient estourbi leur maire, à peine âgé de soixante-cinq ans. L'intervention s'était déroulée dans les règles de l'art, mais ensuite on n'avait pas réussi à le réveiller. La seule exception qui existât sur cent mille était tombée sur le malheureux Tonin.

Le cœur de la ville parut s'arrêter, les marteaux-pilons cessèrent de battre, les martinets de crépiter, les meules de cracher leurs étincelles. La dépouille du défunt fut placée dans la salle de répétition de l'Union philharmonique, entourée de cierges, de croix, de drapeaux, et les habitants firent la queue pour venir lui jeter de l'eau bénite ou lui dire un dernier salut. Tu te serais cru à Moscou devant le mausolée de Lénine. Au revoir, Tonin, merci, Tonin, lui soufflait-on, les larmes aux yeux, on se rappelait son dévouement aux pauvres, aux réfugiés, aux grévistes, aux chômeurs, à la coutellerie, aux écoles, à

Zamenhof, à Montdory, aux arts, aux sciences, aux lettres, à l'hygiène. On caressait de la main le drap noir larmé d'argent qui le caparaçonnait. Tous ces hommages, dans sa boîte de chêne, lui réchauffaient le cœur et les pieds.

A ses obsèques, il y eut autant de monde qu'aux meilleures foires du Pré : des ministres, des députés, des préfets, des sous-préfets, des officiers supérieurs, la liste en remplit quatre colonnes dans *La Gazette*, sans compter des milliers de sans nom, ceux qu'on range globalement dans les et cætera. Et ces et cætera n'exprimaient pas l'affliction la moins vive. Le cortège se déroula, stoïque et consterné, sous les rafales de pluie et de neige, le ciel lui-même participait au deuil de la nation. Chastel allait en tête dans un fourgon mortuaire, suivi de deux autres chargés de couronnes, de rubans et de fleurs. Derrière, défilaient les sociétés jouant des marches funèbres. Ah ! il fut plutôt bien servi, lui qui aimait les beaux spectacles ! Benoît Gimel s'avança tête nue pour le recevoir à l'entrée de son cimetière, honneur qu'il réservait aux éminences. Jamais Thiers n'avait vu des funérailles si imposantes accordées à une seule personne. Faut dire que jamais non plus Thiers ne posséda, ni avant ni depuis, un maire d'une telle stature. Si grand qu'on eut besoin de trois corbillards pour l'enterrer.

Au début de ces années cinquante, la mort s'acharna aussi sur l'entourage de Gilberte et de Ferdinand. Pitelet le Fin s'éteignit à Montargis entre les bras de sa femme Jérômette, emporté par le diabète. En 53, un matin de mai ensoleillé, tante Mélite préparait à Vollore une salade de *pipes* sauvages, de doucettes précoces, qu'on cueille au bord des chemins. Dosjoub fialetait ses couteaux suisses. Elle dit à sa mère :

— Je descends au jardin prendre un brin de persil.

Mélanie Zapatez ne bougeait plus guère de son fauteuil, près de la fenêtre, d'où elle pouvait observer les Vollorois à leurs occupations, les chiens, les chats, les poules, les pigeons. Quelquefois, elle fermait les yeux, on chuchotait autour d'elle, la croyant endormie. En fait, elle se trouvait alors en compagnie de ses défunts ; de la pieuse population de jadis qui s'agenouillait dans la rue au passage du saint sacrement ; de ses père et mère ; de ses amies envolées déjà depuis longtemps ; de Gilbert le forgeron-charron, son époux espagnol ; de la malheureuse Toinette et du non moins malheureux Auguste. Souvent, en prolongeant cette revue, elle s'assoupissait pour de bon ; dans son sommeil, ces ombres lui parlaient des bonheurs du paradis. Aussi était-ce avec un regret très vif qu'ensuite elle rouvrait les yeux pour s'apercevoir qu'elle avait simplement dormi, qu'elle appartenait encore au monde des vivants et des douleurs.

Tout à coup, elle sentit un mal à l'épaule. C'était son gendre qui la secouait :

— Et Marguerite ?

— Quoi, Marguerite ?

— Où donc qu'elle est ?

— Je... je sais pas.

— Vous avez vu l'horloge ? Il est une heure !

Encore était-ce l'heure vieille et non celle d'été. On appela : Marguerite ! Marguerite ! On la chercha partout. Félix finit par la trouver au jardin à plat ventre dans une allée, le nez enfoui dans le persil. Morte. Bienheureuse. Elle avait rejoint sans souffrir sa petite sœur Antoinette et son père Gilbert le Juste.

Tout Vollore vint à son enterrement, sans parler des Galéas, des Lecoq montés de Thiers et de Courpière, des cousins venus de tout l'arrondissement. Elle aussi se trouva bien accompagnée vers sa dernière demeure, quoique le cortège ne fût composé que d'et cætera.

Depuis ce jour, Gilberte Galéas, née Pitelet, considéra que la mort subite faisait partie des traditions de la famille. Et elle eut grand soin de faire pousser près de sa porte un carré de persil, à toutes fins utiles.

La guerre d'Indochine dans laquelle nous pataugions depuis dix ans s'acheva en 54 après la bataille de Diên Biên Phu. En vérité, Diên Biên Phu fut une grande victoire de la France civilisée sur la barbarie, sur le scandale des piastres, les lupanars de Saigon, les Tonkiki... les Tonkinoises, les nuits de Chine-nuits câlines, les trafics d'opium, de riz, de caoutchouc naturel, les aspersions au napalm.

Les économistes partisans du système colonial avaient prédit que la perte de l'Indochine française se traduirait immanquablement par une chute d'au moins dix pour cent de notre niveau de vie. C'est le contraire qui arriva. Débarrassé de ce boulet, le pays entra dans une ère de prospérité sans précédent. L'industrie progressait à pleins tubes, la France demandait des voitures, des logements, des aspirateurs, des réfrigérateurs, des appareils de radio, des meubles, des vêtements, de la coutellerie. En quelques années, Ferdinand Galéas engagea une douzaine d'ouvriers supplémentaires et un contremaître. La main-d'œuvre française vint à manquer, retenue en Algérie par une guerre nouvelle. Les Sidis se mirent à commettre chez nous des attentats. A Thiers, on les connaissait depuis longtemps, on les traitait avec une amitié un peu méprisante, on leur jouait dans les usines de bonnes farces, on les faisait rire : ils mettaient alors une main devant leur bouche pour empêcher les djinns d'entrer dedans. On en avait civilisé beaucoup en leur enseignant, comme aux Nyacouets, les vertus de la chopine. Mais voici qu'ils devenaient méchants. Ils ne riaient plus, ne buvaient plus, ne fumaient plus, regardaient les roumis thiernois avec des yeux blancs qui faisaient peur. On ne les renvoya pas néanmoins des usines où ils tenaient la place des ouvriers français occupés à tuer leurs frères. On les priva simplement de conversation, de chatouilles et de cigarettes. L'Hirondelle en employait deux, Idriss et Rachid.

Une innovation singulière apparut ces années-là dans le couteau de table. Jusqu'alors, il existait deux sortes de lames, les tranchantes en acier ordinaire sensible au jus de citron, et les peu tranchantes en inox, incapables de couper proprement un morceau de viande épais. Vinrent les crans. Le fil rectiligne fut remplacé par de fines découpes en forme de lunules imprimées dans l'acier au moyen de meules spéciales qui alliaient la tendreté de la magnésie à la dureté du corindon : chaque lunule en creux y correspondait à une ride en relief ; en sorte que leur surface était toute en légères ondulations comme la houle de la mer. Ces dentelures garantissaient un coupant éternel. Elles modifièrent toutefois le geste auguste du découpeur de gigot : au lieu d'y enfoncer sa lame par simple pression, il dut le scier par un mouvement de va-et-vient.

1959-1980

Les préparatifs d'un Marché commun européen semèrent la panique parmi les industriels couteliers. Protectionnistes jusqu'aux moelles, ils exigeaient régulièrement depuis un siècle la fermeture de nos frontières aux articles étrangers, tout en s'efforçant – c'est de bonne guerre – de leur damer le pion sur les cinq continents. Or voici qu'on parlait maintenant de supprimer toute barrière douanière ! De laisser entrer sans contrainte les sheffielderies et les solinguenades produites avec l'aide du plan Marshall ! On voulait donc ruiner la coutellerie française ?

Les protestations écrites s'amoncelèrent à la chambre de commerce et d'industrie, à la mairie, à la sous-préfecture, au chef-lieu du département, à l'évêché, au Palais-Bourbon. Mais Paris avait tant de poules à traire ! Une nouvelle république à organiser, la guerre d'Algérie à poursuivre, le franc à alourdir, la grandeur de la France à restaurer ! Et comme si ces immenses desseins ne suffisaient pas, il entreprenait on ne sait quelle association européenne :

— Grâce à notre traité, proclamait-il, vous irez vendre vos couteaux à Londres, à Rome, à Berlin !

— En concurrence avec Solingen !

— La concurrence vous fera du bien. Elle vous secouera les puces, vous obligera à moderniser vos entreprises et vos produits.

— Grand merci, nous tenons à nos puces. Et nous sommes assez modernes comme ça : vous avez remarqué nos dentelures ? Alors, pas besoin de nous moderniser davantage.

Et ils retournèrent, offensés, à leurs ateliers poudreux, exigus, désordonnés, où les rats venaient manger dans la main des hommes.

Ferdinand Galéas, lui, raisonnait d'une autre façon : « Et si, au lieu de m'user à combattre sans grands résultats mes rivaux de Thiers, de Nogent, de Solingen, je me lançais dans un produit presque sans concurrence ? » Il consulta sa femme.

— Tout dépend, répondit-elle, du produit en question.

Il le lui révéla. Pardieu oui ! L'œuf de Christophe Colomb ! Il suffisait d'y penser ! Il faudrait garder le secret le plus longtemps possible, comme avant toute offensive bien préparée. Il commanda une presse-emboutisseuse italienne, un rouleau d'acier inoxydable d'Ugine. Il fit forger des matrices chez Wichard selon des dessins de sa plume. Tout cela fut mis en place au rez-de-chaussée de sa fabrique, qui servait jusque-là d'entrepôt.

— Mais qu'est-ce que c'est donc que tu nous prépares ? demandaient ses vieux ouvriers en clignant de l'œil, feignant de ne rien comprendre.

Le jour venu, il appuya sur un bouton, la presse-emboutisseuse se mit à ronronner, puis à avaler le ruban d'acier inox en produisant à chaque bouchée un *tchic-tchonc* goulu ; elle rejetait aussitôt après un plat ovale de dimension moyenne, convenant aussi bien au poisson, qu'à la volaille ou qu'au gigot. Bientôt, la machine laissa tomber ses plats comme une chèvre ses dragées noires. Ferdi en forma des piles sous les regards éberlués du personnel. Il ne restait qu'à les ébarber, les polir, les essuyer, les envelopper, les expédier. La presse en fabriquait ainsi trois mille à l'heure.

On but le champagne. Mais les ouvriers s'inquiétèrent :

— Que vas-tu faire de nous ?

— Je vous garde. Je vous recycle.

Le terme était à la mode. Ils crurent comprendre qu'après les plats il leur ferait fabriquer des bicyclettes. Ils n'avaient rien contre les bécanes. Ils se tinrent prêts.

Ainsi, l'Hirondelle s'élança vers des cieux inexplorés. Elle n'abandonna pas tout de suite cependant ses anciennes fabrications ; mais la platerie les remplaça peu à peu. Au bout d'une année, Galéas commanda deux autres presses et renonça aux rasoirs. Encore un an d'efforts, et il renonça à toute espèce de coutellerie. Désormais, il mit les petits plats dans les grands, fabriquant des familles de plats qui s'emmanchaient les uns dans les autres à la manière des matriochkas, ces poupées russes qui se coiffent et se superposent.

La municipalité présidée par Fernand Sauzedde voulut chasser des taudis historiques un certain nombre de prolétaires et laissa bâtir à leur intention un pavé de HLM au lieu dit « les Jaiffours », en surplomb de la voie ferrée. Il éclipsa l'amoncellement joyeux et pagailleur des vieux logis : en arrivant de Pont-de-Dore, on ne vit plus que cette masse blanche et impavide. Enorme truie rectangulaire, elle semblait écraser un troupeau de porcelets à la conquête de ses tétines. Il se trouva que l'architecte clermontois responsable de ce monstre avait en même temps reconstruit un garage de la ville. Or un matin une dalle de la reconstruction s'effondra, tuant un ouvrier et en blessant plusieurs autres. Les prolétaires à reloger refusèrent dès lors d'habiter les Jaiffours, prévoyant leur prochain écroulement. Ils préféraient les taudis qui tenaient bon depuis cinq siècles. Les cent quarante appartements neufs restèrent inoccupés.

Il leur vint des habitants inattendus. Inspirée par de Gaulle, la France était en train d'échapper à la colonisation. Elle se débarrassait l'une après l'autre de ces terres lointaines qui lui suçaient le sang, ainsi qu'un chien en s'ébrouant se délivre de ses puces : la Guinée tomba, le Congo tomba, le Sénégal tomba... Beaucoup de Français exilés en Afrique rapportèrent leurs bras et leurs cerveaux à la Mère Patrie au lieu d'en enrichir des populations ingrates. Thiers accueillit à cœur ouvert quelques-uns de ces enfants prodigues et les installa aux Jaiffours :

— Vous voyez, dit le gérant en les introduisant dans les pièces vides, on vous attendait.

Pour sa part, Gilberte s'obstinait à résider à Courpière, au-delà du pont en direction d'Ambert, dans une vieille demeure en galets de rivière, aux chambres nombreuses où elle pouvait loger commodément ses trois enfants, son mari et une douzaine de pigeons. Ceux-ci réveillaient la maisonnée de leurs roucoulements. Ils dormaient sous les combles et parfumaient les étages de leur colombine.

Courpière est le bourg où Coco Chanel passa les dix premières années de son existence. Après une ascension pleine de péripéties, comme on sait, elle révolutionna par le vêtement la condition féminine. Rien d'étonnant qu'il se produisît à Courpière vers 1959 des changements d'une audace inouïe : l'air local conférait sans doute de telles dispositions. Dans le cours complémentaire où madame Galéas enseignait, on osait faire cohabiter des enfants des deux sexes sous le même plafond. Mais c'est en tremblant que le conseil municipal donna son accord à cette première expérience de mixité en classe de sixième, se réservant de revenir sur sa décision dans le cas où des incidents graves se produiraient. En fait, petits garçons et petites filles se comportèrent correctement. La mixité parut même adoucir les mœurs : les uns retenaient leurs gestes et leur langage ; les autres se nouaient des rubans dans les cheveux. On osa donc mixer une seconde classe. Puis une troisième. Si bien qu'au bout de quatre ans, les deux cours complémentaires n'en formèrent plus qu'un. Alors, on instaura la mixité au sommet en dotant cet établissement d'une direction mixte et bicéphale.

Tandis que Français et Algériens s'étripaient sur l'autre rive méditerranéenne, le jeune Ahmed ben Idriss, fils d'un ouvrier de monsieur Galéas, fréquentait l'école du Moutier. Il était venu à Thiers en 1952, âgé de deux ans, dans les bras de sa mère, précédé de quatre autres frères ou sœurs. Tout ce monde s'entassait dans un pauvre rez-de-chaussée de la rue des Patières qu'inondaient les débordements printaniers de la Durolle. Le père chaque fois peignait contre le mur de la cuisine un trait au minium pour indiquer les hauteurs atteintes par les eaux. En mars 56, la famille avait dormi sur la table pendant deux nuits.

Ahmed grandit en même temps que les fils d'émouleurs et de polisseuses. Il acquit le langage et l'accent des Thiernois, disant comme eux « ça me sait bon » et « ça me sait mal ». Il entrait dans leurs jeux, leurs glissades le long des Chemins-Neufs, en hiver sur la neige et sur les fesses, en été dans des chariots qu'ils fabriquaient au moyen de vieilles caisses et de roulettes récupérées. Il partageait leur chouine-gomme, leur offrait parfois des beignets que cuisait sa mère. Quand elle devait sortir pour faire le marché, il l'accompagnait, servant d'interprète et marchandant à sa place.

— Qu'est-ce qu'elle dit ? demandaient les jardinières.

— Elle dit que c'est trop cher. Que vous devez lui tirer quelque chose.

— Dis-y que je lui tirerai pas le lait d'une puce !

— Allons ! Vous lui tirerez bien trois francs !

Elles finissaient par lui céder, à cause de ses yeux noirs et de ses joues pleines de fossettes. Il savait ses fossettes irrésistibles auprès des jardinières.

En classe, il obtenait de bons résultats aussi, par d'autres moyens. Les instituteurs citaient en exemple sa mémoire et sa virtuosité en calcul. Rien d'étonnant, puisque les chiffres sont une invention des Arabes. Mais ses copains autochtones goûtaient mal cette supériorité. Ils commencèrent à chuchoter dans son dos : « *Fellagha ! Fellagha !* » Il ne s'en offensa point, expliqua seulement qu'ils devaient l'appeler *fellag*, dont *fellagha* est le pluriel.

— Qu'est-ce que c'est faire, au juste, un *fellag* ?

— Un homme qui arrête les caravanes et les voyageurs sur les routes.

— Donc un bandit ? Comme Mandrin ?

Il se laissa traiter de *Fellag* tant qu'ils voulurent. Chacun avait d'ailleurs son sobriquet : Sannajust, c'était *Tampon* ; Descombas, c'était *la Quille* ; Chaunier, c'était *Calot*. Il reçut le sien avec tant de patience et de modestie qu'on finit par lui pardonner sa force en calcul et en récitation. Il soufflait d'ailleurs volontiers, derrière sa main, à ceux qui restaient le bec ouvert.

A partir de leur dixième année, les enfants se retrouvaient le jeudi aux cours de catéchisme. Ne s'étant jamais senti rejeté par ses copains, Ahmed les suivit tout naturellement. Lorsque l'abbé Rix, curé de Saint-Symphorien, eut devant lui cette étrange recrue, il se gratta un moment le menton :

— Comment t'appelles-tu ?

— *Fellag*, répondirent les autres à sa place.

— Non, pas *Fellag*. Ahmed.

— As-tu été baptisé ?

— Baptisé ? Qu'est-ce que c'est faire ?

— As-tu reçu le baptême ?

— Oui, oui ! répondirent ses copains. En Afrique.

— Oui, confirma-t-il, arrangeant.

— Au fond, que tu le sois ou non n'a pas grande importance pour le moment. On réglera ça plus tard.

Il fut donc admis par l'abbé et devint un de ses meilleurs catéchumènes. Car de même qu'il surpassait les autres en récitant *Après la bataille*, d'une mémoire sans défaillance, y mettant le ton juste, les gestes et tout, il brilla dans le *Notre Père*, le *Je vous salue Marie*, les réponses à *Qu'est-ce que Dieu ? Qu'est-ce que l'Incarnation ?* avec la chaleur et la musique qui convenaient.

Le père, Idriss ben Youssef, ne se doutait de rien et continuait paisiblement sa besogne au service de la platerie, pratiquant la religion musulmane de son mieux, observant le jeûne du ramadan, s'abstenant de boire le vin et de manger la viande du porc, travaillant le moins possible le vendredi. Après deux années de préparation, Ahmed fut prêt à recevoir la communion solennelle et lui apporta une lettre de l'abbé Rix dont il lui expliqua le sens : *Veuillez, monsieur, m'informer si votre enfant a reçu le baptême chrétien et si vous êtes disposé à lui permettre de prononcer sa profession de foi.*

— Oh ! chien galeux ! Oh ! chacal puant ! Oh ! enfant de putains par ta mère, ta grand-mère et ton arrière-grand-mère ! s'écria Idriss. Ne sais-tu pas que tu es le fils d'un fidèle observateur de la Loi du Prophète Mahomet ? Ne sais-tu pas que tu as été éduqué dans les principes parfumés de la religion islamique par ta putain de mère ? Et voilà que tu t'es rempli la cabèche avec les idées qu'y ont mises les roumis sans en rien dire à personne ! Que l'enfer les brûle ! Mais je jure par la Loi que je m'en vais te guérir depuis la tête jusqu'aux orteils !

Aussitôt, il se mit à calotter son fils, à lui tanner les épaules, les côtes et le postérieur. En sorte que les principes puants de la religion chrétienne furent expulsés de sa personne comme les mites d'un tapis. Et que plus jamais il ne lui vint envie de réciter le *Je vous salue Marie*, ne fût-ce que pour le plaisir de la musique.

La guerre d'Algérie enfin s'acheva. Une paix agitée s'établit peu à peu, que favorisait le développement de la bagnole. Les jeunes Thiernois quittaient leur vieille cité pour aller fabriquer de la bagnole à Paris, des équipements pour bagnoles à Issoire, des pneus pour bagnoles à Clermont, de l'essence pour bagnoles à Lyon ou à Marseille. Des forges thiernoises sortirent des enjoliveurs, des bielles, des roues, des clés de bagnole. Les banques prêtèrent de l'argent aux acheteurs de bagnoles. Les carrossiers, les assureurs, les chirurgiens faisaient fortune sur leur maladresse. A Paris, à Issoire, à Lyon, les ouvriers travaillaient en gants, en uniformes bleus, dans des ateliers vastes comme des cathédrales, pourvus de cabinets, de douches, de restaurants. Pour un empire on ne les aurait retenus dans les antres où s'affairaient encore leurs pères, leurs oncles, leurs grands-pères. La coutellerie devint progressivement une affaire de vieux. En 1964, l'ENP, devenue lycée technique, supprima sa section coutelière faute de recrues. Les docteurs de l'économie prononcèrent leur diagnostic :

— Le couteau thiernois est en train de mourir. Il n'en a plus que pour quelques années.

Galéas se félicita d'avoir recyclé l'Hirondelle. Cette même année, il convoqua ses trois contremaîtres :

— Que pensez-vous de notre entreprise ?

— Elle marche très bien. Elle marcherait beaucoup mieux si nous avions de la place. Si on pouvait agrandir.

— Justement, ma femme m'a signalé à Courpière, sur la rive droite de la Dore, un hectare de pré à vendre. J'ai l'intention de nous y transférer.

— Voilà une idée excellente.

— Il m'en est venu une seconde. Je ne veux plus mener seul notre barque. Nous devrions fonder une SARL.

— Une SARL ? Qu'est-ce que c'est faire ?

— Une Société anonyme à responsabilité limitée. Chaque associé est responsable du passif de la société dans la limite du capital qu'il apporte. Alors, il fait tout ce qu'il peut pour qu'elle n'ait jamais de déficit, comme si elle était entièrement à lui. Il faut une mise totale de cinquante mille nouveaux francs.

Les contremaîtres se regardèrent, l'un tira son porte-monnaie, l'autre se gratta la tête, le troisième dit :

— Pour moi, je pourrais aller, en vendant ma deux-chevaux, jusqu'à sept ou huit mille balles.

Ferdinand leva une main :

— Ne calculez pas. Je prête dix mille à chacun de vous, j'apporte le reste. Vous me rembourserez quand vous pourrez. J'ai confiance en vous. J'ai confiance en une entreprise qui ne fait pas ce que les autres font. A propos, il faudra la débaptiser.

— Qui ?

— L'entreprise ancienne. L'Hirondelle, ça ne parle pas. Ça peut être aussi bien une marque de fil à coudre, de papier à lettres, de canne à pêche, de bicyclette.

— Tu veux tuer l'Hirondelle ?

— Non. Lui faire un enfant qui parle. Je propose de l'appeler Platinox.

— Ça évoque les plats.

— Et le platine.

— Et le Viandox.

Gilberte fut plus longue à accepter le débaptême. Elle pleura sur la fin de son bel oiseau. Puis elle se rendit aux raisons commerciales.

Après l'achat du terrain, tout le personnel de l'ex-entreprise cracha dans ses mains et se mit à construire l'usine neuve. Qui creusait la terre, qui coffrait les murs, qui gâchait le mortier dans la bétonnière, qui transportait les charpentes et les parpaings. Ferdinand et ses associés manœuvraient la grue ou poussaient la brouette comme les autres. En marge du chantier, les femmes cuisinaient le fricot, bandaient les blessures, badigeonnaient les bosses à la teinture d'arnica.

Chaque printemps ramenait un 6 mai, date à laquelle Gilberte et Ferdinand célébraient « leur » anniversaire. En vingt années de vie commune, tandis que leurs enfants grandissaient, devenaient adolescents ou adultes, ils avaient vu leurs propres visages jaunir, leurs cheveux grisonner, leurs cous se friper, mais leur amour ne vieillissait point. Chaque 6 mai, quelles que fussent les circonstances, ils trouvaient deux heures au moins pour s'éloigner seuls en voiture, se rendre sur la route de Bulhon à Crevant-Laveine. Ils cherchaient un chemin de terre creusé de sabots de vaches et répétaient les mêmes gestes, les mêmes mots que le premier jour. Elle prenait sa main à lui et grattait d'un doigt la paume en chantonnant :

Croù, croù, croù,
Lo poleto o fouè le lhoù
Djin què petchë croù...

Puis il comblait le creux de sa paume à elle de baisers ronds et lisses qui tombaient à petit bruit. Elle gémissait :

— Attention, monsieur Galéas ! Attention à ce que vous faites ! Je ne suis pas un virolet qu'on fait tourner un moment en soufflant dessus...

Et il désignait sur l'horizon la montagne témoin :

— Vous pouvez compter sur moi comme sur le puy de Dôme.

Ils ne fêtaient pas avec nostalgie cette récurrence en souvenir de moments à jamais perdus, mais comme le début du long chemin heureux qu'ils avaient parcouru côte à côte.

Ils avaient aussi coutume d'inaugurer ce jour-là les choses importantes de leur vie. C'est le 6 mai 1960 que Prudent enfourcha sa première motocyclette, tandis que toute la famille réunie l'exhortait :

— Sois prudent ! Sois prudent ! Sois prudent !

Le 6 mai 1962, Renaud fut opéré à froid d'une malformation cardiaque, on l'avait fait patienter trois mois.

— Tu comprends, expliqua son père, si la chose se déroule un 6 mai, ce sera pour toi, pour nous une promesse de succès.

Tout se déroula selon ses espérances.

Aussi, l'inauguration de l'usine Platinox, SARL eut-elle lieu le 6 mai 1965. En présence du sous-préfet, du maire, du député, du personnel, des amis, de la parenté, et spécialement de Prudent et Renaud, les successeurs. Dans le bâtiment des machines, les six presses scellées n'occupaient qu'un quart de la surface disponible. Elles pourraient faire des petits.

A la veille des révoltes ambiguës de 1968, Thiers poursuivait son train-train moyenâgeux. En dépit du pronostic de mort émis par les docteurs, la coutellerie ne se décidait pas à rendre son dernier souffle : elle durerait pour le moins tant qu'il subsisterait un émouleur couché, une polisseuse assise, un estampeur debout, et dans la campagne un monteur-éleveur de poules. On approchait cependant de l'échéance : l'âge moyen des couteliers atteignait cinquante-huit ans selon les statistiques. Les Portugais apportèrent un peu de sang neuf, c'étaient des travailleurs habiles, dociles, peu exigeants, ils commencèrent leur apprentissage et rendirent l'espérance aux patrons : le Portugal peut nous sauver !

— Non, affirmait Galéas devant ses collègues de la Chambre syndicale d'industrie et de coutellerie. Ce qui vous sauvera, c'est la machine.

— La machine ? Quelle machine ? Tu prétends monter des couteaux fermants à la machine, sans doute ? On voit bien que tu n'es pas d'ici, avec ton accent de Marseille. Contente-toi de faire tes saladiers à la machine.

— Sans doute pourriez-vous simplifier le couteau de poche, réduire le nombre de ses rangs. Et même ceux-ci seraient mécanisés grâce à l'emploi de perceuses, de riveteuses, d'essuyeuses.

— La main de l'homme est irremplaçable. Surtout quand elle ne coûte pas cher.

C'était le cas en 1967, avec le SMIG horaire à cent quatre-vingts centimes ; les monteurs à domicile, payés aux pièces, gagnaient moins encore. La belle coutellerie française était l'œuvre de smigards thiernois, escoutelats, vollorois, de manœuvres arabes, turcs, portugais, au service de patrons mal équipés, mal instruits, mal informés. Beaucoup d'artisans, quoique responsables de dix ou douze salariés, ne payaient ni comptable ni secrétaire. La patronne rédigeait elle-même les factures, comme elle pouvait.

Il arriva qu'un article de la région atteignît par hasard un client de l'autre bout du monde. Il s'agissait d'un beau couteau de chasse à lame rainurée, au manche garni de vachette, dans son étui de même métal : il tomba entre les mains d'un négociant d'Addis-Abeba, capitale de l'Ethiopie. Celui-ci adressa, sur beau papier de riz, une lettre dactylographiée en un français impeccable à *Messieurs Saint-Joanis-Pironin, couteliers, Marque le Serpent, FRANCE.* Le pli ne mit pas longtemps pour atteindre le destinataire à Saint-Rémy-sur-Durolle, ex-Saint-Rémy-sur-Thiers. Le fabricant Saint-Joanis-Pironin s'essuya les mains à son tablier de cuir et lut ce message en remuant les lèvres :

Messieurs,

Principaux importateurs d'articles européens dans ce pays, nous avons été frappés par la bonne qualité de votre couteau de chasse, marque le Serpent, comme ci et comme ça... Nous vous prions de nous adresser votre catalogue avec le prix courant correspondant, nous précisant les conditions d'emballage et de livraison par importantes quantités. Nous envisageons...

Ce matin-là, madame Saint-Joanis, née Pironin, chargée habituellement de la correspondance, se trouvait retenue près de sa fille sur le point d'accoucher. L'artisan prit donc lui-même la peine de répondre. Ne voulant pas toucher aux plumes de sa femme, dont elle était fort jalouse, il écrivit avec un bic ces six mots sur une page arrachée à son calepin : *Messieurs, voici mes articles de chasse*, et releva au-dessous le nom de ses trois produits avec leurs prix respectifs, grand modèle, moyen modèle, petit modèle. Puis il signa et recopia l'adresse sur l'enveloppe. Il avait entendu parler de l'Ethiopie, mais ne savait rien de cette contrée lointaine, excepté qu'il s'agissait d'un pays misérable de l'Amérique du Sud. Les postiers, eux, étaient payés pour le savoir.

Au bout de quelques semaines, toujours sur le même beau papier vergé, à l'en-tête imprimé en éthiopien, en anglais et en français, arriva la réponse. Courte et bonne : *Messieurs, vous appartenez à un pays de sous-développés. Nous reprendrons contact avec vous quand vous aurez découvert l'usage de la machine à écrire. Signé comme ci et comme ça.*

Enfin, Cohn-Bendit vint.

Les révoltes de mai éclatèrent comme les fusées d'un feu d'artifice gardé au sec en attendant le prochain 14 Juillet dans la remise aux vieilleries municipales, et enflammées par une cigarette imprudente. Toutes les vieilleries municipales s'en trouvent bousculées : le corbillard, la pompe manuelle à incendie, les meubles scolaires, de Gaulle, Pompidou, Peyreffite, les patrons, la bagnole, la banque, le cinéma. Les étincelles partent dans tous les sens, allument à retardement les syndicats, les casernes, la sainte Eglise catholique. On envoie les pompiers. Mais on s'aperçoit alors que le village entier fait soleil, tandis que la population, abandonnant ses besognes quotidiennes, est tout entière dans la rue pour admirer l'éblouissant spectacle, oh ! la belle bleue ! En mai, fais ce qu'il te plaît.

A Thiers aussi les ateliers tombent la courroie. Pour convaincre les réticents, des piquets de grève bloquent l'entrée généralement unique de chaque entreprise. Les étudiants parisiens réclamaient de l'imagination et du respect ; les couteliers thiernois réclament plutôt de la pompe et du couscous : les accords de Grenelle leur donnent satisfaction en augmentant de trente-cinq pour cent le SMIG horaire qui passe tout soudain de deux francs et vingt-deux centimes à trois francs.

Cette révolte va bouleverser la coutellerie thiernoise. Plutôt que d'avoir à payer des salaires aussi exorbitants, les patrons font le calcul, avec leur crayon bic, qu'ils peuvent remplacer vingt émouleurs par une seule machine à émoudre ; vingt polisseuses ou lustreuses par une seule machine à polir ou à lustrer ; les acheveuses par des bains aux ultrasons dans lesquels les pièces sont débarrassées du moindre *bourdji* sans intervention manuelle. Les machines n'imposent aucune charge sociale, mais elles sont volumineuses : afin de les implanter, il faudra reconstruire ailleurs les usines pluricentenaires. Ce sera la fin du Moyen Age.

On verra naître au Breuil, aux Molles, à Felet, en terrain plat ou à peine bossué, des zones industrielles : des bâtiments neufs y pousseront un à un, vastes et clairs, entourés de parkings, desservis par des routes confortables. Le personnel y sera jeune et bien portant. Les patrons qui hésitaient encore à opérer le transfert seront gagnés par l'argument des portes :

— Combien en avez-vous actuellement ?

— Une seule. Comme tout le monde.

— A Felet, vous pourrez en ouvrir autant que vous voudrez : entrée, sortie, issue de secours, fournisseurs, etc. En cas de grève, les piquets auront bien de la peine à les bloquer toutes.

La multiplication des portes est une garantie de paix sociale.

Ainsi, en transportant Platinox à Courpière, Ferdinand Galéas fit œuvre de précurseur : comme il l'avait prévu, les premières machines firent des petits ; il embaucha une centaine de travailleurs, acheta deux autres hectares de terrain. La série des plats bon marché ne lui suffisait plus : il fabriqua des articles plus précieux et plus variés, services à thé, aiguières, seaux à glace, coupes à champagne, à sorbet, à fruits, à fleurs. Il revint aux couverts abandonnés en les marquant d'un style historique : *Louis XV, Régence, Empire* ; ou géographique : *Windsor, Schönbrunn, Prado.* Il engagea un directeur, des secrétaires, une standardiste, un dessinateur d'art, des dessinateurs industriels. Un poète fut chargé de trouver des noms à ses articles, de composer des couplets publicitaires, de rédiger la propagande. C'est ce dernier qui suggéra de dépolir l'acier afin de lui donner le velouté de l'argent ou de l'étain : la poésie est toujours en avance sur la technique. On modela des chandeliers en faux argent, des pichets en faux étain deux fois plus solides et deux fois moins chers que les vrais.

— Je veux, affirma cet homme inspiré, que vous deveniez le Coco Chanel de la vaisselle inoxydable.

Il lui conseilla de remplacer l'ancienne marque Platinox, trop prosaïque, par une signature :

Ferdinand Galéas
orfèvre.

Le 6 mai 1969, les Galéas s'installèrent dans une villa neuve bâtie sur une colline qui domine la Dore au septentrion. Ferdi en avait lui-même dessiné les plans. Toute leur vie, Gilberte et lui avaient habité la maison des autres, ils furent heureux d'avoir enfin quatre murs et un toit bien à eux. Il lui présenta chaque pièce, une à une, les chambres, le salon, la bibliothèque, le laboratoire où il continuerait de développer à temps préservé ses photographies. Et aussi le jardin, le potager. Elle demanda que de toute urgence y fût semée une ligne de persil.

Cette même année, suivant la formule administrative, madame Galéas fut admise à faire valoir ses droits à la retraite. Elle quitta non sans regret une fonction enseignante où Mai 68 avait introduit des changements aussi fondamentaux que dans la coutellerie thiernoise. La mixité n'avait été qu'une timide réforme auprès de ce qu'on avait vu par la suite : des élèves et des maîtres se tutoyer, s'appeler par leurs prénoms, se taper mutuellement sur le ventre ; des professeurs mâles se décolorer les cheveux ; les chiffres arabes de la vieille notation remplacés par des lettres de l'alphabet. L'Ecole aussi multipliait ses portes et ses fenêtres et les ouvrait toutes grandes. L'esprit humain entrait dans l'ère de l'Epanouissement. « J'aurais bien aimé voir le bout de tout ça », murmurait madame Galéas. Mais le progrès n'a pas de bout, si l'homme et la femme en ont un. Elle renonça donc aux vastes pensées et tourna ses anciens dons pédagogiques vers les plantes de son jardin.

De temps en temps, elle était appelée comme tout le monde à mettre un bulletin dans une urne. C'était pour elle l'occasion de procéder à un examen de conscience politique. « Où te places-tu, ma fille ? » Par sa situation sociale, elle se devait de suivre les bannières conservatrices. L'humilité de ses origines la poussait au contraire à mêler son vote à celui des pauvres. Elle sentait sourdre dans son cœur des courants contradictoires qui provenaient de son ancêtre Gonin, allumettier de contrebande, de ses pieuses grand-mères, de son grand-père carliste et monarchiste, de son père nationaliste et napoléonien. Elle additionnait tout cela pour se diagnostiquer finalement : anarchiste réfléchie.

La politique, de toute manière, c'est comme la queue de la vache : ça va et ça vient. Les théoriciens appellent cela l'*alternance*. Au cours de ces dix dernières années, la municipalité de Thiers aussi bien que son représentant au Palais-Bourbon ont appartenu alternativement à l'opposition socialiste et à la majorité pompidologiscardienne, passant du graveur Fernand Sauzedde, fils spirituel d'Antonin Chastel, à l'assureur René Barnérias, au professeur Maurice Adevah-Pœuf. Depuis 1944, Thiers n'a plus d'histoire : c'est un peuple heureux. Ses habitants sont trop sceptiques pour s'échauffer la bile aux combats électoraux, ils savent ce que valent promesses de candidat et serments d'ivrogne, ils ne vont pas pour si peu prendre une attaque de geai ; aussi les avatars électoraux suscitent-ils chez eux le minimum d'agitation, le minimum d'insultes, le maximum d'éclats de rire.

Exemple : le scrutin législatif de mars 1978. Comme dans la plupart des communes françaises, on y vit la droite affronter la gauche désunie. La singularité de la rencontre était la participation d'une franc-tireuse, Arlette Laguiller, employée de bureau et représentante du mouvement gauchiste *Lutte ouvrière*. Candidate aux antérieures élections présidentielles, elle avait à Thiers remporté en 1974 cinq pour cent des suffrages exprimés. Le double de sa moyenne nationale ! En conséquence, son journal décerna à cette petite ville auvergnate, déjà capitale de la coutellerie et capitale du *rapoutet*, le titre de « capitale du gauchisme », et la petite Arlette l'honora de sa candidature personnelle quatre ans plus tard. Elle mena une campagne sans grand tapage, colla elle-même ses affichettes polycopiées, selon les moyens dont elle disposait. Le corps électoral l'écouta galamment, la trouva gentille mais un peu ennuyeuse. Un peu maigrichonne aussi, bonnegent, le Crédit lyonnais n'attache pas ses chiens avec des saucisses. Il lui offrit, pour se garnir un peu, des *guenilles* qu'elle grignota avec effort. A l'entendre, elle semblait vouloir tout avaler, et deux guenilles l'étouffaient ! On lui posa des questions sur sa santé, sa famille, ses intentions matrimoniales. On remplit son sac à main de canifs, de coupe-ongles et de ciseaux à broder.

Le soir du vote, elle obtint presque dix pour cent des voix ! Elle en pleura de bonheur.

— Camarades ! dit-elle. Grâce à vous, la révolution prolétarienne vient aujourd'hui d'accomplir un pas décisif. C'est un peu comme le premier pas de l'homme sur la Lune. *Lutte ouvrière* obtient ses dix pour cent ! En les lui accordant, votre cité prouve qu'elle a atteint un remarquable degré de maturité révolutionnaire. Elle sera donnée en exemple aux autres villes travailleuses. La France entière saura qu'il existe ici un noyau de combattants au cœur pur, aux idées intransigeantes, etc.

Pendant qu'elle les haranguait, ses électeurs sortaient un à un leur mouchoir et, faisant mine de se moucher, se cachaient la figure dedans pour pouvoir rigoler sans impolitesse. Pauvre Arlette qui croyait que ces dix pour cent là avaient une signification révolutionnaire ! Ceux qui lui avaient donné leur voix se foutaient bien de la révolution ! Comme ils s'étaient toujours foutus de la république. Ils se sentaient heureux cependant de publier que leur ville était la capitale de l'ironie.

Pour moi, je n'avais pas besoin de tout cet enrichissement. Pendant trente années, je me suis tenue à l'écart de l'agitation qui se menait autour de l'Hirondelle d'abord, de Platinox ensuite. Pauvre maîtresse d'école j'ai continué d'enseigner Le Savetier et le Financier *avec conviction, étonnée seulement que Ferdi eût à mes côtés le sommeil aussi profond. A présent, je vis de ma pension d'institutrice sans lui demander un sou, achetant de mes deniers notre nourriture à tous deux, comme à Bulhon au temps de notre bienheureuse débine. A charge pour lui seulement de payer le chauffage, l'électricité, les gages du jardinier. Je prépare les repas, je fais la lessive, je raccommode. Il rentre le soir et me raconte ses affaires, il n'est question que de chiffres de vente, d'actions, de commandite, que sais-je ? Je n'entends rien à cela : ma vocation était l'acrostiche.*

Je suis contente cependant de cette prospérité, l'Hirondelle n'est pas morte en vain puisque de ses cendres est née une si belle industrie. Certes, le nom de Pitelet *a disparu du fronton, mais qu'importe, puisque l'œuvre d'Auguste lui survit. Il serait bien surpris de voir ce que Ferdinand en a fait. Peut-être même secouerait-il le bonnet avec un peu d'inquiétude et demanderait-il :*

— Où prenez-vous dans tout ça le temps de manger de la pompe ?

Heureusement, la pompe, je n'en ai pas oublié la recette, et je la prépare quand l'envie m'en prend, bien garnie de pommes entre ses bords roulés, bien dorée au jaune d'œuf, avec en son centre un cornet de papier pour laisser échapper la vapeur au moment de la cuisson. Si Ferdinand me casse un peu trop les oreilles avec ses actions et sa commandite :

— Pardonne-moi, lui dis-je. Mais j'ai en tête autre chose de plus important : une pompe à préparer pour midi.

Auguste Pitelet avait le sens des choses qui comptent et des choses accessoires.

Quant au nom de Pitelet, *il durera quand même. A Thiers, les Pitelet pullulent comme les rats. Parents ou étrangers l'un à l'autre, mais tous descendants sans doute d'un aïeul commun, de ce* Pictavulus *ou de ce* Pito-lé *dont maître Gautier-Pitelet avait jadis supputé l'existence. Pitelet de toutes espèces, balayeurs, fonctionnaires et même évêques, comme ce monseigneur Pitelet qui a gagné au christianisme les habitants de l'île Carrée dans le Pacifique. Mais avant tout couteliers : émouleurs-Ventres jaunes, monteurs-gorges rouges, estampeurs, trempeurs, et ainsi de suite. Sans oublier Armand Pitelet, dit Pitelet le Cygne. La dynastie n'est pas près de s'éteindre.*

Que vivent aussi les Galéas. Ferdinand, l'ancêtre, aurait bien l'âge, à soixante-douze ans, de se retirer du commerce. Mais il refuse de dételer, malgré sa barbe blanche. Chaque matin, à neuf heures, il entre dans son bureau comme au temps de ses débuts. Il est le seul de la maison qui s'astreigne à un horaire classique, puisque l'ensemble du personnel travaille maintenant « à la carte », entre et sort comme il lui plaît, n'ayant à rendre compte que d'une somme d'ouvrage à accomplir, non du temps qu'il y passe. Encore une idée du poète maison. Rien n'oblige le patron à suivre une telle discipline si ce n'est ses nécessités intérieures, puisqu'il ne joue pratiquement plus aucun rôle : il a délégué ses pouvoirs à un directeur général et à un directeur commercial. Deux hommes diplômés et galonnés jusqu'aux oreilles qui prennent toutes les décisions sans le consulter et l'en informent après coup, par pure politesse. A l'entendre, il ne s'en plaint pas, puisque Platinox leur doit son envolée internationale.

Celle-ci a rempli de stupeur, d'admiration et d'envie le monde coutelier. Fréquemment, un journaliste vient interviewer monsieur Galéas. Il se laisse photographier dans la pose qui convient à l'homme d'affaires : un téléphone muet collé à son oreille. On lui demande :

— Quel est, monsieur Galéas, le secret de votre réussite ?

— Un conseil que me donna jadis mon beau-père, alors qu'il me préparait à prendre sa suite. « Il te faut, me dit-il, d'abord, aimer le beau travail. Et ensuite, chose plus importante encore, aimer les hommes. » Voilà mon secret.

Voilà pourquoi mes aiguières sont belles. Voilà pourquoi mes trois cents ouvriers reçoivent les meilleurs salaires du département, à qualification égale.

Ferdinand Galéas, orfèvre, n'a pas cependant ce bonheur du charbonnier d'être seul maître chez soi. Ses directeurs le veulent bien dans son bureau, mais le tolèrent mal dans les ateliers, parce qu'il y sème la perturbation :

— Monsieur, vous dérangez le personnel, bougonnent-ils.

— Qu'est-ce que ça fait, puisqu'il travaille à la carte ?

— Les parlotes ne conviennent pas dans les ateliers. C'est ainsi que naissent les manœuvres syndicales. Et puis, vous est-il indifférent de leur faire perdre un temps qui ne vous appartient pas ?

Récemment, le président de la République Giscard d'Estaing vient à Chamalières rendre visite à ses anciens administrés. Une réception digne de lui est organisée par son successeur à la mairie chamaliéroise. Et ce dernier envoie un paquet de cinquante invitations à monsieur Galéas, modèle de l'industriel dynamique, social, participant, etc., sûr qu'elles seront bien placées et gagneront cinquante voix à la bonne cause. Il y aura un buffet auvergnat, tout naturellement, ledit Galéas songe à faire profiter ses ouvriers de la promenade et de la bouffe. Il s'en ouvre à ses directeurs qui poussent les hauts cris :

— Pas question ! Enlever cinquante ouvriers à leur poste de travail, c'est bloquer toute une journée l'ensemble de l'entreprise.

— Mais alors, cet horaire à la carte ?

— Carte ou pas carte, ce serait l'équivalent d'une grève. Et puis, lesquels choisir sans mécontenter les autres ?

— Par exemple, les plus vieux ?

— Nous n'avons que des jeunes. Excepté deux ou trois survivants de l'Hirondelle : ça ne va pas loin.

Ledit Galéas est reparti penaud, avec ses cinquante invitations à la pompe. Il s'est alors adressé au club. On dit aujourd'hui « le troisième âge ». Ou « l'âge d'or ». Pour ne pas laisser connaître aux vieux qu'ils sont vieux. Il s'occupe d'eux, les honore de sa présence, leur offre le champagne le 6 mai, sans qu'ils sachent de quel motif ça leur tombe. Ils l'ont choisi comme président.

Ses cinquante cartons suscitent l'enthousiasme général. Il frète un car et les voici voguant vers Chamalières, la ville où se fabriquent les billets de banque et les présidents de la République. Certaines de ses vieilles, comme la mère Puissochet, n'avaient jamais voyagé aussi loin de leur vie. Ils se croyaient nombreux, mais en arrivant au château de Montjoly, la foule est si énorme à l'intérieur de la mairie et dans le parc qu'ils se trouvent un peu perdus. Un peu honteux aussi parmi ce beau monde, jeune, fringant, important, le cheveu court et les dents longues. Heureusement, Galéas-Platinox est là pour les défendre. Le président vient saluer l'industriel qui l'amène tout droit vers ses vieux invités, et il serre la main de chacun.

Après les discours, on les pousse vers le buffet en plein air. Il y a là de quoi satisfaire deux régiments de fantassins, tant en solide qu'en liquide. Les Courpiérois font honneur au jambon, au saucisson, aux fromages, aux pâtés, aux tartelettes, au champagne. Ferdinand interroge son monde :

— Ça va ? Vous êtes contents ?

— Comment ne pas l'être ?

— Sainte Vierge ! s'écrie la mère Puissochet, riant et pleurant. Dire que j'ai tenu la main du président de la République en chair et en os !

— Il manque tout de même quelque chose, objecte un autre.

— Quoi donc ?

— Le café. Après un bon casse-croûte comme ça, moi, j'ai l'habitude de prendre un café.

Ferdinand ne veut pas les laisser sur cette réserve.

— En route ! fait-il. On va boire le café au casino.

Drôle d'idée, pensent-ils, de nous amener dans un Casino pour boire le café ! Ils croient qu'il s'agit d'une succursale du Casino de Saint-Etienne. Pas du tout : il les dirige vers le casino de Royat. Leur car arrive en pleine saison thermale, traverse la foule des cardiaques et des artérioscléreux, les dépose devant le Pariou, ils y font une entrée remarquable, tandis que l'orchestre, pour les honorer, joue des airs qu'il croit convenir à leur âge et qui les vieillissent d'une génération, Sous les ponts de Paris *et* La Madelon de la Victoire. *Vient ensuite un garçon cérémonieux comme un archevêque qui prend note de leurs commandes. En auront-ils vu, des choses, le même jour ! Et pour lui, pauvre Galéas, quelle fête d'avoir pu durant une journée échapper à la dictature de ses directeurs !*

— J'aurai ma revanche, affirme-t-il. C'est de moi que nos ouvriers garderont le souvenir. Et non pas d'eux.

Il leur prépare en secret un cadeau qu'ils n'attendent guère. L'an dernier, le château des Pignes a été mis en vente. Vu ce que coûte l'entretien de telles bâtisses, les acheteurs ne se sont guère bousculés. Ferdi a fait une offre raisonnable et enlevé le marché. « Ça y est ! se sont dit les envieux. Voilà Galéas qui nourrit à présent des prétentions nobiliaires. Vous allez voir que bientôt il se fera appeler Galéas des Pignes. A moins que ce ne soit Platinox des Pignes. » Moi qui connais le fond de son cœur, je puis assurer qu'il n'en est rien. Son intention véritable est de faire aménager le vieux manoir en maison de retraite à l'usage de son personnel. Mais, comme il est lui-même le plus vieux travailleur de l'affaire, il est à craindre qu'il n'assiste pas de visu à l'effet de sa surprise.

Heureusement, d'autres Galéas en jouiront pour lui. Renaud, le plus jeune, dirige la chaudronnerie industrielle IEAI, filiale de Platinox (Industrie d'emboutissage de l'acier inoxydable), qui jouxte l'orfèvrerie et fabrique prosaïquement des éviers, des plats pour collectivités civiles ou militaires, des bassins pharmaceutiques. Son frère Prudent – qui à la vérité porte toujours un patronyme d'emprunt – est à la tête d'un atelier de polissage qui emploie trente-cinq personnes. Il en a choisi lui-même l'implantation : Vollore-Ville. Affirmant qu'il se sentait avec cette commune, non seulement des liens originels, mais une attirance mystérieuse qu'il ne s'explique point. Peut-être la lui expliquerai-je un jour, lui faisant la même révélation que je reçus à son lit de mort de grand-mère Mélanie. Alors, il saura que Vollore est le lieu de son premier baptême. Mais il se peut que le persil me dispense de cette formalité délicate. Mieux vaut sans doute laisser les ombres s'épaissir sur nos malheurs et nos erreurs passés. Il suffit qu'il aime ce village de ma mère et qu'à travers mille distances il s'oriente vers lui comme l'aiguille aimantée vers le pôle Nord, en ignorant pourquoi. Ferdinand a applaudi à cette initiative : les filles de Prudent vivent là-haut à présent un peu comme moi-même j'y ai vécu, du moins à l'ombre du même clocher et du chapeau de Chignore. Ainsi, le bourg a perdu le caractère exclusivement agricole qu'il avait naguère : les monteurs de couteaux y gardaient un sabot dans l'agriculture. Il s'industrialise ! Il s'européanise aussi. L'ancien chemin sinueux du Moulin-Michas a été remodelé, élargi, empierré au cours de trois étés successifs par un groupe d'étudiants étrangers armés de pelles, de pioches, de guitares, et rebaptisé chemin de l'Europe. En sorte que tout voyage vers le centre de l'Europe passe nécessairement par Vollore-Ville. On ne peut s'égarer : son nom est écrit en sept langues à l'entrée de la nouvelle voie.

A chacun sa voie. La mienne aussi est toute tracée : elle zigzague de ma cuisine aux chambres, de la cave au grenier, de la buanderie au jardin. J'y rencontre à tour de rôle mes six petits-enfants dont aucun, par un curieux hasard, ne s'intéresse au travail de l'inoxydable. Leurs goûts vont ailleurs. Ferdinand accepte cette indifférence d'un front serein :

— J'ai ménagé mes arrières. Après moi, Platinox continuera de vivre, avec ou sans Galéas.

Et là-dessus, il reprononce les termes de société par actions, de durée renouvelable. Ferdinand Galéas orfèvre est donc sûr de sa vie éternelle.

Aucune œuvre en revanche ne m'éternisera. Je n'en demande pas tant, ayant déjà obtenu du ciel plus de bonheur que sans doute je n'en méritais. Probablement ai-je *reçu la part qui revenait à la pauvre Toinette Zapatez. Le seul vœu que j'ose formuler encore est de quitter ce monde avant Ferdinand, et si possible au soir d'un 6 du mois de mai. Mais puis-je espérer que Dieu entendra la prière d'une institutrice laïque ?*

… Seigneur, ne prêtez pas attention à cette plaisanterie thiernoise de mauvais goût…

Cependant que les Galéas conduisaient l'orfèvrerie inoxydable vers son apothéose, Thiers, inspiré par Mai 68, fouetté par la concurrence européenne et asiatique, ne restait pas non plus les deux pieds dans le même sabot. Comme ailleurs de nouveaux philosophes, de nouveaux historiens, de nouveaux cuisiniers, ainsi sont apparus entre Dore et Durolle de nouveaux couteliers. Ils ne fignolent plus longuement, amoureusement des couteaux compliqués, bons à tout faire, mais lancent des articles fabriqués à la grosse et qui n'ont en principe qu'un seul usage : couteau à cake, à pain, à fromage, à steak, à saucisson, à jambon, à tartine, à pamplemousse, à citron, à surgelé. Le couteau à trancher le cake ne vaut pas un clou pour débiter le pain, et celui du saucisson donne sa langue au chat devant l'andouille. Le couteau à huître est vendu avec un gant unique qui protège la paume de la main teneuse. Tout est neuf dans leur constitution : l'acier inox capable de prendre désormais et de garder le coupant ; le manche en bois ordinaire imprégné de résines qui ne craint ni le feu ni la lessive du lave-vaisselle : finie l'époque où le couteau de table demandait à être lavé, essuyé, séché avec un soin ecclésiastique. Nouvelle aussi leur présentation : attachés en panoplies sur des présentoirs tournants, un pompon au bout de la queue, le pompon faisant vendre le couteau ; ou bien retenus sur des cartons comme des timbres-poste de collection, avec notice rédigée en quatre langues ; le texte anglais explique aux clients d'outre-Manche que la cuisine anglaise gagne en saveur à être préparée avec des couteaux français ; ainsi Sheffield se trouve battu sur son propre terrain. L'imagination est au pouvoir dans les nouvelles fabriques.

Naturellement, elles exploitent tous les filons nouveaux. Les doubles lames auto-affûtantes pour les couteaux électriques. Le couteau automatique à l'usage des voyous, le petit pour petit voyou, le grand pour grand voyou. Elles ont l'exclusivité de la baïonnette du nouveau fusil de l'armée française, dit, à cause de sa forme contournée, « fusil clairon » : tranchante, piquante, noircie chimiquement afin de ne pas scintiller à cette obscure clarté qui tombe des étoiles. Ainsi Thiers le Neuf renoue-t-il avec sa tradition et trempe-t-il des armes pour la Patrie comme au temps de Sept-Epées, le héros de George Sand *(La Ville noire)*.

A côté de ces industriels modernes, les petits artisans et travailleurs à domicile poursuivent sans broncher les fabrications à l'ancienne : ils sont encore huit cents dispersés dans la ville, les bourgs environnants, les fermes isolées. Moitié émouleurs de lames, ou moitié monteurs et moitié n'importe quoi d'autre : vignerons, éleveurs de chèvres, archéologues, collectionneurs, poètes, philosophes. L'un travaille au plan de la ville en 1348. Un second construit un atelier en miniature où tout fonctionne au moyen d'une chute d'eau, les hommes, les meules, les martinets, les chardonnerets dans leur cage. Un troisième a planté trois cents espèces d'arbres et arbustes dans son jardin. Tous artistes à leur manière.

Au total, jamais la modeste nébuleuse industrielle thiernoise n'a produit autant d'articles de table. Et cependant, la coutellerie ne représente plus aujourd'hui que le tiers de ses activités. Les deux autres tiers, dérivés naturellement du premier, sont la mécanique générale et les matières plastiques. Il n'est guère de fabrication qui ne lui doive quelque accessoire : boulons de voiture, manilles pour la navigation de plaisance, scies à chaîne pour tronçonneuses, rouages d'horlogerie, robinets pétroliers. Les matières plastiques, employées autrefois dans le moulage des manches bon marché, se sont tournées vers toutes sortes de confections nouvelles : boîtes et emballages, encadrements de téléviseurs, bouchons et capsules, sandales et bottes, classeurs et attachés-cases. Il y en a pour la tête, il y en a pour la bouche, il y en a pour les pieds.

La ville elle-même a fait peau neuve. Depuis l'émigration des usines vers la périphérie, la vallée de la Durolle autrefois si active, si tapageuse, si étincelante, n'est plus habitée que par des bâtiments vides, temples déserts, fenêtres aux vitres crevées : on se croirait en Egypte dans la Vallée des Rois. Des caravanes de touristes silencieux contemplent et prennent des photos. Seule la rivière continue son grondement et ses bouillons inutiles. Une entreprise survivante, les forges Mondière, noire et crasseuse à souhait, s'y maintient contre vents et marées, pour le plus grand bonheur de la télévision.

Des HLM poussées au milieu des jardins hébergent une partie de la population ouvrière française. Les taudis historiques, un moment abandonnés, se sont remplis peu à peu d'Arabes et de Portugais dont les cultures différentes se côtoient, mais ne se tolèrent qu'à force de sacrifices réciproques, comme l'atteste cet avis cloué sur la porte de monsieur et madame Teofilo Riberão :

Prière aux voisins s'ilouplait
de ne pas faire pépi
juste devant notre porte.

Les anciens Vietnamiens, renonçant à retourner dans leur lointain pays, se sont en revanche parfaitement assimilés, par mariage et par éducation. Gagnés aux délices thiernoises, ils aiment à présent autant que les autres les tripes du dimanche matin, le *rapoutet* aux choux, la brioche aux grattons et surtout la chopine. Consultez là-dessus les patrons qui les emploient. Ils reconnaîtront :

— Oui, oui. Ils sont devenus aussi *gourles*[1] que les vrais Bitords.

Ce qui prouve que le vrai Bitord, lui, n'a pas changé fondamentalement, depuis l'époque où il prit l'habitude, pour adoucir sa dure existence d'émouleur, de cultiver trois rangs de vigne à proximité de son rouet.

Benoît Gimel, le fossoyeur des Limandons, fait partie de ces immuables. Depuis soixante ans, il règne sur les défunts qui sont sa véritable famille et sa raison de vivre. Avec les débris de leurs caveaux, il continue d'édifier des maisons en forme de parallélépipèdes rigoureux, dont plusieurs sont encore dépourvues de toiture. Ce qui ne les empêche pas de recevoir des locataires : ceux du dessus sont à l'abri sous le plancher supérieur. Ils se plaignent cependant. Quand il a essuyé leurs récriminations, le cœur plein d'amertume, Gimel se réfugie près de ses morts bien-aimés, eux le comprennent et l'apprécient. Il aime sculpter pour leur plaisir de belles croix couronnées, des roses de lave grise, des chrysanthèmes de granit. Il a la passion de la pierre autant que celle des fastes funéraires. Mais un si grand nombre d'entreprises lui chargent les bras qu'il craint de ne pouvoir les mener toutes à bien.

A force de bâtir, il a du moins achevé un tronçon de rue dont l'emplacement et dont chaque maison lui appartiennent. Ce n'est encore qu'une impasse, ouverte à une seule extrémité ; mais il l'a déjà baptisée lui-même, sans cérémonie, en scellant une plaque de marbre gravée par ses soins :

Rue Benoît-GIMEL
Voie privée.

1. Ivrognes.

On vient de loin, de Clermont, de Lyon et même d'Europe 1 voir l'homme qui, en une vie de patience et d'efforts, a bâti sa propre rue, lui donnant son propre nom. Le facteur Cheval. Le fossoyeur Gimel. On farfouille dans sa biographie : il en confie les épisodes les plus émouvants. Le jour où son jeune frère se trouva piégé au sommet d'un échafaudage en déséquilibre : au moindre geste, tout allait s'écrouler.

— Allez me chercher Benoît ! cria-t-il.

Il accourut, se plaça au-dessous les bras ouverts, et reçut sur la poitrine les soixante kilos de son cadet. Etourdis l'un et l'autre, mais vivants.

Il raconte la libération de Thiers, comment il captura seul vingt-deux grenadiers blindés SS, il va chercher le drapeau au fond d'un placard, le déploie : le bleu, le blanc et le rouge ont viré au gris, la hampe est charançonnée.

— Baste, fait-il. Nous aussi, un jour, les charançons nous mangeront, quand nous irons chez Gimel.

Naturellement, il s'est depuis bien longtemps construit un caveau sur mesure, et tient tout prêt le rectangle en labrador noir que son fils scellera au dossier, après y avoir ajouté la date qui manque :

Ici repose Benoît GIMEL.
2 novembre 1893 – …
Bien regretté.

Car ce parfait serviteur de la Mort est né le jour qui Lui convient le mieux : un 2 novembre.

Le crâne chauve, les tempes creuses, la peau du visage et des mains parcheminée, il ressemble moins à un vivant qu'à une momie errante lorsqu'il se promène dans les allées de son royaume. Fréquemment, il se penche sur les tombes, relève un vase renversé, corrige un berceau qui penche, caresse du bout des doigts les noms de ses amis horizontaux. Parfois, l'échine un peu nouée, il se redresse, se tourne vers la ville qui le domine de ses étages infinis, ouvre les bras comme s'il voulait la recevoir tout entière sur la poitrine.

Il vient d'entrer dans sa quatre-vingt-huitième année, la soixante et unième de son règne. Mais il garde le pas ferme de ses débuts. Il est éternel. Il nous enterrera tous.

DU MÊME AUTEUR

ROMANS

Le Chien du Seigneur (Plon, 1952 ; De Borée, 2006).
Les Mauvais Pauvres (Plon, 1954) ou *L'Ivraie et le Bon Grain* (De Borée, 2005).
Les Convoités (Gallimard, 1955).
L'Immeuble Taub (Gallimard, 1956 ; Bartillat, 2001).
Le Fils de Tiberio Pulci (R. Laffont, 1959) ou *La Combinazione* (Julliard, 1988).
La Foi et la Montagne (R. Laffont, 1962).
Le Péché d'écarlate (R. Laffont, 1966).
Des chiens vivants (Julliard, 1967).
La Garance (Julliard, 1968 ; AEDIS, 2000).
Une pomme oubliée (Julliard, 1969).
Le Point de suspension (Gallimard, 1969).
Un front de marbre (Julliard, 1970) ou *Les Mains au dos* (De Borée, 2004).
Le Voleur de coloquintes (Julliard, 1972).
Un temps pour lancer des pierres (Julliard, 1974).
Le Tilleul du soir (Julliard, 1975).
Le Tour du doigt (Julliard, 1977).
Le Pays oublié (Hachette, 1982 ; De Borée, 2003).
Le Noël aux prunes (Julliard, 1983).
Les Bons Dieux (Julliard, 1984).
Avec flûté obligée (Julliard, 1986).
La Dame aux ronces (Presses de la Cité, 1989).
Juste avant l'aube (Presses de la Cité, 1990).
Un parrain de cendre (Presses de la Cité, 1991).
Le Jardin de Mercure (Presses de la Cité, 1992).
L'Impossible Pendu de Toulouse (Fleuve Noir, 1992).
Gens d'Auvergne (Omnibus, 1992).
Y a pas d'bon Dieu (Presses de la Cité, 1993).

La Soupe à la fourchette (Presses de la Cité, 1994).
Un lit d'aubépine (Presses de la Cité, 1995).
Suite auvergnate (Omnibus, 1995).
La Maîtresse au piquet (Presses de la Cité, 1996).
Le Saintier (Presses de la Cité, 1997).
Le Faucheur d'ombres (France Loisirs, 1998).
Le Grillon vert (Presses de la Cité, 1998).
La Fille aux orages (Presses de la Cité, 1999).
Un souper de neige (Presses de la Cité, 2000).
Auvergne encore (Omnibus, 2000).
Les Puysatiers (Presses de la Cité, 2001).
Dans le secret des roseaux (Presses de la Cité, 2002).
La Rose et le Lilas (Presses de la Cité, 2003).
L'Ecureuil des vignes (Presses de la Cité, 2004).
Une étrange entreprise (Presses de la Cité, 2005).
Le Temps et la Paille (Presses de la Cité, 2006).
Les Ventres jaunes (Presses de la Cité, 2006).
Le Semeur d'alphabets (Presses de la Cité, 2007).
La Bonne Rosée (Presses de la Cité, 2008).
Un cœur étranger (Presses de la Cité, 2008).

BIOGRAPHIES

Hervé Bazin (Gallimard, 1962).
Sidoine Apollinaire (Volcans, 1963).
Pascal l'insoumis (Perrin, 1998).
Les Montgolfier (Perrin, 1988).
Qui t'a fait prince ? (R. Laffont, 1997).
Aux sources de mes jours (Presses de la Cité, 2002).

HISTOIRE

La Vie quotidienne dans le Massif central au XIXe siècle (Hachette, 1971).
Histoire de l'Auvergne (Hachette, 1974).
La Vie quotidienne contemporaine en Italie (Hachette, 1973).
Les Grandes Heures de l'Auvergne (Perrin, 1977).
La Vie quotidienne des immigrés en France, de 1919 à nos jours (Hachette, 1984).
Le Pape ami du diable, et autres histoires mystérieuses (Le Rocher, 2000).

ESSAIS

Les Greffeurs d'orties (La Palatine, 1958).
Grands Mystiques (Pierre Waleffe, 1967).
Solarama Auvergne (Solar, 1972).

NOUVELLES

Avec le temps... (Presses de la Cité, 2004).

ALBUMS

L'Auvergne que j'aime (SUN, 1973).
Drailles et Burons d'Aubrac (Le Chêne, 1980).
L'Auvergne et le Massif central d'hier et de demain (Ed. universitaires, 1981).
Clermont-Ferrand d'autrefois (Horvath, 1981).
Clermont-Ferrand fille du feu (X. Lejeune, 1990).
Les Auvergnats (La Martinière).
Mémoires d'Auvergne (De Borée, 1991).
L'Auvergne vue du ciel (De Borée, 1993).
Trésors de bouche (De Borée, 1996).
Mon beau-pays la Haute-Loire (De Borée, 1998).
Femmes de nos campagnes, introduction (Presses de la Cité, 2005).
L'Auvergne de Jean Anglade (De Borée, 2007).

DIVERTISSEMENTS

Célébration de la chèvre (Robert Morel, 1970 ; Annie Coralli, 1997).
Riez pour nous (Robert Morel, AEDIS, 2002).
Cent Clés pour comprendre le feu (Robert Morel, 1973).
Les Zigzags de Zacharie (CREER, 1978).
Fables omnibus (Julliard, 1981).
Le Pain de Lamirand (De Borée-Coralli, 2000).
L'Auvergnat et son histoire, B.D. (Horvath).
L'Auvergne aux tisons (Coralli, 1994).
Confidences auvergnates (De Bartillat, 1993).
Auvergnateries (Canope, 1994), illustrées par Jacques Poinson.
La Bête et le Bon Dieu (Presses de la Cité, 1996).
Le Faon sans héritage (AEDIS, 1996).
Abécédaire auvergnat (Coralli, 1997).

TRADUCTIONS DE L'ITALIEN

Le Prince, de Machiavel (Le Livre de Poche).
Le Décaméron, de Boccace (Le Livre de Poche).
Les Fioretti *de saint François d'Assise* (Le Livre de Poche).
Le Convoi du Brenner, de Ruggero Zangrandi (R. Laffont).
La Religieuse de Monza, de Mario Mazzucchelli (R. Laffont).

POÉSIE

Chants de guerre et de paix (Le Sol Clair, 1945).

THÉÂTRE

Le Cousin des îles (scénario en trois temps, d'après *Les Bons Dieux*).

FILMS

Une pomme oubliée (réalisation de Jean-Paul Carrère).
Les Mains au dos (réalisation de Patricia Valeix).

CASSETTES, CD

Contes et Légendes d'Auvergne (Nathan).
Si Lempdes m'était chanté, musique de Patrick Brun (mairie de Lempdes, Puy-de-Dôme).

VIDÉOCASSETTES

Mémoires d'Auvergne (Films Montparnasse).
Le Tour de France des métiers, en Auvergne (BETA Production).

PRODUCTION JEANNINE BALLAND

Romans « Terres de France »

Jean Anglade
Un parrain de cendre
Le Jardin de Mercure
Y a pas d'bon Dieu
La Soupe à la fourchette
Un lit d'aubépine
La Maîtresse au piquet
Le Saintier
Le Grillon vert
La Fille aux orages
Un souper de neige
Les Puysatiers
Dans le secret des roseaux
La Rose et le Lilas
Avec le temps…
L'Ecureuil des vignes
Une étrange entreprise
Le Temps et la Paille
Les Ventres jaunes
Le Semeur d'alphabets
La Bonne Rosée
Un cœur étranger
Sylvie Anne
Mélie de Sept-Vents
Le Secret des chênes
La Couze
Ciel d'orage sur Donzenac
La Maîtresse du corroyeur
Un horloger bien tranquille
Un été à Vignols
La Lavandière de Saint-Léger
Jean-Jacques Antier
Tempête sur Armen
La Fille du carillonneur
Marie-Paul Armand
Le Vent de la haine
Louise
Benoît
La Maîtresse d'école
La Cense aux alouettes
L'Enfance perdue
Un bouquet de dentelle
Au bonheur du matin
Le Cri du héron
Le Pain rouge
La Poussière des corons
Nouvelles du Nord
La Courée
Victor Bastien
Retour au Letsing
Henriette Bernier
L'Enfant de l'autre
L'Or blanc des pâturages
L'Enfant de la dernière chance
Le Choix de Pauline
La Petite Louison
Françoise Bourdon
La Forge au Loup
La Cour aux paons
Le Bois de lune
Le Maître ardoisier
Les Tisserands de la Licorne
Le Vent de l'aube
Les Chemins de garance
La Figuière en héritage
Patrick Breuzé
Le Silence des glaces
La Grande Avalanche
La Malpeur
Nathalie de Broc
Le Patriarche du Bélon
La Dame des Forges
La Tresse de Jeanne
Loin de la rivière
La Rivière retrouvée
Annie Bruel
Le Mas des oliviers
Les Géants de pierre
Marie-Marseille
Michel Caffier
Le Hameau des mirabelliers
La Péniche Saint-Nicolas
Les Enfants du Flot
La Berline du roi Stanislas
La Plume d'or du drapier
L'Héritage du mirabellier
Marghareta la huguenote
Jean-Pierre Chabrol
La Banquise
Claire Chazal
L'Institutrice

Didier Cornaille
Les Labours d'hiver
Les Terres abandonnées
Etrangers à la terre
L'Héritage de Ludovic Grollier
L'Alambic
Georges Coulonges
Les Terres gelées
La Fête des écoles
La Madelon de l'an 40
L'Enfant sous les étoiles
Les Flammes de la Liberté
Ma communale avait raison
Les blés deviennent paille
L'Eté du grand bonheur
Des amants de porcelaine
Le Pays des tomates plates
La Terre et le Moulin
Les Sabots de Paris
Les Sabots d'Angèle
La Liberté sur la montagne
Les Boulets rouges de la Commune
Pause-Café
Anne Courtillé
Les Dames de Clermont
Florine
Dieu le veult
Les Messieurs de Clermont
L'Arbre des dames
Le Secret du chat-huant
L'Orfèvre de Saint-Séverin
La Chambre aux pipistrelles
Paul Couturiau
En passant par la Lorraine
Annie Degroote
La Kermesse du diable
Le Cœur en Flandre
L'Oubliée de Salperwick
Les Filles du Houtland
Le Moulin de la Dérobade
Les Silences du maître drapier
Le Colporteur d'étoiles
La Splendeur des Vaneyck
Les Amants de la petite reine
Un palais dans les dunes
Alain Dubos
Les Seigneurs de la haute lande
La Palombe noire
La Sève et la Cendre
Le Secret du docteur Lescat
Constance et la Ville d'Hiver
Marie-Bernadette Dupuy
L'Orpheline du bois des Loups
Les Enfants du Pas du Loup
La Demoiselle des Bories
Le Chant de l'Océan
Le Moulin du Loup
Elise Fischer
Trois Reines pour une couronne
Les Alliances de cristal
Mystérieuse Manon
Le Soleil des mineurs
Les cigognes savaient
Confession d'Adrien le colporteur
Laurence Fritsch
La Faïencière de Saint-Jean
Alain Gandy
Adieu capitaine
Un sombre été à Chaluzac
L'Enigme de Ravejouls
Les Frères Delgayroux
Les Corneilles de Toulonjac
L'Affaire Combes
Les Polonaises de Cransac
Le Nœud d'anguilles
L'Agence Combes et Cie
Suicide sans préméditation
Fatale Randonnée
Une famille assassinée
Le piège se referme
Gérard Georges
La Promesse d'un jour d'été
Les Bœufs de la Saint-Jean
L'Ecole en héritage
Le Piocheur des terres gelées
Les Amants du chanvre
La Demoiselle aux fleurs sauvages
Denis Humbert
La Malvialle
Un si joli village
La Rouvraie
L'Arbre à poules
Les Demi-Frères
La Dernière Vague
Yves Jacob
Marie sans terre
Les Anges maudits de Tourlaville
Les blés seront coupés
Une mère en partage
Un homme bien tranquille
Hervé Jaouen
Que ma terre demeure
Au-dessous du calvaire

Les Ciels de la baie d'Audierne
Les Filles de Roz-Kelenn
Michel Jeury
Au cabaret des oiseaux
Marie Kuhlmann
Le Puits Amélie
Guillemette de La Borie
Les Dames de Tarnhac
Le Marchand de Bergerac
La Cousette de Commagnac
Jean-Pierre Leclerc
Les Années de pierre
La Rouge Batelière
L'Eau et les Jours
Les Sentinelles du printemps
Un amour naguère
Julien ou l'Impossible Rêve
A l'heure de la première étoile
Hélène Legrais
Le Destin des jumeaux Fabrègues
La Transbordeuse d'oranges
Les Herbes de la Saint-Jean
Les Enfants d'Elisabeth
Les Deux Vies d'Anna
Les Ombres du pays de la Mée
Louis-Jacques Liandier
Les Gens de Bois-sur-Lyre
Les Racines de l'espérance
Jean-Paul Malaval
Le Domaine de Rocheveyre
Les Vignerons de Chantegrêle
Jours de colère à Malpertuis
Quai des Chartrons
Les Compagnons de Maletaverne
Le Carnaval des loups
Les Césarines
Grand-mère Antonia
Une maison dans les arbres
Une reine de trop
Une famille française
Le Crépuscule des patriarches
La Rosée blanche
L'Homme qui rêvait d'un village
Dominique Marny
A l'ombre des amandiers
La Rose des Vents
Et tout me parle de vous
Jouez cœur et gagnez
Pascal Martin
Le Trésor du Magounia
Le Bonsaï de Brocéliande
Les Fantômes du mur païen
La Malédiction de Tévennec
L'Archange du Médoc
Louis Muron
Le Chant des canuts
Henry Noullet
La Falourde
La Destalounade
Bonencontre
Le Destin de Bérengère Fayol
Le Mensonge d'Adeline
L'Evadé de Salvetat
Les Sortilèges d'Agnès d'Ayrac
Le Dernier Train de Salignac
Michel Peyramaure
Un château rose en Corrèze
Les Grandes Falaises
Frédéric Pons
Les Troupeaux du diable
Les Soleils de l'Adour
Passeurs de nuit
Jean Siccardi
Le Bois des Malines
Les Roses rouges de décembre
Le Bâtisseur de chapelles
Le Moulin de Siagne
Un parfum de rose
La Symphonie des loups
La Cour de récré
Les Hauts de Cabrières
Bernard Simonay
La Fille de la pierre
La Louve de Cornouaille
Jean-Michel Thibaux
La Bastide blanche
La Fille de la garrigue
La Colère du mistral
L'Homme qui habillait les mariées
La Gasparine
L'Or des collines
Le Chanteur de sérénades
La Pénitente
L'Enfant du mistral
Jean-Max Tixier
Le Crime des Hautes Terres
La Fiancée du santonnier
Le Maître des roseaux
Marion des salins
Le Mas des terres rouges
L'Aîné des Gallian
L'Ombre de la Sainte-Victoire

Brigitte Varel
Un village pourtant si tranquille
Les Yeux de Manon
Emma
L'Enfant traqué
Le Chemin de Jean
L'Enfant du Trièves
Le Déshonneur d'un père
Blessure d'enfance
Mémoire enfouie

Louis-Olivier Vitté
La Rivière engloutie
L'Enfant des terres sauvages
L'Inconnue de la Maison-Haute
Colette Vlérick
La Fille du goémonier
Le Brodeur de Pont-l'Abbé
La Marée du soir
Le Blé noir

Polars de France

Pascal Martin
La Traque des maîtres flamands

Jean-Max Tixier
Le Juge de paix

Romans

Sylvie Anne
L'Appel de la pampa
Jean-Jacques Antier
Marie-Galante, La Liberté ou la Mort
La Dame du Grand-Mât
Le Sixième Condamné de l'Espérance
Erwan Bergot
Les Marches vers la gloire
Sud lointain
tome I Le Courrier de Saïgon
tome II La Rivière des parfums
tome III Le Maître de Bao-Tan
Rendez-vous à Vera-Cruz
Mourir au Laos
Jean Bertolino
Chaman
Fura-Tena
Jean-Baptiste Bester
Bois d'ébène
Michel Caffier
Le Découvreur du Mississippi
Anne Courtillé
Le Mosaïste de Constantinople
Paul Couturiau
Le Paravent de soie rouge
Le Paravent déchiré
L'Inconnue de Saigon
Les Amants du fleuve Rouge
Le Pianiste de La Nouvelle-Orléans
Les Brumes de San Francisco
Paradis perdu
Cent Ans avant de nous séparer
Annie Degroote
L'Etrangère de Saint-Pétersbourg
Alain Dubos
Acadie, terre promise
Retour en Acadie
La Plantation de Bois-Joli
La Baie des maudits
Elise Fischer
L'Enfant perdu des Philippines
Hubert Huertas
Nous jouerons quand même ensemble
La Passagère de la « Struma »
L'Orque de Magellan
Terminus Pondichéry
Denis Humbert
Un été d'illusions
Gérard A. Jaeger
Pour l'amour de Blanche
Hervé Jaouen
L'Adieu au Connemara
Le Testament des McGovern
Suite irlandaise
Diane Lacombe
L'Hermine de Mallaig
La Châtelaine de Mallaig
Eric Le Nabour
Orages sur Calcutta
Les Démons de Shanghai
Les Jardins d'Istanbul

Sonia Marmen
La Vallée des larmes
La Saison des corbeaux
La Terre des conquêtes
La Rivière des promesses
Dominique Marny
Du côté de Pondichéry
Les Nuits du Caire
Cap Malabata
Mes nuits ne sont pas les vôtres
Du côté de Bombay
Juliette Morillot
Les Orchidées rouges de Shanghai
Michel Peyramaure
Le Roman de Catherine de Médicis
Le Pays du Bel Espoir
Les Fleuves de Babylone
Les Tambours sauvages
Le Temps des moussons
Les Roses noires de Saint-Domingue
La Porte du non-retour
Bernard Simonay
Les Tigres de Tasmanie
La Dame d'Australie
Princesse maorie
L'Appel de l'Orient
Jean-Michel Thibaux
Le Roman de Cléopâtre
La Fille de Panamá
Tempête sur Panamá
La Pyramide perdue
La Cinquième Courtisane
La Danseuse sacrée
Colette Vlérick
Le Domaine du belvédère

2013 –
Vacances avec la famille [illegible] –
Plage [illegible] (Dépôt Michel.

Composé par Nord Compo Multimédia
7, rue de Fives, 59650 Villeneuve-d'Ascq
et achevé d'imprimer en avril 2009
sur les presses numériques de l'Imprimerie Maury S.A.S.
Z.I. des Ondes – 12100 Millau

Dépôt légal : janvier 2009
N° d'impression : D09/43392L
suite du premier tirage

Imprimé en France